Steven McFadden

Stimmen der Weisheit

Indianerälteste sprechen über Mutter Erde

Arun

Die Deutsche Bibliothek - CIP- Einheitsaufnahme

Stimmen der Weisheit : Indianerälteste sprechen über Mutter Erde / Steven McFadden.
[Übers. aus der engl. Sprache: Eberhard Jung]. - Engerda : Arun, 2000
Einheitssacht.: Profiles in wisdom <dt.>
ISBN 3-927940-43-7

Arun-Verlag, Ortsstr. 28, D-07407 Engerda, Tel: +49(0)36743/233-0, Fax: -17, email: info@arun-verlag.de, Internet: www.arun-verlag.de
Text- und Umschlaggestaltung: Arun-Verlag.
Gesamtherstellung: WB-Druck, Rieden.

ISBN 3-927940-43-7

Für die Weisen, die Ältesten,
die das Licht der wahrhaftigen Tradition
hüten und erleuchten,
unabhängig von Eurer Hautfarbe
oder dem Namen Eurer Religion -
ich ehre Euch.

Und ebenso für die Generationen,
die uns folgen werden
Möget Ihr Euch an die,
die vor Euch gingen,
erinnern und sie mit Achtung ehren.

Inhaltsverzeichnis

Danksagungen

Ich danke all den Ältesten,
die so großzügig zu diesem Buch beigetragen und
ihre Zeit, ihre Erzählungen und ihre Weisheit mit uns teilen.

Ich danke Margo Schmidt, Carolyn Mercer-McFadden, Fred Cutcheon,
Anderson Hewitt, Marilyn Perkins, Bill Watkinson,
Grandmother Dorothy Commanda, Oswald WhiteBear und Naomi Fredericks,
Uncle Jack und Grandmother Julie für ihre Anregung und Führung.

Ich danke Julie Arpin und Karen Payne
für die technische Unterstützung auf dem Pfad.

Daß sie dieses Buch nicht nur möglich gemacht haben,
sondern in Schönheit haben entstehen lassen,
dafür danke ich all meinen tüchtigen Brüdern und Schwestern
bei Bear & Company.

Einführung

Im Jahre 1983, nachdem ich drei Tage und Nächte auf einem Berggipfel gebetet und gefastet hatte, brach ich mit meinen Fingern einen Zweig ab und erhielt eine Vision. Ich merkte, daß diese geringfügige Handlung die Welt verändert hatte. Die Welt würde nie wieder sein wie zuvor. Ich würde den Zweig nie wieder so zusammenfügen können, wie er zuvor gewesen war. So klein diese Veränderung auch gewesen sein mag, so wichtig war sie doch. Als das Knacken in meinem Kopf widerhallte, begriff ich, wie alles, was ich sage und tue, die Welt verändert. Die Erfahrung des brechenden Zweiges war keine abstrakte Idee oder eine philosophische Einsicht, sondern eine lebendige Erfahrung, wie sehr all meine Handlungen die Schöpfung beeinflussen. Seitdem leitet diese Erfahrung mein Leben in einer Welt, in der es bis vor kurzem den Anschein hatte, als ob die meisten Menschen vergessen hätten, wie sehr ihre Lebensführung der Erde, der Luft und dem Wasser tiefe Wunden zufügt.

Der Erkenntnis, zu der ich auf diesem Berggipfel gelangte, sind sich viele Indianer seit Anbeginn ihres Lebens bewußt: Sie wissen, daß alle Dinge miteinander verwoben sind und daß jede Handlung im Netz des Lebens alles andere beeinflußt. Die moderne Wissenschaft hat dieses Prinzip schließlich mit der "Superstring-Theorie" bewiesen. Doch viele Indianer haben diese Lektion schon in ihrer Kindheit als Teil ihres kulturellen Erbes empfangen. Sie haben versucht, in Übereinstimmung mit diesem Prinzip zu leben. So stellen sie – soweit möglich – sicher, daß ihr Handeln von der Achtung vor dem Geist in aller Schöpfung geprägt ist. Jetzt ist die Zeit, in der die ganze Menschheit unbedingt diese grundlegende Lektion lernen muß.

Die meisten modernen Menschen haben ihre Verbindung zur Erde verloren. Diese Feststellung dürfte wohl niemand in Frage stellen. Die Entstellungen und der Mißbrauch, die aus diesem Mangel an Verbundenheit entstanden sind, liegen auf der Hand. Millionen von Menschen wachen endlich auf und erkennen, was offensichtlich ist: Die Beziehung der Menschen zur Welt der Natur ist in großer Not. Einige Beobachter nennen dies "Das große Erwachen". Dieses Erwachen ist eine freudige Botschaft. Aber wohin führt sie? Wie gehen wir damit um? Wohin gehen wir von diesem Punkt aus? Diese Fragen treten jetzt in den Brennpunkt.

Da die Indianer seit Jahrtausenden mit bewußter Achtsamkeit auf der Erde gelebt haben, sind sie Träger eines überlieferten Wissens aus alter Zeit, das für alle, die mit den gegenwärtigen Aufgabenstellungen im Bereich von Umwelt und Kultur ringen, von größtem Wert sein könnte. Dutzende von Büchern haben das indianische Wissen aus mythologischer oder geschichtlicher Sicht dargestellt. Aber viele Menschen haben diese Informationen als altmodisch abgetan. Sie haben geglaubt, dies seien sehnsüchtige Beschreibungen einer einfacheren Welt, zu der wir niemals zurückkehren können.

Wir gehen nicht zurück zur Stammeskultur. Das sollten wir auch nicht. Dieses Buch spricht bestimmt nicht der Rückkehr in eine romantisierte Vergangenheit das Wort. Dieses Buch ist vielmehr der Bericht eines Journalisten über Männer und Frauen der Gegenwart, die sich mit der modernen Welt auseinandersetzen. Das Aufzeigen ihrer Anliegen ist ein tiefe Ehrerbietung gegenüber der Weisheitstradition der Vergangenheit. Die überlieferte Weisheit ist das Geschenk ihrer Kultur an die Welt. Aber im Brennpunkt der Arbeit sowohl dieser Männer und Frauen als auch dieses Buches stehen Gegenwart und Zukunft.

In unserer Zeit haben wir das Privileg und die Verantwortung, eine neue Kultur zu erschaffen, vor allem auch deshalb, weil sich unsere moderne Kultur als nicht durchführbar erwiesen hat. Diese Feststellung trifft nicht nur auf die Kommunisten zu. Auch der Kapitalismus hat viele tragische Mängel, die besonders deutlich werden, wenn man die von ihm ausgelöste Verwüstung der Erde und die vielen tausend Menschen sieht, die hungrig und heimatlos allein gelassen sind. Ebenso tragisch ist die Tatsache, daß sogar unter denjenigen, die es warm haben und die gut genährt sind, viele tausend Menschen ein zielloses Leben führen. Sie wissen nicht, warum sie eigentlich hier sind und welchen Sinn ihr Leben hat.

Wenn wir mit den Augen der Ältesten, die in diesem Buch portraitiert sind, sehen, dann können wir die Wurzeln der Weisheit erkennen. Was wollen uns die Alten, die in den heiligen Traditionen ihres Landes ausgebildet wurden, in dieser Zeit, in der unsere jetzige Kultur zerbröckelt und wir erste schwache Geburtswehen einer neuen Kultur erleben, wirklich sagen? Sicher ist: Wir können nicht einfach die Bräuche und Zeremonien der Mohawk, der Cherokee oder der Algonkin übernehmen. Sie sind unser nicht angemessen. Sie werden bei uns nicht funktionieren. In Antwort auf den lebenden Zeitgeist müssen wir neue

Formen erschaffen. Wir können jedoch viel lernen, wenn wir unseren Blick auf die spirituellen Wurzeln dieses Landes richten und den Ältesten zuhören, die Zugang zu diesen Wurzeln haben.

"Stimmen der Weisheit: Indianische Älteste sprechen über die Erde" – dieses Buch ist eine Sammlung wahrer Geschichten über indianische Älteste unserer Zeit, die in unterschiedlichster Weise Hüter der Weisheit sind. Dieses Buch definiert "die Ältesten" als Menschen, die ihre Lebensmitte überschritten haben und in der Art und Weise, in der sie ihr Leben führen, Weisheit demonstriert haben. Zwei der porträtierten Ältesten, AmyLee und Willaru Huayta, treten gerade erst in ihre Lebensmitte ein. Ihre Geschichten verdeutlichen jedoch, daß sie auf Grund der Umstände sehr wohl wert sind, eine Ausnahme zu bilden.

Dieses Buch gibt den Ältesten Gelegenheit, ihre unterschiedlichen Lehren über die Beziehung der Menschen zur Erde darzustellen. Jeder dieser Ältesten hat eine persönliche Geschichte, einen Charakterzug oder Einsichten, die uns helfen können, mit der angeborenen Weisheit in unserem Inneren in Berührung zu kommen. Ihre Lehren geben Antwort auf eine Reihe kritischer Fragen, die allen gestellt worden sind: Was ist deine persönliche Geschichte? Was geschieht nach deiner Sicht jetzt auf der Welt? Welche weitere Entwicklung siehst du voraus? Welchen besonderen Rat gibst du jenen, die bereit sind zuzuhören? Was hast du über das Leben im Gleichgewicht mit der Erde gelernt? Wie könnten andere Menschen diese Erfahrungen anwenden?

Man kann nicht alle Indianer grundsätzlich über einen Kamm scheren. Selbst heute werden in Nordamerika noch über 250 indianische Sprachen gesprochen. Jede dieser Sprachen steht für eine andere Tradition. Es gibt kaum gleichgelagerte Sichtweisen. Dieses Buch erhebt auch nicht den Anspruch, eine offizielle oder auch nur repräsentative Sichtweise darzustellen. Die Porträts dieses Buches stellen lediglich ein paar Menschen vor, die eben Indianer sind.

Folglich werden die Ältesten hier als Persönlichkeiten dargestellt, die für sich selbst stehen. Sie sind hier keine auserwählten Sprecher ihrer Kulturen. Sicherlich würden alle Ältesten der Notwendigkeit zustimmen, daß wir die Erde als unsere Mutter achten müssen. Doch in vielen anderen, weniger wichtigen Punkten dürften ihre Meinungen wohl auseinandergehen.

Unglücklicherweise wurden die Lehren der Indianer im Laufe der Geschichte häufig verzerrt oder falsch dargestellt. Damit dies an dieser Stelle nicht wieder geschieht, erhielten alle der hier erwähnten Ältesten eine Kopie "ihres" Kapitels. So hatten sie die Möglichkeit, ihre Geschichten zu überprüfen und zu verbessern. Meine Möglichkeit, Einfluß zu nehmen, war also wirklich denkbar gering. Ich habe die Ältesten befragt, ihre Antworten in einen flüssigen und zusammenhängenden Text gebracht und im allgemeinen meine eigene Bewertung hintangestellt. So können die Ältesten so direkt wie nur irgendwie möglich zu den Lesern sprechen.

Wir müssen beim Lesen dieser Geschichten aufpassen, daß wir die Ältesten nicht auf ein Podest erheben. Auch wenn wir vielleicht erstaunliche oder scheinbar exotische Umstände in ihrem Leben entdecken, so sind sie doch menschliche Wesen, die mit menschlichen Fehlern behaftet sind. Ebenso hat die indianische Gesellschaft genau wie jede andere Gesellschaft noch einen langen Weg zu gehen, bis sie vollkommen ist. Auch in der indianischen Gesellschaft gibt es viele Fehler und Unstimmigkeiten. So sind beispielsweise nicht alle Indianer der Meinung, daß ihre Lehren mit der ganzen Welt geteilt werden sollten, besonders seit sich diese Welt so versessen gezeigt hat, ihnen ihr Leben und ihr Land zu nehmen. Doch bestimmte Lehren sind in der indianischen Gesellschaft allgemeingültig. Alle hier dargestellten Ältesten stellen diese Lehren beispielgebend vor: die Ehrerbietung gegenüber der Erde als grundlegender Quelle unseres Lebensunterhalts, die Anerkennung einer spirituellen Beziehung zu allem Leben und die Toleranz gegenüber anderen Glaubensrichtungen und Einstellungen.

Ein Großteil der westlichen Welt feierte am 12. Oktober 1992 den 500. Jahrestag der Entdeckung Amerikas durch Kolumbus. Vor 500 Jahren legte Kolumbus an einer karibischen Insel an und traf dort mit den Eingeborenen zusammen. Damit bewies er angeblich, daß die Erde rund und nicht flach ist, wie einige Europäer angenommen hatten. Aber schon Tausende von Jahren vor seiner Reise lehrten viele Indianer inklusive der Maya, daß die Erde nichts anderes als ein Teil eines Sonnensystems sei und daß dieses Sonnensystem wiederum nichts anderes als Teil einer gewaltigen spiralförmigen Galaxie sei. Kolumbus war der Erste. Ihm folgten viele tausend Menschen, die versuchten, dieses Wissen zu zerstören. Er verübte Greueltaten, die zu einem Feldzug des Völkermordes gegen die Menschen und die Kultur dieser Hemisphäre wurden, und der mancherorts bis zum heutigen Tag noch andauert. Unsere beherrschende Kultur hat diesen Völkermord in der Regel nicht zur Kenntnis nehmen wollen. Ebensowenig haben wir das heilige Wissen der eingeborenen Amerikaner, besonders ihr Wissen um die Erde, zur Kenntnis genommen. Jetzt freilich ist das Wohlergehen der Erde so ernsthaft bedroht, daß wir uns endlich an diese Lehren erinnern und sie anwenden müssen.

Dieses Buch handelt von Nordamerika, dem Kontinent, der von den Indianern lange als Schildkröteninsel bezeichnet wurde. Die Eingeborenen Nordamerikas standen lange Zeit in Kontakt mit den Ureinwohnern des südamerikanischen Kontinents. Deshalb kommt in diesem Buch mit Willaru Huayta auch ein Sprecher aus Südamerika zu Wort, der die Beziehung zwischen beiden Kontinenten anspricht.

Klar ist, daß unser gemeinsames Leben auf der Schildkröteninsel noch keine konkrete Form angenommen hat. Wir haben weder eine gemeinsame noch eine ganzheitliche Kultur. Die Entwicklung ist noch nicht abgeschlossen, wir sind noch immer ein Schmelztiegel. Kann dieser Schmelztiegel irgend etwas Lebenswertes hervorbringen, ohne die traditionelle Weisheit dieses Landes zu berücksichtigen? Ich denke nein. Ich glaube, daß wir aufgerufen sind, soziale und kulturelle Formen für das 21. Jahrhundert und vielleicht für das ganze nächste Jahrtausend zu entwickeln, die von Ethik und Ästhetik erfüllt sind. Diese Formen müssen auf einer ökologisch informierten Kultur mit dem Bewußtsein um die Heiligen Zeiten und die Heiligen Orte aufbauen. Unsere Kultur muß mit Dankbarkeit und Anmut die Farben des Regenbogens und alle Glaubenssysteme der Menschheit umfassen. Die Botschaft der Ältesten, wie ich sie verstehe, besteht darin, daß dies sowohl notwendig als auch möglich ist.

Ein verbindendes Thema in diesem Buch ist der Glaube fast aller Ältesten, daß auf der Erde schon vor der unsrigen andere Kulturen existiert haben und zugrunde gingen, weil Technologien entwickelt und dann ohne Weisheit eingesetzt wurden. Offensichtlich haben wir jetzt wieder eine Periode erreicht, in der die Technik unser Leben bestimmt und im allgemeinen ohne Weisheit angewandt wird. Wir haben noch immer viel zu lernen.

Die meisten der Ältesten, die in diesem Buch vorgestellt werden, sind der Überzeugung, daß wir jetzt in eine neue Epoche der Geschichte, in ein neues Zeitalter, eintreten. Den Übergang selbst verstehen sie jedoch unterschiedlich. Einige sagen, daß wir von der Dritten Welt in die Vierte Welt gehen. Andere meinen, es sei der Übergang von der Vierten Welt in die Fünfte Welt. Wieder andere sind der Überzeugung, daß wir von der Fünften Welt in die Sechste Welt eintreten. Als ich den Ältesten zuhörte, wie sie über dieses Thema sprachen, schienen ihre unterschiedlichen Auffassungen jedoch immer unwichtiger zu werden. Während verschiedene Stammesgruppen unterschiedliche Zeitsysteme gebrauchen, so stimmen doch die meisten darin überein, daß wir in eine neue Zeit eintreten, in eine Zeit, die ihre Vorfahren schon vor langer Zeit vorhersahen. In Erwartung der neuen Zeit gaben die Vorfahren Hilfestellung durch ihre Prophezeiungen. Viele dieser Prophezeiungen sind in den Text dieses Buches eingeflochten, nicht um etwa unsere Neugier anzuregen, sondern um uns daran zu erinnern, daß wir mit gesundem Menschenverstand und weiser Handlung die harten Folgen der Erdveränderungen, wie sie die Alten vorhersahen, vermeiden können. Die meisten Ältesten stimmen überein, daß wir jetzt gerade einige dieser Erdveränder-ungen erleben. Wir leben in einer Zeit, in der sich die Erde mit stärker werdenden Stürmen, Vulkanausbrüchen, Erdbeben und anderen Umwälzungen selbst von diesen schädlichen Einflüssen reinigt. Solange wir nicht aufwachen, so warnen sie, wird sich der Reinigungsprozess noch verstärken.

Vor vielen Jahren las ich als Teenager das Buch "Profiles in Courage" des späteren Präsidenten John F. Kennedy. Dieses Buch hat mich zu tiefst inspiriert. In diesem Klassiker untersucht Präsident Kennedy die Qualität des Mutes im Leben und in den Entscheidungen verschiedener politischer Persönlichkeiten. Damit erweckte er eine abstrakte Eigenschaft – den Mut – zum Leben. Hier habe ich versucht, seinem Vorbild zu folgen. Durch die Geschichten und Worte von siebzehn Menschen, die Hüter echter Weisheitstraditionen sind, habe ich die Qualität der Weisheit zum Leben erweckt. Diese Traditionen werden in diesen rauhen Zeiten der Veränderung dringend benötigt. Wenn wir die Ältesten der Indianer mit Achtung fragen und ihnen dann zuhören, dann werden sie uns viel zu lehren haben.

Eins

Der grundlegende Ruf nach Bewußtsein

Lorraine Canoe und Tom Porter

Tom Porter ist Häuptling des Bärenklans in der Langhaus-Tradition des Volkes der Mohawk. Er lebt in einem einfachen Bauernhaus im indianischen St. Regis-Reservat am St. Lorenz-Strom in Hogansburg, New York. Tom Porter liebt das Familienleben und hat vier Kinder. Er ist aber auch ein traditioneller Lehrer des Großen Gesetzes.

Lorraine Canoe lebt ein paar Meilen weiter die Straße hinunter und näher beim Dorf. Sie gehört zum Wolfklan. Sie ist Großmutter und hat einen feinen mütterlichen Instinkt dafür, das zu schützen, was sie für gut hält. Ihr indianischer Name ist Kanaratitake, was soviel wie "Tragendes Blatt" bedeutet.

Obwohl Tom Porter und Lorraine Canoe verschiedenen Klans angehören, sind sie Freunde. Sie sind beide erklärte Verfechter der Werte, wie sie zur traditionellen Lebensform des Langhauses gehören. Vieles von dem, was sie zu sagen haben, und wahrhaftig vieles der Weisheit ihres Volkes ist ein Weckruf an den Rest der Menschheit.

Die Sichtweise, die bei Tom Porter ebenso wie bei Lorraine Canoe zum Ausdruck kommt, entspringt ihren Lebenserfahrungen als Menschen aus der Tradition der Mohawk. Die Mohawk sind Teil der Haudenosaunee, des Sechs-Völker-Bundes. Ihre Grundsätze dienten den Gründern der Vereinigten Staaten als Modell für ihre Verfassung. Um würdigen zu können, was diese modernen indianischen Führer zu sagen haben, ist es wichtig, etwas von ihrer Tradition zu verstehen.

Im Jahre 1977 stellten die sechs Völker der Haudenosaunee – besser bekannt als Irokesen – Teile ihrer Weisheitstraditionen in drei Schriftstücken zusammen, die sie einer Abteilung der Vereinten Nationen, dem Verbund der Nicht-Regierungs-Organisationen (Non-Govermental Organisations; NGO) vorlegten. Diese Schriftstücke verdeutlichten ihr Verständnis der Weltgeschichte und ihre Gedanken in bezug auf die Zukunft. Sie wurden schließlich gemeinsam unter dem Titel "Basic Call to Consciousness" (Der grundlegende Ruf nach Bewußtsein) im Jahre 1978 von *Akwesasne Notes* veröffentlicht.

"Basic Call" ist eine vernichtende Kritik des modernen Lebens und aus diesem Grund wurde das Buch alles andere als ein Bestseller. Niemand ist scharf auf verbale Schläge und ebenso wird nicht jeder dem zustimmen, was diese Indianer zu sagen haben. Aber sie haben eine wirklich sehr berechtigte Sichtweise, und diejenigen, die sich Gedanken um das Überleben in der Zukunft machen, sollten sich zumindest damit auseinandersetzen.

In "Basic Call" hören wir die Stimmen der Ältesten, die am längsten in diesem Land gelebt haben. Sie sind die Erben der Traditionen, die Jahrtausende lang vor dem Auftauchen der europäischen Siedler das Gleichgewicht aufrechterhalten haben. Die meisten bekennenden Religionen dieser Welt sind ziemlich jung. Der Islam ist etwa 1500 Jahre alt, das Christentum 2000 Jahre und das Judentum vielleicht noch 2000 Jahre älter. Die Ureinwohner Amerikas erheben jedoch Anspruch auf eine Tradition, die viele, viele tausend Jahre weiter zurückreicht.

Die Sichtweise der Indianer leitet sich folglich von einer Philosophie ab, deren Wurzeln laut den Haudenosaunee über Zehntausende von Jahren zurückreicht. Dies ist eine erdgeschichtliche Sichtweise, die den modernen Menschen als Kinder betrachtet, die erst seit kurzer Zeit – gemessen an der langen Zeitspanne der Weltgeschichte – die Erde beleben.

"Basic Call to Consciousness" verleiht einer Perspektive Ausdruck, die ebenso direkt wie logisch ist und darauf hinweist, daß die westliche Kultur gegenüber der Natürlichen Welt entsetzlich zerstörerisch und ausbeuterisch war und ist: "Die Menschen mißbrauchen sich gegenseitig ebenso wie den Planeten, auf dem sie leben. Die Zerstörung der Natürlichen Welt ist ein klarer Beweis für die spirituelle Armut der Menschheit... mehr als 140 Vogel- und Tierarten sind völlig ausgerottet worden, seit die Europäer nach Amerika kamen (laut einer Schätzung aus dem Jahre 1977). Sie wurden vor allem deshalb ausgerottet, weil sie als unnütz angesehen wurden. Die Wälder sind dem Erdboden gleichgemacht, die Gewässer verschmutzt, die eingeborenen Menschen vom Völkermord bedroht...

Die westliche Technologie und die Menschen, die sie einsetzen, sind zu den erstaunlichsten Kräften der Zerstörung der gesamten Menschheitsgeschichte geworden. Keine einzige Naturkatastrophe hat jemals auch nur annähernd soviel Schaden angerichtet. Nicht einmal die Eiszeiten forderten so viele Opfer.

Dieses Buch ruft: "Wacht auf!" Unser Leben ist Teil eines Heilgen Netzes, in dem alles miteinander verwoben ist. Selbst wenn wir mit unseren Lebensstil und unserer Technik Luft und Boden nur geringfügig vergiften würden, so würden wir damit doch uns selbst vergiften.

Die Haudenosaunee schreiben: "Heute steht die Menschheit vor dem Problem des eigenen Überlebens. Die Lebensform, die wir als westliche Zivilisation kennen, bewegt sich auf dem Weg des Todes... Unsere wichtigste Botschaft an die Welt ist ein grundsätzlicher Ruf nach Bewußtsein. Die Zerstörung der eingeborenen Kulturen und Völker ist der gleiche Prozeß, der auch das Leben auf diesem Planeten zerstört und schon zerstört hat. Technologien und Sozialsysteme, die die Tier- und Pflanzenwelt zerstört haben, zerstören auch die eingeborenen Völker. Das ist ein klarer Hinweis darauf, daß die Menschen auf diesem Planeten in größten Schwierigkeiten sind."

Mit dieser Schrift rufen die Indianer im Wesentlichen zu Rechtschaffenheit auf. Sie meinen damit eine gemeinsame Ideologie, die von allen Menschen durch absolute Reinheit und größte Selbstlosigkeit verwirklicht wird. So schreiben sie: "Rechtschaffenheit wird dann eintreten, wenn Geist und Emotionen in Harmonie mit dem Universum und den Absichten des Guten Geistes oder des Großen Schöpfers fließen. Die Prinzipien der Rechtschaffenheit verlangen, daß alle Vorurteile, Vorrechte oder Überlegenheiten beiseite gelegt werden und daß die Realität zufolge die Schöpfung zum Wohle aller Wesen ohne Ausnahme da ist, Anerkennung findet. Sowohl Vögel, Tiere, Bäume und Insekten als auch die Menschen verdienen diese Anerkennung.

"Zu Beginn wurde uns gesagt, daß den Menschen, die über die Erde gehen, alle Dinge gegeben wurden, die zum Leben notwendig sind. Wir wurden angeleitet, füreinander in Liebe zu sorgen und allen Wesen auf dieser Erde große Achtung entgegen zu bringen. Uns wurde gezeigt, daß unser Wohlergehen vom Wohlergehen des Pflanzenreichs abhängt und daß wir enge Verwandte der vierbeinigen Lebewesen sind."

Die Indianer erinnern daran, daß ihre ursprünglichen Anweisungen die Menschen aufforderten, Achtung, Zuneigung und Dankbarkeit gegenüber allen Elementen, die Leben schaffen und erhalten, zum Ausdruck zu bringen: "Wir grüßen und danken all jenen, die unser eigenes Leben unterstützen, dem Mais, den Bohnen, dem Kürbis, den Winden und der Sonne."

Ein unverzichtbarer Grundsatz der indianischen Kosmologie setzt die Menschen in eine ausgewogene Beziehung zur Erde. Darüber schreiben die Ältesten in "Basic Call": "Unsere Philosophie lehrt uns, die Natürliche Welt mit großer Sorgfalt zu behandeln. Als wir unsere Einrichtungen, unsere Bräuche und unsere Technologien entwickelten, hatten wir ein achtsames Auge darauf, daß sie das empfindliche Gleichgewicht, in dem wir leben, zerstören können."

Die Ältesten sagen, daß wir erst die Auswirkungen auf die nächsten sieben Generationen bedenken sollten, bevor wir etwas – von der Gentechnik bis zum Waschmittel – schaffen oder kaufen. Erst wenn wir glauben, daß unsere Handlungen und Schöpfungen über diese lange Zeitspanne unterstützend auf das Leben wirken, sollten wir fortfahren.

Anders ausgedrückt: Die Ältesten rufen uns auf, nicht nur die Rechte anderer Menschen zu achten, sondern die Rechte aller Wesen der Schöpfung: "Die Menschen, die auf diesem Planeten leben, müssen mit der engstirnigen Vorstellung der menschlichen Befreiung brechen und statt dessen beginnen, Befreiung als etwas zu erkennen, das die gesamte Natürliche Welt umfassen muß. Was benötigt wird, ist die Befreiung aller Dinge, die das Leben erhalten; die Befreiung der Luft, der Gewässer, der Bäume, aller Dinge, die das heilige Geflecht des Lebens nähren."

In ihrem "Basic Call to Consciousness" wenden sich die Haudenosaunee-Ältesten auch an die Politik: "Die Probleme, denen wir heute als Spezies auf einem Planeten mit begrenzten Ressourcen gegenüberstehen, entstehen nicht einfach aus physischen Beschränkungen, sondern aus politischen Realitäten. Es ist eine nicht zu leugnende Tatsache, daß das Elend dieser Welt von Gewinninteressen gesteuert wird. Politik und Wirtschaft sind im Westen auf komplizierte Weise mit einander verknüpft und soziale Erwägungen haben für das Kapital der Welt nur einen untergeordneten Stellenwert."

Die Ältesten sind der Meinung, daß die am Gewinn ausgerichteten Interessen der Weltwirtschaft genau auch jene Interessen sind, die die derzeitige Krise der Menschheit hervorgerufen haben. Die Ältesten schildern, daß die beste Art, den gegenwärtigen Zustand der Dinge zu transformieren, darin besteht, "Befreiungs-Technologien" zu entwickeln und anzuwenden, die direkt und komplementär zur "Befreiungs-Theologie" sind. "Befreiungs-Technologien" sind Techniken, die von Menschen an einem bestimmten Ort selbst entwickelt und angewandt werden können. Sie unterstützen die Selbstversorgung und die Achtung vor der Natur. Beispiele der “Befreiungs-Technologien” sind Windräder, Solarzellen, Biomasse und die biologische Landwirtschaft.

Lorraine Canoe

Lorraine Canoe ist eine nachhaltige Verfechterin vieler Ideen, wie sie in “Basic Call to Consciousness” dargestellt sind. Sie wuchs im windreichen St. Regis-Reservat im Norden des Bundesstaates New York auf. Als Mitglied des Wolfklans, eines Lehrklans, erfuhr sie eine tiefe Einweihung in die Philosophie und die Traditionen der Haudenosaunee. Sie erzählt: “Frauen haben mich zur Selbstbestimmtheit erzogen. Als ich dann in die Welt hinauskam, behielt ich diese bei. In unserem Haushalt lebten vier Generationen: meine Urgroßmutter, meine Großmutter, meine Mutter und ich. Die Tradition war immer mit uns – um hilfsbereit zu sein, um politisch Einfluß zu nehmen oder um einfach für die Familienmitglieder da zu sein. Sie war auch mit uns, wenn nicht nach ihr gefragt wurde.”

“Wie stuft die Regierung der Vereinigten Staaten die Menschen in Zentralamerika ein? Für sie sind es Kommunisten. So nennen sie diese Menschen. Der Völkerbund der Irokesen funktioniert auch auf kommunistische Weise. Man teilt die Nahrung, man teilt das Land. Es sind keine Zäune zu sehen. Ein Zaun ist wirklich eine große Seltenheit. Wenn sich meine Nachbarin nicht wohl fühlt, kann ich einfach zu ihr hinübergehen und nachschauen, wie es ihr geht, und fragen, ob sie einen Tee oder irgend etwas anderes braucht. Wenn es einen Zaun gäbe, würde ich sie nicht kennen. Wie kann ich ihr helfen? Es geht nicht darum, daß sie mir hilft, sondern daß ich ihr helfen kann. Das ist so meine Art. Wie können wir zu diesen Grundsätzen zurückkommen?”

“Als Louis Henry Morgan das anthropologische Buch “Mein Leben mit den Seneca” (Living with the Senecas) schrieb, lüftete er den Bann des Schweigens um unser Volk und beschrieb, wie wir lebten. Als sein Buch veröffentlicht wurde, kam es in die Buchhandlungen. Karl Marx kam aus Deutschland und lebte ein Jahr in Brooklyn, las Morgans Buch, kehrte nach Deutschland zurück und was tat er dann? Er schrieb “Das Kommunistische Manifest”, und seine Ideen wurden in die Praxis umgesetzt. Aber den spirituellen Teil hat er weggelassen. Der spirituelle Teil und auch der matriarchale Aspekt des Nährens wurden ausgelassen. Das ist der Grund, weshalb der Kommunismus sich auflöst, weil wichtige Dinge abgewiesen und nicht in die Praxis umgesetzt wurden.”

“Es ist mein Anliegen, die Regierung der Mohawk und unsere Sprache am Leben zu erhalten. Denn wenn unsere Sprache stirbt, dann können wir nicht mehr regieren. Uns ist nicht bestimmt, in einer anderen, einer fremden Sprache zu regieren. Wenn unsere Sprache stirbt, dann sterben auch wir. Ebenso sagen die Navajo: ‘Helft uns, oder wir werden sterben.’ Der Geist der Mohawk wird dann sterben.”

“Ein Volk braucht eine Sprache. Jedes Land und jedes Volk der Welt hat seine eigene Sprache. Für mich ist die Tradition unserer Sprache fundamental – unsere Sprache ehrt die Frau, es ist eine weibliche Sprache. Wenn ein junger Mensch oder selbst ein Erwachsener unsere Sprache lernt, so wird er überflutet mit der Sensibilität für das Weibliche und der Beständigkeit unserer Traditionen.”

“Grundsätzlich sind die Mohawks und andere Irokesen-Völker ein Matriarchat. Die Frau führt die Abstammungslinie fort. Sie ist eine Autorität beziehungsweise das Klan-Oberhaupt. Die Klan-Zugehörigkeit wird durch Geburt bestimmt. Mein Bruder gehört zum Wolfklan, weil unsere Mutter zum Wolfklan gehört. Bis zu seinem Tode gehört er diesem Klan an und kann ihn nicht verlassen.”

“Wenn du einen ungefähr zwei Jahre alten kleinen Jungen hast, dann beobachtest du ihn und schaust, wie er sich benimmt, wie er sich gegenüber seiner Mutter und seiner Schwester benimmt. Wenn er einen Fehler macht, so sind immer die Mitglieder des Klans da, die ihn auf eine korrekte Denkweise hinweisen. Für mich sind der ganze Wolfklan – alle Kinder dieser Welt – meine Kinder. Wer korrigiert diesen zwei Jahre alten Jungen, der vielleicht eines Tages ein Führer sein wird? Du beobachtest, wie er aufwächst. Seine Lebensführung wird sehr stark von der Art und Weise bestimmt, wie er seine Beziehungen gestaltet. Die Führungsqualitäten sind nicht so sehr dadurch bestimmt, daß man Verantwortung übernimmt – es gibt da eine gewisse Kontinuität. Nur zu sagen, ich mache dich zum Führer und jetzt schau, wie du damit zurechtkommst – so etwas gibt es nicht. Es besteht immer die Notwendigkeit der Kommunikation. Als der Große Friedensstifter kam, um unsere Nationen wieder zur rechten Lebensführung anzuleiten, um unsere Nationen neu zu erschaffen und um unsere Denkweisen zu trainieren, gab es nicht nur Männer sondern auch Frauen. Seinem Gesetz dürfen wir weder etwas zufügen noch wegnehmen. Es ist für uns ausgesprochen worden. Du versuchst entsprechend deiner besten Fähigkeiten zu leben. Heute respektiert die vorherrschende Kultur die weibliche Kreativität überhaupt nicht. Geh hinaus und schau dir das Bild der Frauen an – ganz offensichtlich ist es sehr krank geworden.”

“Was könnte die vorherrschende Kultur lernen, wenn sie unsere matriarchale Kultur ernsthaft prüft? Ich möchte meine Antwort so beginnen: Wenn zwei Menschen zusammenleben, egal ob sie verheiratet sind oder nicht, und die Frau schwanger wird, dann erwartet sie doch das Kind nicht allein. Auch der Mann erwartet ein Kind. Wie verhält er sich gegenüber seiner Frau in anderen Umständen, in dieser kraftvollen Schöpfungsphase? Erkennt er, daß er zusammen mit seiner Frau an der Schöpfung teilhat? Ignoriert er sie? Treiben ihn seine sexuellen Wünsche zu einer anderen Frau? Wieviel Ehrgefühl bringt er sich selbst gegenüber dar, um diszipliniert genug zu sein, um nur an das zu denken, was er schafft beziehungsweise geschaffen hat?”

“Während die Frau das Kind trägt, sollte der Mann immer die Erinnerung wachhalten, daß er in den gleichen Umständen ist. Die Achtung und Ehrerbietung dem Kind gegenüber beginnt mit der Zeugung. Wie hilft er ihr im Haushalt? Wie unterstützt er sie bei der Frage, was sie gemeinsam essen und was sie besser nicht essen sollte? Inwieweit nimmt er Anteil daran, daß seine Frau ihr Gewicht niedrig halten sollte? Er sollte nicht nur an die Frau, sondern auch an das ungeborene Kind denken.”

“So beginnt die matriarchale Tradition mit der Zeit der Zeugung. Wenn das Kind – gleich ob Junge oder Mädchen – da ist, wer ist dann der erste Lehrer, an den es sich wendet? Die Mutter. Wer lehrt das Kind laufen? Die Mutter. Sprache, Benehmen – all das lastet auf den Schultern der Frau. Es ist sehr selten, daß ein Mann diese Aufgaben übernimmt. Für ihn ist es sehr wichtig, das Bewußtsein für die weibliche Welt, aus der er kommt, nicht zu verlieren. Was lehrte ihn seine Mutter? Diese Kontinuität sollte auch noch bestehen, wenn der Mann Großvater wird – er sollte die Achtung vor dem schöpferisch Weiblichen nicht verlieren. Und all dies steht in Beziehung zur Erde.”

“Wenn man etwas pflanzt, ist es genauso. Man pflanzt eine Kartoffel, die vom letzten Jahr übrig geblieben ist – die sogenannte Saatkartoffel. Die Triebe dieser Kartoffel sind weiblich, weil sie sprießen. Also bricht man etwas davon ab und steckt diesen Trieb in die Erde. Der Trieb ist weiblich, weil hier etwas auf die gleiche Art wächst wie bei der schwangeren Frau. Sie wächst Monat um Monat und bringt das Kind hervor.”

“Laßt uns zurückgehen zu Abigail Adams, der Frau von John Adams. Wenn die Gründer der Vereinigten Staaten wirklich verstanden hätten, wie der Völkerbund der Irokesen funktioniert hat, mit der Freiheit der Frauen, in Ratsversammlungen zu sprechen, Urteile zu fällen, der Haushaltsvorstand zu sein und die Kinder hervorzubringen, wenn sie all dies gewußt hätten, dann hätte man vor 30

Jahren die ERA nicht gebraucht. Man hätte sie im voraus als Teil der Struktur der Verfassung verstanden."

"Weil die Gründer das nicht wußten, übernahmen sie nur einen Teil der Gesetze unseres Völkerbundes in die Verfassung der Vereinigten Staaten. Wieviel ließen sie weg? Sie machten eine Verfassung, die Staat und Kirche voneinander trennt. Und wer trennte Kirche und Staat? Die Frauen waren es nicht. Die Frauen wurden nicht um Rat gefragt. Frauen besaßen kein Land. Sie waren nicht berechtigt, Land zu besitzen. Sie hatten aufgrund der Hierarchie, die hierher kam und vor zweihundert Jahren begann eine Regierung ohne Frauenbeteiligung zu formen, nichtmals das Wahlrecht. Und weil der Fehler gemacht wurde, die Frauen nicht in die Struktur der Verfassung einzubinden, verfällt sie. Wie kann eine Verfassungsstruktur vollkommen sein, wenn weder von Seiten der Kinder noch von Seiten der Frauen Einflußmöglichkeiten bestehen? Wo wird das enden? Welchen Wert hat es? Die Verfassung ist so bruchstückhaft. Wer wird sie wieder zusammenfügen? Kann sie repariert werden?"

"Als die dreizehn Kolonien zusammenkamen, um eine Regierung zu bilden, sagten sie zu uns, daß sie uns 'ihre Kinder' nennen würden. So würde das in der Regierung der Vereinigten Staaten funktionieren. Wir erhoben Einspruch: 'Nein, wir werden auf parallelen Wegen gehen. Ihr fahrt in eurem Boot, und wir in unserem. Ihr braucht nicht zu kommen und Gesetze für uns machen, und wir machen keine für euch.' Aber wenn ihr zum Beispiel eingeborene Menschen nehmt, Menschen aus der Langhaustradition, die diese Dinge lernen und dann der Attraktion der anderen Regierung ausgesetzt sind, dann wollen sie aus unserem Boot aussteigen und in das andere steigen, weil es so attraktiv aussieht. Wenn sie dann umsteigen bedeutet das soviel, daß sie einen Fuß in unserem Boot und den anderen in ihrem Boot haben. Was aber macht das andere Boot so reizvoll? Wir werden immer von Dingen angezogen, die nicht für uns gedacht sind. Es ist eine Probe für uns Menschen, wie stark wir sind."

"Welchen Rat kann ich anbieten? Ich würde sagen: Paßt auf, was Ihr eßt. Jeden Tag solltet ihr für das Tageslicht danken. Ihr müßt so lang praktizieren, bis ihr denkt, daß es für euch da ist."

"Führt ein selbstbestimmtes Leben, so wie ihr wollt, daß Eure Kinder und Enkelkinder aufwachsen – in Achtung vor der Erde und all ihrer Bewohner. Richtet Eure Aufmerksamkeit auf die Kinder. Wir sind der verlängerte Arm der Kinder. Schaut auf die Kinder. Wer werden sie sein, wenn sie erwachsen sind?"

Wie viele Menschen setzen ihre Kinder auf ein mechanisches Pferd und werfen einen Groschen ein? Welche Reaktion zeigen diese Kinder? Mit zwei Jahren

Programm Herbst 2000

ARUN VERLAG

verlag der traditionen

• pagan • tribal • celtic • indian • cult •

und kulturen

Edition Björn Ulbrich

128 S., durchgängig 3-farbig
Format: 14,8 x 21,0 cm, Broschur,
ISBN 3-927940-68-2.,
29,80 DM, 218,00 ÖS, 28,50 SFR.

Björn Ulbrich, Holger Gerwin

Die Hohe Zeit

Rituale und Zeremonien für Hochzeit,
Lebensbund und Familie

Hier wird praxisnah dargestellt, wie heute geheiratet werden kann: auf Waldlichtungen, auf alten Kultplätzen, und unterm Sternenzelt.

Da der Schwerpunkt des Buches wie bei *Die geweihten Nächte* auf leicht verständlichen Texten, aussagekräftigen Bildern und einer ästhetischen Gestaltung liegt, ist es ein perfektes Kompendium zeitgemäßer Hochzeitsbräuche (Ringtausch, Kuß, Baumpflanzung, Sprung über den Besen, etc.) und ein Leitfaden zur Ausgestaltung der eigenen Feierlichkeit.

Mit 10 aufwendig bebilderten Beispielen aus verschiedenen europäischen naturreligiösen Traditionen.

128 S., durchgängig 3-farbig
Format: 14,8 x 21,0 cm, Broschur,
ISBN 3-927940-69-0.
29,80 DM, 218,00 ÖS, 28,50 SFR.

Helge Folkerts

Symbol-Gebäck

Für Körper, Geist und Seele
im Rad des Jahres

Das Buch zeigt die reichen Schätze der Formen- und Symbolinhalte von Gebäckgebilden zu zeigen und hilft ihren Wert neu zu entdecken.

Einführend werden die Formen, Herleitungen und Inhalte der Symbolzeichen dargestellt, um uns die tiefsinnigen Bedeutungen zu erschließen. Es wird vermittelt, wie damit ausdrucksstarke, wirkungsvolle Gebäcke zu gestalten sind. Geeignete Rezepte und erfahrungsorientierte Hinweise für die richtigen Teigzubereitungen mögen selbst Ungeübte zum Versuchen ermutigen. Viele Bilder aus der Backpraxis der Verfasserin unterstützen Anfänger-Bemühungen oder inspirieren zu selbständigen Kreationen.

Björn Ulbrich, Holger Gerwin

Die geweihten Nächte

Rituale der stillen Zeit -
Ein Ratgeber für Weihnachten

Dieses Buch bietet auf 128 reich und farbig illustrierten Seiten ein Füllhorn an Hintergrundinformationen, Brauchtum und Mythologie, aber auch Tips und Hinweise für zeitgemäße naturreligiöse Weihnachtszeremonien.

Das beginnt bei Alternativen für das Schmükken des Weihnachtsbaumes und des Adventskranzes, setzt sich fort bei Backrezepten für Sinngebäck und Gestaltungsvorschlägen für den Julbogen, stellt den Julleuchter vor, erklärt den sachgemäßen und zeremoniellen Aufbau eines Julfeuers und gibt nützliche Hinweise für Mysterienspiele wie Winteraustreiben oder den Bau von Perchtenmasken.

128 S., durchgängig 3-farbig
Format: 14,8 x 21,0 cm, Broschur.
ISBN 3-927940-52-6.
29,80 DM, 218,00 ÖS, 28,50 SFR.

Edition Björn Ulbrich

Helge Folkerts

Frauenkreise

Feste, Feiern, Rituale um die heilige Mitte

Sehr einfühlsam und leicht verständlich gibt das Buch Tips zur Gestaltung des Jahreskreises, zu Ritualen, zu mythologischen Bildern und persönlichen Anliegen wie Tauf-, Geburtstags- oder Beisetzungsfeierlichkeiten.

Das im Rahmen der Edition Björn Ulbrich erschienene Buch versteht sich in aller erster Linie als praxisbezogener Ratgeber.

Alle Feste, Rituale und Feiern um "die heilige Mitte" werden erlebbar beschrieben und sind für jede Frau leicht nachzuvollziehen.

Abgerundet wird das Buch mit zahlreichen Bildern zum Thema, die die geschilderten Rituale und Feiern sehr ansprechend illustrieren. Mehr Infos:

www.frauenkreise.de

Neu

128 Seiten, durchg. 3-farbig,
16 Seiten 4-farbig., Broschur,
ISBN 3-927940-63-1.
29,80 DM, 218,00 ÖS, 28,50 SFR.

Neu

School of Lost Borders

Erwachsenwerden in der Wildnis

Visionssuche mit Jugendlichen

Video mit deutschen Untertiteln,
VHS, 80 Minuten, Farbfilm.
ISBN 3-927940-50-X
Preis: 49,80 DM, 364,00 ÖS, 48,00 SFR

Steven Foster, Meredith Little

Die Vier Schilde

Initationen durch die Jahreszeiten
der menschlichen Natur

In 12 Jahren Arbeit entstand dieser Klassiker einer initiatorischen Therapie, die sich auf die Vier Jahreszeiten und Himmelsrichtungen der menschlichen Natur stützt.

Das Buch beschreibt anhand vieler Beispiele die innere Natur des Menschen auf einsichtige, weise, lebenspraktische, lyrische und humorvolle Art. Es bietet einen neuen – und doch sehr alten – psychologischen Denk- und Handlungsrahmen und ist für Ökologen, Anthropologen, Geistliche, Wildnisführer und Angehörige lehrender, helfender und heilender Berufe von großem Wert.

„Für Menschen, die in der Natur persönliches Wachstum und Einsicht suchen, zeigen Steven und Meredith einen Pfad zu ursprünglicher Erfahrung und tieferem Sinn. ‚Die Vier Schilde' ist für die moderne Ökotherapie ein kraftvolles Werkzeug, das in der Weisheit der Vorfahren wurzelt und in ihrer persönlichen, umfassenden Erfahrung und Lernbereitschaft."

Dr. John Hendee, Direktor des Wildnisforschungszentrums der Universität Idaho

Das Standardwerk zum Thema Visionssuche und Übergangsriten in der Wildnis.

368 Seiten, 20 s/w Abb, gebunden, Schutzumschlag, Format: 14,8 x 21,0 cm,
ISBN 3-927940-64-X.
68,00 DM, 496,00 ÖS, 64,00 SFR.

Ralph Metzner

Das Mystische Grün

Die Wiedervereinigung des Heiligen mit dem Natürlichen

In den Herzen und Gedanken der Menschen sind *sowohl* die Ursachen für die Umweltkrise *als auch* die Heilmittel dafür zu finden!

Metzners Argumentation spannt einen Bogen von den schamanischen Zeremonien der Lakandonen über die Naturmystik H. v. Bingens und die psychedelischen Erfahrungen mit Peyote und LSD bis zu den schwarzen Göttinnen und grünen Göttern unserer heidnischen Vorfahren.

R. Metzner entwickelt aus Tiefenökologie und Ökofeminismus Lösungsmöglichkeiten für eine Weltsicht, in der der Geist der Menschheit und die Gesundheit des Planeten in Einklang gebracht werden.

272 Seiten, ca. 20 s/w Abb, gebunden, Schutzumschlag, Format: 14,8 x 21,0 cm
ISBN 3-927940-65-8.
58,00 DM, 424,00 ÖS, 55,00 SFR.

Steven Mc Fadden

Stimmen der Weisheit

Indianerälteste sprechen über Mutter Erde

In dem Maße, wie unsere Kultur die Bodenhaftung zu verlieren droht, erheben die Ältesten der Indianer, die noch in den heiligen Traditionen leben, ihre Stimme.

Steven McFadden ging diesen Stimmen nach und fand vierzehn Hüter der Weisheit, die uns eine tiefe und nachhaltige Verbundenheit, ja Liebe zu unserem Planeten empfehlen, wenn wir dessen Schönheit erhalten wollen: u.a. Dhyani Ywahoo, Brant Secunda, Twylah Nitsch, Manitonquat, Slow Turtle, Willaru Huayta und Sun Bear.

272 Seiten, 15 s/w Abb, Broschur, Format: 14,8 x 21,0 cm
ISBN 3-927940-43-7.
39,80 DM, 291,00 ÖS, 37,00 SFR.

www.medizin-rad.de

Nordic Design -T-Shirts

Alle Motive gibt es auch auf hochqualitativen T-Shirts in Öko-Qualität. Folgende Farben sind erhältlich:

- Silber auf Schwarz
- Blau auf Natur
- Rot auf Natur

T-Shirts in Öko-Qualität, 150 g/qm,
Größen M, L, XL: 39,90 DM
(bitte Größe und Farbwunsch angeben)

Nordic Design - Aufkleber

Die Reihe *Nordic Design* sucht auf kreative Weise die Mythologie unserer Vorfahren mit zeitgenössischer Kunst zu verbinden. Die Motive zeigen Themen aus der Edda, einer schriftlichen Sammlung altnordischer Götter- und Heldenlieder, die zwischen den 8. und 12.Jhd. in Island entstand.

Die qualitativ hochwertige Adhäsionsfolie stellt sicher, daß die Aufkleber jederzeit ohne Rückstände abgelöst und wiederverwendet werden können.

12 Aufklebermotive (Adhäsionsfolie) mit Erläuterungstext einzeln verpackt in Schutzfolie.
Jeweils 14,0 x 14,0 cm.
Preis pro Aufkleber: 4,95 DM

1. Odin auf Sleipnir

2. Frigg

3. Thor

4. Freyja

5. Freyr

6. Irminsul

7. Loki

8. Iduna

9. Wotan

10. Berserker

11. Die drei Nornen

12. Die Midgardschlange

Celtic Design

Die Praxisbuchreihe *Celtic Design* vermittelt dem Leser profunde Kenntnisse über den reichen Schatz keltischer Symbole und Motive. Gleichzeitig inspiriert es, eigene Motive zu gestalten. Zudem erfahren wir von Aidan Meehan fundiertes Wissen über den heidnischen wie christlichen Hintergrund der gezeigten Symbolik.

Folgende Bände sind in Planung:

- Der Baum des Lebens
- Drache und Greif - die Symbole der Wikinger

mehr Informationen: www.celticdesign.de

Aidan Meehan

Keltische Tiermuster

Tiermuster gelten als die besonders dynamischen und bevorzugt verwendeten Arten keltischer Muster.

Dabei vereinigen Sie in genialer Art und Weise die europäischen Traditionen, wie die der Wikinger, der Angelsachsen und der frühen Kelten.

Meehan geht den Ursprüngen der Tiermuster auf den Grund und zeigt in hunderten von Beispielen ihre Verwendung auf Gürteln, Schnallen und Broschen. Den Schwerpunkt legt er dabei deutlich auf die phantastischen Hunde-, Hunde-Vogel- und Menschenmuster sowie auf die bekannten Vogelzierleisten.

160 S., ca. 400 Abb., A5, Broschur, ISBN 3-927940-66-6.
29,80 DM, 218,00 ÖS, 28,50 SFR

Aidan Meehan

Keltische Buchstaben

Wem sind sie nicht schon irgendwo einmal ins Auge gestochen, die wie von Zauberhand verzierten Initialen der keltischen Schriftgelehrten? Kunstvoll ausgeschmückte Buchstaben, herrlich koloriert und voll von strahlender Symbolkraft!

Hier finden Sie eine Zusammenstellung einfacherer dekorativer Buchstaben, die extra ausgewählt und als Umriß fertig zum Kolorieren gezeichnet wurden.

160 S., ca. 300 Abb. A5, Broschur, ISBN 3-927940-67-4.
29,80 DM, 218,00 ÖS, 28,50 SFR

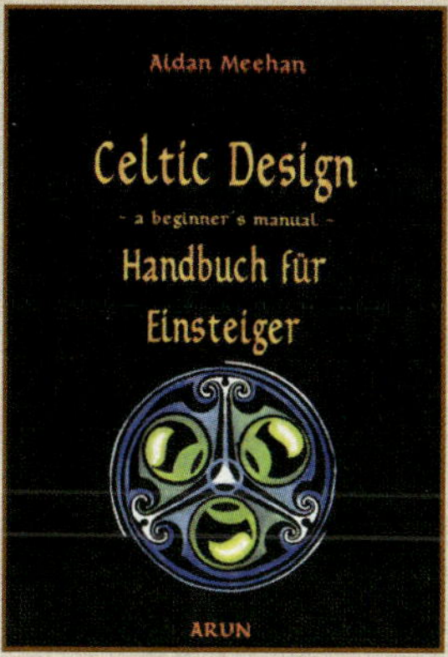

Aidan Meehan

Handbuch für Einsteiger

Das Buch hilft dem Anfänger und dem interessierten Laien bei den ersten Schritten auf dem Weg zur hohen Kunst der Kelten.

Über 250 Illustrationen begleiten den Leser und zeigen die Reichhaltigkeit und zeitlose Ästhetik keltischer Kunst.

Meehan erklärt verschiedene Zeichen- und Kalligrafietechniken, gibt detaillierte Anweisungen zur traditionellen Ausschmückung von Buchstaben sowie über Werkzeuge und Maltechniken für das Kolorieren eigener Zeichnungen.

160 S., 258 s/w-Abb.,
A5, Broschur,
ISBN 3-927940-46-1
29,80 DM, 218 ÖS, 28,50 SFR.

Aidan Meehan

Keltische Flechtmuster

Meehan lüftet das Geheimnis der beeindruckenden keltischen Flechtmuster.

Ausgehend vom einfachsten Knoten in all seiner religiösen Bedeutung, entwikkelt sich dem Leser diese hohe Kunst.

Meehan vergißt dabei nicht, daß jedes Zeichen einem spirituellen Hintergrund entspringt. Dieses Buch bietet nicht nur einen Einblick in die Details der keltischen Flechtsymbolik, sondern vermittelt auch die handwerklichen Kenntnisse, um es zu künstlerischer Perfektion zu bringen.

160 S., 434 s/w-Abb.,
A5, Broschur
ISBN 3-927940-47-X
29,80 DM, 218 ÖS, 28,50 SFR.

Aidan Meehan

Keltische Spiralmuster

Die Spirale ist das älteste keltische Symbol.

Spiraldarstellungen haben den Menschen seit jeher begleitet: von den Tagen der Steinzeit über die Tempelskulpturen der Megalith-Kultur, die Bronzearbeiten der Gallier und die Schmuckarbeiten der Pikten, bis zum ausgefeilten Design keltischer Kunst im Frühmittelalter.

Aidan Meehan gibt detaillierte Anweisungen und praktische Tips, wie wir diese reichhaltige Tradition in unser modernes Leben integrieren und für zeitgemäßes Handwerk und Design nutzen können.

160 S., 400 s/w-Abb.,
A5, Broschur
ISBN 3-927940-48-8
29,80 DM, 218 ÖS, 28,50 SFR.

Kurse, Bilder, Beispiele: www.celticdesign.de

Der Magier-Philosoph im Netz: www.akron.ch

Akron

Dantes Inferno

Der Astroführer durch die Unterwelt,
Frey nach Dantes
"Göttlicher Komödie"

400 Seiten, 70 s/w. Abb., 6 Abb. vierfarbig
Format: 17,0 x 24,0 cm, Geb., Schutzumschlag
ISBN 3-927940-72-0.
58,00 DM, 424,00 ÖS, 55,00 SFR.

Akron folgt dem Weg Dante Alighieris in die Unterwelt, dessen literarisches Lebenswerk seinerzeit ein kolossales Bild entwarf, in dem sich das Wissen, Fühlen und Denken des europäischen Mittelalters reflektiert. Lokal- und Zeitgeschichte stehen neben Gedanken zur Mythologie, Philosophie, Psychologie und Theologie. Aus heutiger Sichtweise unternimmt Akron diese Reise in die menschlichen Abgründe, wobei er sich des weitverbreiteten Modells der Astrologie bedient und dieses epische Schauspiel zu einem okkulten Sachbuch-Roman verdichtet.

Von seinem Seelenführer begleitet, steigt der Reisende in die menschlichen "Höllen" hinab, von denen jede Einzelne einer astrologischen Konstellation zugeordnet wird. Akron selbst sieht diese Auseinandersetzung mit der *Divina Commedia* als sein bislang wichtigstes und tiefgründigstes Werk an.

Voenix & Akron

Dantes Inferno

Band 1:
Die Fische-Vorhölle -
Das Tor zur Ewigkeit

52 s/w Seiten, farbiger Umschlag,
Format: 21,0 x 29 cm, Broschur
ISBN 3-927940-75-5.
24,95 DM, 182,00 ÖS, 23,00 SFR.

Im Herbst 1995 trafen Akron und Voenix zusammen, um die Illustrationen für "Dantes Inferno" anzufertigen. Während dieser Zeit entstand die Idee, die "Reise des Helden" auch als Comic umzusetzen.

Um der Komplexität und Dichte des Werkes gerecht zu werden, wurde der Inhalt in **8** eigenständige Bände unterteilt.

In die "Die göttliche Komödie" vertieft, beschließt der Leser Dantes geistigen Spuren durch die Unterwelt zu folgen. Sein Weg führt ihn gemeinsam mit Akron zuerst in die Fische-Vorhölle, in der sie in die Träume, Hoffnungen und Sehnsüchte eintauchen, die sie mit ihren nebulösen Schleiern einzufangen suchen.

Auf komplexe Weise verknüpfen sich tiefgreifende Einsichten mit suggestiven Bildern und schaffen hierdurch einen philosophischen Comic der ganz besonderen Art.

H.R. Giger & Akron

Baphomet

Tarot der Unterwelt

Bei vorliegenden Baphomet-Titeln handelt es sich um Sondereditionen, die 1993 bei Urania in der Schweiz erschienen, lange Zeit vergriffen waren und nun über den Arun-Verlag wieder erhältlich sind.

BAPHOMET ist ein Bilderzyklus von 22 Werken des Schweizer Malers, Designers und Oscar-Preisträgers H.R. Giger. Er führt uns zum ältesten Bestimmungsort der Menschheit: zu Visionen von Geburt und Tod, Liebe und Haß im Drama des Lebens.

Bitte beachten Sie, daß beide Editionen zwar die Karten und das Poster enthalten, jedoch nur das *Baphomet Tarot* das vollständige Buch. Das Taschenbuch und die CD des *Sets* sind allerdings nicht minder interessant.

Baphomet Set: Taschenb. 140 S., ca. 10 s/w Abb., Broschur, Tarotset mit 22 farbigen Karten, Poster mit Legeplan und eine Musik-CD, 55 Minuten. Musik von *Epilepsy* in Schuber. Format: 15,0 x 21,0 cm, ISBN: 3-927940-74-7
66,00 DM, 482,00 ÖS, 60,00 SFR

Baphomet Tarot: Buch, 506 Seiten m. 46 s/w Zeichnungen, gebunden, Tarotset mit 22 farbigen Karten und ein Poster mit Legeplan in Schuber.
Format: 16,0 x 21,5 cm
ISBN 3-927940-73-9.
89,00 DM, 650,00 ÖS, 81,00 SFR.

128 Seiten, 56 s/w Abb., Format: 24 x 30 cm, Geb., hochwertige Ausführung, ISBN 3-927940-58-5.,
58,00 DM, 424,00 ÖS, 55,00 SFR.

Esther Beutz

Hagazussa

Auf dem Zaun zwischen den Welten

Hagazussa bedeutet so viel wie *Zaunreiterin*: Menschen, die mit einem Bein im Hier und Jetzt stehen, mit dem anderen in einer spirituellen oder auch magischen Anderswelt.

Esther Beutz hat für diesen Bildband nach Menschen gesucht, die in ihrem Menschsein Alltag und Religion vereinen, Individualität und Tradition - nach ihren Gesichtern, ihren Kraftorten, ihren Ritualen. Und nach ihren Geschichten, welche die Autorin nicht mit Worten erzählt, sondern in ihren Portraits und Landschaftsaufnahmen.

Hagazussa: ein atmosphärisch dichtes Mosaik aus Menschen, Orten, Handlungen und Perspektiven, welches dennoch sehr offen bleibt für die eigenen Ideen, Gedanken und Empfindungen.

Fotografien aus Hagazussa: www.bildermeer.de

Purer Kult : www.tribal-tattoo.de

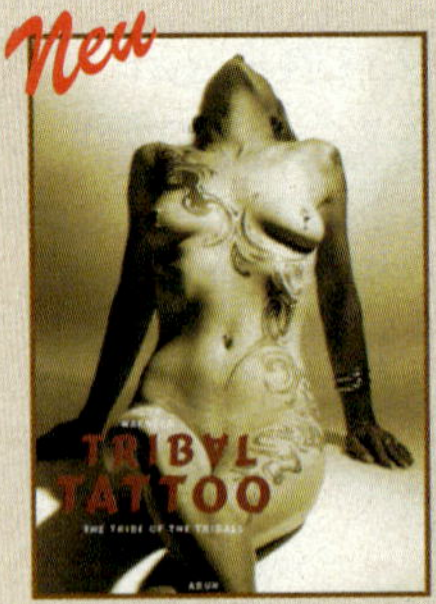

Igor Warneck

Tribal Tattoo

The Tribe
of the Tribals

Tribals sind ursprünglich Stammeszeichen, die eine traditionelle religiöse oder soziokulturelle Bedeutung hatten. Auch wenn sich moderne Tribals von den alten Riten und Bedeutungen gelöst und in unserer modernen Gesellschaft weiterentwickelt haben, so geht von ihnen und ihren Trägern doch eine eigenartige Faszination aus.

Tribal Tattoo ist ein Fachbuch für Tattoo-Kunst, ein Zeugnis moderner Archaik, eine fotografische Liebeserklärung an die Schönheit des menschlichen Körpers und ein praxisbezogener Ratgeber für Menschen, die sich ein Tribal stechen lassen wollen.

160 S., 120 s/w Abb,
Broschur, Großformat
ISBN 3-927940-62-3.
49,80 DM, 364,00 ÖS,
48,00 SFR.

Scout Cloud Lee

Der Heilige Kreis

Ein Medizinbuch
für Frauen

Dieses Buch behandelt die Ehrung des Kreises, die Herstellung von Rasseln und Trommeln, den Bau von Altaren, den Mondzyklus der Frau, Heilkreise, den Bau von Totems und Steinkreisen sowie Medizinrad- und Schwitzhüttenzeremonien. Eine herausragende Dokumentation moderner Frauenspiritualität, die auf alten indianischen und keltischen Traditionen fußt.

320 Seiten,
80 s/w-Abb. Großformat,
gebunden, Schutzumschlag
ISBN 3-927940-56-9
68,00 DM, 496,00 ÖS,
64,00 SFR

Bitte beachten Sie:

www.frauenkreise.de

www.myearth.de

www.medizin-rad.de

Uschi Billmeier

Mamady Keita

Ein Leben
für die Djembé

Mamady Keita, ein Meistertrommler vom westafrikanischen Stamm der Malinké, sprach über die Rhythmen und die musikalische Tradition seines Volkes. Und Uschi Billmeier hat gut zugehört und die mündliche Überlieferung festgehalten. Herausgekommen ist eine gefühlvolle Liebeserklärung an die Malinké und ein praktischer Ratgeber für Djembé-Begeisterte.

M. Keita gibt praxisbezogene Ratschläge zum Lehren und Lernen der Rhythmen. Und U. Billmeier hat aus ihrer musikpädagogischen Erfahrung eine ebenso einfache wie geniale Notation entwickelt.

160 Seiten, 40 s/w Abb.,
inkl. Begleit- u. Lern-CD,
Großformat, Broschur,
deutsch, englisch u. franz.
ISBN 3-927940-61-5.
68,00 DM, 496,00 ÖS,
64,00 SFR.

Vicky Gabriel

Der alte Pfad

Wege zur Natur
in uns selbst

Ein ausgezeichneter Ratgeber für alle, die ihr Leben wieder den Rhythmen der Natur annähern wollen und dabei viele Fragen haben.

Viele verstehen sich heute nicht mehr als Teil der Natur. Die Folgen: Selbstentfremdung, körperliche wie psychische Erkrankungen, Entwurzelung. Jedem ist das klar, doch wo sind Alternativen?

Die Autorin plaudert aus ihrer Familientradition und begeistert den Leser mit einer lebendigen, bildreichen Sprache und zeigt, wie man selbst mit kleinsten Ritualen die Mysterien und die machtvolle Weisheit der Natur erfahren kann.

288 S., 3 s/w Abb.,
Broschur
ISBN 3-927940-55-0
29,80 DM, 218,00 ÖS,
28,50 SFR.

LeRoux & Guyonvarc´h

Die Hohen Feste der Kelten

Samhain, Imbolc, Beltaine, Lugnasad, ...

224 S., 23 s/w-Abb., geb., Schutzumschlag, ISBN 3-927940-26-7, 49,80 DM, 364,00 ÖS, 46,00 SFR

Nigel Pennik

Die heiligen Landschaften der Kelten

304 S., 64 s/w-Abb., geb., Schutzumschlag. ISBN 3-927940-36-4 49,80 DM, 364,00 ÖS, 48,00 SFR.

Pennik & Jones

Heidnisches Europa

Das alte und neue Heidentum, Rom, die Kelten, die Germanen...

320 S., 41 s/w-Abb., geb., Schutzumschlag, ISBN 3-927940-30-5, 49,80 DM, 364,00 ÖS, 46,00 SFR.

LeRoux & Guyonvarc´h

Die Druiden

Das Standardwerk zum Thema schlechthin. Mit umfassendem Anhang.

3. Auflage!, 600 Seiten, Broschur ISBN 3-927940-41-0, 39,80 DM, 291,00 ÖS, 38,00 SFR

Annie Pazzogna

Inipi

Das Lied der Erde. Die indianische Schwitzhütte.

288 S., 66 s/w-Abb., Broschur ISBN 3-927940-38-0 39,80 DM, 291,00 ÖS, 38,00 SFR.

Thomas E. Mails

Oyate Wica ´Ni Ktelo

Das Volk soll leben. Ein Buch über den Sonnentanz der Sioux.

408 S., 350 s/w- und 16 Farbabb., Großformat, gebunden, Schutzumschlag ISBN 3-927940-57-7 78,00 DM, 570,00 ÖS, 74,00 SFR

Véronique Zbinden

Piercing

Archaische Riten und modernes Leben.

2.Auflage! 208 S., 70 s/w-Abb., davon 32 S. durchgehend vierfarbig, Broschur ISBN 3-927940-37-2 39,80 DM, 291,00 ÖS, 38,00 SFR.

Warneck & Becker

Sand & Seele

Sandmalerei als Weg des kreativen Gestaltens. Mit Gutschein für Farbsand-Einsteigerset.

128 S., davon 32 vierfarbig, Broschur ISBN 3-927940-51-8, 34,00 DM, 248,00 ÖS, 32,50 SFR.

www.naturreligion.de

Otto Rahn

Kreuzzug gegen den Gral

Die Geschichte der Albigenser

320 Seiten, 15 s/w Abb, Broschur,
Format: 14,8 x 21,0 cm
ISBN 3-927940-71-2.
29,80 DM, 218,00 ÖS, 28,50 SFR.

Eine große Melancholie liegt über der Geschichte von Provence und Languedoc. In dieser Gegend, war einst ein Volk herangewachsen, das nicht in mittelalterlicher Weltflucht versank, sondern heiter und unbeschwert der Musik, der Dichtung und der Minne huldigte.

Aber dieses Volk diente nicht der Kirche, sondern einem europäischen Mythos - dem Gral. Und so wurde es mit Kreuzzügen überzogen und in einem Meer von Blut und Haß ertränkt.Und doch wurde ihr Heldentum und ihre Kultur nie vollständig aus dem europäischen Bewußtsein verdrängt, ihre Spuren finden interessierte Reisende noch heute zahlreich vor. Der Mythos der Katharerfeste Montsegur, die uralte Überlieferung vom Heiligen Gral und die Einzigartigkeit von Landschaft und Menschen, schildert Rahn in ergreifenden Worten.

Es ist der „Kreuzzug gegen den Gral" von Otto Rahn, welcher uns an die Wurzeln der Überlieferung zurückführt und dafür Sorge trug, das die Suche nach dem Gral wieder aufgenommen wurde.

Hans-Jürgen Lange

Otto Rahn und die Suche nach dem Gral

Die ausführliche und umfassende Biografie.

256 S., 10 s/w Abb.,
Broschur
ISBN 3-927940-45-3.
29,80 DM, 218,00ÖS,
28,50 SFR.

Igor Warneck

Runengeflüster

Das verborgene Wissen des Runenorakels.

Grundwissen, Legetechniken, Erklärung, ...

240 S., 40 s/w-Abb.,
Broschur
ISBN 3-927940-40-2
29,80 DM, 218,00 ÖS,
28,50 SFR.

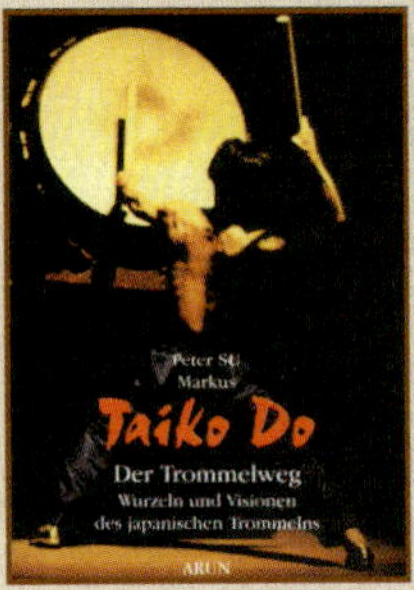

Peter „Su" Markus

Taiko Do

Der Trommelweg - Wurzeln und Vision japanischen Trommelns

336 S., 132 s/w-Abb.,
Broschur
ISBN 3-927940-25-9
39,80 DM, 291,00 ÖS,
37,00 SFR.

van Eersel & Grosrey

Der Kreis der Alten

Die vereinigten Traditionen: Schamanen, weise Frauen und Medizinmänner um den Dalai Lama.

432 Seiten, 33 s/w-Abb.,
geb., Schutzumschlag,
ISBN 3-927940-44-5
68,00 DM, 496,00 ÖS,
64,00 SFR

Voenix

Auf Wotans Pfaden

Neues vom alten Wanderer

208 Seiten, 30 Abb.
Format: 14,8 x 21,0 cm, Broschur,
ISBN 3-927940-70-4.
29,80 DM, 218,00 ÖS, 28,50 SFR.

Die neun abgeschlossenen Kurzgeschichten, die vom Autor um zahlreiche s/w-Illustrationen bereichert werden, entführen uns in eine Zeit, als das Christentum kaum Fuß gefaßt hat, und die europäischen Landstriche noch von „primitivem“, heidnischem Aberglauben durchtränkt sind.

In jenen Tagen durchstreift der weise Göttervater als umherziehender Wanderer die Welt der Menschen. Dort schlüpft er in die unterschiedlichsten Gestalten und Verkleidungen, um unerkannt in die Geschicke seiner Günstlinge einzugreifen.

Die Geschichten erzählen aus dem Leben von Menschen, die sich unter den schwierigsten Umständen behaupten müssen, und deren Schicksalsrad sich beständig zwischen der Gier nach Macht, der Angst vor dem Tod und der Hoffnung auf Liebe dreht.

Ein unterhaltsames und spannendes Lesevergnügen für alle, die es lieben, zeitlosen Weisheiten in einem märchenhaften Rahmen zu begegnen, welcher die alten Saiten zum Klingen bringt, und in dem auch derber Witz und eine Prise Erotik nicht zu kurz kommen.

Voenix, Holger Gerwin

Der Jahreskreis

Poster, 4-farbig, Format: DIN A1
ISBN 3-927940-60-7.
19,95 DM, 156,00 ÖS, 19,95 SFR.

Die Festtermine aller Zeiten, Kulturen und Religionen ranken sich im Ursprung um die Beobachtung der Natur im Jahreskreis.

Die einzelnen Festtermine wurden mit bekannten Symbolen, der natürlichen Umgebung und in den zugehörigen Farben ausgestattet, z.B. Weihnachtsbaum, Osterhase, Maibaum, Halloween.

Im inneren Kreis finden sich weitere Entsprechungen: u.a. die Tierkreiszeichen, die Monate, auch mit ihren altdeutschen Namen und die ihnen zugeordneten Bäume, Pflanzen, Farben und Edelsteine und die entsprechenden Phasen und Zyklen im menschlichen Lebenskreis.

Im unteren Kasten finden sich wertvolle Informationen zur Ausgestaltung der Jahreskreisfeste. Das Poster wird zur nützlichen Dekoration für:

- Jeden Haushalt.
- Alle Vertreter keltischer, germanischer, anthroposophischer Richtung, aber auch der Wicca-, Medizinrad- und der Regenbogentradition, sowie allen Interessierten an regionalem Brauchtum.
- Pädagogisch/therapeutische Zwecke: Kindergarten, Schule, Heilpraktiker, Praxen, Naturheilkunde.

Bestellschein

Ich bestelle:

Stück	Titel	Größe, Farbe (T-Shirts)	Preis

• Unsere Bücher gibt es in jeder Buchhandlung oder direkt bei untenstehender Adresse

• Bitte die jeweiligen Versand- und Geschäftsbedingungen erfragen.

• Bei Bestellung direkt an den Arun-Verlag gilt: Wir liefern ausschließlich gegen Nachnahme. Für Porto und Verpackung berechnen wir pauschal 6,00 DM.

Sie haben 14 Tage volles Rückgaberecht.

Arun-Verlag
Ortsstr. 28
D – 07407 Engerda

Tel: 036743-233-11
Fax: 036743-233-17
info@arun-verlag.de

Meine Adresse lautet:

Vorname

Name

Str. & Nr. (kein Postfach)

PLZ & Ort

Tel. oder Email

Datum & Unterschrift

ein mechanisches Pferd, mit zwanzig ein schnelles Auto. So beginnt diese Entwicklung schon im frühen Kindesalter. Das gleiche gilt für Spielzeuggewehre. Es ist nicht das Gewehr, das Menschen umbringt. Menschen töten Menschen. Das Gewehr ist nur ein Werkzeug, und es ist genauso leicht zu handhaben wie ein Messer oder ein Knüppel."

Tom Porter

Vom Haus von Lorraine Canoe aus, ein oder zwei Meilen weiter die Straße hinauf, ist Tom Porter, der Häuptling des Bärenklans, auf einem bescheidenen Bauernhof zu Hause. Über sich selbst möchte er nichts erzählen. Er sagt: "Das ist nicht unsere Art, sich selbst herauszustellen und zu sagen, wer man ist und was man gemacht hat. Wir lassen unser Leben für uns sprechen. Für die Mohawks drückt sich Weisheit in der Art und Weise aus, wie du lebst und wie du interpretierst, was deine Mutter und Vater, was deine Großmütter und Großväter über diese Welt gesagt haben, und wie man dieses Wissen dann im Alltag umsetzt."

"Alles was ich weiß, stammt aus unseren eigenen Lehren. Wir wurden von unseren Ältesten unterrichtet. Es ist sehr einfach. Nach Meinung jener Mohawk, die noch den Traditionen folgen und ihnen treu bleiben, haben wir in unserem Leben eine Verantwortung. Wir haben der Erde gegenüber eine Verantwortung. Die Erde ist unsere Mutter. Um diese Verantwortung drehen sich all unsere Zeremonien und Bräuche. Es dreht sich einfach darum, allen Dingen, die uns Leben spenden, Dank zu sagen und alle Wesen, die Teil der Schöpfung sind, so zu behandeln als wären sie menschliche Wesen, denn genau das sind sie auch. Wir können sie als nichts anderes ansehen. Wenn das Lernen ein Ende findet, dann finden auch wir ein Ende. Der Mond bleibt stehen. Die Gärten der Welt hören auf zu wachsen. Wenn die Vögel zu singen aufhören, wird es uns langweilig werden und wir werden sterben. Das hat nichts mit Geheimnissen oder Magie zu tun. Es ist einfach vollständige, einfache und menschliche Logik. Willst du lieber in einem dreckigen Haus oder in einem sauberen und reinen Haus leben? Wenn du in einem schmutzigen Haus lebst, führt das zu Infektionen, Kopfschmerzen und zu Verspannungen. Schon vor Hunderten von Jahren besagten die Prophezeiungen unserer Alten, daß man sich sein eigenes Grab schaufelt, wenn man diese einfachen Dinge nicht beachtet."

"Wenn daher die Masse der Menschen nicht erkennen kann, daß die Welt Gott zum größten Teil ins Abseits gestellt hat und dann das Geld genommen hat und es an Gottes Stelle in ihrem Leben gesetzt hat – bis sie das nicht erkennen kann, kann sie auch nicht wirklich beginnen, das Haus zu putzen. Ich glaube das war einer der großen Fehler, die wir gemacht haben, denn wir haben Religion und Regierung voneinander getrennt. Als wir das getan haben, haben wir den Schöpfer aus unserem Leben entfernt – zumindest aus der Hälfte oder drei Vierteln unseres Lebens. Die Entscheidungen, die in den letzten Jahrhunderten getroffen wurden, waren Entscheidungen, die ohne Anwesenheit eines wahren Gottes getroffen wurden. Statt dessen sind die Entscheidungen der Vereinigten Staaten in den letzten zwei Jahrhunderten aus der Sicht des Geldes und nicht aus der Sicht Gottes getroffen worden. Die Vereinigten Staaten und alle anderen Länder, die es auf dieser Welt geben mag, folgen der gleichen Vorstellung, ob sie nun kapitalistisch oder sozialistisch sind. Im Grunde genommen handelt es sich um die gleichen Menschen. Beide haben den lebendigen Gott aus ihren Regierungen und aus ihrem Leben verbannt. Schaut die Länder an, die einander ablehnend gegenüberstehen und sich zum größten Teil gegenseitig verleugnen – was kommt dabei heraus? Ob Rußland oder die Vereinigten Staaten, grundsätzlich ist es das Gleiche. Vor Jahrhunderten haben sie den lebendigen Gott aus ihren Religionen und ihren Regierungen verbannt. Sie haben ihn aus ihrem Alltag verbannt."

"Was hat die Verbannung Gottes den Menschen gebracht? Es wurde uns erlaubt einen besonderen Tag – meistens Sonntag – einzurichten, um heilig und spirituell zu sein. Ich meine nicht wirklich heilig, aber zumindest, um an diesem besonderen Tag über diese Dinge zu sprechen. Wenn dieser Tag dann vorbei ist, können sie an den anderen Tagen so ziemlich alles machen, was sie wollen. Dabei haben sie vermutlich sogar ein gutes Gefühl, oder sie sind sich zumindest nicht bewußt, was sie tun."

"In der organisierten Religion des Westens gibt es diese Lehre – ich weiß nicht, woher sie kam –, die der Natur grundsätzlich entgegenläuft. Ich denke, daß es ein von Menschen gemachtes Gesetz ist, denn es besagt, daß wir hier sind, um uns die Natur Untertan zu machen. Ich glaube nicht, daß Gott oder irgendein Freund Gottes dieses Gesetz gemacht hat. Ich halte das Gesetz, das besagt, daß der Mensch nach dem Bilde Gottes geschaffen sei, für unwahr. Für mich kann das nicht die ganze Wahrheit sein, weil das die Hirsche und die Bären, die Adler und die Fische mit der gleichen Berechtigung auch von sich behaupten können. Die Lehren des Westens sagen dann weiter, daß der Mensch über die Tiere, die Fische und die Vögel herrschen soll. Das ist wirklich eine falsche Behauptung. Darin liegt überhaupt keine Wahrheit. Tatsächlich steht das

Wissen, das Verständnis, die Weisheit, oder wie immer ihr es nennen wollt, der Ureinwohner dieses Landes in krassem Gegensatz dazu."

"Unsere Lehre besagt, daß der Mensch unter allen Lebensformen auf der Erde jene ist, die am wenigsten Kraft und Stärke besitzt. Er ist das schwächste und undiszipliniierteste aller Geschöpfe. Wenn natürlich jemand glaubt, daß der Mensch der oberste Herrscher über alle diese Dinge ist, nun, dann ist es in Ordnung, alle Flüsse, das Wasser, die Luft und den Boden zu verschmutzen. Dann ist es in Ordnung, die Büffel auszurotten. Dann ist es in Ordnung, die Elefanten in Afrika des Geldes und ihres Elfenbeins wegen zu töten. Dann ist es in Ordnung all dies zu tun und den Indianern das Land zu nehmen, denn die Indianer sind nicht wirkliche Menschen. Sie sind eine dem Menschen untergeordnete Gattung."

"In den vergangenen 30 Jahren haben unsere religiösen Führer in den indianischen Nationen einen gemeinsamen Versuch unternommen, einmal mehr mit den Menschen der Vereinigten Staaten ins Gespräch zu kommen. Sie haben es bereits zuvor versucht, doch die Europäer waren so versteift in ihrem Glauben – haben sich selbst eingeredet –, daß sie allen anderen Menschen der Welt überlegen seien. Dieser Glaube machte es ihnen unmöglich, zuzuhören und solche Vorstellungen zu verstehen. Sie waren dazu einfach nicht in der Lage. Wenn man alte Dokumente durchschaut, dann sieht man, daß es einige Europäer gab, die einige Teile unserer Lehren zu verstehen begannen und unsere Sichtweise wertschätzten. In den alten Archiven der Jesuiten ist das dokumentiert. Sie erwähnten bestimmte Dinge, aber sie wußten nicht, was sie wirklich bedeuteten. Sie waren fasziniert davon, aber wußten nicht, wie es anzuwenden sei. Sie wußten nicht, wie sie zu einem vollständigen Verständnis gelangen konnten. Aber wenn man sich damit beschäftigt, wenn man die verschiedenen Traditionen und Glaubenssysteme der Indianer versteht und dann diese alten Dokumente liest, dann macht es Sinn. Darum haben die religiösen Führer der verschiedenen indianischen Nationen in den letzten 30 Jahren aktiv in den Universitäten der Stadtzentren Treffen abgehalten, damit eine Art gegenseitiger Freundschaft, Verständnis und Wertschätzung daraus erwachsen möge."

"Die Hippies in den sechziger Jahren sagten, daß sie die Indianer als Beispiel und als einen Lichtstrahl der Wahrheit in ihrem Leben betrachten. Die meisten Sprecher und Inspiratoren der amerikanischen Jugend während der Hippie-Zeit, standen zuvor in Kontakt mit verschiedenen indianischen Nationen. Sie standen im Dialog mit indianischen Lehrern – und wenn nicht persönlich von Angesicht zu Angesicht, so hatten sie doch bis zu einem gewissen Grad verschiedene Schriften der Indianer studiert. Aus diesem Grund kamen in den sechziger Jahren Hunderte von Hippies in unser Reservat."

"In gewisser Weise war diese Bewegung eine Modeerscheinung, zum großen Teil war es eine Modeerscheinung. Weißt du, es war einfach 'in', zu uns zu kommen. Aber ein großer Teil von ihnen meinte es ernst, sie suchten nach Wahrheit und nach einer wirklichen, positiven Veränderung in ihrem Leben. Aber auch sie waren von anderen Zutaten, den negativen Seiten der Gesellschaft, der sie angehörten, beeinflußt. Auch verkörperten sie die Konsumgesellschaft. Und noch immer trugen sie den falschen Gott mit sich herum: das Dollarzeichen. Deshalb kamen die Drogen und die Korruption ins Spiel. Das war die negative Seite, die verhinderte, daß die Leute wirklich sehen konnten. Als sie die Wahrheit gefunden hatten, konnten sie sie sehen, aber nicht wirklich verstehen. Unsere Lehren verstehen Drogen und Alkohol als Mittel, die das Positive des persönlichen Wachstums unterdrücken und die Wirklichkeit verzerren. Sie sind unzuverlässig. Sie sind nur eine Illusion, niemals echt. Und so hatten die negativen Kräfte einen großen Einfluß. Und selbst wenn sie über die Wahrheit stolperten, konnten sie sie nicht als das erkennen, was sie wirklich war. Sie waren nicht im Stande, die Wahrheit zu einem Teil ihres Selbst zu machen. In unserer Tradition und in unseren Lehren fungieren Alkohol und Drogen als Fallen, und so blieben die Massen der jungen Leute erfolglos."

"Der Grund, weshalb die Hippies in den sechziger Jahren zu uns kamen war, daß sie sagten, daß ihre Väter und Mütter sie fortgesetzt angelogen hätten. Ihre Gesetzgeber, die eigentlich ihre Führer sein sollten, haben die selben Lügen aufrechterhalten. Die Polizisten, die sie eigentlich schützen und Männern, Frauen und Kindern Sicherheit geben sollten, haben die gleichen Lügen aufrechterhalten. Wissentlich oder unwissentlich haben sie die Lügen aufrechterhalten. Sie mußten einige ursprüngliche Wahrheiten erfahren. Deshalb kamen sie zu verschiedenen Indianern, um danach zu suchen. Sie wollten wissen: Gibt es Indianer, die noch immer die alten Lehren befolgen, die vom Anfang der Welt kommen – die ursprünglichen Wahrheiten? Zuerst fragten sie, ob sie Mohawks werden könnten, ob sie zur Religion der Mohawks übertreten könnten. Natürlich sagten wir Nein, denn wir sind weder Katholiken, Methodisten, Mormonen noch Zeugen Jehovas. Wir laufen nicht herum und fragen Menschen, ob sie uns beitreten wollen. Wir sind kein religiöser Kult. Deshalb sagten wir: 'Nein, das machen wir nicht.' Aber wir antworteten ihnen: 'Wir werden euch etwas von dem Wissen erzählen, um euch auf eurer Suche nach einem spirituellen Leben zu führen. Wir werden euch führen. Wir werden euch etwas Wasser für die Reise geben, die ihr machen wollt. Wir geben euch etwas Nahrung, damit sie euch Kraft gibt, so daß ihr eure Reise fortsetzen könnt. Aber wir sind nicht die Antwort. Wir sind nicht eure Gurus. Wir sind nicht eure Propheten. Wir sind nicht euer Gott. Wir sind lediglich menschliche Wesen.' Schau, viele wollten uns auf ein Podest heben. Deshalb haben sich einige negative Dinge in den Weg gestellt."

"Zu einem gewissen Grad gibt es das auch bei uns Indianern. Ich meine, es gibt Indianer, die eine Chance gewittert haben, den großen Gewinn einzustreichen. Jetzt verlangen sie Geld für Zeremonien. Es gibt Leute, die laufen herum und sagen, sie hätten bei diesem oder jenem Medizinmann gelernt, so als hätten sie ein Diplom. Das ist ein Haufen Unsinn. Im Indianerland gibt es so etwas nicht. Du stellst deinen Glauben nicht zur Schau, du lebst ihn jeden Tag in der Art, wie du sprichst und wie du den Menschen hilfst. So ermutigen wir die Leute nicht, indianische Zeremonien durchzuführen, aber wir sagen ihnen, warum wir sie machen und wofür sie gut sind. Wie der Sonnentanz: Wir tanzen ihn, weil wir dankbar sind, daß die Sonne jeden Tag von neuem aufgeht. Wir wissen, daß wir tot sind, wenn die Sonne nicht aufgeht. Es gibt eine Ostküsten-Version des Sonnentanzes, die sich vom Tanz im Westen unterscheidet. Wir machen es hier anders: unsere Sprache und unsere Lieder sind anders. Aber er ist für die Sonne. Da gibt es keinen Unterschied. Unser Glaube beruht auf der Natur und den ursprünglichen Wahrheiten – und auf nichts anderem."

"Das haben wir den Hippies gesagt. Wenn du stolz sein willst und der Sonne deinen Dank zeigen willst, dann finde einen Weg, wie du das bewerkstelligen kannst. Setz dich irgendwohin und meditiere. Denk spirituell. Ihr möchtet als eine Einheit wirken, so wie wir. Wie ihr das macht, das ist eure Sache. Wir können zusammen meditieren. Ihr könnt der Sonne auf eure eigene Art danken. Ihr müßt das nicht von vorne bis hinten wie die Mohawks machen. Nutzt eure eigene Kraft, euer eigenes Verstehen. Wir haben auch einen Mondtanz und einen Donnertanz für den Regen. Wir danken der Kraft des Regens, weil er in der richtigen Jahreszeit unsere Seen mit neuem Wasser füllt und unseren Mais, unsere Wiesen und unsere Felder bewässert. Das haben wir den Hippies gesagt: 'Setzt Euch irgendwo hin und überlegt, wie Ihr dem Donner danken wollt. So ist die Ursprünglichkeit eures Tuns gewährleistet, solange ihr es ehrlich meint.' Es gibt keinen großen Garagenverkauf für die indianischen Zeremonien. Das ist alles, was wir Indianer zu sagen haben. Wir haben keinen Zauberstab. Wir haben keinen großen Mystiker. Wir haben keine Gurus. Wir sind einfach menschliche Wesen."

"Man kann die grundlegende Wahrheit nicht einfach jemandem in den Rachen stopfen. Man kann die Menschen weder zwingen noch ihnen drohen. Sonst stirbt die Wahrheit."

"Letztendlich ist die Natur der Lehrer. Sie lehrt uns jetzt, in diesem Moment, und wenn die Natur eine Lektion vermittelt, dann hören alle zu. Wir kennen viele Prophezeiungen, die von den Visionen bestimmter Leute stammen. Einige der Alten erzählten uns, daß große Veränderungen kommen werden, daß die Erde in Bewegung geraten wird. Ich habe schon als Kind gelernt, daß die Erde sich bewegen wird. Sie wird sich schütteln, und eine große Veränderung wird eintreten. Sie sagten, daß dies zu meinen Lebzeiten kommen würde. Sie sagten das immer wieder. Viele von ihnen sind heute tot. Sie sagten, daß es wahrscheinlich wäre, daß ich dies nach ihrem Tode erleben würde. Und sie sind jetzt tot."

"Diesbezüglich gaben die Alten den Rat, Vertrauen in unsere Lehren zu haben. Achtet die ursprünglichen Anweisungen und was sie aussagen. Wenn der Umbruch beginnt, wurde uns gesagt, dann fängt die Ulme, die uns heilig ist, an, von der Spitze her nach unten abzusterben. Dann werdet ihr wissen, daß die Veränderung begonnen hat. Das nächste wird das Ahorn sein, das für uns der Führer aller Bäume ist. Das beginnt gerade jetzt."

"Weiter sagten die Alten, daß wir eine Zeit sehen werden, in der die Männer nicht von den Frauen zu unterscheiden sind. Darüber sprechen wir. Heute tragen viele Frauen Hosen, so daß man nicht unbedingt sofort erkennen kann, wer was ist. Sie sagten, daß die Fische mit dem Bauch nach oben zur Sonne gehen würden. Eine weitere Prophezeiung bezieht sich auf unsere heiligen Erdbeeren. Sie sagten, daß wir eine Zeit kommen sehen werden, in der keine Beeren mehr an den Pflanzen wachsen werden, sondern nur noch ein rotes Blatt. Diese Zeit ist noch nicht gekommen, aber die anderen Zeichen sind während meiner Lebenszeit eingetreten. Als ich ein Kind war, war die Ulme gesund. Ich sagte dies zu den Ältesten, aber sie sprachen immer wieder darüber und sagten, es würde eintreten. Während meiner Lebenszeit schaute ich und sah, was mit den Ulmen geschah. Sie wurden alle krank und starben. Jetzt werden die Ahornbäume schwach und krank. Auch ihnen fehlte nichts als ich jung war. Ich weiß nicht, wann die Erdbeeren an der Reihe sind, wann sie krank werden. Das ist der Zeitpunkt, zudem sich die Dinge wirklich verändern werden – wenn die Erdbeeren keine Früchte mehr tragen."

"Unsere Ältesten, unsere alten Häuptlinge und unsere spirituellen Führer haben uns erzählt, was sie über die Welt wissen, in der wir seit alter Zeit leben. Für uns sind sie unsere Führer, da sie uns sagen, was kommen wird. Wenn du dies machst, wird das eintreten. Wenn du jenes machst, wird jenes eintreten. So sehen wir. Wir hören ihnen zu und speichern das, von dem sie sagen, wir sollten es behalten und dann leben wir und sehen, ob es wahr ist oder nicht. So weit ist alles wahr."

Lorraine Canoe lebte die Jahre über in New York und hielt einen Kurs über eroberte Völker am Hunter College. Ihre Schüler kommen aus den unterschiedlichsten kulturellen Schichten.

Sie verbringt einige Zeit im American Indian Community House, das den Indianern der Stadt unterschiedliche Dienste zur Verfügung stellt sowie kulturelle Ereignisse anbietet. Auch ißt Lorraine die traditionellen Speisen der Indianer. Hauptnahrungsmittel sind für sie die drei „Schwestern", Bohnen, Mais und Kürbisse. Sie bäckt ihr eigenes Brot aus gekochtem Mais. Aus den Reservaten bringt sie Fleisch für Wildgerichte mit. Ihrer Meinung nach erhält man in mexikanischen Restaurants Gerichte, die den Speisen ihres Volkes am ähnlichsten sind. Selbst in der Stadt hält Lorraine die wesentlichen Elemente der Kultur ihrer indianischen Vorfahren am Leben. Ihre beiden Töchter gingen zurück nach Akwesasne, dem Reservat der Mohawk, und Lorraine besucht sie über den Sommer. Sie sagte, daß sie bald in den Ruhestand gehen wolle und sich dann ganz nach Akwesasne zurückziehen werde.

Tom Porter und seine Familie kaufte zusammen mit einigen anderen traditionellen Mohawk-Familien einen Teil ihres alten Heimatlandes, des Kanatsiohareke (Ga-nah-jo-ha-lay-gay) im Mohawk Valley des US Bundesstaates New York zurück. Sie sind dabei, dort eine auf Selbstversorgung aufgebaute und wirtschaftlich unabhängige Gemeinschaft von Irokesen zu errichten, in der Alkohol und Glücksspiel nicht zugelassen sind. Die Anwohner sprechen Mohawk; in einer Atmosphäre harter Arbeit und Kooperation leben sie die traditionelle Kultur und halten die alten Zeremonien ab. Sie betreiben eine Art Pension mit Übernachtungsmöglichkeit und Frühstück und einen Laden, in dem man Handarbeiten kaufen kann. Das Land bestellen sie nach den traditionellen Methoden.

„Der Traum von Kanatsiohareke begann vor circa 30 Jahren," erklärt Tom. „Ich hörte, wie meine Großmutter und einige andere Leute über diesen Ort sprachen. Hier standen einst die Dörfer unseres Volkes, bevor die kolonialen Siedler kamen. Dann aber übernahmen die Kolonisten alles. Leid und Tod kam in das Land. Unser Volk hielt dem Ganzen über etwa 150 Jahre stand, doch am Ende wurde es müde und beugte sich der Übermacht. In Wellen flohen die Menschen dann Richtung Norden, zu unseren alten Jagdgründen, und diese Jagdgründe sind Akwesasne. Doch als sie das Land verließen, wußten, sahen und sagten einige Angehörige meines Volkes, daß eines Tages unsere Kindeskinder zurück nach Hause kommen würden. Sie werden ihr Dorf wieder errichten und das Feuer aufs Neue entfachen.

Und so entstand 1993 Kanatsiohareke. Wir beschlossen, lieber 130 Hektar Land hier zu kaufen, als uns jahrelang an den Gerichten mit Landforderungen herumzuschlagen.

Über viele lange und harte Jahre zerstörte die Kolonialisierung unsere Lebensweise und unsere Gemeinschaft. Durch die Kolonialisierung wurden wir zersplittert, damals wie heute. Von daher ist es ein Teil unseres Traumes, Bildungsprogramme für die Öffentlichkeit ebenso wie ein Programm über das Auftreten der Mohawk anzubieten. Der grundlegende Gedanke dieses Programmes ist es, das was die Carlisle Indianerschule und all die anderen Indianerschulen in den USA und Kanada getan haben, umzukehren und rückgängig zu machen. Diese Schulen nahmen unsere Kultur auseinander und griffen uns als Menschen an. In unserem Kulturprogramm geht es darum, etwas zu vermitteln über unsere Sprache, unsere Zeremonien, unsere Wampums und unsere gesamte Lebensweise, so daß es unserem Volk wieder möglich wird, als gesunde und ganzheitliche Familie zu leben. Die Indianerschulen haben uns genau das genommen: unsere gesunden Familien. Wir befinden uns nun im dritten Jahr des Pilotprojekts, und das Interesse ist durchaus groß. Um es aber am Leben zu erhalten, muß viel Mühe, Geld und Energie investiert werden. Es handelt sich um eine langfristig angelegte Bestrebung, und wir sind alle dazu aufgerufen, etwas dazu beizutragen. Damit wir aber als Volk überleben können, müssen wir es tun."

Zwei

Sieben Propheten, sieben Feuer

Großvater William Commanda

In tiefster Nacht wachen die Sterne über mich.
Hüter der Weisheit des Nordens, mein Geist sucht Klarheit.
Ich bin auf meinem Weg
zu den kalten und brennenden Winden.
Laß Blitz und Donner mich tragen.
Bring meine Gedanken zur Ruhe und schick' mich in den Schlaf.
Eule und Büffel, magische Kristallmedizin meiner Träume.
(Aus dem "Lied an die vier Himmelsrichtungen" von Kate Wolf)

*I*m indianischen Medizinrad hat jede der vier Haupt-Himmelsrichtungen eine Bedeutung. Der Osten wird allgemein durch den Adler repräsentiert, der für die Eigenschaften der Vision und der Erleuchtung steht. Der Süden wird oft durch die Maus symbolisiert, die für Vertrauen, Unschuld und Wachstum steht. Das Totem des Westens ist gewöhnlich der Bär, der die menschlichen Wesen den Mut lehrt, nach innen zu gehen und sich den Tiefen des Herzens zu stellen. Der Norden wird häufig von der Schnee-Eule und dem Weißen Büffel symbolisiert. Beide erinnern uns an die Reinheit des Schnees und die Eigenschaften der Klarheit und Weisheit. Wenn ein Indianer nach Weisheit sucht, richtet er seinen Blick häufig nach Norden, in die Richtung der Träume und Kristalle.

Hüter des Primstaven

Als sich das Jahr 1912 dem Winter zuneigte, am 11. November, wurde William Commanda im Norden geboren. Er erzählt, daß seine Mutter sich daran erinnert, daß zu dieser Zeit die Venus am Himmel auffallend war. Deshalb nannte sie ihn Ojigwano; das ist das Wort der Algonkin für den leuchtenden Stern Venus. Als Erinnerung an diesen ersten Namen trägt Großvater Commanda an seiner linken Hand einen einfachen und doch treffenden Ring, der einen silbernen Stern vor schwarzem Hintergrund zeigt.

Großvater Commanda wurde im Norden geboren. Dort im indianischen Manawaki-Reservat in der kanadischen Provinz Quebec lebte er sein ganzes Leben lang, in einer hügeligen und wasserreichen Gegend. Sein Haus steht nahe am Ufer des Bitobi Sees und ist sauber, hell und wunderschön. Er baut Kanus und lehrte viele junge Leute, wie man Kanus baut. Über die Jahre hinweg hat er immer wieder für Weyerhauser als Holzeinkäufer gearbeitet und fuhr nach New Brunswick, um die Stämme auszusuchen. Wenn er spricht, ist seine Stimme leicht, sanft und lyrisch, und er setzt viele wunderbare stimmliche Kunstgriffe ein: er macht Pausen, läßt die Stimme ansteigen und variiert die Töne. Seine Augen sind voller Friedfertigkeit und Verständnis.

Großvater Commanda ist der Hüter des Primstaven, ein hölzerner Stab, der von den Wikingern geschnitzt wurde, die den Nordamerikanischen Kontinent ab 1100 nach Christus besuchten. Die eingekerbten Zeichen auf dem Stab anerkennen, daß obwohl die verschiedenen Menschen auf unterschiedliche Art die Wahrheit verstehen, es doch nur einen Schöpfer gibt, und daß wir alle, unabhängig von unserem Glauben, von diesem Schöpfer abstammen. Großvater Commanda geht auf diesen Punkt noch genauer ein: “Aus diesem Grund sagen wir Indianer, wenn wir uns versammeln immer: ‘Laßt uns im Geist vereinen und Eins werden.’ Wir wissen das. Der Schöpfer hat uns alle gleich geschaffen. Er schuf uns als einen Mann und eine Frau, und von diesen stammen wir alle ab.”

“Als nach den Wikingern später die anderen Europäer kamen, lebten bereits Millionen von Menschen in diesem Land. Aber sie weigern sich scheinbar zu glauben, daß wir die ersten Bewohner hier waren und die erste Besitzergreifung beanspruchen. Sie sagen alle, daß sie seit 400 oder 500 Jahren hier sind, seit 1492, als Christoph Kolumbus hier ankam. Er kam aber nicht, um uns zu finden. Er versuchte nach Indien zu gelangen und dabei ging er verloren. Wir haben ihn dann gefunden. Und dann bezeichnete er uns als ‘Inder’, was wir aber nicht sind.

Wenn wir einen richtigen Inder aus Indien sehen, dann wissen wir, daß er ein Inder ist, und nicht wir. Ich bin Nordamerikaner."

"Auch wenn meine Mutter in den Vereinigten Staaten ist, so bin ich trotzdem Nordamerikaner. Es macht keinen Unterschied, auf welcher Seite der Grenze wir sind. Wir haben die Grenze nicht gezogen. Sie wurde von gierigen Menschen gezogen, die hierherkamen und den Reichtum sahen, den wir hier haben, und die mein Land in zwei Teile geteilt haben. Fast wären es einmal drei Teile geworden, denn es gab im Süden die Konföderierten, die Banken hatten, ihr eigenes Geld druckten und ihre eigene Regierung hatten und gegen die Union kämpften. Aber sie verloren den Krieg. Das Gleiche geschah mit den Franzosen, die hierher kamen. Sie mußten 1863 ihr Land abgeben und machten in Frankreich einen Übergabevertrag für das Land. Aber wie konnten sie ein Gebiet abtreten, das ihnen gar nicht gehörte? Wir waren hier. Heute sagen sie einfach, daß die Gesetzespapiere, die sie gemacht haben, über unseren angeborenen Rechten stehen, und daß sie uns vollständig eliminieren wollen. Jetzt erzählen sie uns, daß sie uns eine eigene Regierung zugestehen wollen, was sehr fehl interpretiert wird. Ich bin 77 Jahre alt und nie zur Schule gegangen, aber mein Schöpfer gibt mir klare Visionen davon, was sein wird, und was sie vorhaben. Seit ich zwölf Jahre alt war, habe ich Visionen. Deshalb glaube ich der Regierung nicht. Ich kenne ihren Geist; ich konnte darin lesen. Ich lese in ihren Herzen."

Wer waren die zivilisierten Menschen?

Großvater Commanda kommentierte: "Unser Name 'Algonkin' bedeutet 'Erstes Volk', aber dieser Name wurde uns jedoch gegeben. Wir sind die Mamiwinini, was "Nomaden" heißt, und das sind wir auch. Das ist unser Name. Wir hatten diesen Namen, weil wir keine Siedler waren. Wir waren Wanderer, Nomaden. Wir jagten und fischten und zogen herum. Deshalb gehören Leute von überall zu uns und nicht nur die, die im Reservat leben. Aber wenn wir heute einen Fuß außerhalb des Reservats auf den Boden setzen, dann heißt es, daß wir nicht vom Volk seien, und daß wir nicht fischen, jagen oder Fallen aufstellen dürfen. Sie sagen, daß wir zahlen müssen oder ansonsten ein Problem bekommen. Aber wir zahlen nicht. Wir glauben nicht, daß das recht ist."

"In diesem Teil des Territoriums sind wir jetzt über 1 500 Menschen und zu uns gehören Leute aus den Siedlungen im Norden, von denen einige nicht zu den Indianerreservaten gehören. Aber dort waren schon immer Leute von uns.

Heute sagt die Regierung, daß sie diese Ansiedlungen nicht als Indianerland anerkennt. Sie sagen, das sei Land der Krone. Wer machte dieses Land zum Land der Krone? Wir kämpfen immer mit den Worten. Sie haben alles durch die Siedler ohne Rechtstitel bekommen. Was ist ein Siedler ohne Rechtstitel? Was ist mit den Armen? Sind sie Siedler ohne Rechtstitel? Haben sie das Recht, Banken auszurauben? Haben sie das Recht zu morden, um an Geld oder Nahrung zu kommen? Ist das die Art und Weise, wie eine Regierung herrschen sollte? Ist die Macht das Recht? Wenn man sich selbst diese Fragen stellt, beginnt man die Bedeutung des Wortes 'Recht' zu erfassen. Wenn man über 'Recht' spricht, kann man auch über 'im Stich gelassen sein' sprechen."

"Wir lieben unsere Nachbarn und wir öffneten unsere Arme, als sie kamen, denn wir wußten, daß sie dort, wo sie herkamen, in Gefahr und Not waren. Sie waren wahrscheinlich 'über-regiert', 'über-steuert' und 'über-alles', was sie nicht mochten. Sie suchten Freiheit, und wir gaben sie ihnen. Aber was machten sie, nachdem sie hier waren? Sie drehten sich um und stachen uns das Messer in den Rücken. Dann begannen wir nachzudenken. Sie dachten, daß sie dazu bestimmt seien, uns zu zivilisieren. Sie kamen, um uns zu bekehren. Aber schau doch: Heute sind die ganzen Gewässer verseucht. Man sieht, daß die Bäume sterben. Man sieht, daß die Tiere krank sind – man sieht Fische mit Krebsgeschwüren, vielerorts sind sie nicht mehr genießbar, denn du würdest krank, wenn du sie essen würdest. Und so beginnen wir, uns zu fragen: 'Wer war hier zivilisiert? Wir oder sie?' Mir bleibt da nur eine Schlußfolgerung."

"Wenn ich in Schulen spreche, dann sage ich, daß ich trotz all der Dinge, die geschehen sind, diese Menschen niemals hassen werde. Das ist ein Wort, das nicht gebraucht werden sollte. Die Liebe ist ein Thema, denn die Liebe siegt. Und so sage ich niemals, nicht ein einziges Mal: 'Geht zurück in das Land, wo ihr hergekommen seid.' Trotz allem, was geschehen ist, versuchen wir miteinander auszukommen. Aber sie tun das nicht. Sie versuchen noch immer, auf unserem Rücken herumzutrampeln und auch noch den letzten Tropfen Blut auszuquetschen, der in unserem Körper fließt. Und das ist ihnen immer noch nicht genug. Warum hatte ein Volk aufgrund einer anderen Hautfarbe diesen Drang oder diese Besessenheit, jemanden beherrschen zu wollen, nur weil er eine andere Hautfarbe hat? Warum geschieht das? Was für Blut haben sie in ihren Adern? Was für ein Herz haben sie? Ist es rot so wie meines, oder ist es schwarz? Und du beginnst dich zu wundern – es muß schwarz sein, denn sonst hätten sie nicht all die Bräuche, die die Umwelt verschmutzen, und sonst würden sie nicht all die

Dinge tun, die sie tun. Wir sprechen mit ihnen darüber, doch sie wenden sich einfach ab und lachen über uns."

Unsere Tradition spricht von einer Zeit, in der sich diese Dinge ändern werden. Sie werden sich ändern. Ganz bestimmt. Aber bis es soweit ist, wann immer das sein wird und wir erwachen werden, lassen wir sie einfach machen. Sie scheinen auf niemanden zu hören. Sie haben ihren Schöpfer vergessen. Es ist das Geld, das heute regiert, obwohl Gott ihnen in ihrem Buch gesagt hat, daß man nicht zwei Meistern gleichzeitig dienen kann. Entweder dienst du Gott oder dem Geld. So, wem dienen sie jetzt?"

"Ich stelle mir oft die Frage und muß dabei weinen: 'Was wird aus meinen Enkeln?' Sie sind noch Kinder. Aber auch zwei Drittel der sogenannten Indianer werden gehen, wurde uns gesagt. Wie, das wissen wir nicht. Vielleicht durch Krankheiten oder Massenmorde, wir wissen es nicht. Aber das ist in der Vergangenheit geschehen."

"1987 hat ein Ojibwa bei einem Treffen im Westen diesbezüglich eine lustige Geschichte erzählt, die den Menschen zugestoßen ist, und wir alle mußten lachen. Hinter uns stand ein weißer Mann. Wir hatten keine Ahnung, wer er war und er sagte: 'Wie könnt Ihr das bloß? Wie könnt Ihr nur lachen nach allem, was wir eurem Volk angetan haben? An eurer Stelle könnte ich nicht so lachen' Da antwortete ich: 'Nun, wir vergeben eurem Volk. Wir vergeben euch. Wir vergessen nicht, was Ihr getan habt, aber der Schöpfer wollte, daß wir euch vergeben und das ist genau das, was wir tun.'"

"Die Menschen sind lustig. Sie sind lustig und dann wiederum mitleiderregend. Viele Leute machen verschiedene Gruppen dafür verantwortlich: sie beschuldigen die Katholiken, die Anglikanern, die Jesuiten und all diese Leute. Aber die wurden auch von den Regierungen benutzt. Sie wurden genötigt, Dinge zu tun, die sie dann auch taten, um von der Regierung wiederum etwas zu erhalten. Da sie keine Indianer waren, machten sie mit der Regierung gemeinsame Sache, als sie all die Reichtümer hier sahen. Heute wäre das wahrscheinlich anders."

"Ihr und ich, wir brauchen einander. Darum erzählte ich euch anfangs, daß wir niemals sagen: 'Geht dahin zurück, wo Ihr hergekommen seid.' Wir sagen nie: 'Geht!' Aber was für ein Herz haben die Leute, die diese schlimmen Dinge tun? Was für ein Herz haben sie? Warum tun sie diese Dinge? Laßt uns nicht über die Vergangenheit reden, sondern über die Zukunft. Denn die Vergangenheit können wir nicht ändern. Sie tun es heute noch immer."

Die Wampum-Gürtel

Zusätzlich zu den Primstaven ist Großvater Commanda auch der Hüter von drei historischen und prophetischen Wampum-Gürteln. Ein Gürtel datiert von 1400, einer von 1600 und einer von 1793. Es gab einen vierten Gürtel, erklärt Großvater Commanda, der wahrscheinlich verkauft worden ist, als die Gürtel in die Hände der verkehrten Leute gelangten. Nach diesem Gürtel sucht Großvater Commanda noch.

Die Gürtel sind Kunstwerke von großer Schönheit, die aus Wampum, aus polierten Stücken von Meeresmuscheln, gefertigt sind. Die Wampums sind gekonnt in einen dicken Perlengürtel eingewebt. Beim Sieben-Feuer-Gürtel ist das Hintergrundmuster in einem sanften und ruhigen Purpur gehalten. Im Vordergrund sind in zartem Weiß die Umrisse von sieben Rauten zu sehen, die die Sieben Feuer der alten Prophezeiungen darstellen.

Der Sieben-Feuer-Gürtel stammt aus der Zeit um das Jahr 1400, also aus der Zeit vor der Ankunft von Kolumbus. Ein anderer Gürtel, der etwa um das Jahr 1600 entstanden ist, erzählt von den Engländern und den Franzosen, die in der modernen Geschichte Kanadas eine bestimmende Rolle spielten. Dazu erzählt Großvater Commanda: "Dieser Gürtel berichtet auch von einer Abmachung, die zwischen Engländern und Franzosen getroffen wurde und zwischen denen das Volk der Indianer stand. Auf dem Gürtel ist ein Kreuz zu sehen, das für den Vatikan repräsentiert. Das Kreuz steht aber auch für die Priester, die dieses Abkommen gesegnet haben. Das Abkommen war ein Gelöbnis von Engländern und Franzosen, daß ihr Wort gelte, solange die Sonne scheint, solange das Gras wächst und solange die Flüsse fließen. Die Flüsse fließen noch immer. Die Sonne scheint. Das Gras wächst. Was ist aus den Worten des weißen Mannes geworden? Falschheit. Es sind Leute voller Falschheit gewesen, denen man nicht völlig vertrauen kann."

"Erinnert euch daran, daß wir das Gebiet, das Ihr Quebec nennt, nie abgetreten haben. Es gibt diesbezüglich keinen Vertrag. Quebec gehört den Mamiwinini, das wissen wir. Aber die Regierung sagt Nein. Sie spricht von einem Siedlungsrecht und will nicht glauben, was vor langer Zeit vereinbart worden ist. Aber wir kennen die Wahrheit. Die Regierung kennt die Wahrheit ebenfalls, auch wenn sie das nicht sagt".

Der Urgroßvater von Großvater Commanda war auch Hüter der Gürtel. Sein Name war Pagnawati, was soviel bedeutet wie 'Der Stock, der vom Donner getroffen wurde` oder einfach ´Donner-Stock`. Er lebte am Two-Mountains-See und wurde 1822 zum Hüter der Gürtel. Pagnawati starb 1874 im Schlaf, ohne einen neuen Hüter für die Gürtel benannt zu haben. Dadurch kamen die Gürtel in den Besitz seines Schwiegersohns, der offensichtlich der falsche Mann war. Er brachte den Gürteln nicht die richtige Achtung entgegen. Während seiner Hüterschaft wurde er in eine Reihe von Mißgeschicken verwickelt und letztendlich übergab er die Gürtel einer Gruppe von Indianern, die im Buschland des fernen Nordens lebten.

Schließlich kamen die Gürtel in den Besitz eines Indianers namens Clinton Rickard, der sie viele Jahre lang in heiliger Weise aufbewahrte. Eines Nachts hatte er eine Vision, die ihn anwies die Gürtel dorthin zurückzubringen, wo sie herkamen. Auf diese Weise kamen die Gürtel im Jahre 1968 nach Manawaki, und William Commanda wurde im Namen des ganzen Volkes zu deren Hüter.

“1968 wurden mir Reliquien übergeben, um sie für das Volk zu tragen. Nicht nur der Primstaven, der für alle Welt da ist, sondern auch die Wampum-Gürtel, die für mein Volk bestimmt sind. Diese Dinge kann nicht jeder hüten. Ich bewahre die Wampum-Gürtel für mein ganzes Volk. Ich besitze diese Gürtel nicht, sondern bin Teil von ihnen. Die Gürtel gehören allen. Ich bin nur ihr Hüter. Wo immer ich hinkomme, sage ich meinem Volk: ‘Diese Gürtel gehören euch. Sie gehören allen. Sie sind nicht mein. Ich bin nur ihr Hüter.’”

“Ich bin vor vier Tagen gerade vom Yukon zurückgekommen (im Frühjahr 1990). Dort hatten wir ein neuntägiges Treffen. Drei Tage war ich nur mit den Ältesten zusammen. Und danach traf ich mich mit allen anderen, die etwas zu sagen hatten. Während meines Aufenthalts dort habe ich den Gürtel allen Teilnehmern, etwa 400 Menschen aus ganz Canada, vorgelesen.”

“Ich habe kein Recht, den Gürtel einfach jedem zu zeigen. Ich darf ihn nur meinem Volk zeigen, denn die Gürtel gehören der Nation. Ich bin nur ihr Träger. Mein Volk sagt zu mir: ‘Du kannst die Gürtel nicht einfach den Medien, den Zeitungen, den Reportern oder irgendwelchen Buchautoren zeigen.’ Ich müßte sie erst um Erlaubnis bitten, denn die Gürtel gehören dem Volk. Aber ich kann dir von den Gürteln berichten.”

“Die Sieben Feuer stehen für bestimmte Zeiten im Leben des Volkes. Die Gürtel sagen, daß eine Reinigung eintreten wird. An diesem Tag, wann immer das sein mag, werden zwei Drittel der eingeborenen Menschen gegangen, verschwunden oder vernichtet sein. Das wurde uns gesagt. Beachte, daß wir jetzt nur eine Handvoll sind. Danach werden die rechtmäßigen Bewohner, diejenigen, die zuerst hier waren, die Führung übernehmen. Aber unter wessen Befehl? Es gibt nur einen Schöpfer. Zu dieser Zeit dann werden alle gläubig sein."

"Ich glaube, daß die Rote Nation die rechtmäßigen Bewohner sind. Es wird nicht die Weiße Nation sein. Aber es wird Platz für alle Menschen aller Hautfarben sein: für die Roten, die Gelben, die Schwarzen und die Weißen. Denn, wie ich schon sagte, es gibt viele gute weiße Menschen."

"Lange Zeit haben wir die Gürtel nicht hergezeigt. Auf einer Versammlung, die wir im 1987 abhielten – die konstituierende Versammlung in Ottawa – hatte ich die Gürtel mit mir, und wir zeigten sie dem Fernsehen, damit zum ersten Mal alle Welt sie sehen konnte. Wir hatten nie zuvor jemandem erlaubt, Bilder von den Gürteln zu machen. Aber dort haben wir sie in aller Öffentlichkeit vorgeführt. Wir wollen gut miteinander auskommen. All die Zeit über haben wir Versammlungen unter uns Eingeborenen abgehalten, so wie die in Yukon, von der ich gerade zurückgekehrt bin. Und dort sprechen wir über all diese Dinge. Wir versuchen zusammenzukommen und es der Regierung zu erklären. Aber die will nur über Landansprüche reden. Es geht immer ums Geld. Ihr wißt, das ist verkehrt. Doch sie drehten sogar durch, als wir ihnen statt dessen von Dingen erzählten, die wirklich wichtig sind. Sie wollen Millionen und Abermillionen."

Sieben Propheten, sieben Feuer

Großvater Commanda teilte die Geschichte, die eine der Reliquien symbolisiert: "Ich will euch von den Sieben Propheten und den Sieben Feuern erzählen. Der Wampum-Gürtel berichtet davon, daß vor vielen Jahren sieben Propheten zu den Anishinabe kamen, dem Volk, das alle Völker umfaßt, die zu den Algonkin gehören: die Mic-Mac, die Maliseet, die Penobscot, die Ojibwa, die Wampanoag und so weiter. Zur Zeit als die Propheten kamen, führten die Menschen ein erfülltes und friedliches Leben. Die Propheten hinterließen sieben Vorhersagen für die Zukunft. Jede dieser Vorhersagen wird als ein Feuer bezeichnet und jedes Feuer bezieht sich auf einen bestimmten Zeitabschnitt. Alle Feuer zusammen werden die Sieben Feuer der Ojibwa genannt."

Großvater Commanda zeigte dazu ein Schriftstück, das die Lehren des Wampum-Gürtels der Sieben Feuer beschreibt. Diese Schrift wurde von Vertretern der verschiedenen Völker der Algonkin zusammengestellt. Nach diesem Schriftstück sagte der erste Prophet, daß die Menschen während dem ersten Feuer dem Midewiwin-Tipi, dem heiligen Pfad folgen würden. Sie würden Ausschau halten nach einer Insel, die wie eine Schildkröte geformt ist, und sie auch finden. Diese Insel steht in Verbindung zur Reinigung der Erde. Viele indianische Gruppen nennen Nordamerika die 'Schildkröteninsel'."

In der Überlieferung, die Großvater Commanda bewahrt, und in diesem Schriftstück ist gleichermaßen festgehalten, was er weitergibt: "Der zweite Prophet sprach vom Zweiten Feuer. Er sagte: 'Ihr werdet das Zweite Feuer erkennen, denn das Volk wird im Wasser wohnen und die Richtung der Heiligen Muschel wird der Gastgeber sein. Der Midewiwin-Wigwam wird welken, doch ein Junge wird den Weg zurück zum heiligen Pfad weisen.'"

"Der dritte Prophet sprach vom Dritten Feuer. In dieser Zeit werden die Menschen zum auserwählten Land ziehen, das im Westen ist."

"Der vierte Prophet sprach vom Vierten Feuer, einer Zeit in der hellhäutige Menschen auf die Schildkröteninsel kommen würden. Wenn sie das Gesicht der Brüderlichkeit tragen würden, dann würde eine Zeit der wunderbaren Veränderungen eintreten, die viele Generationen lang andauern würde. Die hellhäutigen Menschen würden neues Wissen und neue Gerätschaften bei sich haben, die sie mit dem Wissen dieses Landes vereinen würden. Auf diese Weise könnte alles Wissen zusammengeführt werden, um so ein mächtiges Volk zu bilden. Und dem Volk würden sich zwei weitere Völker anschließen, so daß aus vier Völkern das mächtigste Volk von allen gebildet würde. Wir würden dies daran erkennen, wenn das hellhäutige Volk ohne Waffen käme, wenn sie nur ihr Wissen und einen Handschlag mit sich führen würden."

"Aber ein anderer Prophet sagte: 'Hütet euch, wenn die hellhäutige Rasse kommt und das Gesicht des Todes trägt. Ihr müßt vorsichtig sein, denn das Gesicht des Todes und das Gesicht der Brüderlichkeit sehen sehr ähnlich aus. Hütet euch, wenn sie kommen und Waffen tragen. Wenn sie kommen und Not leiden, könnten sie euch täuschen. Ihre Herzen können mit Gier auf die Reichtümer dieses Landes gefüllt sein. Wenn sie wirklich als Brüder kommen, sollen sie es beweisen. Vertraut ihnen nicht vollkommen. Wenn sie das Gesicht des Todes tragen, so erkennt ihr dies daran, daß die Flüsse voller Gift und die Fische nicht mehr eßbar sind. An diesen Dingen werdet Ihr sie erkennen.'"

"Alles ist Geist, und alles ist verbunden", kommentiert Großvater Commanda: "Wenn ihr das Wasser verschmutzt, werdet ihr sehen, daß die Dinge im Wasser tot sind, weil das Wasser sie umgebracht hat. Kein Leben mehr. Schaut die Bäume an. Der Regen sollte reines Wasser sein, kein saurer Regen. Der reine Regen, den wir vor langer Zeit hatten, war gut für die Bäume. Er hing in Tropfen an den Bäumen."

1990 gab es über eintausendvierhundert tote Seen in Kanada und viele Wälder waren deutlich sichtbar vom sauren Regen geschwächt.

Großvater Commanda zeigte mir Fotos der Wampum-Gürtel. Dann setzte er seine Erzählung von den Sieben Feuern fort, wie sie in seinem Schriftstück niedergeschrieben ist: "Der fünfte Prophet sagte: 'In der Zeit des Fünften Feuers bricht ein großer Kampf aus, der das Leben aller Indianer ergreifen wird. Dieses Feuer warnt vor einem, der zum Volk kommt und große Freude und Erlösung verspricht. Wenn das Volk dieses Versprechen eines neuen Weges annimmt und die alten Lehren beiseite legt, dann wird der Kampf des Fünften Feuers viele Generationen andauern. Das Versprechen, das gegeben wurde, wird sich als falsch herausstellen, und wer es annimmt, wird die fast vollständige Zerstörung des Volkes verursachen.'"

"Der Prophet des Sechsten Feuers sagte: 'Zur Zeit des Sechsten Feuers wird deutlich, daß das Versprechen des Fünften Feuers ein Irrweg war. Jene, die sich von diesem Versprechen haben täuschen lassen, werden ihre Kinder von den Lehren der Ältesten fernhalten. Enkelsöhne und Enkeltöchter wenden sich gegen die Ältesten. Auf diese Weise verlieren die Ältesten ihre Aufgabe. Sie verlieren ihren Lebenssinn. Zu dieser Zeit wird eine neue Krankheit auf das Volk zukommen. Das Gleichgewicht vieler Menschen wird gestört werden. Der 'Lebensbecher' wird fast vollständig ausgeschüttet sein. Er wird statt dessen zum 'Kummerbecher' werden.'"

"Zur Zeit dieser Vorhersagen, spotteten viele Menschen über die Propheten. Sie hatten Medizin, um die Krankheiten fernzuhalten. Sie waren gesund und glücklich. Dies waren jene Leute, die beschlossen, an der großen Wanderung der Anishinabe nicht teilzunehmen. Diese Menschen waren die ersten, die mit der hellhäutigen Rasse in Kontakt kommen sollten. Sie würden am meisten leiden."

"Als das Fünfte Feuer zu Ende ging, bedrohte tatsächlich ein großer Kampf das Leben aller Indianer. Das hellhäutige Volk startete einen militärischen Angriff auf die Indianer im ganzen Land, der darauf abzielte, sie ihres Landes und ihrer Unabhängigkeit als ein freies und eigenständiges Volk zu berauben. Jetzt ist klar, daß die falschen Versprechungen am Ende des Fünften Feuers der Reichtum und der Materialismus waren, wie sie durch die Lebensweise der hellhäutigen Rasse verkörpert wurden. Jene, die von den alten Wegen abwichen und die neuen Versprechen annahmen, leisteten einen wesentlichen Beitrag dazu, die Indianer dieses Landes an den Rand der Vernichtung zu treiben."

“Als das Sechste Feuer seinen Anfang nahm, bewahrheiteten sich die Worte des Propheten, als die Kinder sich von den Lehren der Ältesten abwendeten. Das Zeitalter der Internatsschulen zur ‘Zivilisierung’ indianischer Kinder hatte begonnen. Man nahm den Kindern die indianische Sprache und Religion. Die Menschen begannen, in jungem Alter zu sterben. Sie hatten ihren Lebenswillen und ihren Lebenszweck verloren. Es wird gesagt, daß in den verwirrten Zeiten des Sechsten Feuers eine Gruppe von Sehern zu den Anishinabe kam. Sie riefen alle Priester des Wigwam der Midewiwin zusammen und sagten ihnen, daß der Weg der Midewiwin in Gefahr sei, zerstört zu werden. Sie sammelten alle heiligen Bündel. Sie sammelten alle Schriften, in denen die Zeremonien festgehalten sind. Alles wurde in einen ausgehöhlten Stamm des Eisenholzbaumes gelegt. Männer wurden an langen Seilen über eine Klippe abgeseilt. Sie gruben ein Loch in die Klippe und versteckten den Baumstamm so, daß niemand ihn finden würde. So waren die Lehren der Ältesten zwar vor äußeren Einflüssen verborgen, aber nicht aus dem Gedächtnis. Es wurde gesagt, daß zur rechten Zeit, wenn das indianische Volk seine Religion wieder ohne Angst ausüben kann, ein kleiner Junge im Traum gesagt bekommen würde, wo der Eisenholzstamm mit heiligen Bündeln und Schriftrollen vergraben wurde. Er wird sein Volk zu diesem Platz führen.”

An diesem Punkt seiner Schilderung über die Sieben Feuer legte Großvater Commanda eine Pause ein, um eine Anmerkung zu machen: “Diese Zeit wird bald kommen. Wir warten. Es wird nicht mehr lange dauern.”

Dann berichtete Großvater Commanda weiter aus dem Schriftstück: “Der siebente Prophet, der vor langer Zeit zu den Menschen kam, war anders. Er war jung und hatte ein seltsames Licht in seinen Augen. Er sagte: ‘In der Zeit des Siebten Feuers treten neue Menschen in Erscheinung. Sie verfolgen ihre Schritte zurück, um wiederzufinden, was auf dem langen Weg verlorengegangen ist. Ihre Schritte führen sie zu den Ältesten, welche sie um Führung auf ihrer Reise bitten werden. Aber viele der Ältesten werden eingeschlafen sein. Sie erwachen zu dieser neuen Zeit, ohne etwas anzubieten zu haben. Einige der Ältesten werden aus Angst still sein. Einige von ihnen werden still sein, weil sie von niemandem gefragt werden. Die neuen Menschen werden vorsichtig sein müssen, wie sie an die Ältesten herantreten. Die Aufgabe der neuen Menschen wird nicht leicht sein.”

“Aber wenn die neuen Menschen bei ihrer Suche stark bleiben, dann wird die Wassertrommel des Midewiwin-Wigwams (des heiligen Weges) ihre Stimme wieder erklingen lassen. Die Anishinabe-Nation (das Volk) wird wiedergeboren und die alten Flammen neu entfacht werden. Das Heilige Feuer wird wieder entzündet werden. Zu dieser Zeit wird die hellhäutige Rasse die Wahl zwischen zwei Wegen haben. Wenn sie sich für den richtigen Weg entscheidet, dann wird das Siebente Feuer ein Achtes und Letztes Feuer entzünden, ein ewigwährendes Feuer des Friedens, der Liebe, der Brüderlichkeit und der Schwesterlichkeit. Sollte sich die hellhäutige Rasse für den falschen Weg entscheiden, dann wird die Zerstörung auf sie zurückfallen, die sie bei ihrer Ankunft in dieses Land mitbrachte.'"

Traditionalisten der indianischen Nationen haben die beiden Wege, denen die Weißen gegenüberstehen, als den Weg der Technik und den Weg der Spiritualität gedeutet. Wir spüren, daß der Weg der Technik eine Fortsetzung der stürmischen Jagd nach technischem Fortschritt darstellt. Dieser Weg hat der modernen Gesellschaft eine geschädigte und ausgebrannte Erde beschert. Könnte es sein, daß der Weg der Technik ein Sturm der Zerstörung ist, und daß der Weg der Spiritualität einen langsameren Pfad repräsentiert, auf dem die traditionellen Indianer gegangen sind und nach dem sie jetzt wieder suchen? Auf dieser Fährte ist die Erde nicht verdorrt. Dort wächst das Gras noch immer."

Der Prophet des Vierten Feuers sprach von einer Zeit, in der sich zwei Völker zu einem mächtigen Volk verbinden würden. Er sprach von der Ankunft der hellhäutigen Rasse und dem Gesicht der Brüderlichkeit, das der hellhäutige Bruder tragen würde. Aus der Geschichte dieses Landes ist offensichtlich, daß dies nicht das Gesicht war, das die hellhäutige Rasse in ihrer Gesamtheit getragen hat. Die mächtige Nation, von dem das Vierte Feuer gesprochen hat, ist nie geformt worden. Wenn die natürlich eingestellten Menschen der Erde einfach das Gesicht der Brüderlichkeit tragen würden, dann könnten wir in der Lage sein, unsere Gesellschaft von der Straße der Zerstörung abzubringen. Könnten wir diese beiden Wege, die heute zwei aufeinanderprallende Weltsichten darstellen, zusammenbringen, um ein mächtiges Volk zu bilden? Könnte eine Nation geformt werden, die von der Achtung vor allen lebenden Dingen geleitet wird? Sind wir die neuen Menschen des Siebten Feuers?"

Nachdem er über die Botschaft des Siebten Propheten nachgedacht hatte, deutete Großvater Commanda auf eine Photographie des Wampum-Gürtels und sagte: "Wenn Ihr diesen Gürtel seht und über diese Dinge nachdenkt, dann denkt auch an die Möglichkeit, ein Achtes Feuer zu entzünden, das von der doppelten Raute in der Mitte dargestellt wird. Bis jetzt waren es sieben Feuer, und dann ist da noch das Achte", erklärte er: "Das Siebte Feuer ist jetzt sehr nah. Wir stehen vor der Entscheidung zwischen zwei Wegen. Wenn wir den richtigen Weg wählen, dann wird die achte Doppelraute aktiv und wird die Zeit eines achten Feuers darstellen."

All dies ist eingetroffen

Großvater Commanda hat viele Geschichten mit uns zu teilen, und alle davon sind von der Weisheit des Nordens geprägt: "Laßt mich euch etwas erzählen, das sich lange vor der Ankunft der hellhäutigen Rasse ereignet hat. Eines Morgens wurde eine Zeremonie gefeiert und einer der Großväter kam dazu. Er hatte diese Vision. Er sagte, daß eines Tages, in sehr naher Zukunft, seine Vision wahr werden und diese Farben zusammenkommen würden; Menschen, die es heute hier noch nicht geben würde, würden kommen. Er berichtete: 'Wir sind als das Rote Volk, die Rote Rasse bekannt, aber es werden noch andere Farben kommen. Seht dort rüber: Ihr seht dort eine weiße Birke. Und dort, da ist eine gelbe Pappel. Und wenn ihr nach Süden schaut, seht Ihr einen schwarzen Kirschbaum. Diese Bäume symbolisieren die Menschen, die noch kommen werden. Sie sind noch nicht hier, aber sie werden kommen. Es wird ein Mensch mit einem langen Strick und einem Kreuz kommen. Was er symbolisiert ist wie die Sonne, die strahlend im Osten aufgeht. Aber dann, nach ein paar Jahren beginnt er in seinem Geist, in seinem Kopf, eine Gewitterwolke zu bilden und dann wird er vergessen, was der Schöpfer ihm gesagt hat.' Ihr wißt, daß dies eingetroffen ist. All dies ist eingetroffen."

"Wir müssen Eines Geistes für die Vier Himmelsrichtungen sein. Solange wir dieses Einssein im Geiste nicht verwirklichen, wird uns das Verständnis verschlossen bleiben. Wir beten oft und machen Tabakzeremonien. Aber, wißt ihr, wir können eine große Gruppe Menschen um ein Feuer versammeln, vielleicht zweihundert Leute, und einige unter ihnen sind anderen Geistes. Wenn das so ist, werden die Gebete meistens nicht beantwortet, weil fünfundzwanzig verschiedene Geisteseinstellungen da sind. Der Schöpfer wird solange nicht antworten, bis wir eines Geistes sind, so wie wir eine Person sind."

"Wir sprechen von den Vier Richtungen der Erde, den Vier Farben der Menschen und den Vier Winden. Ihr wißt von diesen Winden – sie sind Geistwesen – und wahrscheinlich sind sie das Gefährlichste, was es auf der Erde gibt. Sie könnten innerhalb einer Stunde alle Städte und Königreiche, einfach alles zerstören, wenn der Schöpfer die Erlaubnis dazu gibt. Nichts könnte sie aufhalten. Atombomben, Düsenflugzeuge und all diese Dinge sind nichts im Vergleich zum

Schöpfer. Und genauso das Wasser. Feuer kann man sehen, aber den Wind nicht. Der Wind steht in Verbindung zum Norden."

"Der Norden ist die Richtung der Weisheit, die Richtung des klaren Geistes. Denkt daran. Der Norden ist weiß, weil er hell ist. Dort liegt immer Schnee, zwölf Monate im Jahr. Auf der Nordseite der Berge schmilzt der Schnee nie. Er bedeckt immer alles. Er liegt das ganze Jahr dort oben."

Großvater Commanda empfing während seines Lebens das Geschenk von zwölf unterschiedlichen Visionen. Eine dieser Visionen erhielt er am 4. August 1988 um 9.00 Uhr morgens. "Ich sah den 'Peace Tower' in Ottawa, der Hauptstadt Kanadas. Der Turm stand nur 15 m von mir entfernt und auf seiner Spitze wehte die Flagge Kanadas mit dem roten Ahornblatt. Der Wind wehte die Fahne nach Süden. An diesem Morgen saß ich in tiefer Trance versunken, den Blick nach Osten gewandt. Dann sah ich, wie der Turm zusammenbrach – der Turm brach zusammen. Alles inklusive der Fahne brach zusammen und versank im Boden. Das war wirklich etwas. Im Oktober 1988 war dann die Wahl zwischen dem amtierenden Premierminister Brian Mulroney und Hal Turner. Während einer ihrer Debatten wurde Mulroney beschuldigt, das Land mit einem Federstrich an die Vereinigten Staaten zu verkaufen, als er das Abkommen über den Freien Handel unterzeichnete. Und das ist tatsächlich so. Mit diesem einen Federstrich hat er uns verkauft. Wir werden zum 51. Staat der Vereinigten Staaten werden."

"Warum, warum hatte ich diese Vision? Vier Monate vor dieser Debatte sah ich den Turm und die Flagge versinken. Und ich vertraue der Vision, die mir der Schöpfer gesandt hat. Ich bin überzeugt, daß dies eintreten wird. Vielleicht nicht mehr während meines Lebens, aber es wird so kommen, das weiß ich. Kanada wurde verkauft und wird zu einem Teil der Vereinigten Staaten werden."

Der heute 86jährige William Commanda war der Hauptabgesandte der indianischen Nation der Algokin in der historischen Konferenz „Cry of the Earth" (Schrei der Erde), die gegen Ende des Jahres 1993 im UN-Hauptquartier abgehalten wurde. Dort überbrachte er der Weltgemeinschaft die Lehre über die sieben Feuer. In den Jahren 1995 und 1996 diente er als geistiger Ratgeber beim „Sunbow 5 Walk for the Earth", einem Gebets- und Pilgergang vom Atlantik zum Pazifik. (Diese denkwürdige Reise wird in einem bald erscheinenden Buch des Autors, dessen Titel wahrscheinlich „Odyssee des achten Feuers“ sein wird, beschrieben.) 1998 erhielt Großvater Commanda den hoch angesehenen internationalen Wolf Award, eine Auszeichnung, die Menschen verliehen wird, welche sich für die Harmonie unter den Völkern und Rassen einsetzen. Er leitete eine internationale Versammlung, die unter dem Titel „Kreis aller Nationen“ (Circle of All Nations) stand und in der Hauptstadt Ottawa abgehalten wurde. Bei dieser Versammlung feierte man das Jahr 2000 als das Jahr internationaler Kultur des Friedens. Außerdem leitete Großvater Commanda in den vergangenen Jahren jeden August jeweils eine große spirituelle Versammlung in seinem an einem See gelegenen Heimatort Maniwaki, Quebec, ab. Bei diesen Versammlungen kommen Menschen aller Rassen und jeglicher Herkunft mit eingeborenen Lehrern zusammen.

Drei

Abenteuer auf dem Weg der Schönheit

Dhyani Ywahoo

Dhyani Ywahoo erzählt ihre Geschichte so: Bevor sie zur Erde kam, wurden ihre Großeltern vom Geiste Padmasambhavas besucht. Er unterwies die Großeltern darin, wie sie sich auf die Geburt und Dhyani's frühe Erziehung vorbereiten sollten. Dann machte er sich wieder in andere Dimensionen auf. Padmasambhava war der Heilige, der im achten Jahrhundert nach Christus den tibetischen Buddhismus begründete. So geht diese Geschichte weit über die durchschnittlichen Erscheinungsberichte hinaus. Dies gilt um so mehr, wenn man berücksichtigt, daß Dhyani keine Tibeterin, sondern eine amerikanische Indianerin ist, ein Mitglied der traditionellen Etowah Cherokee Nation.

In vielerlei Hinsicht bildet die Vision ihrer Großeltern den Rahmen für Dhyani's Leben. Ihr Leben ist darauf ausgerichtet, eine heilende Verbindung zwischen Ost und West herzustellen. Dhyani wuchs zu einer kraftvollen Frau heran. Dann wurde sie Großmutter. Sie spricht und bewegt sich mit königlicher Anmut, aber ihr Erbe ist nicht das von Königen und Königinnen. Es ist das Erbe der Weisheit. Sie ist die 27. Generation einer Familie, in der die heiligen Lehren der Cherokee über die Quarzkristalle und die Klänge, die sie zum Leben erwekken, weitergetragen werden. Sie ist außerdem eine anerkannte Meisterin des tibetischen Buddhismus, eine Bodhisattva der Moderne. Bei ihr verbinden sich die besten Teile beider Traditionen zu einem Pfad, den sie den "Weg der Schönheit" nennt.

Während ihrer gesamten Kindheit wurde Dhyani von ihren Großeltern und anderen Ältesten trainiert, die traditionelle Stammesweisheit ihres Volkes zu tragen. Sie wurde gelehrt, mit der Natur zu kommunizieren, das heilige Geflecht des Lebens zu achten und aus dem Herzen heraus zu leben. “Dem Durchschnittsmenschen”, berichtet Dhyani, “dürfte manches in meinem frühen Training als irgendwie grausam erscheinen. Sie brachten mich in den Wald und ließen mich dort einfach einen ganzen Tag und eine ganze Nacht lang allein sitzen. Ich wußte, daß die Großeltern in der Nähe sein würden, und so hatte ich keine Angst. Sie sagten mir, ich solle einfach da bleiben und in die Augen des Hirsches schauen, einfach da sein, den Geschichten des Windes zuhören, die Sterne betrachten und lauschen, was die Natur mir zu erzählen hätte. Jetzt habe ich begriffen, wie hilfreich das war.”

“Als ich sechs Jahre alt war, sagten sie, es sei Zeit, die Schule zu besuchen und so kamen wir nach Brooklyn, New York. Von meiner Großmutter weg zu müssen, war wirklich ein Schock für mich. Draußen auf dem Land zu leben war sehr einfach, dort war es still und friedlich. Wenn man etwas zu essen wollte, holte man es einfach aus dem Garten. Das Stadtleben war eine andere Welt. Man durfte ohne Begleitung eines Erwachsenen nicht nach draußen gehen. Nachts hörte ich das Weinen der Erde. Ich hatte einen Alptraum, in dem riesige Maschinen die Berge einebneten und große Maschinen und dicke Kabel über das Land wanderten. Als wir später quer durch das Land reisten, sah ich, daß es Hochspannungsleitungen waren. Es sah aus, als würden sie die Erde verschlingen. Die Erde weinte und das veranlaßte auch mich zu weinen und ich dachte, daß ich etwas tun wollte, um zu helfen. Ich wollte das Leiden der Erde lindern. In diesen Träumen, in denen die Erde weinte, sah ich auch Menschen überall auf der ganzen Welt. Ich sah unsere indianischen Völker in den Städten leiden. Überall sah ich hungrige Menschen. Und ich dachte, daß es gut wäre, etwas zu unternehmen. Das war die einzige Möglichkeit, wie ich die Alpträume stoppen konnte: eine Verpflichtung einzugehen, alles zu unternehmen, was in meiner Kraft stand.”

“Für mich ist es nichts ungewöhnliches, daß Kinder ein Gefühl für ihre Aufgabe und ihre Verantwortung haben, und daß sie etwas Gutes tun wollen. Ich bin kein Sonderfall. Ich bin auch nur ein menschliches Wesen, das mit der gleichen Hoffnung und dem gleichen Sehnen nach dem Wohlergehen der zukünftigen Generationen herumläuft, wie jede andere Großmutter dieser Erde auch. Seit ich viele Kinder kennengelernt habe – ich habe vier eigene und viele Pflegekinder aufgezogen – weiß ich, daß alle Kinder den Wunsch haben, etwas zu tun. Jedes Kind fühlt, was es tun kann.”

1976, als Dhyani selbst schon seit langem Mutter war, nahm ihr Lebensweg eine kuriose Wende. Als sie zu einer Pilgerreise nach Indien aufbrach, erhielt sie einen Telefonanruf von ihrer Großmutter. “Sie war schon seit einigen Jahren tot”, erklärt Dhyani, “Aber sie rief mich an. Mein Mann ging ans Telefon und sagte: ‘Uuh, das ist ein Ferngespräch.’ Ihm standen die Haare zu Berge. Meine Großmutter sprach zu mir in Cherokee und ich schmolz vollständig dahin. Sie sagte: ‘Denke an das, was wir Dich lehrten’.”

Die Mahnung der Großmutter, sich an ihre Ausbildung zu erinnern, kam Dhyani auf ihrer Pilgerreise sehr zustatten, und sie überstand Erdrutsche und den Monsun während viele Mitglieder ihrer Reisegesellschaft schwere Verletzungen erlitten. “Ich weiß jetzt, daß sich Hindernisse auftun und daß man geistige Stärke braucht und eine Gewißheit, daß die Aufgabe zum Wohle aller verwirklicht werden wird. Und so bin ich weitergegangen.” Schließlich kam sie zum Gipfel eines hohen Berges, wo sie eine tiefgründende Erkenntnis hatte: “Ich erkannte, daß der Name Dhyani, den mir meine Großeltern gegeben hatten, der richtige Name für mich war, und daß ich fortan danach leben würde.” Der Name Dhyani bedeutet sowohl “Licht” wie auch “Ein Geschenk an die Menschen”.

Eine alte Verbindung

´Seine Heiligkeit der Drikung Kyabgon Chetsang Rinpoche` ist das Oberhaupt der 800 Jahre alten Drikung-Kagyu-Linie des tibetischen Buddhismus. Er ist der 37. Würdenträger, der die Lehren seiner Übertragungslinie trägt, zu der solch heilige Menschen wie Milarepa, Naropa und Tilopa gehören. Als Chetsang Rinpoche gerade drei Jahre alt war, wurde er als das wiedergeborene Oberhaupt seiner Linie erkannt. Im Alter von fünf Jahren erhielt er seine Gelübde vom Dalai Lama.

Chetsang Rinpoche sagt, daß er schon als Kind von den amerikanischen Indianern hörte, und daß er wußte, daß es ein Bindeglied zwischen ihnen und den Menschen seines Landes gab. Als die Chinesen im Jahre 1959 in Tibet einfielen, wurde er gefangengenommen und für 20 Jahre festgehalten. Schließlich gelang ihm die Flucht nach Indien, wo er von Tausenden erfreuten Mönchen begrüßt wurde, die sich im Phiying Kloster in Ladakh versammelt hatten. Dort errichtete er auch seinen Sitz im Exil.

Chetsang Rinpoche ist ein jung gebliebener Mann. Er hat ein markantes Gesicht und zeigt großes Interesse an der westlichen Kultur. Zusätzlich zur klassischen buddhistischen Botschaft von Güte und Mitgefühl gegenüber allen Lebewesen, trägt er die heiligen Lehren des Phowa über den Tod und von der Übertragung des Bewußtseins in andere Bereiche des Daseins. Nachdem er viele Jahre auf die richtige Gelegenheit gewartet hatte, kam er zu Beginn des Jahres 1987 für eine Lehrreise und um sich mit Dhyani Ywahoo zu treffen, nach Amerika. Diese beiden außergewöhnlichen Menschen wurden Freunde, oder vielleicht ist es richtiger zu sagen, daß sie eine alte Freundschaft erneuerten, denn beide glauben, daß sie in vielen Inkarnationen zusammengelebt haben, um sich auf die Arbeit vorzubereiten, die sie in diesem Leben leisten: dabei mitzuhelfen, eine kulturelle und spirituelle Verbindung zwischen dem tibetischen Volk und den amerikanischen Indianern zu schmieden.

Dhyani erklärt diese Verbindung so: “Unsere Prophezeiungen sagen uns, daß wir nach unseren Brüdern, die aus dem Osten kommen und rote Mützen und Gewänder tragen, Ausschau halten sollen. Zusammen würden wir ein Geschenk darbringen. Das haben die Alten tatsächlich prophezeit. Immer, schon von meiner Kindheit an, haben die Medizinleute von unseren tibetischen Brüdern und Schwestern gesprochen – unseren Verwandten, für die wir in unseren Zeremonien gebetet haben und gehofft haben, daß auch sie gleichzeitig Zeremonien abhalten würden. Wir glauben, daß wir mit unseren Verwandten in Tibet in direktem geistigen Kontakt stehen.”

Die Rückkehr des Sonnenclan-Bruders

Die Verbindung zwischen den Tibetern und den amerikanischen Indianern ist offensichtlich weitreichender als die meisten Amerikaner sich dies jemals vorgestellt haben. Der Begegnung von Dhyani Ywahoo und Chetsang Rinpoche ging zum Beispiel 1979 ein Besuch des Dalai Lama voraus, des spirituellen Führers von sechs Millionen Tibetern. Zuerst traf er mit den Ältesten der Hopis und dann mit den Ältesten des Völkerbundes der Irokesen zusammen. Diese Treffen waren nicht nur wegen ihrer kulturellen Bedeutung geschichtsträchtig, sondern auch deshalb, weil damit nach Aussage aller Beteiligten, alte Prophezeiungen in Erfüllung gingen.

Eine tibetische Prophezeiung aus dem neunten Jahrhundert besagt: “Wenn der eiserne Vogel fliegt, wenn Ponys auf Rädern laufen und Wagen auf Schienen fahren, dann wird der Dharma (die Buddhistischen Lehren) im Lande des Roten Mannes blühen.” Nach einer Hopi-Prophezeiung wird Pahana, ein wirklich spirituelles Wesen, dessen Name von Salzwasser abgeleitet ist, zu einer Zeit aus dem Osten kommen, wenn das Gleichgewicht der Erde stark gestört ist. Er wird der Sonnenklan-Bruder sein und seine Rückkehr wird das Ende eines Jahrtausende andauernden Rituals markieren. Die Journalistin Marcia Keegan erklärte in einem Bericht über die Treffen des Dalai Lama, der Name 'Dalai Lama' bedeute 'Lehrer, der ein Ozean der Weisheit ist'.

Marcia Keegan wies auch auf einige auffallende Übereinstimmungen zwischen den beiden Kulturen hin. Geographisch gesehen liegt das Land der Hopi Tibet direkt gegenüber. In der Sprache der Hopi bedeutet das Wort Nyima 'Mond'. Im Tibetischen bedeutet das gleiche Wort 'Sonne'. Umgekehrt bedeutet das Wort Dawa im Tibetischen 'Mond' und in der Hopisprache 'Sonne'. Für beide Völker besteht der Zweck ihrer Religion darin, die natürliche Harmonie des Universums dadurch aufrechtzuerhalten, daß man im Gleichgewicht mit den Gesetzen des Universums lebt.

Nach der Überlieferung der Hopi war am Anfang der Zeit das Hopi-Land der Mittelpunkt der Welt. Nach einer großen Naturkatastrophe zerstreute sich das Volk. Deshalb empfinden die Hopis, daß ein Teil ihres Treffens mit dem Dalai Lama darin bestand, ihn zu Hause willkommen zu heißen. Earl Pela, ein Hopihäuptling, lud den Dalai Lama ein, das Land der Hopi zu besuchen.: "In unseren Prophezeiungen," erklärte er Marcia Keegan, "heißt es, daß wir wegen der großen Probleme, die auf viele Menschen zukommen, einander wieder suchen und schließlich auch wieder finden werden. Wir können nicht nur unser überliefertes Wissen, sondern auch unsere Probleme vergleichen."

Der Prozeß, die Probleme zu vergleichen und das Wissen zu teilen, hat sich fortgesetzt. Der Dalai Lama und eine Reihe anderer ausgebildeter tibetischer Lamas, unter ihnen auch S.H. Chetsang Rinpoche, haben sich mit vielen anderen indianischen Führern getroffen. Zusammen mit Dhyani Ywahoo und auch alleine ist S.H. Chetsang Rinpoche zu vielen indianischen Reservaten quer durch Amerika gereist, um den Menschen dort seine Achtung zu erweisen und sich mit ihnen im Gebet zu vereinen.

Dieser Austausch über die Kulturen und die Religionen hinweg war sowohl für die Tibeter wie auch für die amerikanischen Indianer bestätigend. Laut Dhyani ist es die besondere Verantwortung der Roten Rasse, Hüter dieser Erde zu sein und andere zu lehren, wie elementar wichtig der sorgetragende Geist ist. Durch ihre Versammlung in Gebet und Zeremonie erinnern die Tibeter und die Indianer viele Menschen daran, wie es in einem indianischen Lied heißt: "Die Erde ist unsere Mutter. Wir müssen Sorge für sie tragen."

In einer heiligen Höhle

Auf Anraten ihrer Stammesführer ist Dhyani Ywahoo mit ihrer Familie an das nördliche Ende der Appalachen gezogen, weit entfernt von ihrem Stamm, der am südlichen Ende des Gebirgszuges im Lande der Kristallhöhlen lebt. In der Nähe von Bristol, Vermont, in einem weiten Tal in den Green Mountains, hat sie die Sunray Meditation Society, eine internationale Organisation zur Förderung des Weltfriedens, gegründet. Schüler, die am Peacekeeper Training der Gesellschaft teilnehmen, studieren sowohl die indianischen als auch die buddhistischen Lehren, denn Sunray ist seit dem Jahr 1983 als Dharma Zentrum anerkannt.

Von ihrer Basis in Vermont aus sieht Dhyani, wie die Verbindung zwischen Ost und West besonders jetzt, wo sich die Menschen tatsächlich auch auf der physischen Ebene treffen, immer weiter vertieft. “Es ist wirklich erstaunlich”, sagt sie, “wir treffen viele tibetische Lamas und haben gute Beziehungen zu so vielen großen Lehrern und glanzvollen spirituellen Wesen. Seit zwei oder drei Jahren lehrt das Oberhaupt der Drikung Kagyu Zentren in Nordamerika, Khenpo Konchog Gyaltsen, in unseren Zentren. So haben wir erkannt, daß eine sehr tiefe Verbindung besteht. Als wir erfuhren, daß Seine Heiligkeit Chetsang Rinpoche nach Amerika kommen würde, wußten wir, daß ein weiteres Familienmitglied kommen würde. Als wir dann Seine Heiligkeit tatsächlich sahen, da wußten wir, daß unsere Beziehung wirklich sehr tief ist. Die Ursachen für dieses Treffen wurden während vieler Leben gelegt.”

Chetsang Rinpoche ist von dieser Verbindung in gleicher Weise überzeugt: “Das erste Zusammentreffen mit Dhyani war etwas ganz Besonderes. Ich hatte ein starkes Gefühl des Wiedererkennens, vor allem als ich zu dem Ort kam, an dem Dhyani lebt. Ich hatte ein so warmes Gefühl. Doch nicht nur das: Ich spürte, daß diese Gegend wirklich ein ganz besonderer, heiliger Ort ist. Die höheren buddhistischen Lehren sprechen von einem versteckten Tal. Ich spürte, daß es sich hier um einen solchen Ort handelt. Und es gab auch verschiedene andere Zeichen.”

“Während ich in der Gegend war, gingen wir zu einer speziellen Höhle in der Nähe, um eine bestimmte Erde, eine spezielle Art von Ton, zu suchen. In den höheren Tantra-Belehrungen gibt es eine Praxis, bei der man diesen Ton für eine spezielle Zeremonie braucht. In den Lehren spricht man von dem besonderen Ort eines erleuchteten, weiblichen Wesens. Es war nicht einfach, sogar etwas gefährlich, in die Höhle hineinzukommen. Auf jeden Fall gelang es mir, in das

Innere der Höhle vorzudringen und diesen speziellen Ton dort zu finden. Ich hatte keine Ahnung davon, daß ich ihn hier finden würde. Aber als ich ihn sah, da wußte ich, daß es der richtige war."

Dhyani sagt, daß die Höhle auch für die Indianer heilig sei: "Wir fanden sie zufällig, als wir einen Film drehten. Unser Häuptling, der Friedenshäuptling, ging zurück und fand dort den roten Ton. Er war so überrascht und glücklich. Mit uns waren Slow Turtle, der Sachem der Wampanoag-Nation, einige ältere Cherokees, ein paar junge und alte Männer der Lakotas und eine weise Frau, die bei den Seneca gelernt hatte. Sie alle waren überglücklich, diesen Ton gefunden zu haben. Auch in unseren Zeremonien ist diese Farbe von besonderer Bedeutung. Ein doppelter Regenbogen erschien am Himmel, um zu bestätigen, daß es sehr gut war, die Höhle gefunden zu haben. Daß dieser Ton für beide Völker von so großer Wichtigkeit ist, ist sehr bedeutend."

Ein Treffen im Herzen

Bevor Chetsang Rinpoche nach Amerika kam, besuchte er im Herbst 1986 auf Einladung des Papstes das Treffen der religiösen Führer der Welt in Assisi, Italien. Er erklärte, daß er in Europa zu tiefst von der fabelhaften Technik des Westens beeindruckt wurde: "Sie bewahrt vor körperlicher Mühsal, aber ebenso konnte ich einen Verlust an Spiritualität beobachten. Der Westen muß sich spirituell weiterentwickeln, um die äußerlichen Entwicklungen der materiellen Technik auszugleichen. Wenn dieser Ausgleich nicht gelingt, dann ist das so, als würde man ein Pferd einseitig beladen: Die Last wird runterfallen und das Pferd vielleicht sogar mit sich reißen. Es ist sehr wichtig, Osten und Westen miteinander zu verbinden. In der Technik ist der Westen sehr weit fortgeschritten, der Osten jedoch sehr langsam. Aber gleichzeitig hat der Osten ein größeres spirituelles Verständnis entwickelt, und das wird im Westen benötigt."

Dhyani, die für ihre Redegewandtheit bekannt ist, stimmt der Bedeutung dieser Verbindung zu: "Im Herzen treffen sich Ost und West, denn die Sonne geht für uns alle auf und unter. Wo immer du auf dieser Erde auch sein magst, du kannst entweder nach Osten oder nach Westen schauen. Allen menschlichen Trennungen unterliegt eine Wahrheit. Alle Menschen können ihre Wurzeln zum großen Baum des Friedens zurückverfolgen. Alle sehnen sich nach Frieden und Glück, nach frischem Wasser und gutem Essen. Jedes Lebewesen wünscht sich ein sicheres Zuhause, um darin zu leben. Selbst die Schlange und der Wurm bemühen sich um einen sicheren Platz für ihre Jungen. Die Menschen auf der ganzen Welt überlegen sich, wie es für die nächste Generation sein wird, wie man es gut für sie machen kann. Grundsätzlich wollen alle Menschen das gleiche. Aber wir müssen die Illusionen der Trennung und der Verschiedenheit beiseite legen."

"Für die verschiedenen Religionen gibt es keinen Grund, sich gegenseitig zu bekämpfen. Die Menschen brauchen unterschiedliche Religionen, weil sie auf unterschiedlichen Ebenen des Verstehens leben und unterschiedliche Lebensziele haben. Jedes Volk hat seine eigene Art des Verstehens. Aber wenn ein Mensch sich über den Nationalismus erhebt und die Natur seines Geistes betrachten will, dann wird er sehen, was gesehen werden muß. So ist es für den heutigen Menschen ein weiser Entschluß, die Gemeinsamkeiten in unseren religiösen Handlungen zu betrachten und zu wissen, daß es nichts gibt, worüber man streiten oder kämpfen könnte.

Durch Beispiele weisen beide Lehrer auf die gemeinsamen Grundlagen der indianischen Weisheit und des tibetischen Buddhismus hin: die Klarheit des Geistes, heilende Hinwendung gegenüber allen Wesen und der Erde, richtige Beziehungen und Großzügigkeit. Dhyani drückt es folgendermaßen aus: "Der Buddhismus bietet eine Sprache, die tief intuitive Weisheit der indianischen Lehren für den westlichen Verstand leicht zugänglich zu machen. Deshalb ist es ein gutes Zusammentreffen."

Der erste Schritt in Richtung Weisheit

In der Etowah Cherokee Nation ist Dhyani nicht nur Häuptlingsfrau des "Wild Potato Clans", des Wilden-Kartoffel-Klans, sondern auch des "Whirlwind Clans", des Wirbelwindklans, der das Wissen über die Bewegung der Luft und das Geheimnis der Spirale hütet. Wenn man diesen Zusammenhang kennt, überrascht nicht, daß sie auf die Frage nach der Weisheit folgendes sagt: "Weisheit kann nicht irgendwie erworben werden, sondern sie offenbart sich. Der Sitz der Weisheit befindet sich in den feinen Fasern unserer DNS-Struktur, der Spirale der Doppelhelix. Weisheit ist das Vermögen, sich den Dingen so anzupassen und sie so zu sehen, wie sie sind und gute Beziehungen zu pflegen. Sie befindet sich in den Spiralen unseres Herzens. Sie ist bereits da und lediglich durch Fehler in der Denkweise verdunkelt. Somit besteht der erste Schritt zur Heilung dieser Unwissenheit darin, zu sehen und zu spüren, was geschieht und zu erkennen, daß das, was dem Menschen dort geschieht, auch mir hier geschehen könnte. Deshalb will ich diesem Menschen helfen, ich will den Menschen helfen."

"Eine der besten Möglichkeiten, die angeborene Weisheit hervorzubringen, besteht in der Handlung – besteht darin, Sorge zu tragen für andere Menschen. Zuerst mußt du jedoch lernen, für dich selbst Sorge zu tragen. Viele Menschen haben das Gefühl, von der Erde und vom Schöpfer abgeschnitten zu sein. Viele Leute tragen ein hohes Maß an Selbsthaß in sich. Dies verursacht ein zerstörerisches Verhalten und daß wir anderen Schaden zufügen. Wir hören Leute sagen: 'Wenn ich es nicht haben kann, dann soll es auch kein anderer haben.' Oft höre ich Menschen so reden und sie denken, das sei ihr gutes Recht oder ein angemessenes Benehmen. Aber es ist kein angemessenes Verhalten, noch mehr Schaden zu verursachen. Es ist besser, Frieden zu schließen und etwas Gutes zu tun, so daß wir die Unwissenheit der Trennung und die Unwissenheit, die anderen Menschen Schaden zufügt, indem wir sie als Objekte betrachten, überwinden können."

"Sogar der kleinste Akt der Großzügigkeit kann Wunder im eigenen Herzen und Geist bewirken. Du denkst, du hast nichts zu geben? Nun, dann mache einen Anfang damit, daß du ein klein wenig von deinem Essen opferst, nur einen kleinen Happen. Opfere es mit der Einstellung, daß die Hungrigen Nahrung finden mögen. So beginnt es als Idee, vielleicht als eine Vorstellung, und schließlich wird die Sorge um andere Menschen zur Realität."

"Hüter der Erde, es ist Zeit zu erwachen, es ist Zeit aufzustehen. Im Buddhismus sagt das Lotus-Sutra folgendes: 'Hüter der Erde erwacht und erhebt euch und laßt die Dinge auf der Erde gut sein.' Die ganze Essenz der indianischen Lehren besteht darin, zu wissen, daß wir mit allem verwandt sind und daß wir für die Erde und füreinander Sorge tragen."

Jetzt wachen viele Menschen auf der ganzen Erde auf, um besser für die Erde zu sorgen, zum Beispiel mit Heiligen Zeremonien. Zum Beispiel einfach Danke zu sagen. Wenn wir vor unserer Mahlzeit ein Gebet des Dankes sprechen, so geben wir damit etwas an das Königreich der Pflanzen zurück, so daß es uns weiter mit Nahrung versorgen kann. Ebenso geben wir damit etwas an die Erde zurück, so daß sie in ihrem Zentrum neues Wasser bilden kann. Wenn wir in Gemeinschaft feiern, wenn Menschen zusammenkommen, wenn sie zur Kirche oder zur Meditation gehen, wie immer ihre religiöse Praxis aussehen mag – immer wenn Menschen zusammenkommen und etwas opfern und ein Gebet sprechen, so gibt das dem Himmel und der Erde etwas.

Wir alle haben eine Beziehung zu Himmel und Erde und jeder hat eine spirituelle Pflicht, einen Grund, warum er hier ist. Wenn wir vergessen, unsere religiöse Wahrnehmung zu bewahren, dann ist unser Geist nicht mehr so gefestigt, weil wir denken, der physische Bereich – das Auto, das Haus oder Geld – sei wichtiger. Aber das Geld (die Dollarnoten) ist grün, so wie Mais, Bohnen oder Kürbis. Sie sind dazu gedacht, den Menschen das Leben zu ermöglichen und sie nähren. Manchmal vergessen wir, daß es so einfach ist. Es geht darum, gut füreinander zu sorgen. Wenn wir uns deshalb an etwas so einfaches wie das Danke sagen vor dem Essen erinnern, so öffnet dies etwas in unserem Innern. Es ermöglicht uns, Kontakt aufzunehmen mit dem klaren Licht in uns, ob wir es Gott, Allah, JuJu, das Geheimnis oder sonstwie nennen. Dadurch stellen wir den Kontakt her und aus dem Kontakt mit dem Licht entsteht mehr Gutes. Wir werden großzügig. Wie der Wind setzt die Großzügigkeit Wellen in Bewegung, die gute Energie hervorbringen, und ebenso wird die Illusion, daß nicht genug da sei, weggewaschen. Denn tatsächlich ist für alle Menschen hier – ich glaube es wird gesagt, daß es jetzt fünf Milliarden sind – genug zu essen da. Alles, was es braucht, ist unser Wille, es uns gegenseitig zu geben."

Die indianische Tradition

Laut Dhyani sind die indianischen Traditionen Amerikas sehr alt. Sie sagt, daß man annimmt, daß speziell ihre Übertragungslinie über 100.000 Jahre alt ist. Als Vertreterin dieser Tradition macht sie sich einige Sorgen bezüglich der Tatsache, daß indianische Rituale und Zeremonien eine recht modische Beliebtheit erlangt haben. Dazu gehört beispielsweise die Schwitzhütte, eine Art Dampfbad, das in einer kleinen Hütte abgehalten wird.

"Aufgrund ihrer Einfachheit und Schönheit" , so sagt Dhyani, "sieht die indianische Tradition so aus, als könne man das leicht selber machen. Der weise Mensch erkennt jedoch, daß die Schwitzhütte und die anderen indianischen Rituale sehr kraftvolle und heilige Medizin sind. Bevor Du mit einem Chemiebaukasten zu arbeiten beginnst – und genau das ist eine Schwitzhütte, denn sie reinigt Dich und ordnet Deine Moleküle wieder richtig an – solltest Du sowohl eine feste Grundlage in der Philosophie und der Weisheit, als auch eine direkte Übertragung der spirituellen Tradition und der Konstruktion der Schwitzhütte empfangen haben. Diese Zeremonie ist sehr kraftvoll."

"In diesen Zeiten ist es zur Mode geworden, indianische Rituale und Praktiken zu imitieren. Wenn man in diesen Dingen keine feste Grundlage hat, dann kann dies sogar gefährlich werden, denn die Schwitzhütte ist der Ort, an dem Welten ihren Anfang und ihr Ende finden. Wenn jemand unvorbereitet, ohne Wissen über den Bau der Hütte, ohne die Gebete zu kennen, die selbst beim Schälen der Weiden und beim 'Einpflanzen' der Stangen in die Erde gesprochen werden, dann ist es möglich, daß ein Wirbel verletzender Energie erzeugt wird, denn diese Zeremonie ist so kraftvoll. Ich glaube nicht, daß irgend jemand auf die Idee käme, die Kommunion der katholischen Kirche nachzuahmen und zu vollziehen oder versuchen würde, die Zeremonien des Jüdischen Tempels durchzuführen. Man würde sich zuvor um entsprechende Belehrungen bemühen. Genauso sollte es sich auch bei den indianischen Ritualen verhalten."

Dhyani macht sich auch Sorgen um die Art Weisheit, die strikt auf Information durch Channeling vertraut. "Allein durch die Tatsache, daß sie von einem Geistwesen zu kommen scheinen, werden sie keineswegs klüger. Glaubst Du alles, was du in der Zeitung liest? Nun, genauso verhält es sich mit den sogenannten Channelings. Sei bewußt. Beobachte. Macht es irgendeinen Sinn? Bringt es positive Energie? Bringt es den Menschen Nutzen, Zusammengehörigkeitsgefühle? Oder ist es eher trennend? Beurteile nach diesen Kriterien. In unserer Tradition wird gelehrt, daß es natürlich ist, mit dem Universum zu sprechen. Die Bäume sprechen, der Wind spricht. Die Idee des Channeling bedeutet manchmal zugleich, daß man seine eigene Fähigkeit zu denken, zu beobachten und eine Wahl zu treffen, beiseite legt und zurücktritt, so daß etwas anderes durchbrechen kann. Es ist besser, sich selbst gut zu kennen und die Weisheit zu verstehen, die aus dem Herzen aufsteigt, als herumzulaufen und jedem Windhauch zuzuhören, der durch die Bäume streicht. Verstehe dein Herz, dann wirst du alles hören und wissen, was ist. Irgendwie ist die Vorstellung, dies und das channeln zu wollen, gefährlich."

"Einige der indianischen Prophezeiungen besagen, daß dies in dieser Endzeit eintritt. Dies ist eine hypnotisierende List. Die Gedankenformen der Vergangenheit sehen, daß sie vertrieben werden, denn die Menschen glauben nicht länger, daß Rußland nur schlecht ist und so weiter. Die Menschen beginnen, mehr unsere Gemeinsamkeiten zu sehen als unsere Unterschiede. Die Menschen suchen nach weiteren Wegen, um Frieden zu schaffen. Wenn diese Gedankenformen, die durch Aggression, Angst und andere Haltungen des untrainierten Geistes genährt wurden, daher erkennen, daß sie keine weitere Nahrung mehr erhalten, dann werden sie versuchen, Angst zu stimulieren, denn Angst hält diese Gedankenform am Leben. Wenn der Mensch nicht in der Lage ist, sich mit dem eigenen Geist klar zu verständigen, dann schaut er immer, ob er die Antwort nicht außerhalb seines eigenen Selbst finden kann."

Das Zeitalter der Blumen

Wie viele andere indianische Älteste betrachtet auch Dhyani die Gegenwart als eine Zeit eines tiefgreifenden kulturellen und planetarischen Übergangs, als eine Zeit in der die Welt in einen neuen Zyklus der Evolution eintritt. Sie sagt, daß viele Indianer schon lange wußten, daß diese Epoche des Übergangs kommen würde, wie sie auch die Ankunft der Europäer, die sowohl die Kultur als auch ihr Land nicht achten würden, genau vorhergesehen hatten.

"Bevor Cortez tatsächlich in Amerika landete, teilten die Menschen einen gemeinsamen Kalender. Es war bekannt, daß am Ende dieser Ära etwas geschehen würde. Deshalb schickten sie Boten aus und so kamen Läufer aus dem Land, das man heute Argentinien nennt und ebenso aus dem äußersten Norden. Ein Läufer übernahm die Botschaft von dem anderen, bis schließlich alle informiert waren. Die Botschaft war, daß Zeiten der Veränderung kommen würden: 'Bringt eure Lehren, eure Medizin und eure Heiligen Feuerstellen in Sicherheit und verlaßt eure Städte.' So begannen die Kulturen, die große Städte gebaut hatten, sich zu zerstreuen. Das ist der Grund, warum einige der Gemeinschaften in Zentralamerika scheinbar einfach verschwunden sind. Wohin sind sie gegangen? Weil sie wußten, was kommen würde, machten sie sich schon gute Zeit vor Beginn des 500 Jahre Zyklus auf. So gingen sie im Wissen auseinander, daß sie alle Lehren, die benötigt wurden, um mit der Erde Eins zu sein, erhalten mußten. Sie wußten, daß sie sich unauffällig verhalten mußten, um unbeobachtet zu bleiben. Als Cortez kam, sahen einige Leute die Boote kommen und dachten, daß der Große Friedensstifter zurückkommen würde. Aber natürlich stellte sich bald heraus, daß er ein sehr gewalttätiger und zerstörerischer Mensch war, und so war es sehr weise, daß die alten indianischen Räte vorausschauten und diese Entscheidungen trafen."

Dhyani berichtet, daß viele Indianer die Auffassung teilen, daß im August 1987 der letzte dunkle Zyklus des alten Zeitalters, das mit der Ankunft von Cortez begann, zu Ende ging, und daß wir uns seitdem in den frühen Übergangsphasen zu einem Neuen Zeitalter befinden. Nach dem Verständnis vieler Indianer, gingen der modernen Welt vier andere Welten oder Schöpfungen voraus, die jeweils etwa 26.000 Jahre dauerten. Alle vorhergehenden Welten wurden, als sie spirituell korrupt wurden, gesäubert oder zerstört. Entsprechend den Prophezeiungen der indianischen Kalender liegt unser Schicksal jetzt, da wir am Ende eines Zeitalters und am Anfang eines anderen stehen, in unserer eigenen Hand. Wie immer können wir mit unserem freien Willen wählen, ob wir in Übereinstimmung mit dem Göttlichen Willen handeln oder ihn ignorieren wollen. Wenn wir den Göttlichen Willen ignorieren, könnten wir damit eine katastrophale Reinigung auslösen. Wenn wir dagegen in Harmonie mit dem Göttlichen Willen handeln, werden wir in Frieden mit uns selbst und mit allen Geschöpfen, die mit uns das Leben auf dieser Erde teilen, leben.

Dhyani sagt: "Dieses zu Ende gehende Zeitalter war eine Zeit, in der die Menschen Informationen über Baukunst und Erfindungen, die das Leben besser machen, zusammengetragen haben. Jetzt ist es für die Menschen an der Zeit zu erkennen, daß diese Erfindungen ein Erzeugnis der Gedanken waren und daß jene Erfindungen beiseite zu legen sind, die Schaden verursachen. Es ist an der Zeit solche Aktivitäten hervorzubringen und weiterzuentwickeln, die allen Wesen und den zukünftigen Generationen Nutzen bringen."

Dhyani lehrt, daß der neue Zyklus, der im August 1987 begonnen hat, als das Zeitalter der Blumen angesehen werden kann: "Entsprechend dem Weg, der uns gelehrt wurde, und den Samen, die gepflanzt wurden, spricht der Kalender über eine Zeit der Manifestation des Friedens, ein Zeitalter des Friedens. Für uns alle ist es Zeit, Samen guter Beziehungen zu pflanzen, auf daß Verständnis, Frieden und alles, was zum Wohle der Leidenden benötigt wird, erblühen mögen."

"Die Ältesten – ein sehr großer Ältestenrat, der für Völker in Zentral und Nordamerika spricht – haben gebeten, daß wir am Morgen nach jedem Vollmond ungefähr um zehn Uhr Blumen sammeln und nach draußen gehen und die Sonne, die Blumen und das Herz der Erde betrachten. Indem wir dies tun, bringen wir mehr Sonnenenergie und die Weisheit der Blumen auf die Erde, denn das neue Zeitalter ist das Zeitalter der Blumen."

"Blumen spenden Licht und Freude. Ebenso haben sie ein sehr subtiles Bewußtsein und sind durch eine Einheit im Geist verbunden. Die Energie der Blumen ist sehr friedvoll, und Blumen sind eine großartige Medizin. Durch Meditation über Blumen können wir Entzündungen lindern, die durch aggressive Geisteshaltungen verursacht wurden."

"Blumen sind die Medizin, die wir für das Gleichgewicht und die Einstimmung brauchen. Die Alten sagen, daß Blumenessenzen, wenn sie richtig zubereitet werden – manche Zubereitungsarten können sich über zwölf Jahre erstrekken – das Frequenzband des menschlichen Geistes erweitern können. Sie steigern unsere Sensibilität. Aber sie müssen mit Gebeten, den richtigen Opfergaben und Hingabe zubereitet werden. Blumen können die Gifte falscher Gedanken beseitigen und den Körper zu vollkommener Gesundheit anregen. Blumen bewegen sich mit der Sonne. Daher haben sie ein bestimmtes, ihnen anvertrautes solares Bewußtsein: sie kennen die richtige Beziehung zwischen Erde und Geist. Die Blumen erinnern uns daran, zum Himmel aufzuschauen und die Sonnenenergie in unserem Leben zu aktivieren. Dies führt zu mehr Klarheit in Rede und Handlungen."

"Der Pollenflug in der Luft beschleunigt uns alle, das ist für manche beängstigend und führt auch zu einer Reaktion. Das ist in etwa so, wie mit homöopathischen Heilmitteln – zuerst werden wir etwas kränker. Aber in Wirklichkeit ist es eine Reflexion der Krankheit, die etwas verstärkt wird, so daß die Abwehrkräfte, die zur Heilung nötig sind, erweckt werden."

Eine der Reaktionen auf diese Beschleunigung, so glaubt Dhyani, ist ein Anstieg der Allergien und allergischer Reaktionen, selbst unter Menschen, die sich durch biologische Nahrungsmittel gereinigt haben. Das ganze Problem der Allergien, sagt Dhyani, ist wirklich eine Frage des Planetensystems und nicht des menschlichen Systems: "In manchen Fällen sind die Erde und die Menschen so schlecht aufeinander eingestimmt, daß alles Natürliche auf den menschlichen Körper störend wirkt, da wir seit Jahren künstliche Vitamine gegessen und die Nahrungsmittel mit künstlichen Düngemitteln angebaut haben. So ist der natürliche Bereich zum Feind geworden und Körper und Immunsystem reagieren, als würde es sich um Feinde handeln. Dies ist das Ergebnis jahrelanger ungeeigneter Drogenverabreichungen an die Nahrungsmittel. Ebenso glaube ich, daß dies der Grund für steigende Suchttendenzen ist. Die Pflanzen wurden aufgeputscht und so wird es auch den Menschen zur Gewohnheit aufgeputscht zu sein, und dann suchen sie nach immer weiteren Stimulanzien oder Depressiva, um den Zyklus fortzusetzen."

Dhyani lehrt, daß gute Ernährung, richtige Übung und Gebete uns helfen können, unser Leben zu stabilisieren, so daß wir unser Leben als Dienst anbieten können, um das Leben auf der Erde zu stabilisieren. "Wir bewegen uns um die Spirale", sagt Dhyani, "und kommen wieder zu einer ganzheitlichen Zivilisation, zu einem wahren planetarischen Bewußtsein. Was wir jetzt erleben, ist der Kampf mit dem Fieber, das Ende der Fieberträume, wenn die Krankheit und die Gifte das System verlassen. Wie sehr der Planet leiden wird, wie sehr die Menschen leiden werden, wird wirklich vom Bewußtsein bestimmter Gruppen bestimmt. Es geht nicht länger darum, daß Individuen das Licht in sich selbst finden, es ist wirklich notwendig, daß wir ein Netzwerk errichten, um jene Gegenden des Erdnetzes neu aufzubauen, die durch unklares Denken geschädigt wurden."

"Nach den Lehren der Ältesten und nach denen der Ywahoo-Linie wird die Erde nicht durch die Rüstung und das Kriegsmaterial der Menschen zerstört werden. Sollte die Erde sich entschließen, die Menschen aufzurütteln, so würde dies durch Feuer geschehen. Das Feuer würde kommen, um die aggressiven Neigungen des Geistes zu reinigen. So bleibt den Menschen die Wahl, diese Aggression zu transformieren."

"1983 sagten die Ältesten zu mir: 'Dhyani, die Flut hat sich gewendet. Es gibt genügend Menschen, die gute Medizin machen, um die Zerstörung der Erde zu verhindern. ' Viele Menschen unternehmen die richtigen Schritte, um die Natur ihres eigenen Geistes zu betrachten, um Stabilität zu finden, um rechte Beziehungen zu suchen und um Verantwortung zu übernehmen für ihre Gedanken, Worte und Taten. Das macht einen Unterschied."

Dhyani Ywahoo unterrichtet nach wie vor zu Hause ebenso wie in anderen Ländern. Ihre Basis ist die „Sunray Meditation Society" (Gesellschaft der Sonnenstrahlen-Meditation) in den Green Mountains von Vermont. Unter die „Sunray"-Praktiken fallen die folgenden drei spirituellen Pfade: Studien der Indianer Amerikas, Studien des Buddhismus sowie die Kunst des Heilens. Der rote Faden in all diesen Studien ist die Erforschung praktischer Mittel, um Mitgefühl und die richtige Beziehung zur Erde und allen verwandten Wesen zu entwickeln. „Sunray" ist seit 1986 ein anerkanntes tibetanisches Dharma-Zentrum, in dem sowohl die Wege des Nyingma als auch des Drikung Kagyu vereint sind.

Vor kurzem erkannten tibetanische Lamas Dhyanis Sohn, den amerikanisch-indianischen Jungen Tatanka Ywahoo True, als reinkarnierten tibetanischen Lehrer. Dhyani erinnert sich daran, daß Tatanka schon vor seiner Geburt auf dramatische Weise in Erscheinung trat. „Als mir zum ersten Mal bewußt wurde, daß ich schwanger war, befand ich mich in einer Sonnentanz-Zeremonie in South Dakota. Es waren 144 Tänzer anwesend, die mit unwahrscheinlicher Anmut tanzten. Jedes mal, wenn die

Sonnentanz-Leiter ihre mit Adlerfedern geschmückten Stäbe schwenkten, bewegten sich alle Tänzer - gleich unterschiedlichen Sternkonstellationen - zusammen. Und dann bemerkte ich – und das am hellichten Tag – eine weiße Scheibe am Himmel, in der ein prächtiger Büffelbulle stand, der in hellem Licht und großer Energie erstrahlte. Ich schaute den Büffelbullen direkt an. Viele andere schauten auch auf und betrachteten dann mich mit seltsamer Miene. Und dann kam er herab, als wir noch immer tanzten, und ich wurde unglaublich durstig. Noch nie war ich in meinem Leben so durstig gewesen. Da erkannte ich, daß ich schwanger war und daß das Kind in meinem Bauch einen Namen erhalten mußte, der mit Sitting Bull in Verbindung steht, und daß der Büffel, den wir sahen ein Symbol dafür war, daß wir mit ihm gehen und verstehen sollten".

Am 23. März 1983 gebar Dhyani in Burlington, VT, Tatanka (Büffel). Tatanka wurde von Seiner Heiligkeit, dem verstorbenen Dudjom Rinpoche, Führer der Nyingma Tradition, als Tulku des dritten bzw. höchsten Level erkannt und als dieser formell anerkannt. Als er vier Jahre alt war, wurde er überdies von Seiner Heiligkeit, Chestang Rinpoche, als der wiedergeborene Changlochen Rinpoche, einem zutiefst verehrten Yogi, der zur Zeit der chinesischen Invasion in den späten 50ger Jahren in Tibet lebte, erkannt.

Vier

Der Geist einer Wissenschaftlerin, das Herz einer Mystikerin

Eunice Baumann-Nelson

Dr. Eunice Baumann-Nelson ist eine wohl überlegende Sozialwissenschaftlerin und eine ausgezeichnete Lehrerin. Sie hat im Ausland gelebt, ist weit gereist und wohl belesen. Sie war die erste Penobscot-Indianerin, die den Bachelor of Arts, den Magister of Arts und einen Doktortitel der Pädagogik bekam. Sie hat an der Universität von Kalifornien in Davis gelehrt, an der Universität von Indiana in Purdue und an der Universität von Maine. Viele Jahre lebte sie als aktives Mitglied des Friedenskorps zusammen mit ihrem Mann, der Vorstandsmitglied des Friedenskorps war, in Peru und Bolivien. Eine ihrer Hauptaufgaben bestand in der kulturübergreifenden Ausbildung der Freiwilligen vor Ort. In den letzten Jahren hat sie auch am College of the Atlantic gelehrt. Von der Humanistischen Fakultät der Universität von Maine erhielt sie einen Ehrendoktortitel. Sie ist eine unter den drei Frauen in Maine, die mit dem Hartmann-Award für herausragende Leistungen ausgezeichnet worden sind.

Heute ist Eunice Großmutter. Sie lebt auf dem Land ihrer Vorfahren am Penobscot River in Maine. Sie ist schon über siebzig Jahre alt, betrachtet sich selbst aber nicht als ausgelastet und als keineswegs für den Ruhestand geeignet. So meint sie: “Ich würde noch immer gern ein oder zwei Kurse leiten, aber nicht ein volles Programm. Ich unterrichte gerne. Über die Jahre hinweg habe ich eine Menge Methoden entdeckt, die – wie ich denke – ziemlich wirkungsvoll sind und auf einem psychosozialen Verständnis gründen.” Ihr Wunsch ging in Erfüllung. Eunice gibt nun am theologischen Seminar in Bangor eine Vorlesung mit dem Titel “Indianische Spiritualität und Tradition”.

Eunice erzählt: “Ich wurde hier im Haus meiner Eltern auf Indian Island an der Biegung des Penobscot Rivers in Old Town, Maine geboren und meine Großmutter mütterlicherseits war meine Hebamme. Meine Mutter war die siebente Tochter einer siebenten Tochter. Sie war das, was man allgemein als ‘Medizinfrau’ bezeichnet. Eine Medizinfrau ist eine Frau, die heilt und weissagt und auch andere Dinge kann. Meine Mutter sammelte Kräuter und bereitete sie auf. Bei ihren Heilungen legte sie auch ihre Hände auf. Zum Weissagen las sie aus der Hand, aus den Karten und aus Teeblättern. Normalerweise legte sie fast jede Woche die Karten für meine drei älteren Schwestern, die nicht mehr zu Hause lebten. Dabei hatte sie eine so hohe Treffsicherheit, daß sie teilweise fast Angst bekam, weil sie überzeugt war, ein Werkzeug des Teufels zu sein. Schließlich ging sie zum katholischen Pfarrer, der zu der Zeit am Ort seine Dienste leistete, und erzählte von ihren Ängsten. Der Pfarrer antwortete, daß sie Gott für die wundervollen Gaben, die sie erhalten hatte, danken solle. Doch sie konnte das nicht annehmen und hörte schließlich mit ihren Weissagungen auf.”

“Denkt bloß nicht, daß ich als traditionsbewußte Indianerin aufgewachsen bin. Das bin ich wirklich nicht. Diese Traditionen starben schon Jahre, bevor ich auf die Welt kam, aus. Ich beherrsche nicht einmal die Sprache meines Volkes. Die Indianer im Nordosten wurden so ihrer Kultur beraubt, daß ich sie oft Dinge aus Büchern nachbeten höre, die von Nicht-Indianern geschrieben worden sind, wie etwa: ‘Die Indianer tun dieses. Sie glauben jenes. Das sind ihre Gewohnheiten.’ Ich höre Indianer diese Dinge so wiedergeben, als wären diese in der Vergangenheit so gewesen und als wären sie auch heute noch so. Ich denke hauptsächlich deshalb anders, weil ich mich ernsthaft an die Erforschung der Wurzeln gemacht habe.”

Ich betrachte mich selbst als ein menschliches Wesen

“Eunice stellt ihre Entwicklung an Hand verschiedener Geschichten dar. So erzählt sie: “Meine Familie und ich waren Katholiken. Der Grund dafür war einfach der, daß die katholischen Missionare als erste in diese Gegend kamen, und meine Vorfahren mit den Franzosen besser zurechtkamen als mit den Engländern und ihren protestantischen Lehren. So ging ich in meiner Kindheit bis zur sechsten Klasse in die Missionsschule hier auf der Insel. Dann wechselte ich auf die Junior Highschool in Old Town und später auf die Highschool. Dabei begegneten uns eine Menge Vorurteile. Ich freilich war in der glücklichen Lage, daß ich mir in der Kindheit eine sehr gute Meinung von mir selbst hatte bilden können, was natürlich etwas mit Selbstachtung zu tun hat. Ich war einfach der Meinung, daß ich als Mensch in Ordnung bin. Hatten andere eine andere Meinung, so war das deren Problem."

"Ich habe ein Diplom in Kinderpsychologie. Bei dieser Ausbildung lernte ich auch, daß wir das Bild von uns selbst durch etwas schaffen, was die Soziologie das 'Spiegelbild' nennt. Das bedeutet: Unser Bild davon, wer wir und wie wir sind, schaffen wir uns aus den Reaktionen anderer. Mit anderen Worten: Das Bild, das wir vor uns haben, ist ein Spiegelbild, das durch die vielen Eindrücke entsteht, die wir durch die Reaktionen anderer auf uns erhalten. Meine Situation stellte sich so dar: Ich hatte fünf ältere Geschwister und war vier oder fünf Jahre lang die Kleinste in der Familie. Eine Folge davon war, daß um mich großes Aufheben gemacht wurde. Mein damaliger Kosename war 'Love'. Wenn ich heute mit meiner älteren Schwester telefoniere, rutscht ihr manchmal dieser Kosename heraus, und sie nennt mich 'Love'. Weil meine Geschwister mir diese liebevolle Aufmerksamkeit schenkten, bekam ich das Gefühl, etwas Besonderes zu sein. Als ich in Old Town zur Schule ging und dort einzelne oder ganze Gruppen mich herabsetzend behandelten, dachte ich mir lediglich: 'Was ist denn mit denen los? Was stimmt mit ihnen nicht? Ich bin mit mir zufrieden.'"

"Ich lernte eine Menge daraus. Deshalb ist es für mich nicht unbedingt notwendig zu entscheiden, ob ich mich als Indianerin oder als Nicht-Indianerin oder als sonst etwas betrachte. Ich sehe mich selbst als menschliches Wesen. Ich bin ein gemeinschaftsfähiges menschliches Wesen. Ich weiß, daß jeder imstande ist, eine angemessene Selbstachtung zu verwirklichen. Daraus entsteht automatisch Selbstvertrauen. Wenn man zielstrebig ist und Vertrauen hat, dann gibt es die Hölle der vielen unerfüllten Wünsche nicht. Das ist alles. Jedes Kind geht durch den Prozeß, ein Bild von sich selbst zu formen. Das geschieht auf der ganzen Welt und ist kein besonderes Merkmal einer bestimmten Volksgruppe. Wir alle entwickeln Bilder von uns selbst, und viele unserer Verhaltensmuster sind stark davon bestimmt, welchen Eindruck wir von uns selbst haben."

Nach der Highschool führte Eunice's Lebensweg nach Portland, Maine. Sie nahm eine Arbeit als Putzfrau an. Davon berichtet sie: "Eines Tages putzte ich unter dem Bett und staubte den Bettrost ab. Ich lag auf dem Rücken, um durch die ganzen Drähte dort unten durchzukommen, und bekam einen elektrischen Schlag. Bis heute sehe ich die Sprungfedern, wenn ich meine Augen zu mache. Damals hatte man noch Bettfedern aus Metall, und die Matratze lag auf diesem Drahtgewirr, den Sprungfedern. Ich kann das bis zum heutigen Tag vor mir sehen und mich genau an diesen Augenblick erinnern, weil ich dachte: 'Was zum Teufel tue ich eigentlich hier?' Ich begriff, daß ich am falschen Platz war. Ich wußte, daß ich eine bessere Bildung brauchte und irgendeine Art von Laufbahn finden mußte, damit ich nicht für den Rest meines Lebens solche Arbeiten erledigen würde. Deshalb ging ich nach Hause zurück. Ich schrieb mich reichlich spät an der Highschool ein, um die Voraussetzungen für den Eintritt ins College zu erlangen."

Ein unersättlicher Wissensdurst

Als Eunice ihre vorbereitenden Studien abgeschlossen hatte, schrieb sie sich an der Universität von Maine ein. Hier traf sie auch ihren ersten Ehemann. Sie zogen nach Ithaca, New York wo er in Cornell studierte und auf den Doktor der Philologie hinarbeitete. In den folgenden Jahren arbeitete sie in der Vassar-Bibliothek und in der Bibliothek der "New York Daily News" und als leitende Bibliothekarin am Museum of the American Indian in New York City, sowie als Leiterin der Bibliothek der Künste in Vassar.

"Schließlich ging meine Ehe in die Brüche, und ich mußte herausfinden, wie ich mich auf mein eigenes Leben vorbereiten wollte", erzählt Eunice: "Mich hatte schon lange die Frage fasziniert, warum Menschen so sind, wie sie sind. Außerdem mußte ich wirtschaftlich auf die eigenen Beine kommen. Deshalb entschloß ich mich zu einer Laufbahn als Psychologin, genauer gesagt, als Kinderpsychologin. Ich stellte mir vor, daß ich damit in der Lage wäre, Menschen zu helfen und Gutes auf der Welt zu tun. Außerdem würde ich meinen Lebensunterhalt verdienen können und mein eigener Chef sein. Ich entdeckte ein Programm an der New York Universität auf dem Campus in der Innenstadt am Washington Square und schrieb mich für Kindheitsentwicklung und psychologische Programmierung ein. Aber ich war mit meinem Studium noch nicht sehr weit gekommen, als ich begriff, daß man das Kind nicht für sich allein behandeln kann. Man muß die ganze Familie gemeinsam behandeln. Es liegt an den Vorgängen in der Familie, daß ein Kind so krank wird, daß ein Psychologe zugezogen wird. Man muß mit den Eltern und den Geschwistern arbeiten und auch die anderen Einflüsse auf das Kind von außerhalb – wie angeheiratete Verwandte und Großeltern – berücksichtigen. Ich sprach darüber mit den Kursleitern, aber niemand schien die Idee so großartig zu finden wie ich selbst. Trotzdem war es für mich ungeheuer wichtig."

"Ich begriff, daß Eltern ihre Kinder nicht absichtlich krank machen. Daraus ergibt sich die Frage: Was machen sie mit dem Kind, daß es so krank wird, daß die Hilfe eines Psychologen aufgesucht wird? Ich begann, die Kultur und die Wertvorstellungen der Eltern zu betrachten. Als erstes stieß ich auf Konkurrenzkampf und materielles Denken. Es gibt den Konkurrenzdruck, daß man genügend Wohlstand anhäuft, um einen Mercedes und alle möglichen anderen Dinge kaufen zu können. Das war der größte Tiefschlag für mich. Ich erkannte, daß sich keiner für meine Vorstellung interessiert, die Familie als Einheit zu betrachten. Deshalb kam ich zu dem Schluß: 'Welchen Sinn hat es, in diesem speziellen Bereich zu arbeiten?' Ich hatte das Gefühl, es sei die Zeit und den Aufwand nicht wert, den ich erbringen mußte, um den Doktortitel zu bekommen, wenn ich dann in der Praxis das einzelne Kind isoliert von der Familie behandeln müßte."

"Trotzdem machte ich meinen Abschluß in Kinderpsychologie. Ich hatte wirklich fest vor, Kinderpsychologin zu werden. Aber als ich dann schließlich das Papier in Händen hielt, war ich so entschieden dagegen, daß ich mich anderweitig umsah." Schließlich fand sie ein Programm am experimentellen fächerübergreifenden Zentrum für Studien der menschlichen Beziehungen an der New York University, das ihr zusagte. Dieses Programm brachte wissenschaftliche Bereiche der unterschiedlichsten Richtungen zusammen: Naturwissenschaften, Soziologie, Biologie, Geschichte, Religion, Pädagogik, Philosophie usw. Hier schrieb sich Eunice ein, um ihren Doktor zu machen.

Eunice erinnert sich: "Ich mußte eine Arbeit schreiben, um in das Programm aufgenommen zu werden. Ich erinnere mich, daß ich schrieb, die Auffassung der akademischen Welt gleiche den sechs Blinden in Aesops Fabel. Die Männer wurden gebeten, einen Elefanten zu beschreiben. Jeder von ihnen ging zu einem anderen Teil des Tieres, um ihn zu berühren. Ein Mann ging zum Schwanz und befühlte ihn. Er sagte, der Elefant sei wie ein Stück Schnur. Ein anderer Mann befühlte ein Bein und sagte, der Elefant sei etwas Hartes wie ein Baum. Ähnlich war es bei den anderen Blinden. Sie alle hatten unterschiedliche Vorstellungen davon, wie ein Elefant wirklich aussieht. Jeder der Männer hatte einen Teilaspekt der Wahrheit berührt, aber keiner von ihnen hatte einen Gesamteindruck von dem Elefanten. Ich spürte, daß die akademische Welt genauso ist. Jeder Wissenschaftler beschäftigt sich mit einem besonderen Gesichtspunkt, mit politischen Wissenschaften, Biologie oder anderem. Aber keiner von ihnen hat einen vollständigen Überblick. Keiner war dem Bild nahegekommen, wie das Leben eigentlich wirklich ist."

Theorie und Praxis der Führung

Während Eunice ihre Vorbereitungen auf den Doktortitel abschloß, begann sie eine Lehrtätigkeit: "Zu Beginn meiner Laufbahn an der Indiana University und an der Purdue in Indianapolis entwickelte ich Zweifel an meiner Eignung. Während den Weihnachtsferien arbeitete ich zwei Wochen lang von abends um neun bis morgens um acht Uhr um herauszufinden, wie ich meine Lehrtätigkeit besser meinen Vorstellungen anpassen könnte. Ich hatte vieles studiert bis ich auf die Magie des Selbstvertrauens stieß. Die gängigen Theorien, die sich mit Führungsstrategien, Pädagogik und ähnlichem befassen, nannten drei grundlegende Führungsmodelle: das autoritäre, das demokratische und das Laissez-faire-Modell."

"Beim autoritären Modell gibt der Leiter alle Regeln, Vorschriften und Anweisungen vor, und die Gruppe muß danach vorgehen. Das zweite Modell ist das demokratische, bei dem der Leiter eine Diskussion fördert, in deren Verlauf die Teilnehmer zu einer Entscheidungsfindung kommen. Die Vorstellung ist, daß wenn die Teilnehmer in Diskussion und Entscheidung einbezogen werden, wenn sie Zeit, Energie und Interesse selbst einbringen, daß sie dann die Entscheidungen, die gemeinsam erarbeitet wurden, voll mittragen. Beim Laissez-faire-Modell sitzt der Gruppenleiter einfach da und wartet bis jemand aus der Gruppe die Initiative ergreift. Wenn jemand Aufmerksamkeit braucht, so muß es nicht bemerkt werden, sondern der Betroffene wird es dann aussprechen. Bei diesem Modell werden gewöhnlicherweise die Gruppenenergien soweit zerstreut, daß absolute Verwirrung und Chaos die Folge sind. Natürlich sagten die Theoretiker, daß das demokratische Führungsmodell das beste ist."

Von dieser Theorie sowohl fasziniert als auch skeptisch, machte sich Eunice daran, ihre Doktorarbeit über dieses Thema zu schreiben. Sie konzentrierte sich dabei besonders auf ein Siedlungsprojekt in Indianapolis, wo die Männer gemeinschaftlich ihre eigenen Häuser bauten. Obwohl es sich um ein Gemeinschaftsprojekt handelte, war der Entstehungsprozeß nach einem autoritären Modell strukturiert. Die Aufgaben waren klar definiert, die Entscheidungen wurden von den Architekten und Technikern getroffen und den Familien blieben dies bezüglich nur wenig Freiheiten oder Wahlmöglichkeiten . Als die Familien jedoch einzogen, waren sie schnell in eine eng geknüpfte und hilfsbereite Nachbarschaft eingebunden.

"Ich mußte eine theoretische Erklärung finden, warum die Nachbarschaftsverhältnisse sich so gut entwickelt hatten; warum dies so war, obwohl die zu der Zeit gängige Theorie das für unmöglich hielt. Durch meine Nachforschungen konnte ich erkennen, daß der Führer das wirklich wichtige Element der Gruppe ist, und daß der Erfolg davon abhängt, wie er oder sie sich gegenüber der Gruppe verhält."

"Als ich das herausgearbeitet hatte, konnte ich erkennen, daß Führerschaft keine große Kunst ist. Führerschaft kann erlernt werden. Oft hatte ich in meinem Leben gehört, daß 'Lehrer oder Führer geboren, und nicht gemacht werden'. Aber das stimmt nicht. Menschen können zu guten Lehrern und Führern ausgebildet werden, indem man sie sowohl Selbstachtung als auch Achtung vor den anderen Gruppenmitgliedern lehrt. Für mich war das eine wunderbar einfache Sache: Respektiere die Studenten, die du unterrichtest oder die Gruppe, die du führst. Auf Respekt und Achtung kommt es dabei an. Unter den gegebenen Umständen kann man so autoritär sein wie man will – achte jeden, und es wird akzeptiert werden, was du sagst."

"Wenn Menschen nicht geachtet werden, so nehmen sie einem das übel. Gewöhnlich geschieht das auf einer nonverbalen oder unbewußten Ebene. Wenn man in der Arbeit nicht die notwendige Achtung erfährt, dann kann man sich nicht direkt an seinem Chef revanchieren. Kinder können sich nicht an ihren Eltern revanchieren. Schüler können sich nicht an ihren Lehrern revanchieren. Was machen sie also? Sie verlagern das Problem. Psychiater nennen das Transferenz. Sie verlagern ihren Unmut vom Führer auf die Sache selbst. Schüler wenden sich gegen den zu lernenden Stoff. Kinder werden trotzig und fangen an, hinter dem Rücken der Eltern zu rauchen, Drogen zu nehmen oder was auch immer . An der Arbeitsstelle trödeln die Leute und leisten schlampige Arbeit. Die Vergeltung, die Frustration, die erfahren wird, wird auf die Sache verlagert, auf den Inhalt, mit dem sich die Gruppe beschäftigt, da sie nicht direkt an die Quelle, die Autoritätsperson, gerichtet werden kann."

"Eines, worüber man im Zusammenhang mit der indianischen Kultur oft spricht, ist die Achtung, welche die Indianer nicht nur jedem Menschen, unabhängig seiner Herkunft, sondern allen Dingen, wie zum Beispiel den Tieren, dem Gras und sogar unbelebten Objekten entgegen bringen. Das heißt, daß man sein Kanupaddel nicht respektlos behandeln sollte, denn eines Tages könnte es sein, daß man einen Fluß mit ein paar Stromschnellen durchqueren muß und dann bricht das Paddel, weil man es respektlos behandelt und nicht sorgfältig aufgeräumt hat. Wenn man einen Korb aus Birkenrinde achtlos herstellt, dann kann es passieren, daß er bei der Ahornsirupernte undicht wird und man zwei Wochen umsonst gearbeitet hat. Da ist diese Kraft, an die wir glauben und die in allen Dingen manifest ist, in allem und jedem. Man beleidigte die ganze Welt, wenn man auch nur eine Manifestation dieser Kraft mißachtete. Ja, ja, sie hatten Recht, die Indianer – und heute ist das durch die 'Superstring-Theorie' sogar wissenschaftlich bewiesen worden. Diese Verbindungen leben – mit einem Gedächtnis, mit einer Intelligenz und ich vermute sogar mit einer Absicht."

Ein moralisches Gyroskop[1]

"Als ich mein mündliches Examen am Ende meiner Schulzeit ablegte, wurde ich gefragt: 'Hast du während deiner Erziehung im Elternhaus irgend etwas erfahren, das ganz speziell damit zusammenhängt, daß du in der indianischen Kultur aufgewachsen bist?' Tja, so wie die Dinge heute sind, gib es nur noch wenig Unterschiede. Wir stehen seit fast vierhundert Jahren in Kontakt mit der europäischen Zivilisation und die materialistischen Werte haben einen starken Einfluß auf die indianische Kultur ausgeübt. Als ich dort saß, konnte ich mir nichts vorstellen, was erwähnenswert wäre. Erst fünf oder sechs Jahre später, nachdem ich meinen Abschluß gemacht hatte, erkannte ich, daß es doch einen Unterschied gab. Es war die Art und Weise, wie meine Eltern und einige andere indianische Eltern mit uns umgingen, wenn wir irgendwelche Grenzen überschritten hatten."

"Bei uns Indianern gab es ein System, ein Kind durch liebevollen Spott oder sanftes Necken aufzuziehen, wenn es sich daneben benahm. Das setzt sich bis ins Erwachsenenalter fort – man hänselt einfach jemanden, wenn er sich kindisch oder ohne nachzudenken benimmt oder wenn jemand einen plötzlichen Wutanfall kriegt. Dieses Hänseln ist eine Methode, dem Gehänselten Zuneigung zukommen zu lassen. Als Maßstab für richtiges oder falsches Verhalten führt diese Art von Sanktion eher zu Scham als zu Schuldgefühlen, wie es in der vorherrschenden Gesellschaft üblich ist. Wenn man das verinnerlicht hat, wird man zum Richter über die eigenen Missetaten. Bei Schuldgefühlen hingegen hängt

[1]Meßgerät zum Nachweis der Achsendrehung der Erde

es vom Urteil anderer ab, wer aus dem Fehlverhalten lernt, was soviel bedeutet, daß man auch keine Reue empfindet, solang die Tat von niemandem bemerkt wird. Mir erscheint es deshalb so, als könnte man fast alles sorglos anstellen, solange man unbeobachtet bleibt. Weiter vermute ich, daß die Selbstbeobachtung ein besseres Kontrollinstrument ist als das Urteil anderer."

"Deshalb sind Indianer im allgemeinen nicht daran interessiert, herauszufinden, was andere getan haben oder nicht. Das ist nicht so wichtig. Heute gibt es all die Gesetze, die besagen, daß man dieses oder jenes nicht tun darf. Deshalb gibt es viele Menschen, die sagen: 'Nun, ich mache dieses oder jenes nicht, weil es gegen das Gesetz verstößt." Aber das ist bei weitem nicht so wirkungsvoll, wie wenn man seine Moralvorstellungen im eigenen Inneren trägt, wenn die Moral sich aus einer inneren Wahrnehmung entwickelt bezüglich dessen, was falsch, lächerlich oder beschämend ist. Du bist dein eigener Richter. Schuldgefühle entstehen, wenn andere Personen wissen, daß du etwas Falsches gemacht hast. Sie entstehen nicht aus dir selbst. Wenn Reue aus dem eigenen Inneren entsteht, so stellen wir fest, daß wir unsere Handlungen besser unter Kontrolle haben."

Was die Mystiker schon seit langem wissen

"Während ich mein Studium fortsetzte, begann ich zu verstehen, daß unsere Gesellschafts- und ganz besonders die englische Sprachstruktur die Welt vollständig in Positionen des Entweder-Oder spaltet. Es gibt keine Akzeptanz für Paradoxen. Etwas muß entweder leben oder tot sein, entweder natürlich oder übernatürlich sein, und so weiter. Unsere Sprache bestimmt, wie wir unsere Welt verstehen."

"Es gibt zum Beispiel kein Wort, um auszudrücken, daß ich einerseits die gleiche und andererseits doch nicht die gleiche Person wie vor zehn Jahren bin. Entweder bin ich es oder nicht – richtig? Es gibt in der englischen Sprache kein Wort, um diese einfache Tatsache auszudrücken, weil die Sprache keine Paradoxen erlaubt."

"Es gibt in der Physik einige Probleme, die keine wären, wenn man die richtige sprachliche Orientierung hätte. In letzter Konsequenz gibt es eine klare Verbindung zwischen Physik und Mystizismus. Obwohl die Wissenschaft die Quantentheorie seit über sechzig Jahren anwendet, wurde der endgültige Beweis dafür erst 1982 von Physikern des Instituts für theoretische und angewandte Optik in Paris geführt. Doch die Ergebnisse lösten kein großes Aufsehen unter den Wissenschaftlern aus, denn sie bedeuteten eine Wahl treffen zu müssen zwischen: (a) entweder besteht die objektive Realität nur im Geist des Beobachters oder (b) es gibt ein Kommunikation mit Überlichtgeschwindigkeit zwischen Vergangenheit und Zukunft. Die Struktur der englischen Sprache macht es nahezu unmöglich zu verstehen, daß die objektive Realität 'real' ist, zumindest was die Ebene der menschlichen Wahrnehmung betrifft, und daß auf subatomarer Ebene eine Kommunikation mit Überlichtgeschwindigkeit stattfindet. Kurz gesagt geht es nicht darum, eine Wahl zwischen (a) und (b) zu treffen, sondern zu akzeptieren, daß (a) und (b) wahr sind."

"Die Naturwissenschaften erlangen heute immer tiefere Einblicke in die Realität und finden zum Beispiel Dinge, die weder als Tier noch als Pflanze zu klassifizieren sind. Ihre Organismen weisen Charakteristika beider Gattungen auf. Im akademischen System darf es jedoch solche Kategorien übergreifende Eigenschaften nicht geben. Das bedeutet eine Einschränkung. Ganz offensichtlich machen Paradoxe einen großen Teil der Realität aus."

Ihre mystische Erfahrung

Das vielleicht wichtigste Vorkommnis in Eunice Leben ereignete sich spontan, als sie eine junge Frau war. "Ich erinnere mich an alles, außer an das Datum. Es war irgendwann im Oktober 1951 in New York City, zu der Zeit als ich gerade an meiner Zulassung arbeitete. Ich lebte in der achten Straße, zwischen der fünften und der sechsten Avenue. Das ist ein sehr belebter Ort mit vielen Restaurants und viel Verkehr. Um zur New York University zu gelangen, mußte ich die Straße überqueren und durch den Washington Square Park."

"An diesem Tag war ich am späten Nachmittag auf dem Weg zur Vorlesung. Als ich vom Bordstein auf die Straße trat, geschah etwas seltsames. Auf dem Weg von der einen Straßenseite zur anderen traf es mich wie ein Blitz: Es war als hätte ich mein ganzes Leben Scheuklappen getragen und als wären sie just in diesem Moment weggerissen worden. Oder vielleicht, – es ist schwierig dafür Worte zu finden –, als hätte ich mein ganzes Leben in einem dunklen Keller verbracht und wäre plötzlich ans helle Sonnenlicht gekommen. Es war ein spontane Erscheinung und ich hatte das Zeitgefühl total verloren. Ich konnte es zeitlich nicht festlegen, aber es muß auf der Ebene unserer üblichen Wahrnehmung ein kurzer Augenblick gewesen sein, denn als ich auf der anderen Straßenseite angekommen war, war alles vorbei. Ich ging um den Block zum Washington Square und von dort in den Park. Ich lief quer durch den Park und schaute mich um, als wolle ich eine Ursache für diese Erscheinung finden. Aber alles, was ich sehen konnte, waren die dunklen Äste der Bäume vor dem blauen Himmel. Irgendwie erinnerten sie mich an diese japanischen oder chinesischen Zeichnungen mit den Außenlinien um die Bäume herum. Ich blieb stehen und dachte: ‘Mensch, ist das schön, welch Glanz! Mein ganzes Leben über war diese Schönheit da, und ich habe sie nie wahrgenommen.”

“Diese Erfahrung war unbeschreiblich; es gibt keine Worte dafür. Eigentlich habe ich gar nichts gesehen – es kam einfach, so schnell wie ein Gedanke. Das Erlebnis war schneller als ein Augenblick. Es geschah einfach während ich ging. Ich kann mich nicht erinnern, was sonst an dem Tag noch geschah, aber ich fragte mich noch lange Zeit, was da wohl geschehen war, als ich die Straße überquerte.”

“Ich bin katholisch erzogen worden und später fand ich heraus, daß man in der westlichen Welt so etwas eine mystische Erfahrung nennt. Manche Menschen interpretieren es auch als ein ‘Treffen mit Gott’ oder als eine ‘Vereinigung mit Gott’. Ich glaube, daß ich damals noch unter dem Einfluß des Glaubenssystems stand, das man mir aufgezwungen hatte, aber diese Erfahrung überzeugte mich, daß es so etwas wie Gott nicht gibt. Zumindest habe ich seit dem erkannt, daß die Vorstellung von Gott, wie man sie mir präsentierte, ungenau war. Jahre später, als ich mit anderen Menschen darüber sprach, sagten sie: ‘Oh, du glaubst an Gott – du weißt es nur nicht.’ Und ich antwortete: ‘Nein, das tue ich nicht.’ Aber es macht keinen Sinn, Leuten zu widersprechen, die ihre eigenen Interpretationen von solchen Ereignissen haben. Diese Erfahrung veranlaßte mich auf eine intensive Suche zu gehen, weil ich verstehen wollte, was geschehen war.”

“Es dauerte neun Jahre bis ich weitere Anhaltspunkte dafür fand, die erklären konnten, was geschehen war. Natürlich hatte ich den pädagogischen Hintergrund, – über die Formung des Selbstbildes und der Sozialisation –, das konnte ich greifen. Aber nirgendwo konnte ich einen Anhaltspunkt finden, woher diese Erfahrung gekommen war. Zuerst konzentrierte ich mich auf psychologische Arbeiten, verschiedene Schulen der Psychoanalytik, und dann auf die vergleichenden Religionswissenschaften. Als ich dann mein Studium der Philosophie begann, stieß ich auf die Aussage, daß alle menschlichen Erfahrungen, wie eben auch die mystische, ihren Ursprung im Organismus selbst haben. Sie benötigen eine ´materialistische` Basis. Ich fand den Gedanken gut, denn auf meiner Suche, die Erfahrung im Washington Square Park zu verstehen, war dieser mein Leitgedanke gewesen."

"Im Herbst des Jahres 1960 wurde ich gebeten, eine Diskussionsgruppe über Zen Buddhismus zu leiten. Es handelte sich um eine Gruppe für Erwachsenenbildung der Unitarier-Kirche in Indianapolis. Das Thema war der Existentialismus. Jedes Gruppenmitglied las dasselbe Buch und die Diskussion wurde über die darin enthaltenen Vorstellungen geführt. Ich las Suzukis ´Zen Buddhismus` und landete einen Volltreffer – ich erkannte meine Erfahrung in seiner Beschreibung von ´Satori`, oder Erleuchtung, wieder. Durch meine antropologische Ausbildung konnte ich erkennen, daß die 'Mystische Erfahrung' und Satori identisch waren – Unterschiede gab es nur, wenn versucht wurde, Ursprung und Quelle der Erfahrung in Worte zu fassen. Mit anderen Worten, die unterschiedlichen Interpretationen spiegelten die Unterschiede beider Kulturen wider – Ost und West."

"Ich erkannte, daß es etwas gab, das über das hinaus ging, was sie und der Rest von uns in Worte faßten. Alle westlichen Mystiker interpretieren eine solche Erfahrung als eine 'Vereinigung mit Gott'. Im Westen wird Gott allgemein als etwas 'Außenstehendes' verstanden, als etwas jenseits des Selbst – als etwas, daß draußen im Himmel oder in einem Königreich wohnt, in einer Welt, die von Engeln bewohnt wird. Ihr kennt ja die beliebte Vorstellung, die man so allgemein vom Himmel hat. Nun, das war das Bild, das ich mir einprägte, als ich als katholisch aufwuchs. Aber nachdem ich die Zusammenhänge meiner Erfahrung und Satori gefunden hatte, konnte ich aufgrund meines Hintergrunds und meiner Ausbildung erkennen, daß ich in der Lage war, einen Beitrag zu leisten und zu zeigen, daß die Erfahrung von Satori oder Erleuchtung identisch ist mit der 'mystischen Vereinigung mit Gott.'"

"Als ich darüber schrieb und nachdachte, entdeckte ich folgendes: Während unserer Entwicklung zum Organismus in der Gebärmutter sind das Herz und das Kreislaufsystem normalerweise nach fünf Wochen entwickelt und nehmen ihre Arbeit auf. Das Herz beginnt zu schlagen, das Blut zirkuliert und so weiter. Ich überlegte, daß wenn das Kreislaufsystem nach fünf Wochen ausgebildet und voll funktionsfähig ist, daß dann eigentlich auch das Nervensystem arbeiten müßte. Nun besteht die primäre Funktion des Nervensystems darin, Erfahrungen aufzunehmen und als Erinnerungen zu speichern. In der Gebärmutter gibt es ein Bewußtsein. Was für Erfahrungen könnte demnach das ungeborene Kind im Mutterleib machen? Sicherlich hört es den Herzschlag der Mutter. Ganz offensichtlich kennt es noch keine Worte, um sich erklären zu können, was es erlebt.

Es hat keine Vorstellung von Ort und Zeit. Es prägt die Erfahrungen von Unsterblichkeit und Unendlichkeit in das Nervensystem ein. Mit großer Wahrscheinlichkeit wird ein großer Teil dieser Erfahrungen im Stammhirn gespeichert. Wenn ich das beschreiben sollte, dann würde ich sagen, daß wir während dieser Zeit absolut gesehen das reine 'Sein' erfahren. Es hat keinen Anfang, keine Dauer, kein Ende und sein Hauptmerkmal könnte als ein Zustand des 'Nicht-Getrennt-Seins' beschrieben werden."

"Wie ich zuvor schon erwähnte, habe ich Semantik studiert, die Struktur der Sprache und die Art und Weise, wie sie in der Kultur eingesetzt wird. Darum konnte ich eine Verbindung herstellen und verstehen, daß es uns unmöglich ist, die vorgeburtliche Erfahrung mit Worten auszudrücken, nachdem wir sprechen gelernt haben. Wie ihr euch vorstellen könnt, sind die Gefühle des 'Nicht-Getrennt-Seins' und der Verbundenheit identisch. Das erste Gefühl der Verbundenheit formt den Kern unseres Gedächtnisses. Dieser Kern kann mit dem Inneren einer Zwiebel verglichen werden, was bedeutet, daß nachgeburtliche Erfahrungen, außer in der frühen Kindheit, abrufbar und in Worte faßbar sind, weil die nachgeburtlichen Erfahrungen wie die Schichten einer Zwiebel den Kern umgeben und ihn unter sich 'begraben'. Ich vermute, daß dieses 'Kerngedächtnis' eine starke und unbewußte Kraft im menschlichen Leben darstellt – der Ruf nach Verbundenheit, das Wiederbeanspruchen oder Entdecken der verlorenen Erinnerung an den Garten Eden, so zu sagen."

"Demnach war das, was mir widerfuhr, als ich vom Bordstein in der achten Straße trat, eine plötzliche Erinnerung an diese frühe, grenzenlose, ungebundene Erfahrung des 'Nicht-Getrennt-Seins'. In gewisser Weise, könnte man es als ein 'déjà vu-Erlebnis' bezeichnen, vergleichbar mit einer Situation, in der man eine Melodie oder ein Lied hört, ein Gesicht oder eine Szene sieht, und die Erinnerung zu erwachen beginnt. Irgendwie glaube ich, daß irgend etwas diese Erfahrung bei mir ausgelöst haben muß, aber ich habe keine Erinnerung daran, was es gewesen sein könnte. Alles, woran ich mich lebhaft erinnern kann, ist, daß da plötzlich das Gefühl war, Eins mit allem zu sein – mit den Menschen, den Tieren, dem Mond, der Sonne, den Sternen und dem Universum. Es gab keine Trennung zwischen ihnen und mir. Zu der Zeit jedoch hatte ich keine Möglichkeit, mir selbst oder irgend jemand anderem zu erklären, was ich erlebt hatte, außer daß es das Gefühl des 'Eins-Seins' mit allen Dingen ausgelöst hatte."

Alle meine Verwandten

“Heute wissen wir, daß es die Verbundenheit aller Dinge wirklich gibt, daß wir tatsächlich mit allem und jedem in Verbindung stehen. Die traditionellen Indianer wußten dies, anerkannten es und handelten danach. Meine Vorfahren wußten, daß wir mit den Schmetterlingen, den Bäumen, den Meeren, den Flüssen, der Sonne, den Tieren, den Pflanzen und allen Menschen und Dingen verwandt sind. Alle Taten, die auf dieser Vorgabe gründen, erzielen wirkliche Ergebnisse. Meine Erfahrung hatte in mir eine unerschütterliche Erkenntnis meiner Verbundenheit geliefert, und ich entwickelte, was für mich eine rationale Erklärung ihrer ontogenetischen Quelle war. Aber ist dies wirklich real? In welcher Weise sind wir verbunden? Wie, wenn überhaupt, kommen diese Verbindungen zustande? Ich hatte noch immer viele Fragen. Stammte meine Überzeugung rein von der vorgeburtlichen Erinnerung an den Zustand des ‘Nicht-Getrennt-Seins?’”

“Und dann hatte ich es endlich gefunden! Ich las in der Ausgabe vom November 1986 des Magazins ‘*Discover*’ einen Artikel über die ´Superstrings`, einer neuen Theorie über die letztendliche Wirklichkeit. Ich stürzte mich buchstäblich darauf, denn endlich hatte ich eine physikalische Grundlage für die Erkenntnis, daß alles verbunden ist, gefunden.”

“Die ´Superstring-Theorie` wurde 1984 in erster Linie von den Physikern John Schwartz und Michael Green nach mehr als einem Jahrzehnt Arbeit aufgestellt. Sie fesselte die naturwissenschaftliche Gesellschaft derart, daß sie schon nach kurzem als TOE (Theory of Everthing) oder die ‘Theorie von allem’ bezeichnet wurde.”

“Kurzgefaßt unterstützt die ´Superstring-Theorie` die Arbeit von Albert Einstein, indem sie zeigt, daß Materie und Energie austauschbar sind und letztendlich in ein einziges einheitliches Feld übergehen – mit anderen Worten, alle Materie und alle Energie ist miteinander verknüpft. Die Theoretiker beschreiben, daß Materie aus winzigen Urpartikeln und Schleifen besteht, die sich zu Ketten zusammenschließen, und daß Energie durch die Interaktion dieser Ketten entsteht. Über diese sogenannten Superketten ist alles miteinander verbunden und offensichtlich existieren sie in zehn Dimensionen: den uns vertrauten vier Länge, Breite, Höhe und Zeit und anderen, die von den gewöhnlichen menschlichen Sinnesorganen nicht wahrgenommen werden können. Die zusätzlichen Dimensionen können nur mit Hilfe der Planck-Skala nachgewiesenen werden. Das Größenverhältnis einer solchen Superkette zu einem Atom verhält sich wie ein Atom zum Sonnensystem. Wenn man 10^{30} (eine Eins mit 30 Nullen) dieser Superketten aneinanderreiht, dann sind sie lediglich einen Zentimeter lang. Das sind submikro-skopische Größenverhältnisse, die nur durch die Mathematik oder die Mystik zugänglich sind."

"Das 'Discover-Magazin' drückte es so aus: 'Die Superketten-Theorie hat Physiker zu Mathematikern und Mathematiker zu Physikern gemacht. Sie hat das Universum zu einem Organismus gemacht, in dem alle Materie und alle Energie, alle Kräfte, alle Menschen, Planeten, Sterne, Katzen, Hunde, Himmelskörper, Atome, Automobile und gar alles ... das Ergebnis der Interaktionen dieser unendlichen Ketten sind."

"Eine Kette, die in einer bestimmten Weise schwingt, kann sich als Elektron, als Proton, als Quark oder als jedes andere subatomare Teilchen manifestieren. Aus der Interaktion dieser Ketten – durch Zusammenprall, Teilung, Verbindung usw. – entsteht die elementare Kraft, aus der sich alle anderen natürlichen Kräfte bilden. Es wird nun angenommen, daß diese Superketten die grundlegenden Bausteine unseres Universums sind. Führende Physiker sind überzeugt, daß alle Superketten miteinander in Verbindung stehen. Der Essayist Philip Dunne hat dieses aufsteigende Verständnis der physikalischen Realität auf poetische Weise zum Ausdruck gebracht: "Unsere Herzen und unsere Körper – und vielleicht auch unser Geist und unsere Seelen – sind einfach die Harmonien kleiner Harfen, die von einem unbekannten Musiker angeschlagen werden."

Als Großmutter Eunice von der 'Superstring-Theorie' hörte und ihren Wert erkannte, war ihre Suche nach der Natur der Verbundenheit aller Dinge zum Ende gelangt. "Jetzt wußte ich, daß unser Verbundensein eine Realität ist. Ich versuche, das noch etwas klarer zu machen: 'Stellen Sie sich bitte vor, Sie wären unter Wasser und in ihrer Nähe wären noch andere Menschen. Sie sehen die anderen und erkennen, daß sie alle durch das Medium Wasser verbunden sind. Ebenso sind wir alle durch das submikroskopische Medium der Superketten verbunden. Die "Festigkeit" des verbindenden Elements Wasser auf der menschlichen Ebene entspricht den Ketten auf der Planck-Skala. Während wir das Medium Wasser mit unseren Sinnesorganen erfahren können, können wir uns die Ketten vielleicht nur in Gedanken vorstellen. Seit langem schon haben wir die Vorstellung der Atome akzeptiert, deshalb habe ich jetzt keine Schwierigkeiten, die Vorstellung der Superketten zu akzeptieren."

"Wir sind schließlich an einen Punkt angelangt, an dem die rein rationalen naturwissenschaftlichen Untersuchungen bestätigen, was viele traditionelle Kulturen schon immer gewußt haben, wie auch die Mystiker aller Zeitalter. Zahlreiche Gelehrte der indianischen Spiritualität haben einen Glauben in Etwas gefunden, das sie eine 'unsichtbare Kraft' nennen – eine fremde, mysteriöse Kraft, die das Universum durchdringt. Die frühen Euro-Amerikaner glaubten, daß die Indianer ebenso an das westliche Konzept eines Gottes glaubten, nur in einer anderen Gestalt, und prägten so den Ausdruck 'Großer Geist'. Heute sind für die meisten Indianer die Worte 'Gott' und 'Großer Geist' auswechselbar. Nach all dem, was ich gesagt habe, kann man jedoch erkennen, daß abgesehen von einem sehr grundlegenden Glauben an die Existenz einer geheimnisvollen Kraft im Universum, die beiden Glaubenssysteme anderer Meinung sind."

"Es wird wahrscheinlich ein paar Jahre dauern, bis dieses Wissen weitverbreitet sein wird, bevor die meisten erkennen, daß es tatsächlich hier etwas Physisches gibt, das nicht der leere Raum ist, an dessen Existenz wir zu glauben gelernt haben. Mit anderen Worten den 'Leeren Raum' oder die 'Leere' gibt es nicht; nur auf der menschlichen Ebene, auf der wir funktionieren, haben diese Worte irgendeine Bedeutung."

"Als ich die weiteren Auswirkungen der 'Superstring-Theorie' erforschte, kam ich auf die Idee, daß wir etwas in uns tragen müßten, das bis zum Anfang zurückreicht. Ich habe sogar einen griechischen Ausdruck dafür gefunden: *Anamnesis*, was soviel bedeutet wie 'seit den Anfängen'. Ich kam zu der Überzeugung, daß der Schlüssel dazu in unserer DNA liegt, die wir durch unsere Gene erben. Wie dem auch sei, wir erben Gene von unseren Vorfahren, und die von den ihren, ad infinitum. Unsere DNA trägt Erinnerungen, die bis zur Schöpfung zurückreichen – *Anamnesis*. Ich war immer skeptisch gegenüber den Behauptungen von Leuten, die sich an frühere Leben erinnerten, oder gegenüber den Vorstellungen eines 'Rassengedächtnisses' und eines 'Kosmischen Bewußtseins'. Aufgrund der DNA kann ich jetzt jedoch die Vorstellung akzeptieren, daß eine Person ein vergangenes Leben erfahren kann, aber es handelt sich dabei nicht um ihr eigenes Leben – das heißt eines, das er oder sie als Individuum gelebt hätten. Viel wahrscheinlicher ist eine Erinnerung über die DNA an das Leben eines Vorfahren. Auf der gleichen Grundlage kann ich auch die Idee eines 'Rassengedächtnisses' oder eines 'kosmischen Bewußtseins' akzeptieren. Das könnte möglicherweise auch eine Erklärung für Intuition und Instinkt sein."

"Eine andere Erkenntnis, die ich erlangte, ist folgende: Wenn alle Menschen die vorgeburtliche Erinnerung an die Verbundenheit mit allen Dingen in sich tragen, dann gibt es auch das Potential, es frei zu setzen. Wenn einmal dieses Kerngedächtnis ins Bewußtsein gelangt, dann erfahren wir fast automatisch einen Wandel in unseren Gefühlen gegenüber anderen Menschen und der ganzen

Natur. Wie dem auch sei, wenn wir einmal diese Erfahrung gemacht haben, dann wissen wir, daß wir Eins sind mit der ganzen Schöpfung. Ich habe diese Erfahrung gemacht, und so weiß ich, daß ich die Verantwortung habe, für dich und alle Dinge zu sorgen, wie für mich selbst. Ich muß mich so verhalten, als ob ich alles, was ich dir und der Schöpfung antue, mir selbst antun würde. So ist es meine Pflicht, mit Achtung und Liebe zu handeln."

Als die Erfahrung zu blühen begann

"Der Wunsch, die indianische Spiritualität zu erforschen, erwachte in mir während der achtziger Jahre, als ich die Literatur durchforstete, um ein kleines Buch zu schreiben. Sein Titel lautete *'The Wabanaki: An Annotated Bibliography'* (Die Wabanaki – Eine Bibliographie mit Anmerkungen), herausgegeben vom American Friends Service Committee, dem Sozialen Hilfswerk der Quäker. Es behandelte die Geschichte der Indianer des nordöstlichen Amerikas (Der Begriff *Wabanaki* bedeutet 'das Volk der Morgendämmerung' und bezeichnet die Indianer des Nordostens, einschließlich der Penobscott). Ich las die Werke von Autoren der alten Zeiten, und das öffnete mir wirklich die Augen. Als ich während dieser Arbeit über die Behandlung meiner Vorfahren las, gab es Zeiten, in denen ich innehalten mußte und mich fragte: 'Wie kommt es, daß ich, eine Penobscot-Indianerin, heute noch lebe?' Aber dann begann ich Verbindungen herzustellen, die verschiedenen Informationen mit dem Wissen meiner Erziehung und Erfahrung zu verbinden, und ihnen eine Form zu geben, die schließlich Sinn machte."

"Ich wußte nicht viel über die Geschichte der Indianer des Nordostens, einschließlich meiner Gruppe. Es gab viele Bücher und eine gewaltige Anzahl von Schriften zu diesem Thema, denn in den alten Zeiten pflegten die Menschen oft Tagebücher zu führen. Der größte Teil meiner Arbeit beschäftigte sich mit Büchern, die vergriffen, aber zumindest noch in der Staatsbibliothek oder an der Universität zugänglich sind. So las ich viele Bücher, wertete sie aus und kommentierte sie. Das entflammte mein Interesse an den traditionellen Wegen. Aufgrund meines anthropologischen Hintergrundes fand ich eine Menge Dinge, die mich faszinierten. Als ich mich in die Legenden vertiefte und in die Art, wie sie in den Schriften dargestellt wurden und wie die Autoren versuchten, die religiösen Glaubenssysteme zu beschreiben, da war mir klar, daß ich diese Dinge genauer untersuchen mußte."

“Man sollte nicht annehmen, daß die indianische Welt, sowohl ihre Spiritualität als auch andere Dinge, leicht in der englischen Sprache und mit religiösen Begriffen beschrieben werden kann. Wir denken heute, daß ihre Spiritualität nach der allgemein auf der Welt üblichen Definition keine Religion war. Sie war vielmehr eine Lebensart, was bedeutet, daß sie ihr Leben so durchdrang, daß sie untrennbar vom täglichen Leben war. Man kannte keine transzendenten oder theistischen Begriffe. Manitou war kein göttliches Wesen, sondern vielmehr ein Mittel, sich auf die geheimnisvolle, kosmische Kraft zu beziehen, die überall in der Natur lebt – auf das, was wir heute als kosmische Superketten kennen. Man kann mit dieser Kraft auf verschiedene Art arbeiten, wie zum Beispiel durch Rituale, Zeremonien, Meditation, Konzentration, Gesang, Trommeln, Tanz, Spiele, Geschichtenerzählen usw. So kann man unter anderem Heilung hervorbringen, in die Zukunft sehen, Ursachen erforschen, Anleitung erhalten, Träume interpretieren und über kurze oder lange Strecken kommunizieren.”

“Die Gebete waren vor allem Danksagungen an alle Dinge, dafür daß sie den Verantwortungen, die ihnen von der Schöpfung übertragen wurden, nachkamen. Nehmen wir zum Beispiel die Sonne. Die meisten Indianer scheinen akzeptiert zu haben, daß weiße Autoren behaupteten, die Sonne wäre angebetet worden. Ich konnte bis heute keinen Beweis dafür finden, daß dies so war, und ich glaube, daß weiße Beobachter der manchmal sehr vielschichtigen Erntedankzeremonien für die Sonne, diese falsch gedeutet haben. Man dankte der Sonne für Licht und Wärme, und daß sie zusammen mit Mutter Erde den Pflanzen, den Tieren, den Menschen und allen Dingen das Leben ermöglichte – etwa so wie man jemandem dankt, der einem einen Gefallen getan hat. Den Bäumen dankte man für ihre Rinde, ihre Wurzeln, ihre Blätter und so weiter, die man als Medizin, zum Hausbau, für Kanus und alle möglichen Zwecke verwendete. Da die Natur übrigens, ebenso wie alles andere auch, als ein natürlicher Prozeß betrachtet wurde, gab es keinen speziellen Schöpfer. Obwohl sich viele heutige Indianer auf einen Schöpfer beziehen, auf einen männlichen Schöpfer, kenne ich keine indianische Sprache, in der es ein oder mehrere Worte dafür gibt, diese spezielle Vorstellung auszudrücken.”

“Ich bin überzeugt, daß die Indianer ihre Rolle, die Rolle aller Menschen in diesem System von Beziehungen, darin sahen, für all dies Sorge zu tragen, das Universum im Gleichgewicht zu halten. Bringt nicht zu viele Biber um, denn wenn es keine mehr gibt, dann wird niemand mehr den Fluß aufstauen und das wird Auswirkungen auf den Fischbestand haben. Sie waren sich der Verbundenheit aller Dinge bewußt. Jemand mußte auf diese Dinge achten und erkennen, wie sie wirklich sind.”

"So wie es unsere menschliche Aufgabe ist, für die Erde Sorge zu tragen und unsere Beziehungen zum ganzen Universum zu ehren, so wie wir mit dieser Verantwortung betraut sind, so haben auch die Bäume und die Flüsse, die Tiere, die Sonne und der Mond ihre Verantwortungen, mit denen sie betraut sind."

Den Kreislauf durchbrechen

In den letzten Jahren leitet Eunice Trommel- und Schamanismus-Workshops, um zu helfen, jenseits der Theorie zu blicken und unsere universelle Verbundenheit direkt erfahrbar zu machen. Im Zuge dessen hat sie mit dem örtlichen Pfarrer der katholischen Kirche auf Indian Island viele lange Diskussionen über das Erbe der Indianer geführt. "Einmal leitete ich einen schamanistischen Workshop im Gemeindesaal, und er war gerade in der Küche, um etwas vorzubereiten. Ich ging hinein, um Wasser zu holen, und wir kamen ins Gespräch. So sagte ich zu ihm: 'Wissen Sie, durch die schamanistische Reise kann man auf alles Wissen der Welt – aus Vergangenheit, Gegenwart und Zukunft – zugreifen. Deshalb können Schamanen in die Zukunft sehen und heilen und so weiter.' Dann antwortete er: 'Wie Sie wissen, wird Gott als allwissend beschrieben.' Wir sprachen über die Parallelen der Traditionen. So wie die Schutzengel, die sowohl als Führer als auch als Beschützer angesehen werden, ihr Ebenbild im Krafttier der schamanistischen Tradition finden. Es ist dasselbe. Viele Überzeugungen des Katholizismus können in Begriffe der indianischen Spiritualität übertragen werden und umgekehrt."

"Ich denke, einer der wichtigsten Aspekte unserer modernen, vom Westen übernommenen Kultur ist, daß sie die materiellen Aspekte des Lebens so sehr betont. Das hat zur Ausbeutung der Erde und der natürlichen Rohstoffquellen geführt und ebenso zur Ausbeutung von Menschen um des einzigen Zweckes willen, mehr Geld zu verdienen, um ein Leben führen zu können, von dem die meisten Menschen meinen, es sei erstrebenswert: materielle Besitztümer, ein gutes Einkommen und so weiter. Aber das hält die Leute so sehr in der materiellen Welt gefangen, daß sie nicht viel Gelegenheit haben, Zugang zur spirituellen Welt zu finden."

"Dazu kommt, daß in den Kirchen, die eigentlich helfen sollten, Zugang zur spirituellen Welt zu finden, nicht viel los ist. Wir kennen die Zustände, in denen sie sich befinden. Sie haben den Charakter der Gesellschaft angenommen, und so bleiben uns nicht viele Möglichkeiten, so wie die Urvölker aufzuwachsen und mit der spirituellen Welt in Berührung zu kommen. Es gibt nicht gerade viele Aspekte der immateriellen Welt, die für wertvoll und erstrebenswert gehalten werden."

"Das Ergebnis davon ist, daß die spirituelle Reise in der modernen Welt hauptsächlich eine persönliche Reise sein muß. Vielleicht werden später, wenn die nichtmaterielle Welt einen höheren Stellenwert einnimmt, bessere Voraussetzungen für Gruppen bestehen, um nichtmaterielle Werte gemeinsam zu verwirklichen."

"Ich achte oft auf das persönliche Selbstbild, das in einem sehr frühen Stadium geformt wird. Ich denke, daß sich seine Grundlagen in einem Alter von bis zu drei Jahren bilden. Wenn den Kindern im Familienleben keine spirituellen Werte vermittelt werden, dann ist es mit den Werten nicht vertraut, die für ein gerechtes und friedvolles Funktionieren einer Gesellschaft notwendig sind. Und dann eröffnet sich ihnen die Welt der Sprache, und sie werden mit all diesen Wertmaßstäben programmiert: daß man etwas darstellt, wenn man viel Geld verdient, ein großes Haus und viel Vermögen besitzt. Sie klammern sich mit Körper, Seele und Geist an dieses Glaubenssystem. Die Chancen, zur anderen nichtmateriellen Welt Zugang zu finden, werden dann immer geringer. Das ist ein vielschichtiges Problem, und ich glaube, eine wichtige Rolle spielt dabei unser Selbstwertgefühl. Wenn man ein angemessenes Bild von sich selbst hat, dann kann man sein Leben selbst in die Hand nehmen, seine eigene Entscheidung fällen, sich vom Materialismus abzuwenden, und so fort. Man muß Vertrauen in die eigenen Fähigkeiten haben, seinen Weg allein gehen zu können, sich gegen das zu wenden, was der Rest der Kultur tut."

Eunice Baumann-Nelson hat sich in ihrer Heimatgemeinde zur Ruhe gesetzt. Sie erzählte, daß sie beim Aufräumen ihrer Garage im Februar 2000 über einen Kübel gestolpert sei. Um den Sturz abzufangen, streckte sie ihre Arme aus, schlug dabei mit dem linken Ellbogen sehr hart auf dem Boden auf und brach sich den Knochen. Obwohl sie noch immer unter Schmerzen und Unannehmlichkeiten wegen des Unfalls leidet, ist ihren eigenen Angaben zufolge ihr Geist dennoch stark geblieben.

Fünf

Das Lied des Schamanen

Don José Matsuwa, Dona Josefa Medrano und Brant Secunda

Dona Josefa Medrano gleicht einem Felsen – beständig, entschlossen und tiefsinnig. Wenn sie mit ihren 96 Jahren an einer Zeremonie teilnimmt, sind ihre knorrigen Finger unaufhörlich mit wunderschönen Knüpfarbeiten in leuchtenden Farben beschäftigt, während sie dasitzt, zuhört und betet. Ihr Mann, Don José Matsuwa, ist kein Fels. Obwohl er schon 110 Jahre alt ist und schon viele Male dem Tode nahe war, gleicht er elektrisierender, knisternder Energie. Die Luft um ihn herum schimmert, und seine Augen blitzen vor witzigem Humor.

Dona Josefa und Don José sind singende Schamanen, Heiler und Zeremonienmeister, die im ganzen Huichol-Gebiet in den Bergen der Sierra Madre im Westen Mexikos respektiert werden. Sie sind Partner auf einer lebenslangen Reise, verbunden in einem gemeinsamen Flug. Gemeinsam waren sie in wechselhaften Zeiten für ihr Dorf ein stets ruhender Pol. Sie zogen eine Familie mit 13 Kindern und 75 Enkeln und Urenkeln auf.

Ihr Adoptivenkel, Brant Secunda, beschreibt das Paar liebevoll mit einem Anflug von Poesie: "Sie gehen den Weg des Lebens gemeinsam, als ein Herz, Seite an Seite, als ein Schamanen-Paar." Gemeinsam haben sie *Nierikayaete* gesucht. Dies ist ein geläufiger Begriff bei den Huichol und bedeutet, ´den Kreis des Lebens zu finden oder zu vollenden`. In ihrer Sprache werden Dona Josefa und Don José als *Verodica* bezeichnet, was soviel bedeutet wie ´die heilenden, gefiederten Menschen`. Ihr langes Leben lang haben sie hart gearbeitet, um Nahrung zu besorgen, wunderbare Handarbeiten herzustellen und sich auf der Geist-Ebene als helfende und heilende Schamanen zu betätigen. Aber selbst in ihrem fortgeschrittenem Alter, nach all ihren guten Taten und tiefen Visionen, so sagt Don José, würden sie heute noch immer wie Babys vor den Mysterien der Welt stehen.

Die Tradition der Huichol

Diese Ältesten können nur im Zusammenhang mit ihrer Kultur verstanden werden, da ihr Leben und ihre Arbeit eng mit dem Leben und der Arbeit ihres Volkes verwoben sind. Die Huicholindianer leben in der Sierra Madre, geschützt durch die tiefen Canyons und die zerklüfteten Berge im Westen Mexikos. Durch diese geographische Abgeschiedenheit ist es den Huichol gelungen, sich sowohl der Unterwerfung durch die spanischen Militärs als auch der katholischen Missionare zu entziehen. Sie haben ihre überlieferten Bräuche und alten schamanistischen Traditionen vollständig erhalten.

Laut Brant Secunda, der viele Jahre bei den Huichols lebte, sind sie der letzte Stamm Amerikas, der seine Traditionen aus der Zeit vor Kolumbus bis heute lebendig und intakt erhalten hat. Brant sagt, daß sie die letzten Indianer Nordamerikas sind, die niemals erobert wurden. Vielleicht sind die Huichols deshalb bezüglich der Ankunft von Cortez, Kolumbus und der europäischen Siedler nicht verbittert. “Es war einfach Teil des Lebens, daß andere Menschen kamen”, meint Don José, “die Alten kritisierten dies nie. Sie hatten einfach das Gefühl, daß die Ankunft der Europäer Teil des Lebensprozesses war, fanden es aber merkwürdig, daß die Gringos nicht beteten.”

Zur Zeit leben etwa 15.000 Huichols in Dörfern (ranchos) mit jeweils etwa einhundert Einwohnern. Die Huichol haben eine freundliche Kultur, sie spaßen und scherzen gerne. Schon morgens, wenn sie aufstehen, sind sie zu Scherzen aufgelegt. Aber sie waren und sind auch ein sehr friedliches Volk. Mit einem Wirtschaftssystem, das auf Landwirtschaft und Kunsthandwerk beruht, glauben sie, einem Weg zu folgen, der ihnen vom Schöpfer zur Zeit, als die Sonne geboren wurde, gegeben wurde. Ein einfacher Weg, aber ein Weg, so teilte es ihnen der Schöpfer mit, der es ihnen ermöglichen würde, ihr Herz zu finden. “Alles was wir machen, machen wir, weil die Götter es uns so gelehrt haben,” sagen sie. Ihr Kunsthandwerk, ihre handgefertigten Kleider und ihre Zeremonien sind von außergewöhnlicher Schönheit, ein Beweis für ein sehr feines, ethisches und ästhetisches Einfühlungsvermögen. Ihrer Tradition zufolge kann keine Kunst entstehen, bevor der Künstler sie nicht zuvor als Traum oder Vision vor sich sieht.

In einem Huichol-Dorf sind alle gleich, wie in einer Ratsversammlung, wo alle im Kreis sitzen und die Angelegenheiten besprechen. Es gibt keine Hierarchie. Männer und Frauen haben die gleichen Rechte, obwohl sie unterschiedlichen Interessen und Verantwortungen folgen.

Zur Zeit wird Druck auf die Huichol ausgeübt, um sie in die mexikanische Gesellschaft einzugliedern, und einige ziehen in die benachbarten Städte Tepic und Guadalajara. Obwohl die mexikanische Regierung versucht, den Huichol Bildung und Hilfe zukommen zu lassen, wollen die meisten von ihnen Indianer bleiben, was etwas anderes ist, als Mexikaner zu sein. Zudem wird beträchtlicher materieller Druck auf die Huichol ausgeübt. Wenn sie die Städte und Großstädte besuchen, sehen sie, was die Menschen dort besitzen, und wollen es auch haben. Zielgerichtete Entschlossenheit wird nötig sein, um ihre Traditionen in der modernen Welt intakt zu erhalten. In Anerkennung der Schönheit, die ihre Kultur charakterisiert, haben die Huichols ein traditionelles Gebet, das sie täglich sprechen und das sie daran erinnert, wer sie sind, woher sie kamen und wohin sie gehen.

Ein Schamanen-Paar

Don José und seine Frau sind lebende Beispiele dieser Tradition, und sie verkörpern einige ihrer feinen Eigenschaften. Sie leben hoch oben in den Bergen der Sierra Madre im mexikanischen Staat Nayarit, in einem kleinen Dorf namens El Colorin. Wie Don José die Geschichte erzählt, hielt er sich in seiner frühen Jugend für dumm, weil alle anderen Dinge in der Geistwelt wahrnehmen konnten, nur er nicht. So begann er, anfangs seiner 30er Jahre den Weg des Schamanen zu studieren. Er ging in die Berge und über die Felder, wo er von der Natur lernte. Zehn Jahre lebte er einsam in einer Höhle oder im Wald, betend und studierend in der Schule des Geistes. Wenn er schlief, so erzählt er, besuchte und lehrte ihn der Geist des Hirsches. Er berichtet, daß sich seine schamanistische Lehrzeit über insgesamt 64 Jahre erstreckte, während deren er mehrmals fastete, inklusive einer Zeitspanne von fünfzehn Tagen, wo er auf Visionssuche war und weder Nahrung noch Wasser zu sich nahm. Wenn man diese Geschichte anzweifelt, so erinnert Don José gerne daran, daß Jesus in der Wüste vierzig Tage lang gefastet hat, und im Vergleich dazu hörten sich die fünfzehn Tage gar nicht so phantastisch an.

Jetzt, da Don José alt und weise ist, sagt er, daß er Folgendes über das Leben weiß: Durch Gebete und gute Absichten machen wir aus unserem Leben etwas Heiliges und kommen so ins Gleichgewicht. Sich auf den Hirsch beziehend, der das Symbol der Huichol für den Geist des menschlichen Herzens ist, meint er: "Du packst den Hirsch am Schwanz, und ab geht die Post."

Don José ist für die Schönheit und Poesie seiner Lieder bekannt. Als er jünger war, sang er innerhalb einer einzigen Zeremonie oft mehrere Tage und Nächte lang. Während er sang, blieb er in seinem *Uweni* oder Schamanenstuhl sitzen, so daß die Kraft, die er hervorbrachte, nicht verlorenging. Sein ganzes Leben lang verdiente er sich auch große Anerkennung für seine Fähigkeit, die Kranken zu heilen. In traditioneller Art, wie sie von Schamanen auf der ganzen Welt praktiziert wird, saugt er Objekte aus dem Körper und benützt seine Gebetspfeile (*Muvieri*), um Energiefelder inner- und außerhalb des Körpers zu korrigieren.

Während seines ganzen Lebens ist Don José voller Leidenschaft, Vitalität, Fröhlichkeit und auch tiefer Anteilnahme gewesen, nicht nur für sein eigenes Volk, sondern auch in Bezug auf das mangelnde Gleichgewicht in der weiteren Welt. In den frühen 80er Jahren besuchte er die Vereinigten Staaten und sagte während eines Interviews mit Joan Halifax: "Ich sehe, daß viele Menschen hier so in ihrem eigenen kleinen Leben gefangen sind, daß sie es nicht schaffen, ihre Liebe zur Sonne, zum Ozean und in die Erde zu senden. Wenn du an Zeremonien teilnimmst und dabei deine Liebe in die Fünf Himmelsrichtungen – in den Norden, den Süden, den Osten, den Westen und in das Zentrum – sendest, so stärkst das deine Lebenskraft. Diese Liebe bringt den Regen. Seit Anbeginn der menschlichen Geschichte sind die Menschen so in ihrer kleinen Welt verstrickt, daß sie die Elemente vergessen, d.h. sie vergessen ihre Lebensquelle. Die Menschen haben vergessen. Die meisten Menschen denken nur an Sex und sprechen keine Dankgebete. Die Menschen suchen immer nach komplizierten Geheimnissen, um die Welt ins Gleichgewicht zu bringen, aber Dankgebete sind der einfachste und der direkteste Weg."

Obwohl Don José von Gelächter und Liebe erfüllt ist, verfügt er doch auch über Zähigkeit. Im Alter von fünfundachtzig Jahren, wo sich die meisten modernen Menschen in einem Altersheim ausruhen würden, arbeitete er noch in einem Bergwerk. Als er eines Tages tief in einem Schacht arbeitete, vergaßen ihn die anderen Bergarbeiter und zündeten eine Ladung Dynamit. Der Sprengstoff explodierte direkt neben ihm und riß ihm den rechten Arm ab, aber schon bald wurde Don José wieder völlig gesund. Er sagt, daß er ohnehin nur eine Hand braucht – genug, um damit eine Machete, eine Zigarette und seine Heil-Federn zu halten.

Zusätzlich zu seiner Rolle als Schamane und Zeremonienleiter bei den Huichol ist Don José aktiver Bauer gewesen. Er liebte die Arbeit auf den Feldern. Wie er sagt, war es sein Leben, Mais anzubauen. Bis zum Alter von 107 Jahren erntete er jedes Jahr acht Tonnen Mais, genug, um damit sieben Lagerhäuser zu füllen. Und jeden Tag trug er etwa 45 kg Brennholz auf seinem Rücken, wenn er von den Maisfeldern zurück den Berg hinauf nach Hause ging. Seine Ältesten, sagt er, haben ihn gelehrt, daß harte Arbeit gesund erhält.

Als Dona Josefa vierzehn Jahre alt war, wurde sie dem Brauch der Huichol entsprechend von Don José 'gestohlen`. Mit ihrem stillschweigenden Einverständnis trug er sie fort in die Nacht, und sie verheirateten sich selbst. Jeder, der sie jemals zusammen gesehen hat, wird bestätigen können, daß sie gut zueinander passen. Sie sind gütige und liebevolle Partner.

Dona Josefa wartete, bis sie Anfang zwanzig und Mutter von drei Kindern war, bevor sie, mit der Ermutigung von Don José, den Weg als Schamanin einschlug. In der Tradition der Huichol durchlaufen Frauen, die Schamaninnen werden wollen, die gleiche Ausbildung wie die Männer. Sie lernte, indem sie Pilgerreisen zu vielen heiligen Stätten unternahm: Höhlen, Berggipfeln und Quellen in der Nähe ihres Dorfes. Ebenso wie ihr Mann hatte auch sie einen Lehrer, der sie unterrichtete.

Obwohl Don José wegen seiner Heilungen und seiner magischen Fähigkeit, kraftvolle, nächtelange Zeremonien zu leiten, die meiste Aufmerksamkeit erlangt hat, ist Dona Josefa das wahre Dorfoberhaupt. Bezüglich des Schamanismus und der Mysterien äußert sie sich wie folgt: “Manche glauben daran, andere nicht. Diejenigen, die glauben, lernen.” Aber sie fügt hinzu: “Es ist harte Arbeit, ein Schamane zu werden. Wenn du bereit bist, etwas Leid auf dich zu nehmen, dann erreichst du etwas. Es ist weit besser, auf dem Weg geführt oder angeleitet zu werden als ihn alleine zu gehen. Mehr Leute sollten erwägen, Schamane zu werden, denn die Menschen brauchen Unterstützung.”

Auf der Suche nach Abenteuer

Brant Secunda kam am 30. Juni 1952 als Kind jüdischer Eltern in Brooklyn im Bundesstaat New York zur Welt. Als er heranwuchs, zogen seine Eltern in den Norden von New Jersey um. Einen Tag nach seinem 18. Geburtstag, im Jahre

1970, verließ er sein Elternhaus, um die Huicholindianer zu suchen. Mit einem schelmischen Grinsen auf dem Gesicht erzählt Brant, daß er in New York in eine Bibliothek ging und das Wort *Peyote*[1] nachschlug. Der Eintrag dort war: "Siehe Huichol". Diese Botschaft nahm er wörtlich und machte sich auf, die Huicholindianer zu besuchen.

"Jetzt aber ernsthaft", meint Brant. "Mit achtzehn Jahren war mir klar, daß ich die Ostküste verlassen mußte. Es zog mich einfach nach Mexiko. Das erste Buch von Carlos Castaneda über den Yaqui-Zauberer Don Juan war gerade veröffentlicht worden, und es hinterließ einen tiefen Eindruck in mir. Eigentlich war ich ein Schamanen-Tourist, der das Abenteuer suchte."

In Mexiko traf Brant einen Schullehrer der Huichol, der ihm den Namen des Dorfes seiner Familie nannte, das einen Fünf-Tages-Marsch von Ixtlan entfernt lag. Nach einem Abenteuer in Guatemala kehrte Brant nach Mexiko zurück und machte sich auf, um in das Land der Huichol zu wandern. Am dritten Tag, als er einer kleinen Hirschfährte folgte, wurde er ohnmächtig, völlig verloren, von der Sonne ausgetrocknet und erschöpft. Benommen lag er da und hatte eine wilde Vision von Kreisen, Hirschen und Adlern. Dann wurde er von Indianern, die um ihn herum standen, aufgeweckt. Sie lachten und bespritzten sein Gesicht mit Wasser. Der alte Schamane ihres Dorfes hatte von Brant geträumt und daraufhin die jungen Männer losgeschickt, um ihn zu suchen. Sie brachten ihn in ihr Dorf. Nach ein paar Tagen träumte auch ein Schamane eines anderen Dorfes, Don José, von Brant und schickte nach ihm. Damit begann für Brant eine zwölfjährige Lehrzeit.

Don José sagt, er habe Mitleid mit Brant gehabt, als er ihn fand, denn Brant wußte überhaupt nichts. Aber Brant half ihm viel bei der Arbeit im Maisfeld, und im Austausch lehrte Don José ihn die Kniffe des Huichol-Schamanismus, soweit wie ein Mensch einem anderen etwas lehren kann.

Brant erklärt: "Meine Lehrzeit war sehr hart. Ich verbrachte Zeiten ohne Nahrung und Wasser, blieb Nächte lang wach, lief große Entfernungen, war lange Zeiten allein und lernte die verschiedensten Dinge, was sehr viel Zeit in Anspruch nahm. Und Don José war streng mit mir. Er sagte, ich sei nicht als Indianer geboren, und wußte, daß ich in Zukunft anderen Menschen die Lehren weiter geben würde. Daher wollte er, daß ich perfekt verstand."

---

[1]getrockneter, in Scheiben geschnittener, oberird. Teil der mex. Kakteenart Lophophora williamsii; enthält Meskalin und andere psychoaktive Alkaloide.

Brant zufolge verbrachte er viel Zeit mit Don José, indem er an seiner Seite arbeitete, Mais und Bohnen anpflanzte und einfach nur mit ihm zusammen war. Brant mußte regelmäßig auf Visionssuchen gehen und viele verschiedene Wallfahrten zu Kraftplätzen machen. Er mußte auch viel fasten, manchmal tagelang ohne Nahrung oder Wasser sein, und vierzehn Monate lang lebte er ausschließlich von Früchten, um die Fähigkeit zu entwickeln, das den Menschen umgebende Energiefeld, die Aura, zu sehen. Des weiteren mußte er lernen, mit dem Feuer zu sprechen, und bewußt zu träumen. Anschließend lernte er, zu heilen und Zeremonien zu leiten.

Letztendlich hatte Brant zwei Lehrzeiten – sechs Jahre, um ein heilender Schamane zu werden, und weitere sechs Jahre, um ein ′singender` oder ′Zeremonienschamane` zu werden. Zuerst hatte er überhaupt nicht das Gefühl, irgendetwas zu lernen, aber er machte beharrlich weiter. Auch Don José hielt an seiner ursprünglichen Vision fest und setzte seine Unterweisungen fort, bis Brant wirklich zu verstehen begann. Am Ende der Lehrzeiten kündigte Don José feierlich an, daß er Brant seinen Platz überlasse, um die Tradition der Huichol fortzuführen. Er leitete selbst die Zeremonie, in der er seine Kraft auf Brant übertrug. "Die Zeremonie ging die ganze Nacht hindurch und war wunderschön", erinnert sich Brant: "Bei Sonnenaufgang nahm mich Don José an der Hand, führte mich um das Feuer und setzte mich in seinen Schamanensessel. Ich spürte, wie mich ein Blitz durchfuhr. Dann kündigte er an, daß er mir den Schamanengürtel seiner Familie übergebe."

Genauer gesagt gab Don José seinen Platz an Brant weiter, um die Huichol-Tradition fortzusetzen und um die Weisheit dieser Tradition mit Menschen auf der ganzen Welt zu teilen. Um dieses Ziel zu erreichen, gründete Brant im Jahre 1979 die "Dance-of-the-Deer-Foundation" (Stiftung des Hirschtanzes) im Bundesstaat Kalifornien und wurde deren Direktor. Über diese Stiftung, die ihren Sitz in Soquel, Kalifornien, hat, bietet Brant Lehrgänge, Pilgerreisen und Heilungen überall in den Vereinigten Staaten, Italien, Deutschland, Mexiko und an anderen Orten an. Er will als eine Art Brücke zwischen der modernen Kultur und der alten Kultur der Huichol dienen. Er sagt, daß er sein Leben der Aufgabe gewidmet hat, die Werkzeuge des Schamanismus in den Alltag der modernen Welt zu bringen und die Traditionen der Huichol zu erhalten. In seinen Seminaren nimmt er die Leute hart ran und trommelt leidenschaftlich, während er die Teilnehmer ermutigt, wild zu tanzen und zu singen. Das gibt den Menschen die Möglichkeit, ihre alltäglichen Belange loszulassen und ins Reich der Spiritualität einzutreten. Etwa zwanzig Prozent der Einnahmen aus der "Dance-of-the-Deer-Foundation" gehen an die Huicholindianer.

Konzentriert und ernsthaft in Bezug auf seine Aufgabe, legt Brant gleichzeitig eine schnelle Auffassungsgabe und einen lebhaften Sinn für Humor an den Tag. Wie auch die Huichol hält er übermäßig gerne die Leute zum Besten, wenn auch auf eine liebevolle Art und Weise. Brant sagt: "Die zentrale Botschaft des Schamanismus der Huichol besteht darin, das Leben zu lieben und zu genieBen. Die Huichol sind nicht vollkommen – sie werden genauso wütend oder eifersüchtig wie andere Menschen auch –, aber sie wissen, wie sie diesen Zustand hinter sich lassen können. Sie wissen, daß das Ziel darin besteht, über Gefühle wie Ärger oder Eifersucht hinweg zukommen, jenseits ihrer nach Gott zu greifen, also nach Gleichgewicht und Harmonie im Leben. Im Mittelpunkt ihres Lebens steht der Versuch, alles im Einklang mit den Gesetzen der Natur und des Lebens im allgemeinen zu tun. Ihre grundlegende Botschaft ist: Gestalte Dein Leben spirituell, mache es so heilig wie möglich."

"Eines der schönsten Dinge, die mich die Huichol gelehrt haben, war es, die Götter zu lieben. Das war für mich ein ganz neuer Ansatz. Ich wurde erzogen, einen Menschen, eine Pizza oder Brötchen zu lieben. Für einen Indianer ist es aber ein sehr reales Gefühl, die Götter zu lieben. Es ist äußerst kraftvoll, das Herz zu öffnen und sein Leben in den Dienst der Götter zu stellen. Dies sind meine Worte. Die Huichol sagen: 'Finde dein Leben' – schau, ob du dein Leben in der Erde, im Himmel, in allem dich umgebenden Leben und in dem, was wir die Alten, oder die Götter und Göttinnen, nennen, finden kannst. Wir sagen, daß das Universum wörtlich aus der Kraft der Liebe geschaffen wurde. Achte deshalb die Liebe und nimm sie mit Ehrlichkeit als Bestandteil deines alltäglichen Lebens in dein Herz auf. Dies schließt ebenso die Verantwortung gegenüber Himmel und Erde ein."

"Don José und ich sind uns sehr nahe. Unser Verhältnis gleicht dem eines Großvaters zu seinem Enkel. Wir sind gute Freunde. Don José ist derjenige, der mir gesagt hat, ich solle andere Menschen lehren, was er mich gelehrt hat. Im Jahre 1988 unterrichtete ich gerade in Europa, als ich die Nachricht erhielt, daß Don José sehr krank und dem Tode nahe sei. Ich erhielt die Botschaft, daß er erst in Frieden sterben könne, wenn ich da sei. Da die Huichol glauben, daß Menschen nicht in Frieden sterben können, wenn sie noch jemanden sehen wollen, sagte ich sofort meinen Workshop ab und flog nach Mexiko. Als ich ankam, war Don José bewußtlos. Er konnte nicht einmal seinen Kopf heben. Darum waren es Dona Josefa und ihre Kinder, die mich baten, meine Federn herauszuholen und zu versuchen, ihm zu helfen. Ich muß ihn ungefähr eine halbe Stunde lang angestarrt haben, als sie mich baten, mit der Heilung zu beginnen. In den nächsten fünf Tagen machte ich sechs Heilungszeremonien für ihn. Dann träumte ich, daß es ihm besser gehen würde. Und als ich seiner Familie meinen Traum erzählte, ging es Don José besser."

Alle, die Don José in diesen Stunden besucht hatten, hatten das Gefühl, daß er schon drei Stunden tot war als Brant eintraf, aber nach den Heilzeremonien gewann er seine Kraft zurück. Er sagt, daß Brant ihn gemeinsam mit einem anderen Schamanen geheilt hat, so daß es ihm wieder besser ging. Indem er seine Gebetsfedern und die schamanistische Technik des Saugens angewandt hatte, holte Brant zwei große Steine aus seiner Brust – zwei Kristalle. Don José sagt, daß er wieder Mais anbauen wolle, wenn er wieder vollständig genesen sei.

Der Weg des Schamanen

Brant zufolge besteht die Arbeit eines Schamanen darin zu heilen, Zeremonien zu leiten, Menschen zu unterstützen und zu helfen, das Gleichgewicht der Erde zu wahren. Traditionsgemäß verwirklichten sie dies, indem sie sich durch Träume, Trommeln oder Gesang in Trance versetzten und dann direkt mit den Geistwesen arbeiteten.

Brant definiert Schamanismus, indem er sagt, daß es dabei um das Leben geht: darum, alles Leben zu ehren. "Schamanismus ist ein Weg der persönlichen Entwicklung, des Dienstes an Familie und Gemeinschaft, und um die Erde zu heilen. Er beinhaltet und ehrt alles Leben, die Bäume, die Steine, das Wasser und ebenso die Tiere und andere Menschen. Mit jedem Atemzug erinnern wir uns an die Heiligkeit all dieser Dinge. Wir sind uns der Erde bewußt, und mit jedem Schritt versuchen wir, ihre Kraft in unsere Füße aufzunehmen."

"Auf der ganzen Welt ist der Schamanismus eine alte Tradition, eine Tradition, die dich den ganzen langen Weg zu Gott führen kann. In der Tradition der Huichol ist Liebe die Grundlage für die Kraft des Schamanen: die Liebe zu Mutter Erde, zu Vater Himmel, zu Großmutter Ozean und zu allen Menschen. Im Gegensatz dazu benutzen Zauberer (Sorcerer) nur die Kraft. Sie gebrauchen magische Formeln und versuchen Schaden anzurichten. Ihr hauptsächliches Interesse gilt der eigenen Macht, während ein Schamane seine Kraft zum Wohl aller einsetzt."

"Der Schamanismus dient der Selbstheilung, der Heilung des Kreises und der Erde. Der erste Schritt besteht in der persönlichen Heilung oder Transformation, was die Heilung von Körper, Herz und Geist einschließt. Unser Körper muß stark sein. Wir müssen in guter Verfassung sein, um auf Mutter Erde zu gehen und unsere Verbindung mit ihr zu spüren. Man kann diese Verbindung nicht spüren, wenn man den ganzen Tag im Auto oder auf der Couch sitzt. Der nächste Schritt zur persönlichen Heilung besteht in der Heilung des Herzens, indem wir intuitiver werden. Darauf folgt die Heilung unseres Geistes, so daß wir die Verbindung mit allem Leben erfahren können. Wenn wir diese Verbindung eingehen, leben wir eine Heil-Tradition und sind geheilt. Niemand versucht einen Dritten zu heilen, bevor er nicht nach vielen Jahren des Trainings und der Gesundung, die heilende Verbindung zur Erde gefunden hat."

"Der zweite Schritt besteht darin, zur Gesundung des Familien- und Freundeskreises beizutragen. Um sich selbst und das persönliche Umfeld zu heilen, ist Vorbeugung das beste Mittel, um niemals krank zu werden. Schritt drei ist, diese Heilung auf Mutter Erde und all ihre Kinder auszudehnen und Zeremonien durchzuführen, um Gleichgewicht herzustellen."

Wie wird man zum Schamanen? Dona Josefa sagt: "Wir haben viel leiden müssen, um unsere Lehrzeit abzuschließen. Brant unternahm eine neuntägige Visionssuche, Don José eine fünfzehntägige, während der er allein in einer Höhle war und fastete. Sie mußten viel Leid erfahren, um Schamane zu werden. Das beinhaltet auch viele Entbehrungen: Fasten und sexuelle Enthaltsamkeit." Sie fügt hinzu, daß es viele weitere Schritte bewußt zu erfahren gilt, was Pilgerreisen, Teilnahme an Zeremonien, Träume und Gebete einschließt.

Brant geht darauf näher ein: "Um zum Schamanen ermächtigt zu werden, mußt du dorthin gehen, wo die Kraft ist. Die Ermächtigung erlangst du durch das Fasten und Beten an Kraftplätzen. Dadurch schenkt dir dieser Ort einen Traum oder eine Vision – es ist fast wie ein Vertrag. Du bietest dem Kraftort ein Gebet und eine Opfergabe an, und dir wird dafür die Kraft des Platzes übertragen. Man kann von einem Kraftort natürlich nur lernen und ermächtigt werden, wenn man sich auch dorthin begibt."

Don José weißt daraufIhin, daß "Moses in die Berge pilgerte und Jesus vierzig Tage in der Wüste verbrachte. Durch alle Zeiten sind Menschen zu heiligen Orten gereist. Die Pilgerreisen müssen wieder zu neuem Leben erweckt werden, Das sollte alle Traditionen umfassen. Es ist notwendig, daß die Menschen zu heiligen Plätzen gehen. Jeder sollte wenigstens einmal im Jahr eine Pilgerfahrt an das Meer machen."

Es zeitaufwendiger Weg, um Huichol-Schamane zu werden, besteht darin, fünf aufeinander folgende Jahre einen Kraftort wie zum Beispiel das Meer, einen Berggipfel oder eine Höhle zu besuchen. Wenn du etwa in eine Höhle gehst, so strengst du dich an, mit dem lebenden Geistwesen der Höhle in Kommunikation zu treten, über den Gott oder die Göttin zu träumen, zu der Höhle zu sprechen und von ihr eine Vision zu erhalten. Dann setzt du diese Vision in deinem Leben um.

Genauso wie die Huichol-Schamanen mit dem Geistwesen eines Ortes kommunizieren, so kommunizieren sie auch mit dem Geistwesen des Feuers, Tate Wari. Jeden Morgen nach dem Erwachen setzen sie sich vor das Feuer und teilen ihm die Träume der vergangenen Nacht mit. Dann sprechen sie ein Dankgebet. Brant sagt, daß diese einfache Methode unsere Fähigkeit, kraftvolle Träume zu haben und uns an diese zu erinnern, beträchtlich erhöht. Auch Don José schätzt diese Übung sehr und empfiehlt, daß jeder jeden morgen seine Träume dem Feuer erzählen sollte, und sei es auch nur eine Kerze. Und er sagt: "Wir sollten uns bewußt anstrengen, von den Göttern, dem Meer und der Sonne zu träumen, indem wir vor dem Einschlafen an sie denken. Das macht unsere Träume kraftvoller. Wenn du nachts aufwachst, dann sprich mit den Göttern und schlafe weiter. Noch mehr Träume werden zu dir kommen. Um wirklich zu lernen, träumen wir."

Eine andere wichtige Ermächtigung besteht in der Teilnahme an Zeremonien. Der Schamane, der eine Zeremonie leitet, ermächtigt jeden Teilnehmer, aber ein Schüler muß an vielen Zeremonien teilnehmen, um die vollständige Ermächtigung der Zeremonie zu erhalten. Wie Brant hervorhebt: "Wenn du während einer Zeremonie singst, dann versetzt du dich selbst in einen Zustand der Ekstase. Du veränderst buchstäblich die Chemie deines Körpers und deines Geistes. Du veränderst deinen Bewußtseinszustand."

Die Huichol sind die ursprünglichen Peyote-Indianer. Viele, aber nicht alle Schamanen der Huichol verwenden diesen halluzinogenen Kaktus etwa einmal im Jahr, um sich in eine tiefe, traumähnliche Trance zu versetzen. Bevor sie den Kaktus jedoch einnehmen, fasten sie und enthalten sich mindestens einen Monat dem Geschlechtsverkehr. Es ist ein anstrengender, sechzig Tage langer Fußweg in das Land des Peyote und zurück. Don José hat diese lange Pilgerreise dreizehnmal in seinem Leben gemacht. Die Pilger wandern im Gänsemarsch dreißig Tage bis in das Peyote-Land, während derer sie nur wenig Obst essen und kein Wasser trinken. In den letzten fünf Tagen der Peyote-Pilgerreise wird auch kein Obst mehr gegeseen. Don José sagt, daß sie dies tun, um eine direkte Gotteserfahrung zu erleben, und sie erkennen, daß Peyote nur dann gut zu ihnen ist, wenn Körper und Geist klar sind – wenn sie sich mit zielgerichteter Konzentration und reinen Absichten an ihn wenden.

Auch wenn es manche Leute vergessen oder ignorieren, sagt Brant, so ist vielleicht doch das Gebet die wichtigste schamanistische Praxis. “Oftmals setzen Menschen den Schamanismus mit wilden Visionen gleich, aber zu lernen, wie man ein Gebet spricht, ist ebenso wichtig wie das Empfangen von Visionen. Die Kunst des Gebetes liegt in der Demut und nicht in der Selbstgefälligkeit. Wir beten, damit wir nicht vergessen, daß unser Leben heilig ist. Dankbarkeit ist die Hauptstütze der Huichol-Tradition. Ihrer Meinung nach dauert es neun Jahre, bis man gelernt hat, richtig zu beten. Wenn man soweit ist, denkt man gar nicht darüber nach, was man sagt, sondern läßt einfach den Geist durch sich sprechen.”

“Eine Art mit der Geschäftigkeit des modernen Lebens zurecht zu kommen, besteht darin, dein Leben und deine Arbeit zu einem Gebet zu machen. Die Huichol machen ihre Arbeit in den Maisfeldern zum Gebet, und genauso sollten auch wir unsere Arbeit mit Maschinen, mit Zahlen oder mit Worten zu einem Gebet machen. Wir beten jedoch nicht zu Gott, damit er alles macht. Das wäre daneben. Ein Gebet ist eine Bekräftigung des Lebens, eine lebenserhaltende Handlung, ein gutgemeinter Gedanke.”

Obwohl der Lernprozeß eines Schamanen lang und oft anstrengend ist, ermutigen Dona Josefa und Don José die Menschen, in Erwägung zu ziehen, Schamanen zu werden. “Wir haben eine Verpflichtung und eine Verantwortung, unser Schicksal selbst in die Hand zu nehmen. Andernfalls ist es verlorene Zeit. Die Welt braucht mehr Schamanen, um besser zu werden”, sagen sie. “ Obwohl es eine lebenslange Reise ist,” so Don José, “kann man auf dem Weg des Schamanen in nur zwei Jahren eine Menge lernen.” Aber wie kann ein angehender Schamane geführt werden und in seinem Wesen gefestigt sein, wenn er oder sie versuchen, die alten schamanistischen Praktiken mit der modernen Welt zu verbinden? “Behalte deine Absicht im Auge.” rät Don José. »Das ist das Allerwichtigste. Sei achtsam und behalte deine Absichten im Auge.”

Dem fügt Brant einen warnenden Hinweis bei: “Es besteht die Gefahr, daß man glaubt, mehr zu wissen, als das in Wirklichkeit der Fall ist. Man läßt sich vom eigenen Ego oder einem Gefühl der Selbstüberheblichkeit überlisten. Nachdem man ein paar Dinge gelernt hat, glaubt man, den Schamanismus wirklich zu kennen. Selbst wenn man schon einen Teil der Lehrzeit hinter sich gebracht hat, läßt man sich oft von dem Gefühl überwältigen, man wisse alles. Aber es gibt soviel zu erfahren. Die Lehrzeit endet nie. Schamanen lernen immer weiter. Sie sind die Schüler der Götter. Manchmal wird das vergessen, und man verläßt den Weg. Man denkt die Lehrzeit beendet und alles gelernt zu haben, was wissenswert ist. Aber in Wirklichkeit machen wir niemals einen Abschluß und lernen jeden Tag ein bißchen dazu.”

Demut ist wichtig, wenn man als Schamane wirkt. Das betonen die Huichol. Brant erzählt, daß Don José und er manchmal während einer Zeremonie über Nacht in spiritueller Ekstase davonfliegen würden. Aber am Morgen wachen sie dann auf, und Don José schaut Brant an und sagt: »Letzte Nacht sind wir mit den Göttern geflogen, aber jetzt sind wir wieder nur Dummköpfe. Laß uns zurück zum Maisfeld gehen!”

Ein Ratschlag von den Hütern der Weisheit

Don José und Dona Josefa geben ihre Weishcitstradition jetzt weiter, weil, so sagen sie, “es der Wunsch der Götter ist. Wir alle sind Kinder des Großen Geistes. Die Lehren sind für alle da, nicht nur für die Indianer. Viele Indianer sind heute verbittert, weil sie von den Weißen so schlecht behandelt wurden. Ihrer Ansicht nach wollen die Weißen jetzt auch noch unsere Religion rauben, nachdem sie uns schon alles andere gestohlen haben. Aber die Zeiten haben sich geändert. Die Weißen hatten zuvor nie die Absicht, wirklich zu lernen. Sie hielten uns für Wilde. Jetzt haben sie ein anderes Verständnis und wollen wirklich lernen. Wir alle sind Kinder Gottes. Die Tradition ist für jeden da, der bereit ist, zu lernen. Wer aber will heute noch wirklich lernen?”

Sogar von der Gegenwart sprechen die Ältesten mit Gleichmut. So behaupten sie, daß in der heutigen Welt sowohl das Beste als auch das Allerschlimmste zu sehen ist. Aus ihrer Sicht erkennen sie aber auch, daß sich die Welt verbessert. Das glaubt auch Dona Josefa: “Wir sehen jetzt sowohl das untere als auch das obere Ende. Wir können beides auf der Welt erkennen. Die Menschen sind von einer großen Sehnsucht erfüllt, dic alten Traditionen zu erlernen. Darum heilt und verändert sich die Welt. Wenn Menschen beten und sich an die Götter und die Göttinnen erinnern, wird die Welt ins Gleichgewicht kommen. Wenn sie das aber vergessen, werden Katastrophen aufkommen.”

Der Adoptivenkel Brant fügt dem hinzu: “Wir pflanzen Samen. Alle Zeremonien und Gebete sind wie Samen. Obwohl wir die Früchte vielleicht während unseres eigenen Lebens nicht mehr ernten werden, so können sie jedoch in der nächsten oder übernächsten Generation reif sein. Ich bin der festen Überzeugung, daß sich die Dinge zum Guten entwickeln werden. Aber man muß am

Anfang beginnen. Man muß beim einzelnen Menschen beginnen. Wenn man sich im täglichen Leben wie ein Dummkopf benimmt, dann kann man sich nicht verändern oder zur Heilung der Erde beitragen. Daher besteht meine Aufgabe vor allem darin, gewöhnlichen Menschen zu helfen, die Kraft und die Heiligkeit des Lebens in ihrem Herzen zu entdecken und diese täglich zu leben. Das können sie dann mit nach Hause zu ihren Familien nehmen. Diese bringen sie in die Gemeinschaften ein und tragen so zur Heilung der Erde bei. So müssen wir ganz am Anfang beginnen, um das Gleichgewicht wiederherzustellen."

"Auf der Welt geschehen gerade zwei Dinge. Einerseits treten einschneidende Veränderungen ein und es gibt Menschen, die sich sehr ernsthaft mit Fragen der Spiritualität beschäftigen. Viele Menschen widmen ihr Leben jetzt einer spirituellen Tradition oder einem spirituellen Weg. Andererseits gibt es auch die andere Seite: wir bringen uns in den Städten gegenseitig um und tragen keinerlei Sorge für einander sowie die vielen Obdachlosen. Beide Polaritäten sind vorhanden. Es gibt Menschen, die sich sehr schnell verändern, während viele andere nicht einmal den geringsten Schimmer von Spiritualität haben."

"Viele Menschen, die sich jetzt verändern, werden anderen helfen. So gelangen wir zur Idee des 'Dienens', die eine Schlüsselrolle einnimmt. Wenn wir uns verändern wollen, so müssen wir anderen dienen. Die Reichen werden ihren Reichtum mit den Armen teilen müssen. Dabei geht es nicht nur um finanziellen Wohlstand, sondern um jede Art von materiellem Wohlstand. Wir brauchen Leute, die bereit sind zu dienen, die in die Kleinstädte gehen und dort helfen und so ihrem Leben einen Sinn geben. So wird sich unsere gesamte Gesellschaft verändern, damit wirklich etwas Gutes entsteht."

"Große Veränderungen werden eintreten müssen, damit vollständige Liebe auf Erden herrschen wird und damit alle Menschen und Gesellschaftsordnungen auf Gott ausgerichtet sein werden – das wird seine Zeit brauchen. In meinem Herzen bin ich jedoch voller Zuversicht, daß dies geschehen wird. Ich habe eine sehr positive Einstellung, daß es hier auf Erden zu wunderschönen Veränderungen kommen wird, daß Gott uns irgendwie helfen wird, und daß der Große Geist uns retten wird. Egal, was passiert. Wenn man die Dinge heute genau untersuchst, so scheint es fast hoffnungslos zu sein. Ich denke daran, daß das Wasser verschmutzt ist, und daß die Luft verschmutzt ist. Wir stehen schlecht da. Aber irgendwie wird alles zusammenkommen. Die Wissenschaft und die Spiritualität werden sich zusammen schließen. Sie werden erkennen, daß sie sich zusammen schließen müssen."

Don José bietet der modernen Welt eine abschließende Weisheit an: "Nimm kein Blatt und bewege kein Steinchen, ohne nicht vorher um Erlaubnis gefragt zu haben. Bitte immer um Erlaubnis. Das erhält das Gleichgewicht und lehrt Demut. Das Blatt, das du pflücken willst, könnte eine weit wichtigere Bedeutung haben, als das, was du beabsichtigst. Du weißt es nicht – deshalb bitte erst um Erlaubnis. Die moderne Kultur kann so nicht weitermachen. Pflanzen und Tiere sterben aus. Wir müssen den Geistwesen zuhören und ihnen wieder einen Platz einräumen."

Dona Josefa möchte denjenigen, die den Übergang ins nächste Jahrhundert erleben werden, einen Rat mit auf den Weg geben: "Hört immer auf das, was die Ältesten sagen." Als sie noch jung war, sagten die Ältesten viel zu ihr, und sie hörte nicht zu. Hätte sie zugehört, dann wäre sie schon viel früher zur Schamanin geworden. Ihr Rat ist folgender: "Gäbe es mehr Schamanen, dann wäre die Welt besser. Jeder kann ein Schamane werden, wenn er es will, aber man muß sich darum bemühen. Man muß bereit sein, Leid auf sich zu nehmen."

Nach der Niederschrift dieses Kapitels, ist Don José Matsuwa gestorben. Als er am Morgen des 6. November 1990 aufwachte, wußte er, daß dies sein letzter Tag sein würde. Er rief die Bewohner seines Dorfes zusammen, segnete sie ein letztes Mal und ging dann ruhig in die Geistwelt über. Er hinterließ seine Heilfedern Brant Secunda, der zwei Tage später eintraf, um bei den Gebeten und Gesängen während der Zeremonie für Don José zu helfen. In Einklang mit dem Brauch der Huichol sangen sie ihre Lieder, um seine Seele auf ihrer Reise zur Sonne zu unterstützen.

Wie am Ende des Kapitels angesprochen, verstarb Don José Matsuwa im Jahre 1990. Seine Lebensgefährtin, Dona Josefa Medrano, lebt noch immer im Dorf und nimmt weiterhin an den Zeremonien teil. Brant Secunda hat sein Heim in Kalifornien, kommt jedoch häufig nach Mexiko, um Zeit im Dorf zu verbringen. Brant unterrichtet viel in den Vereinigten Staaten, in Deutschland und Italien. Auch führt er Menschen aus aller Welt auf Pilgerfahrten zu heiligen Orten in Mexiko und anderswo.

Sechs

Deren Stimme auf dem Wind reitet

Großmutter Twylah Nitsch

Im Alter von sechs Monaten werden in der Tradition der Seneca die Kinder oft von Verwandten und Freunden besucht, erklärt Großmutter Twylah Nitsch. Jeder Besucher legt einen bestimmten Stein auf die Babydecke, und ein paar Steine werden wahllos dazu gelegt. Das Baby greift nach einem der Steine und hält ihn in der Hand. Das ist die erste Entscheidung, die das Baby trifft.

Schon als Kind spürte Twylah eine starke Anziehungskraft, die die Steine auf sie ausübten, und lange Zeit hatte sie einen Lieblingsstein, den sie Geeh Yuk nannte. Er war dreieckig, von hellgrauer und schwarzer Farbe und hatte viele Zeichnungen. Als sie dann irgendwann diesen Stein verlor, erhielt sie dafür ein anderes Geschenk: die Fähigkeit, anderen zu helfen und die Botschaften der Steine zu verstehen, die diese als ältester Teil der Erde tragen. Indem sie Farbe, Beschaffenheit, Form, Anzahl der Seiten und Muster eines Steines untersucht, kann sie eine phänomenale Menge an Information über seinen Träger daraus ableiten – beispielsweise wo die Person herkommt, wo sie sich jetzt auf ihrer Erdenreise befindet und wo ihre Möglichkeiten und Fähigkeiten liegen.

Die Sprache der Steine lesen zu können ist nur eines der vielen Geschenke, die Twylah im Laufe ihres Lebens entwickelt hat. Obwohl jeder sie Twylah nennt, ist sie Hunderten von Schülern auch als 'Zwei Wölfe' oder als Yehwehnode, als 'Deren Stimme auf dem Wind reitet' bekannt. Ihre Mutter ist vom Stamm der Seneca und ihr Vater ist je zur Hälfte von schottischer und Oneida Abstammung. Twylah zog in ihrem Haus im Reservat der Cattaraugus-Indianer im Westen des Bundesstaates New York, nahe dem Erie-See, vier Kinder groß.

Sie erlernte die Philosophie der Steine, der Bäume und der Natur aus erster Hand, durch ihre Mutter, durch ihre Großmutter aus dem Wolf-Klan und durch ihren Großvater Moses Shongo, einem Medizinmann der Seneca, der sie auserwählte, um seine Lehrtradition fortzuführen. Twylah ist sowohl mütterlicherseits als auch seitens ihres Großvaters eine Ahnin des großen Seneca-Häuptlings Red Jacket, dessen Geist, so erzählt sie, sie in diesem Leben unterstützt und führt. So weit sie sich zurückerinnern können, sind Weisheiten und Prophezeiungen in ihrer Familie immer von Generation zu Generation weitergegeben worden.

“Die Lehren meines Großvaters sind sehr einfach,” erinnert sich Twylah. “So sollte sich jeder Mensch vier Fragen stellen, die ebenso gute Führer sein können: Bin ich glücklich bei dem, was ich tue? Trage ich durch mein Handeln zur Verwirrung der Welt bei? Was tue ich, um zu Frieden und Zufriedenheit beizutragen? Welche Erinnerungen an mich werden bleiben, wenn ich eines Tages nicht mehr sein werde?” Twylah meint, daß diese Fragen besonders wichtig sind, denn “wir alle sind als ein ‘Ich bin’ auf diese Erde gekommen, um das ‘Wir sind’ zu erlernen. In dem wir dies verwirklichen, tragen wir Sorge für die sieben nächsten Generationen.”

Während die Grundlagen ihrer traditionellen Philosophie einfach sind, so verwendet Twylah doch ein ausgeklügeltes System von Weissagungen, um ihr Wissen zu lehren und weiterzugeben. Hunderte von Menschen empfinden aufgrund ihres Gemeinschaftssinnes, ihrer warmen Großmütterlichkeit und wegen des Lichtes, das sie ausstrahlt, eine tiefe Liebe für sie. Um einer größeren Anzahl von Schülern den Zugang zu ihren Lehren zu ermöglichen, gründete sie die “Historische Gesellschaft der Seneca-Indianer” und die “Wolf Clan Teaching Lodge”. Über viele Jahre hinweg hat sie etwa 350 Initianten aller Rassen und Nationen in die Gemeinschaft aufgenommen. Die Mitgliedschaft kommt sogar aus soweit entfernten Ländern wie China und Indien.

Twylahs Teaching Lodge ist nach dem Muster der traditionellen Medizingesellschaft des Wolf-Klans, einem der acht Klans der Seneca, aufgebaut. Der Bären-Klan lehrt das Medizinwissen, der Schildkröten-Klan den Moral-Kodex, der Biber-Klan das Wissen um die Zusammenarbeit, der Falken-Klan das Wissen des Erhaltens, der Hirsch-Klan das Wissen um das körperliche Wohlbefinden, der Reiher-Klan das Wissen um die Landwirtschaft und die Ernährung und der Schnepfen-Klan lehrt das Wissen um die Qualitäten der Disziplin. Der Wolf-Klan lehrt die Gesetze der Erde.

Die Fünfte Welt

Im Alter von zehn Jahren hörte Twylah das erste Mal von den Prophezeiungen bezüglich der Reinigung der Erde. Wenn die Menschen ihre spirituellen Werte verlieren würden, dann würde, so warnt die Prophezeiung, die Erde gereinigt werden müssen. Die Prophezeiungen hinterließen einen tiefen Eindruck bei ihr. “Es gab schon eine ganze Reihe von Welten”, erklärt sie. “Das erste Mal wurde die Erde durch die Sonne gereinigt, das nächste Mal durch den Mond, dann durch das Wasser. Beim vierten Mal, das wäre jetzt an der Reihe, würde die Erde durch alle drei Kräfte gleichzeitig gereinigt werden. Die Prophezeiungen sagten ebenso voraus, daß eine Gruppe Menschen aus dem Osten zu diesem Kontinent gelangen würden. Sie würden weder wissen, wer sie sind, noch was die Zukunft ihnen bringen würde. Sie würden die Antworten auf ihre Fragen suchen, indem sie in den Geheimnissen der Erde, des Wassers und des Mondes graben, ohne jegliches Verständnis über diese Kräfte. Wenn sie dann beginnen würden, in den Geheimnissen der Sonne zu graben, so sagen es die Prophezeiungen voraus, dann würde dies die nächste Reinigung der Erde auslösen.

Die meisten Menschen wissen nur von der Dritten Welt, die Atlantis hieß und durch die Große Flut gesäubert wurde. Aber insgesamt gibt es in der Geschichte der Erde sieben Welten. Von der Ersten Welt erhielten wir das Geschenk der Schönheit. Die Zweite Welt gab uns die Struktur der Familie, und wir erlernten das Gleichgewicht zwischen den physischen und spirituellen Energien. Die Dritte Welt gab uns die Klarheit der Absicht, die durch Selbstdisziplin erlangt wird. In der Vierten Welt entwickelten wir die Vielfalt des Wissens. Aber die Vierte Welt entwickelte auch die Syndrome der Trennung und der Kontrolle, wie etwa durch Kriege und die Religionen. Wir sind nun in das Zeitalter der Fünften Welt eingetreten, das mit der Harmonischen Konvergenz am 16. und 17. August 1987 begann.”

“Nord- und Südamerika waren der Sitz der Ersten Welt. Obwohl wir jetzt in der Fünften Welt leben, gibt es ganz offensichtlich noch viele Überreste aus der Vierten Welt. In der Vierten Welt entstand die größte Teilung, als die Menschheit ungeduldig wurde und beschloß, einen Gott zu schaffen und ihn als männliche Gottheit irgendwo draußen in die Wolken zu setzen. Dies bedeutete die größte Trennung zwischen der Menschheit und dem Großen Geheimnis. Aber das mußte in der Geschichte der Erde geschehen. Aus dieser Erfahrung mußten wir lernen. In der Vierten Welt drehte sich alles um Trennung und Kontrolle. Durch einige der Kriege wurden manche Völker getrennt, so daß sie nicht stark werden konnten. Sie wurden einfach geteilt."

"Wenn wir das Große Geheimnis ehren, leben wir in Frieden. Aber es gibt eine besondere Blindheit, hinter der sich die Menschen gerne verstecken. Ihre Augen sind vor bestimmten Erfahrungen verschlossen. Dann können sie sagen: 'Das wußte ich nicht.' Diese fortgesetzte Blindheit scheint wie eine Krankheit zu sein. Es wird gesagt: 'Diese Welt ist ein Chaos. Aber solange ich Nahrung und ein Zuhause habe, brauche ich wirklich nichts dagegen tun.' Aber genau hierüber müssen wir jetzt tiefgreifende persönliche Entscheidungen treffen. Einige entscheiden sich, nicht zu sehen, blind zu sein und keine Verantwortung übernehmen zu wollen."

"Die heutigen Menschen beginnen Augen, Ohren, Mund und vor allem das Herz zu öffnen. Sie kommen zusammen und hören einander zu. Und das ist so, weil wir das Ende der Vierten Welt erreicht haben. Die Fünfte Welt, in die wir jetzt eintreten, bedeutet, daß jeder Mensch seine durch Geburt erhaltenen Geschenke einsetzen muß, um seine Lebensmissionen zu erfüllen. Das ist der Beitrag, den jeder leisten muß. Jeder nimmt einen Platz auf dem großen Medizinrad der Wahrheit ein. Wenn jeder von uns seine Mission lebt, dann werden alle glücklich sein, dann wird niemand mehr irgendeine Kontrolle über jemanden ausüben wollen."

"In der Fünften Welt wird die Erleuchtung das zentrale Thema sein. Ein spirituelles Bewußtsein wird Gemeingut sein. Die Erleuchtung strahlt aus dem Zentrum. Der Brennpunkt ist die Wahrheit – alles Wissen der Welt ist nutzlos ohne Vertrauen. Wir Menschen müssen gewillt sein, die Chance zu ergreifen. Was ist Weisheit? Es ist das Wissen um die Wahrheit, ohne einen Schatten des Zweifels. Aber Weisheit kann nicht für sich alleine stehen. Sie ist an die anderen Qualitäten des Medizinrades gebunden. Dieses Leben ist kein Spiel, sondern es basiert auf der Weisheit der Bäume, des Grases, der Steine und allen Lebens. Weisheit bedeutet auch, einen Traum zu haben. Ohne Traum, kann man nicht in die Weisheit eintreten. Wenn wir eine Idee haben, die uns durch den Kopf schießt, so ist das der Anfang eines Traumes. Aber wir müssen unsere Idee mit Leben erfüllen und den Traum ausbauen, sonst wird er weiter ziehen."

"Nichts funktioniert ohne die Ausrichtung auf Wahrheit, Weisheit und Vertrauen. Wenn wir uns selbst nicht vertrauen, dann geht nichts. Du kannst alle Weisheiten der Welt besitzen, aber wenn du kein Vertrauen hast und nicht gewillt bist, aus deiner Schale zu treten und etwas zu unternehmen, dann wird nichts passieren."

“In der Fünften Welt kommt die Erleuchtung. Jeden Moment finden drastische Veränderungen statt. Die Umwelt und die Menschen, die in dieser Umwelt leben, benötigen fünfundzwanzig Jahre, um sich auf Veränderungen einzustellen, bis man einen Trend wirklich spüren und seinen Wert schätzen kann. Wenn zum Beispiel Bäume niederbrennen und man neue anpflanzt, dann dauert es etwa fünfundzwanzig Jahre, ungestörtes Wachstum vorausgesetzt, bis sie wieder wie Bäume aussehen. So wird es einige Zeit dauern, bis wir die vollen Auswirkungen der Erleuchtung der Fünften Welt wahrnehmen. Das geschieht gerade, wir können es sehen. Wenn wir genau hinsehen, dann sehen wir es.”

“Nur die Menschen, die in ihren Jobs gefangen sind, die sie daran hindern hinauszugehen und zu hören, was in der Welt los ist, werden jene sein, die nicht sehen. Das ist noch immer die Mehrheit unter uns, und sie stecken in der Falle. Sie werden die Letzten sein, die sich bewegen werden. Schau dir die Menschen an, die Hunger leiden und nirgendwo hin können und schau dir die Menschen an, die mit Geld gestopft sind und sich weniger sorgen könnten. Sie haben es nicht nötig, sich um Menschen zu kümmern, die hier und da etwas Hilfe brauchen könnten.”

“Wir als Menschheit müssen gewillt sein, die Gelegenheit beim Schopfe zu packen. Manche werden zum Handeln gezwungen sein, ob sie wollen oder nicht. Heute gehen sie zur Arbeit und haben einen Job, morgen haben sie keinen mehr. Jetzt sind sie gezwungen, etwas zu unternehmen. Als vor ein paar Jahren die Stahlkochereien in Buffalo stillgelegt wurden, bedeutete dies einen dramatischen Einschnitt. Die Menschen gerieten in Aufruhr und fragten: ‘Was tun wir jetzt?’ Einige, die überhaupt nichts gespart hatten, und Häuser, Möbel und alles mögli che gekauft hatten, verloren alles. Andere, die etwas Geld bei Seite gelegt hatten, brachten ihre Kinder durch die Schule und konnten sich noch ein paar andere Dinge leisten. Und dann gab es noch die, die von der Hand in den Mund gelebt haben und genausoviel Geld verdient haben wie die anderen und einfach gedacht haben, es würde immer so weitergehen.”

Wer weiß, wer wirklich schlauer gehandelt hat? Waren es jene, die sich auf so einen Fall vorbereitet hatten? Oder waren es die, die nicht vorbereitet waren? Ich würde sagen, die Unvorbereiteten, denn die mußten jetzt was unternehmen. Die anderen haben sich wahrscheinlich zurückgelehnt und gedacht: ‘Ich bin in Sicherheit. Ich habe mein Haus, wo ich es ein paar Jahre aushalten kann’. Oder etwa: ‘Ich versuche einen Job zu finden, auch wenn ich zuvor mehr verdient haben sollte’. Diejenigen, die aber nichts hatten, waren gezwungen etwas zu tun. Ich nenne das ‘erzwungenes Handeln’: wenn man etwas tun muß, wenn man gezwungen ist, etwas zu tun, was keiner mag. Jeder fürchtet sich vor Veränderungen und denkt: ‘Das will ich nicht. Ich will meinen Job nicht aufgeben. Ich will nicht, weil mir mein Job so sicher erscheint.’ Aber wir müssen uns verändern. Wir müssen die Gelegenheit ergreifen und uns verändern.”

“Eines der grundlegenden Dinge, die wir unternehmen müssen, während wir in diese neue Zeit eintreten, ist, daß wir uns unserer persönlichen Ängste bewußt werden. Das ist das Wichtigste. Wir energetisieren unsere Angst, und das blokkiert unser Wachstum. Wenn wir uns vor etwas fürchten, dann haben wir ein unangenehmes Gefühl im Solarplexus. Man spürt die Angst. Sich dessen bewußt zu werden, sich zum Beispiel bewußt zu fragen: ‘wie oft habe ich das schon gehabt’ oder ‘weiß ich, wann ich diese Angst zum ersten Mal hatte?’ Die Ängste wirklich zu betrachten, kann deren Heilung unterstützen und sie tatsächlich freisetzen.”

Alte Werkzeuge für eine Neue Zeit

In dieser Zeit großer Veränderungen glaubt Twylah, daß es ein traditionelles Hilfsmittel gibt, das uns tatsächlich sehr helfen kann, wenn wir in das neue Zeitalter der Weltgeschichte eintreten. Sie meint die Einrichtung der Ratsversammlung. Twylah erklärt: “Eine Ratsversammlung ist ein Treffen, bei dem verschiedene Herzen und Vorstellungen zusammenkommen. Wir sind uns dessen heute nicht bewußt. Die heutigen Menschen wissen nicht, wie man wirklich zuhört. Sie sind hauptsächlich daran interessiert, daß andere dem zuhören, was sie zu sagen haben. Aber um überhaupt etwas lernen zu können, müssen wir zuerst lernen, wie man zuhört: wir müssen lernen, wie man der Weisheit einer sprechenden Person zuhört. Jeder Mensch hat auf die eine oder andere Weise etwas Wichtiges zu sagen. Das ist ein wichtiger Teil unseres Lebens. Vor vielen Jahren gab es in den Ratsversammlungen einen Rede- und einen Fragestab. Heute kennen wir nur noch den Redestab. Aber um zu lernen, müssen wir Fragen stellen.”

“Die beiden Stäbe werden in die Mitte des Kreises gelegt. Die Ratsversammlung ist ein Kreis und jeder im Kreis ist gleichberechtigt. Jeder, der eine Ratsversammlung betritt und sich in den Kreis setzt, nimmt einen heiligen Platz ein und alle in diesem Kreis sind gleich. Keiner ist besser als irgendein anderer. Das ist die Hauptsache. So sitzen die Menschen in einem Kreis. Der Rat stellt einen Kreis dar und der Kreis ist die Form der Harmonie. Das sollte jedem klar sein. Die Ratsversammlung ist ein Ausdruck der Harmonie. Als die Menschen vor vielen Jahren im Ratskreis saßen, erkannten sie, daß alle die gleichen Möglichkeiten haben sollten, etwas in den Rat einzubringen. Wenn sie nichts sagen und den Redestab nicht ergreifen wollten, so war das ihre eigene Entscheidung. Niemand sah auf einen anderen herab, weil er nichts gesagt hatte. Oftmals sagte jemand etwas, und andere nickten zustimmend mit dem Kopf."

"Die beiden Stäbe werden in die Mitte gelegt. Einer geht dann in die Mitte, normalerweise der, der den Rat einberufen hat. Jetzt weiß man, daß es etwas gibt, das besprochen werden muß. In neun von zehn Fällen wird das Thema immer wieder im Kreis herumgehen. Das heißt, daß sie zusammengekommen sind, um als ein Herz, ein Geist und eine Seele zuzuhören."

"Alle, die in den Ratskreis kommen, müssen sich gesund fühlen. Das ist das Wichtigste: Sie müssen einen gesunden Geist und einen gesunden Körper haben, sie müssen gewillt sein, dem zuzuhören, was gesagt wird und sie müssen vernünftig sein. Sie müssen mit Vernunft zuhören und selbst vernünftig sein. Sie müssen mit Offenheit in den Ratskreis kommen. Derjenige, der den Rat einberufen hat, geht in die Mitte und nimmt den Stab auf. Nun, das bedeutet, daß jeder den Stab aufnehmen könnte – jeder, der meint, daß er Lust hätte, den Rat zu eröffnen. In früheren Jahren waren dem Ratskreis bestimmte Rituale vorausgegangen. Sie wurden abgehalten, um den Menschen das Gefühl zu geben, daß sie wirklich ein Herz, ein Geist und eine Seele sind und daß sie *einem* Gesetz folgen. Einer nimmt den Stab auf, heißt alle willkommen und erklärt, um was es geht. Unterschiedliche Personen diskutieren über das Thema, und die Ratsversammlung erforscht verschiedene Wege, um das Problem zu lösen. Der Gedanke, ein Problem zu lösen, besteht darin, dem Standpunkt aller zuzuhören und dann, nachdem alle verschiedenen Sichtweisen gehört worden sind, wird über mögliche Kompromisse gesprochen."

"Wenn zwei verschiedene Personen anderer Ansicht sind, dann müssen Kompromisse geschlossen werden. Beide müssen etwas nachgeben. So kommt man auf vernünftigem Wege zusammen. Sollte jemand auf seiner Vorstellung der Vorgehensweise beharren, so erwartet man von ihm, daß er aufsteht und hinausgeht, weil eine solche Haltung unvernünftig ist. Wenn jemand unvernünftig ist, dann kann er nicht mehr geradlinig denken. Sein Verstand ist in diesem Moment verwirrt. Das heißt, daß die beiden Personen mit ihren eigenen Vorstellungen in den Ratskreis kommen würden, aber gleichzeitig kommen sie auch mit der Vorstellung, etwas nachgeben zu müssen, um etwas erreichen zu wollen, da sie nicht Hundertprozent ihrer Vorstellungen realisieren können. Das ist, was ich mit 'vernünftig' meine."

“Jeder in diesem Ratskreis hatte die Möglichkeit, Fragen zu stellen. Wer eine Frage stellen wollte, holte den Fragestock aus der Mitte. Egal wer den Redestab hatte, man nahm sich die Zeit, der Frage zuzuhören. Der Sprechende unterbrach seine Rede, hörte die Frage an und beantwortete sie. Wenn er die Frage nicht richtig beantworten konnte, wurden alle gefragt: ‘Hat sonst noch jemand etwas dazu zu sagen?’ Nun, das bedeutete, daß man von der ursprünglichen Problematik abwich, und deshalb wurden immer nur ein oder vielleicht zwei Fragen gestellt. Normalerweise wurde zu einem bestimmten Punkt immer nur eine Frage gestellt, so daß das ganze ein fortlaufender Prozeß war, und nicht der Versuch von der ursprünglichen Thematik abzuweichen.”

Durch die Einrichtung des Ratskreises hatte eine Gruppe, die vor einem Problem stand, die Möglichkeit ihre kollektive Weisheit zu erkennen und im Laufe der Zeit eine Übereinkunft zu erzielen, wie vorgegangen werden sollte. In unserer Zeit, in der wir zahllosen Problemen gegenüber stehen, so sagt Twylah, wären wir gut beraten jenseits unserer angewohnten Formen von Führerschaft und Problemlösungsstrategien zu schauen und in Erwägung zu ziehen, die Form des Ratskreises einzuführen.

Die Klarheitssuche

Twylah glaubt, daß es in dieser Zeit des Eintritts in ein neues Zeitalter auch noch ein anderes, nützliches Werkzeug gibt. Es unterstützt Personen, die grundlegenden Lebensproblemen, Verwirrung über Übergängen zu neuen Lebensphasen gegenüber stehen. Diese Technik, die man die ´Klarheitssuche` nennt, ist weniger anstrengend und zeitaufwendig als die traditionelle Visionssuche, die drei oder vier Tage des Fastens und Betens in der Wildnis umfaßt. Twylah empfiehlt die Klarheitssuche jedem, der mitten in einer wichtigen und noch nicht abgeschlossenen Veränderung seines Lebens steht.

“Zuerst”, so rät Twylah, “kläre die Frage, mit der du kämpfst, beziehungsweise die Absicht deiner Suche. Dann ziehe dich für 24 Stunden in einen abgedunkelten Raum zurück. Nimm eine Kerze mit, die du aber nur anzündest, um dir Notizen aufzuschreiben. Sei in Frieden in der Dunkelheit. Laß keine Unterbrechungen zu. Trinke nur abgekochtes Wasser, um die Reinigung des Blutes zu unterstützen. Etwas leichte Nahrung kannst du zu dir nehmen, aber nicht zuviel. Setze dich während dieser 24 Stunden in alle Richtungen des Medizinrades, in den Osten, den Süden, den Westen und den Norden. Denke über die

Lehren nach, die mit jeder Himmelsrichtung in Beziehung stehen. Bete und sei dankbar. Am Ende der 24 Stunden wirst du Klarheit haben über die Frage oder Angelegenheit, die du zu dieser Suche mitgebracht hast."

Das Klassenzimmer in der Küche

Twylah hat eine kräftige, hohe Stimme, scharfe und doch warme Augen und einen ironischen Humor. Aber ihre vielleicht herausragendste Eigenschaft, ist die Klarheit ihres Geistes. Sie verwebt die komplexen Fäden ihrer Lehren zu einem ausgeklügelten, aber letztendlich wunderschönen Ganzen. Die Kunst innerer Organisiertheit ist Teil ihrer Natur, sagt Twylah, und das fällt ihr um so leichter, da sie ihre Energien auf einen heiligen Zweck ausrichtet. Und sie schimpft: "Wenn wir unsere Energien nicht in heiliger Weise ausrichten, dann werden wir konfus."

Twylahs Haus ist voll von herrlichen Kunstgegenständen – Dutzenden von Gemälden und Skulpturen, von denen jedes ein Demonstrationsobjekt für den Unterricht sein könnte. Doch der meistgenutzte Kunstgegenstand in ihrem Hause ist der Küchentisch. Fast jeden Tag sitzt sie an ihm. Viele Besucher aus der ganzen Welt kommen, um sich an diesen Tisch zu setzen, um mit ihr zu reden und um ihren Rat zu bitten. Twylah sagt: "Es gibt viele Leute, die hier 'rein kommen und die ich nicht dazu bewegen kann, irgend etwas zu helfen, weil sie einfach nur da sitzen und zuhören wollen, was ich zu sagen habe. Aber andererseits muß ich ja unterrichten. Die Blumen werden sich auch noch fortpflanzen, wenn ich nicht mehr hier sein werde. Wenn etwas, das mir gegeben wurde, um es mit anderen zu teilen, mitgeteilt werden will, dann muß ich die Zeit aufbringen, es zu tun. Wenn ich wollte, könnte ich morgen aufhören. Ich könnte sagen, daß ich in Zukunft keine Gesellschaft mehr haben möchte, und es an diesem Punkt bewenden lassen. Aber ich glaube, daß ich das nicht wirklich könnte. Rein physisch könnte ich das zwar tun, aber emotional und mental würde es mich zerstören. Das würde ich nicht überstehen und das müßte ich auch nicht, weil es dann keinen Grund mehr gäbe, weshalb ich noch hier sein sollte."

"Wir lernen voneinander. Wenn jemand hier 'reinkommt und sagt: 'Twy, du unterrichtest die ganze Zeit. Du sagst den Leuten, was sie tun sollen.', dann antworte ich: 'Nein, ich lerne die ganze Zeit. Jedesmal, wenn wir astrologische Daten analysieren oder über das Medizinrad sprechen, fügt jemand ein Stück seines eigenen Wissens dazu. Und genau das ist es, worauf es im Leben ankommt: das Teilen.' Das ist die eigentliche Bedeutung des Ausdrucks 'mit dem Großen Geheimnis arbeiten', denn wir können nichts ohne das Große Geheimnis tun. Das Große Geheimnis ist die Quelle des Lebens. Selbst, um unsere Hände zu nehmen und die Finger aneinanderzulegen, brauchen wir das Große Geheimnis. Denn das Große Geheimnis ist die Kraft, die uns am Leben erhält."

"Die Lehren, die ich teile, beruhen auf der Wahrheit. Wenn wir unsere Erdenreise antreten, liegt die Wahrheit in uns verschlüsselt. Aber es kann passieren, daß wir dies vergessen. Die einzigen, die nicht wissen, wer sie sind, sind die Zweibeiner. Deshalb müssen wir uns manchmal öffnen, um Botschaften vom Großen Geist zu empfangen, die unsere Erinnerung lebendig erhalten. Es ist offensichtlich, daß die Botschafter des Großen Geistes viele verschiedene Gesichter tragen. Sie können als Teile der Natur, als Tiere oder als Naturkräfte auftreten."

Als lebenslanger Student dieser Botschafter und ihrer Botschaften hat Twylah mehrere Bücher geschrieben, darunter "The Language of the Stones, the Language of the Trees" und "Entering into the Silence: The Seneca Way" und zusammen mit Jamie Sams "Die Ratsfeuer der sieben Welten", (Ost West Verlag, 1995). Diese Bücher helfen den Lesern, von der Natur und der Weisheit im eigenen Herzen zu lernen.

"Überall um uns herum finden wir Botschaften", erklärt Twylah. "Wenn du beispielsweise eine Feder findest, so ist das eine Botschaft des Friedens. Egal wo du gehst: Wenn du eine Feder siehst, heb sie auf, halte sie und nimm sie an dein Herz. Sie enthält eine spezielle Friedensbotschaft für dich. Wenn du dahinschlenderst und deine Gedanken mit etwas beschäftigt sind, was eine Herausforderung darstellen könnte, und du eine Feder findest, dann heb sie auf und betrachte sie. Oft wird sie dir einen Gedanken der Weisheit übermitteln in Bezug auf das, worüber du nachgedacht hast."

"Laß mich dir eine wahre Geschichte über eine Feder erzählen. Es war in Kalifornien. Ich war auf dem Weg zum Einkaufen. Als ich gerade die Straße hinuntergehen wollte und über den Bordstein trat, lagen da vier Taubenfedern. Ich sagte 'Oh' und hob sie auf. 'Ihr seid aber toll', sagte ich laut. Dann schaute ich mich um und bemerkte vier Leute, die auf einer Veranda saßen. Ich ging weiter meinen Einkäufen nach. Auf dem Rückweg dachte ich mir, daß die Leute sich sicherlich wunderten, weshalb ich wegen der Federn so aufgeregt war. Die Leute saßen also dort auf der Veranda und ich dachte: Gut, ich werde mit ihnen reden, denn irgendwie bin ich schon eine verrückte Person. Ich sagte zu ihnen: 'Ihr wundert euch bestimmt, weshalb ich diese vier Federn aufgehoben habe und darüber so entzückt war.' Sie antworteten: 'Ja, tatsächlich.' Ich sagte: 'Ich bin eine Seneca-Indianerin. Wir ehren alle Federn als Boten des Friedens. Ich dachte, das interessiert euch vielleicht.' Sie sagten: 'Ah, das ist nett', und ich ging weiter. Wenn ich heute dort mit meiner Enkeltochter im Buggy vorbeikomme, und die Leute auf der Veranda sitzen, dann lächeln sie mich an. Ich denke dann: Jedesmal, wenn sie mich sehen, erinnern sie sich an die Lady, die die Federn aufhob und glaubt, daß das etwas ganz tolles sei."

"Diese Leute" und "die Leute"

Wenn Twylah an ihrem Küchentisch sitzt und mit ihren Besuchern über deren Leben und über das Weltgeschehen spricht, bezieht sie sich oft auf zwei verschieden Typen von Menschen, die sie als ´die Leute` und ´diese Leute` bezeichnet. Eine Unterscheidung, die sie von ihrer Familie gelernt hat. "Als ich ein kleines Mädchen war", erklärt sie, "fragten meine Großmutter und ich uns oft: 'Wer wird wohl heute kommen?' Eine Menge Leute schauten immer bei uns vorbei. Sie sagte dann: 'Wahrscheinlich die mit den großen Köpfen, die großen 'Ich bin es''. Das fanden wir immer lustig."

"'Diese Leute' sind jene, die die Weisheitslehren des Lebens mißachten. Sie sorgen sich um nichts. Sie sind höchstens dann zu interessieren, wenn sie nicht genug zu essen oder kein Dach über dem Kopf haben oder wenn nicht alles auf sie wartet. 'Diese Leute' müssen erkennen, wie wichtig es ist, in Harmonie über diese Erde zu gehen. 'Diese Leute' sind in die Symbole des Getrenntseins und der Kontrolle verwickelt, wie etwa Kriege, Religionen, Staats- und Regierungsgrenzen und die soziale Hierarchie. Diese Dinge trennen und verlangsamen das Wachstum der Menschheit, weil sie den Menschen kein Bild der Wahrheit vermitteln können, das als stabile Grundlage dienen könnte. 'Diese Leute' nennen es Wachstum, wenn sie die Geschenke der Erde ausbeuten, und sie für unerschöpflich halten. Fortschritt steht in Zusammenhang mit Geschwindigkeit. In dem Moment, in dem ein Projekt fertiggestellt ist, sucht sich die menschliche Ungeduld etwas Neues. Das nennt man dann exponentielles Wachstum. Diese Art Wachstum bedeutet eine Belastung für alle Rohstoffquellen der Erde ohne jegliches Gefühl für die Notwendigkeit von Erholungsphasen. Durch dieses Tun haben 'diese Leute' mutwillig das Rückgrat der Zukunft gebrochen – nicht nur ihr eigenes, sondern ebenso das aller Lebewesen, die mit der Erde verbunden sind."

"'Die Leute' sind jene, die ehrerbietig sind. Sie ehren alle Tiere. Sie ehren jeden Menschen. Sie ehren den heiligen Raum. Sie ehren die Bäume. Sie ehren alles, was zur Natur gehört. Viele von ihnen sind Bauern, Menschen, die mit dem Boden arbeiten. 'Die Leute' sind Menschen, die gerne durch die Wälder gehen, Gärtner und ganz allgemein Menschen, die mit der Erde in Berührung kommen. Sie erkennen, daß sie eine feste Grundlage haben, auf der sie wachsen können, wenn sie sich auf die Geschichte der Erde konzentrieren. Überall können wir Beispiele dafür sehen, daß die Geschwindigkeit des Wachstums darauf beruht, ob die Rohstoffe sich auf natürliche Weise erneuern können. Die Erde zu ehren schafft ein moralisches Bewußtsein, deren Grundlagen Liebe und Achtung sind. Diese spirituelle und physische Verbindung schafft Harmonie."

Im Zusammenhang mit der Unterscheidung von „den Leuten" und „diesen Leuten" warnt Twylah: "Die frühen Vorfahren der Erdenbewohner haben Zeichen hinterlassen, mit denen die schlummernden Kristalle, die in den Tiefen jeder Erscheinung dieses Planeten liegen, zum Leben erweckt werden können. Die Vorfahren der alten Zeiten steuern die Matrix, um eine Wiedergeburt einzuleiten. Die Menschheit hat die Wahl: Aufzuwachen oder von der Vergessenheit geschluckt zu werden. Als die Kristalle mißbraucht wurden, ist dies schon einmal geschehen."

Wenn die Sonne auf unseren Körper trifft

Viele Indianergruppen in Amerika sehen die Sonne nicht nur als grundsätzliche Quelle der physischen Energie, sondern ebenso als Hauptquelle der spirituellen Energie der Erde an. Großmutter Twylah teilt diese Sichtweise und betont eine wichtige Unterscheidung. Die Indianer, so sagt sie, verehren die Sonne nicht als Gott, sondern eher als eine Manifestation des Schöpfers oder des Großen Geheimnisses. Eine Manifestation, die als Hauptquelle für die physische und spirituelle Energie der Erde und der Geschöpfe, die auf der Erde leben, dient.

Viele Indianerälteste einschließlich Twylah erinnern an die Prophezeiungen aus alten Zeiten, die vor großen Unannehmlichkeiten d.h. der nächsten Erdreinigung warnen, die eintreten werden, wenn die Menschen mit den Geheimnissen der Sonne, also der Kernfusion, – aus Gewinnsucht zu experimentieren beginnen. "Wir müssen verstehen, daß die Sonne Liebe ist. Die Sonne ist ein Symbol für die Liebe. Wenn wir die Sonne als Symbol der Liebe betrachten, dann gehen wir hinaus in die Sonne und sprechen von einem wunderbaren Tag, denn die Sonne scheint und es ist warm. Die Sonne trifft auf unseren Körper und wenn wir ihre Wärme spüren, entsteht in uns ein ähnliches Gefühl, wie wenn wir uns verlieben. Es ist das gleiche Gefühl, eine Art sanfter Wärme. Aber wenn wir die Liebe mißbrauchen, dann verbrennen wir uns."

"Wenn die Sonne auf unseren Körper trifft, versetzt sie uns in einen liebevollen Zustand. Solange wir die Sonne ehren, ihre Geschenke preisen und daran denken, was die Sonne alles für den Fortbestand des Lebens tut, solange geht es uns gut. Ohne Sonne könnten wir nicht sehen. Ohne Sonne könnten wir nicht fühlen. Der einzige Grund, weshalb wir fühlen und sehen können, ist durch das Geschenk der größten Quelle, des Großen Geheimnisses. Ohne dieses und alle Geschenke der Erde können wir nicht leben. In uns gespeichert ist das Gefühl der Liebe, das Gefühl der Wahrheit. Liebe und Wahrheit gehen Hand in Hand. Menschen, die schauen, aber nicht sehen, verpassen das Boot. Menschen, die nur sehen, was sie sehen wollen, vermissen viele Geschenke, die die Fähigkeit zu sehen uns schenkt."

"Die Vorstellung, daß die Menschen eines Tages leichtfertig mit der Kraft der Sonne spielen könnten, ist eine weltweite Prophezeiung. Sie stammt nicht nur von irgend einem Seher, sondern wird auf der ganzen Welt erzählt. Ich gehe soweit zu sagen, daß in allen Philosophien von einer Zeit die Rede ist, in der die Menschen die Bedeutung der Sonne erkennen würden. Die Bedeutung der Sonne nicht anzuerkennen würde zu Blindheit führen. Zweifellos haben wir in der Vierten Welt die Kraft der Sonne ignoriert. Aber in der Fünften Welt wird die Erleuchtung kommen. So kommen die Feuer zurück. Der Geist erwacht. Wir werden wieder sehen, daß das Feuer, die Sonne, Liebe ist."

Großmutter Twylah Nitsch ist mittlerweile 87 Jahre alt; sie hat sich von ihrer Lehrtätigkeit zurückgezogen und lebt bei ihrem Sohn Bob Nitsch und seiner Familie in Orange Park, Florida. In einem telefonischen Interview sagte sie: „Wissen Sie, es ist absolut unglaublich. Ich bin völlig gesund! Ich war gerade beim Arzt und der hat mir erklärt, daß mit mir alles in Ordnung ist. Ich bin stark und mein Geist ist klar. Die Leute müssen es akzeptieren, daß wir vom großen Geist geleitet werden und auf seine Weisungen antworten.“ Großmutter Twylah konzentriert ihre Energie auf das Schreiben, und zwar mit Hilfe ihres Sohnes Bob. Sie möchte all die Einsichten, die sie gewonnen hat, in einem bleibenden

Werk niederlegen. „Irgend etwas drängt mich“, sagte sie, „und manchmal fühle ich, daß es der Friedensstifter ist“.

Damals, im Jahre 1991, hatte Twylah eine Vision von einem Zusammentreffen der eingeborenen spirituellen Ältesten, die mit der Öffentlichkeit ihre Weisheit, ihren Humor und ihre Gedanken für den Weltfrieden teilten. Diese Vision wurde in Form eines alljährlichen Treffens, genannt „Wolf Song“, Wirklichkeit. Bis zum Jahr 2000 hatten bereits 11 Wolf Song-Treffen stattgefunden. Twylah möchte zusammen mit ihrem Sohn Bob und dessen Frau Lee mit der Tradition zweier Treffen, d.h. dem Wolf Song-Treffen sowie einem Ratstreffen für Männer, Frauen und Kinder, auch in Zukunft fortfahren.

Sieben

Irgendwo unter dem Regenbogen

Medicine Story

Manitonquat, besser bekannt als ´Medicine Story` ist der Meister der Geschichtenerzähler. Er ist der ´powwah`, der spirituelle Führer, und der ´minatou`, der Bewahrer des Sagenschatzes für die Gruppe der Assonet der Wampanoag-Nation. Mit Gefühlstiefe und dramaturgischer Begabung erzählt er die alten Mythen und Legenden Nordamerikas, der Schildkröteninsel. Er reiste um die ganze Welt, um diese Geschichten zu erzählen. Jede dieser Geschichten gibt den Zuhörern Einblick in die Möglichkeiten, in Frieden zu leben, den Herausforderungen des Lebens zu begegnen oder in einem ausgewogenen Verhältnis zur Natur zu leben. Das ist die Medizin von Medicine Story: Seine Geschichten helfen, Herz und Geist der Zuhörer zu heilen.

Müßte er seine eigene Geschichte erzählen, so meint Medicine Story, würde sie wahrscheinlich mehrere Bände füllen: "Ich habe viele verschiedene Leben gelebt. Wenn ich zurückschaue, so scheint es sich um völlig voneinander getrennte Leben zu handeln. Als ich heranwuchs, spürte ich diese Art des Getrenntseins, weil meine Mutter und mein Vater getrennt lebten und sich schon in meiner frühen Kindheit scheiden ließen. Ich verbrachte den Sommer bei der Familie meines Vaters und den Winter bei meiner Mutter – zwei völlig unterschiedliche Welten.

"Die Familie meines Vaters – meine indianische Seite – stammt aus dem heutigen Südosten von Massachusetts, dem ursprünglichen Stammesgebiet des Volkes der Wampanoag, des Volkes des Morgenlichtes", berichtet Medicine Story. "Den wahrscheinlich stärksten Einfluß auf mich übte mein Großvater aus, denn mein Vater zeigte nach der Scheidung kein allzugroßes Interesse an mir. Wenn ich ihn sah, war er freundlich zu mir, aber eigentlich war es, als hätte ich überhaupt keinen Vater. Aber mein Großvater verbrachte seine ganze Zeit mit mir. Er erzählte mir all seine Geschichten und zeigte mir alle Plätze, die er kannte, denn es war seine große Leidenschaft, alles über die alten Zeiten unseres Volkes zu lernen. Er kannte all ihre Lagerplätze, und die Wege, auf denen sie von Lager zu Lager zogen."

"Ich bekam seinen Namen. Mein Name ist sein Name, Francis Story Talbot. So bin ich Francis Story Talbot der Zweite. Der Name ´Story` scheint ein Zufall zu sein, so weit ich weiß. Sicherlich war mein Großvater ein Geschichtenerzähler, aber ich glaube nicht, daß er deshalb diesen Namen erhielt. Vielmehr wurde er nach einem Freund seiner Eltern benannt, dessen Name 'Story' war."

"Mein Großvater wurde unten in Dighton, Massachusetts geboren. Heute gehe ich jedes Jahr zum Powwow nach Dighton und feiere am Dighton Council Rock Zeremonien, um auf diese Art meinem Großvater und seinen Vorfahren irgendwie meine Ehrerbietung darzubringen. Die Familie meines Großvaters kam aus der Pokonoket-Gemeinschaft und aus der alten Watuppa-Reservation bei Fall River, welche die Stadt Fall River um die Jahrhundertwende unserem Volk weggenommen hat. Jetzt haben wir einen anderen Platz, den wir Watuppa nennen, obwohl er nichts mit dem ursprünglichen Watuppa zu tun hat. Er liegt im Freetown State Forest, den wir von den Motocross-Fahrern versuchen zurückzubekommen, um dort einen Heiligen Platz zu errichten. Seit ungezählten Jahren feiern wir jetzt dort unsere Zeremonien, aber es ist noch immer ein Kampf zu versuchen, das Land ganz allein für uns zu bekommen. Wir haben angefangen ein Langhaus zu bauen und wir planen ein Rundhaus zu errichten, einen Brunnen zu graben und noch ein paar andere Sachen zu bauen."

Die Geschichten, die mir mein Großvater vom Ursprung unseres Volkes erzählte, berichten, daß wir aus dem Meer kamen und uns auf einer Insel niederließen. Irgendwann wurden dann die Gipfel der Insel zerstört und so verließ das Volk die Insel in Booten und erreichte das Festland, wo es in die Berge zog und dort lebte, bis es nach einer gewissen Zeit von Eindringlingen überrannt wurde. So machte es sich wieder auf die Wanderung und zog nordwärts. Es zog über Ebenen, durch überschwemmte Gebiete, über das Eis und es wanderte immer weiter. Wer kann sagen, zu welcher Zeit das war? Das kann schon vor Tausenden von Jahren gewesen sein. Klar ist jedenfalls, daß immer wieder einige sagten: 'Dieser Ort ist gut genug. Wir bleiben hier.' Andere meinten dann: 'Nein, meine Vision sagt mir, daß ich der aufgehenden Sonne entgegengehen muß.' So stiegen immer wieder manche entlang des Weges aus – an der Ostküste wahrscheinlich in der Gegend von Nova Scotia, vielleicht am Hudson Bay und in Labrador. Ich bin nicht sicher, aber ich glaube, daß auch dort einige Algonkin-Gruppen lebten. Einige meinten: ‘Nun gut, hier ist der Ozean. Wir können nicht mehr weiter gehen. Wir werden hier bleiben.’ Andere aber stellten fest: ‘Uns ist es hier zu kalt. Wir werden nach Süden ziehen.’ So verteilten sich die Algonkin. Betrachtet man die Karte mit den Sprachfamilien Nordamerikas, so wird deutlich, daß sie über ganz Kanada verstreut sind. Da gibt es die Cheyenne, die Blackfeet, die Cree und die östlichen Algonkin bis hin zu den Mic-Macs, den Penobscots, den Narraganset, den Pequot und den Mohikanern, bis hinunter nach Virginia und im Bogen zurück nach Ohio, bis zu den Shawnees und manche zogen sogar bis zu den Chippewas, deren Überlieferungen erzählen, daß sie aus dem Osten kamen.”

“Als ich diese Geschichten von meinem Großvater hörte, nahm ich sie so auf wie Robin Hood oder die ganzen anderen tollen Geschichten. Es waren eben Geschichten, nicht das wirkliche Leben. Das wirkliche Leben bedeutete, in die Schule und auf das College gehen zu müssen, einen Job zu finden und all diese Dinge, und ich konnte keinen Zusammenhang mit den Geschichten sehen. Ich erinnere mich noch an eine Zeit, als ich 21 Jahre alt war und aufs College ging. Da sagte mein Großvater zu mir: ‘Ich begreife nicht, warum du mit 21 Jahren noch immer in die Schule gehst. Ich habe seit ich zehn Jahre alt war für meine Familie gearbeitet.’”

“Meine Antwort war: ‘Die Zeiten haben sich gerändert seit deinen Tagen. Ohne Schulbildung kommt man heutzutage nirgendwo hin.’ Da meinte er: ‘Ja, was weiß ich eigentlich überhaupt?’ Das war’s. Ich habe oft über dieses Gespräch nachgedacht, und heute denke ich, daß er es wirklich besser wußte. Aus meiner heutigen Sicht habe ich die wirklich wichtigen Dinge von ihm und anderen Ältesten gelernt.”

“Es gibt Leute, die glauben, daß nichts aus Zufall geschieht und daß alles einen Zweck hat. So muß es wohl auch irgendeinen Grund gehabt haben, warum ich gehen und diese ganze Ausbildung machen mußte und weshalb ich heute in der etwas seltenen Lage bin, ein Traditionalist mit Universitätsausbildung zu sein. Von uns Traditionalisten mit Diplomabschluß gibt es nicht viele. Es gibt ein paar von uns. Ich schätze, daß es unsere Aufgabe ist, Mittelsmänner zwischen beiden Wegen zu sein. Wenn man die Alten verstehen kann und es so ausdrücken kann, daß es sowohl von den jungen Indianern als auch von Nicht-Indianern verstanden wird, dann denke ich, ist das eine gute Sache.”

Schwarzer Humor und nervöses Gelächter

Als Medicine Story seine Ausbildung an der Gunnery, einer Privatschule in Conneticut, und an der Cornell-University in Ithaka, New York abgeschlossen hatte, ging er nach New York City, um am Theater zu arbeiten.

"Ich machte alles. Ich war Autor, Regisseur und Schauspieler. Schließlich konzentrierte ich mich auf die Regie und die Produktion, so daß ich die Dinge einfach organisieren mußte. Das Schwierigste an dem Ganzen war, Leute zu finden, die eine Produktion auf die Beine stellen konnten. Ich gründete meine eigene Firma, die verschiedene Namen trug: etwa 'The Community Players of New York' oder das 'Cinderella-Theater'. Schließlich zogen wir in unser eigenes Theater, das unter dem Namen 'Off Bowery Theater on East Tenth Street' bekannt wurde. Es war in einer alten Kunstgalerie untergebracht, die zuvor als Studio für irgendeinen dieser großen Maler, wie de Kooning, gedient hatte. Das war 1961und es bedeutete für mich eine Art Erfüllung dessen, was ich versuchen wollte. Aber auch das hatte dann irgendwann ein Ende."

"Ich habe dieses kleine Theater gebaut. Nachts, nachdem alle längst nach Hause gegangen waren, pflegte ich dort zu sitzen und meine Phantasie einzusetzen, um die Bühne mit Charakteren, Ideen und allem möglichen zu bevölkern und das Ganze niederzuschreiben. Das war sehr aufregend für mich. Aber ich kam auch an den Punkt, an dem ich feststellte, daß ich einfach nicht verstand, warum die Welt so schrecklich war, warum die Menschen die Dinge machten, die so entsetzlich waren."

"Ihr müßt verstehen, daß ich damals in New York City gelebt habe. Um mich herum starben die Menschen. Man lebte inmitten von Kriminalität, Drogen und Gewalt, von Rassenkonflikten und Umweltverschmutzung, ihr wißt schon. Das ist der Jammer mit New York City. Vier meiner Freunde begingen innerhalb eines Jahres im Theater Selbstmord. Drei von ihnen arbeiteten bei mir. Das gab mir ganz schön zu grübeln. Man dreht das Radio an oder schlägt eine Zeitung auf und stellt fest, daß auf der ganzen Welt die Leute so miteinander umgehen. Die Menschen verhungern. Aber warum? Ich wußte keine Antwort, bis ich mir schließlich sagte: 'Ich hab genug von diesem Business, von dieser Schreiberei und den blöden Witzen über alles und jeden. In Wirklichkeit habe ich nichts Konstruktives anzubieten und ich sehe auch sonst niemanden in diesem Theater, der irgend etwas anzubieten hätte.'"

"Irgendwie war alles nervöses Gelächter. Schwarzer Humor war der Hit. Vieles, was ich machte, lief darauf hinaus. Ich machte ein wunderbares Stück, das 'Der Aschenbecher' hieß, und vom Elektrischen Stuhl handelte. Es war eine Komödie. Die erste Szene war wie eine Fernsehübertragung aufgemacht – eine Live-Show der Hinrichtung. Alles auf der Bühne war wie bei einer großen Fernseh-Show aufgemacht. Es war lustig. Ich packte all die realistischen und qualvollen Elemente in das Stück hinein."

"Es war ok. Ich konnte über das alles lachen, und schließlich schrieb ich ein Stück für einen Schauspieler, der sich selbst spielte. Er spielte einen Schauspieler, der auf die Bühne kam und versuchte, die Zeit zwischen zwei einaktigen Stücken zu füllen. Der Manager schickte ihn hinaus auf die Bühne, um die Zuschauer zu unterhalten, weil er hinter der Bühne sehr unterhaltsam war und über sein Leben sprach. Der Schauspieler versuchte eine Verbindung zum Publikum herzustellen. Im Verlauf des Stückes wurde er immer verärgerter, weil das Publikum so weit entfernt und erniedrigend war. Er kam da oben in wahre Konflikte. Dann wurde das Licht dunkler gedreht, und mitten in seinem Wutanfall gingen alle Lichter aus. Inmitten der Dunkelheit, auf der Höhe seiner Wut, schrie er dann das versammelte Publikum an: 'Verdammt nochmal, seht ihr nicht, daß ich euch versuche, klarzumachen, daß ich euch liebe?' Dann gingen die Lichter wieder an. Er saß da, weinend, stand auf und sagte: 'Das sind echte Tränen. Ich kann das gut.' Dann wandte er sich um, um die Bühne zu verlassen, trat etwas zur Seite und versuchte, einen Kontakt zum Publikum herzustellen. Das klappte aber nicht, und so wandte er sich um und wurde wieder zum Schauspieler. Wenn ich dieses Schauspiel, das "Der unbekannte Schauspieler" hieß, mit einigen Jahren Abstand wieder betrachte, dann begreife ich, daß es tatsächlich aus meinem Unterbewußtsein entsprungen ist. Es war eine Aussage, die ich über meine Unfähigkeit machte, mich wirklich mit der Welt zu verbinden, mit den Menschen und dem Publikum oder einfach etwas Sinnvolles zu sagen und wirklich ganz da zu sein. 'Ich liebe dich' war die Verbindung, die nicht zustande kam. Um heraus zu finden, ob es wirklich eine Antwort auf die Frage, was so falsch ist, gab, mußte ich dem Theater den Rücken kehren. Ich spürte, daß es eine Antwort geben mußte."

Das war etwa 1967. Ich hatte eine Menge gelesen. Ich kannte Leute wie Paul Goodman und Alan Watts. Ich hatte einen breiten Hintergrund, was die religiösen und utopischen Vorstellungen der damaligen Zeit betrifft. Daher hatte ich ein Gefühl, daß es da etwas für die Menschen sein müßte. Aber keiner hatte es wirklich vollständig oder zufriedenstellend genug zusammenfassen können, so daß es für mich einen Sinn gemacht hätte. So machte ich mich 1967 gemeinsam mit meinem Bruder Jim in den Westen auf. Zusammen waren wir sieben. Ich hatte eine Freundin in der Stadt, die aus Kalifornien stammte und die ich überredete, mit mir dorthin zurückzugehen. Jim war mit seiner Rock-Band unterwegs und so zogen wir alle zusammen los. Gemeinsam mieteten wir eine große Wohnung in San Francisco und ich hatte mit allem zu tun, was da gerade abging: den vielen exotischen Religionen und mystischen Praktiken, die humanistische Psychologie und Drogen, und Tim Leary, und die Grateful Dead und Jefferson Airplane. Alles war wie eine Explosion. Es ging auf und nieder mit mir und schließlich mußte ich raus aus der Stadt und auf's Land, weil ich zuerst einmal 'meinen Kopf wieder neu sortieren mußte'".

Neue Welt, Neue Menschen

"1972 ging ich zu meinem ersten 'Rainbow-Gathering'. Und wieder wandelte sich mein Leben vollständig. Zu Beginn des Jahres bekam ich die Nachricht von einem großen Treffen zugesteckt, das im Sommer in den Rocky Mountains von Colorado stattfinden sollte. Da zu diesem Treffen Menschen aller Rassen, Religionen, Nationalitäten, Schichten und Lebensstile erwartet wurden, nannte man es das Treffen der Regenbogenstämme (Gathering of Rainbow-Tribes). Man plante eine Wanderung, eine Pilgerreise zum Table Mountain, einem Berg, der den Arapahos heilig ist. Man wollte den ganzen Tag auf dem Berg in Ruhe verweilen und fasten, während man für den Weltfrieden und um Verständnis betete."

"Es gibt alte Prophezeiungen, nach denen am Ende dieser Welt viele Menschen unterschiedlicher Völker und Stämme zusammenkommen, um nach einer neuen Welt und einem neuen Weg zu suchen. Dies wäre in Übereinstimmung mit der Vision, die der Schöpfer in ihre Herzen gepflanzt hat. Der Große Geist würde sehen, wie aufrichtig ihr Bemühen und wie sehnsüchtig ihre Wünsche sind. Dann würde er die Rufe ihrer Herzen erhören und Mitleid mit ihnen haben. Zu dieser Zeit – so sagen es die Prophezeiungen – würde die neue Welt inmitten des Herzens der alten Welt geboren werden. Diese neue Welt würde anfangs sehr klein sein, wie ein neugeborenes Baby . Aber wie ein neugeborenes Kind würde sie voller Leben, Lernbereitschaft und Wachstum, voller Vertrauen und Liebe sein. Deshalb würde die neue Welt die sterbende alte Welt nicht hassen, sondern stattdessen lernen, in ihr zu überleben und stark zu werden. Es wurde gesagt, daß das Zeichen, welches der Schöpfer für diesen Neuanfang schicken würde, ein weißer Büffel wäre."

"Zu diesem ersten Treffen kamen über 20.000 Leute, und alle wurden mit Achtung behandelt. Es war wunderbar. Eines Nachts regnete es. Als wir am nächsten Tag hinaus auf die Wiese gingen, sahen wir, daß ein riesiger Fleck weißen Schnees am Abhang des gegenüberliegenden Berges von der Sonne 'angefressen' worden war und die vollkommene Form eines Büffels angenommen hatte. Die Leute begannen zu jubeln und zu singen, und viele von ihnen weinten Freudentränen."

"Dann, am 3. Juli um Mitternacht, begann die Wanderung zum 13 Kilometer entfernten Table Mountain. Die ganze Nacht lang bewegte sich die Menschenmenge in Stille, Kerzen und Fackeln tragend. Zur Morgendämmerung standen Tausende von Menschen in Stille auf dem Berg – Menschen, die aus der ganzen Welt zusammengekommen waren, um diesen Augenblick ihres Lebens gemeinsam zu teilen, um zu beobachten, wie die Sonne aufsteigt, an einem neuen Tag, über neuen Menschen und einer neuen Welt."

"Wir blieben den ganzen Tag auf dem Berg zusammen. Wir fasteten und verharrten in Schweigen, bis irgendwann am Nachmittag jemand ein Arapaho-Lied anstimmte. Wir alle stimmten in dieses Lied ein, um die traditionellen Hüter dieses Landes zu ehren. Als wir dann auseinandergingen, hatte jeder das Gefühl, daß etwas sehr Wichtiges geschehen war und auf der ganzen Welt geschah. Keiner konnte genau sagen, was es war oder was er damit anfangen sollte. So gingen alle nach Hause und weiter ihren Geschäften nach. Aber im nächsten Sommer entschieden viele Leute, daß die einzige Möglichkeit zu lernen, was mit dieser neuen Energie anzufangen wäre, die sei, sich wieder zu treffen und das solange fortzusetzen, bis der Große Geist etwas anderes anordnen würde. So kam es dann auch. Seit dieser Zeit wird jedes Jahr in der ersten Juli-Woche das Stammestreffen der weltweiten Regenbogen-Familie (Rainbow World Family Gathering of the Tribes) abgehalten."

"Der Regenbogen basiert auf der Erkenntnis, daß wir alle spirituelle Menschen sind. Deshalb besteht ein Teil dieser Idee in einem spirituellen Treffen ohne trennende Grenzen. Dort gibt es keine Gesetze, keine Regeln und keinen Krach. Es ist ein Versuch der Anarchie. Geht das? Ja, es geht. Wenn es Probleme gibt, dann setzt man sich hin und redet darüber. Irgendwie finden wir dann eine Lösung."

"Die Vision des Regenbogens wurde in Anschluß an den kulturellen Umbruch von Woodstock geträumt, als die Hog-Farm-Kommune und ein Clown namens Wavy Gravy 400.000 Menschen versorgten. Dieser spirituelle Dienst war für die Gründer des Regenbogen-Treffens ungeheuer inspirierend."

Aus ihrer Sicht ist der Regenbogen ein Zeichen für die Einheit aller Menschen der universellen Familie. Die Organisatoren des jährlichen Treffens drükken es so aus: "Die Leute, die sich hier treffen gehören einem Stamm an, der nicht auf einer Bluts- sondern auf einer spirituellen Verwandschaft beruht, denn ein jeder ist in diesen Stamm geboren. Unser gemeinsamer Wunsch, in Frieden zu leben, in der Kathedrale der Natur zu sein und uns selbst durch die Verbindung mit Mutter Erde und Vater Himmel zu heilen, schweißt uns zusammen. Das Regenbogen-Treffen stellt eine Gelegenheit dar, die menschliche Vielfalt zu feiern, die Erde zu ehren, Verbindungen zu vertiefen und zu feiern, eben teilzuhaben an einer Gemeinschaft, die jenseits der Regeln der Gewalt, des Vorurteils oder von Kasten lebt." Jeden Sommer zieht das Treffen in einen anderen Staat und schlägt sein Lager in einem der Nationalwälder auf. Auf dem Treffen wechselt kein Geld den Besitzer. Der Regenbogenstamm vertraut auf Zusammenarbeit, Achtung, guten Willen und gleiche Rechte für alle. Und für eine intensive und freudvolle Woche im Sommer funktioniert das Ganze.

Medicine Story hat an den ersten 15 aufeinanderfolgenden Regenbogen-Treffen teilgenommen. Er gilt als einer ihrer Großväter. Er besuchte auch Regenbogen-Treffen in Europa und am Polarkreis. Je älter er wurde, desto mehr bedeuteten für ihn diese Treffen und die Vision, die sie verkörpern.

"Ein Grund für den Wandel in meinem Leben war diese Vision von 20.000 Menschen, die auf einem Berggipfel zusammenkommen und schweigend beten, um eine neue Welt einzuleiten. Das Ganze war so kraftvoll. Ich wußte, daß etwas geschehen würde. Ich wußte nicht, was oder wie, aber mir war klar, daß ich ein Teil davon sein mußte. Darüber hinaus traf ich eine Menge junger Indianer, die obwohl sie nicht sehr traditionell waren, so doch aus Völkern kamen, die eine Tradition hatten und diese pflegten. Sie luden mich in ihre Reservation ein, zum Sonnentanz, zur Schwitzhütte und zu ähnlichen Dingen. Ich öffnete mich für eine ganze Welt aus traditionellen alten Wegen, über die ich nichts wußte. So kamen die zwei Sachen zusammen, die Vision einer gemeinschaftlichen Regenbogenwelt und die alten Wege. Ich fand heraus, daß es die alten Wege immer noch gab und machte mich daran, sie zu ergründen. Ich machte mich auf den Weg, die beiden Dinge in ein Gleichgewicht zu bringen."

Schon bald verließ ich die Gemeinschaft in den Bergen, in der ich gelebt hatte, und brach mit einer Gruppe von Leuten in einem Bus auf, den wir gekauft und 'Rainbow Rider' genannt hatten. Wir reisten umher, bauten Scheunen, pflückten Äpfel oder ähnliches und verbreiteten die fröhliche Botschaft des Regenbogens. Zur gleichen Zeit hatte ich einen kleinen Lastwagen, mit dem ich dann ab und an zum Sonnentanz oder zu Peyote-Zeremonien fuhr, um andere Leute kennenzulernen, andere Lehrer zu treffen, wo immer ich sie finden konnte und die Wege der Schwitzhütte zu erlernen. Ich fing an, die Philosophie zu verstehen, die hinter all diesen Dingen steht, was für mich das Bild vervollständigte und mir ein Verständnis dessen vermittelte, was wirklich schief gegangen war."

"Die Dinge nahmen für mich immer mehr Gestalt an, wenn ich diesen alten Leuten oder dem Rat des Regenbogenvolkes zuhörte. Schließlich sprachen wir im Jahr 1973 – ich kann mich gut an die Zeit erinnern – mit diesem schwarzen Mann aus Nigeria. Er stammte aus einem Eingeborenendorf, das überrollt und vollständig modernisiert und industrialisiert worden war. Firestone Rubber besaß das Land und alles Drumherum. Er sehnte sich nach den alten Stammeswegen und sprach darüber, wie es früher einmal war. Wir fühlten uns als wären wir Brüder und fühlten das Gleiche. Ja, das war es, was der Welt wirklich verloren gegangen war, was die Menschen nicht verstehen konnten und was vielleicht doch den wichtigsten Teil des menschlichen Lebens ausmacht. An diesem Punkt war es mir total klar, daß es die Stammestraditionen sind, die die Liebe und die Zusammenarbeit unter den Menschen fördern, und daß die moderne Gesellschaft auf Angst, Wettbewerb und Kampf begründet ist."

Zugriff auf die Ursprünglichen Anweisungen

"Ich begann, mehr und mehr über all diese Dinge zu lernen. Schließlich ging ich 1975 in den oberen Teil des Staates New York, um als Journalist und Kulturredakteur bei den *Akwesasne Notes* zu arbeiten. Der Herausgeber bot mir diesen Job an, und so ging ich hin. Irgendwie rundete die Zeit bei bei den *Akwesasne Notes* meine Ausbildung in zweierlei Hinsicht ab. Das eine war Einblick in die Nachrichten über die Urvölker auf der ganzen Welt zu bekommen, die die gleiche Beziehung zur Erde, zueinander und zum Kreis und all dem hatten. Und ich erkannte, daß da dieses universelle Etwas war, das einmal alle menschlichen Wesen gehabt haben müssen, bevor sich die Zivilisation auf Angst zu begründen begann. Zur gleichen Zeit fing ich an, vom Volk der Mohawk weitere Einzelheiten über ihre Vorstellung der Ursprünglichen Anweisungen zu lernen."

"Als ich den Langhaus-Häuptlingen und gewöhnlichen Menschen zuhörte, deren Sprache von dieser Sensibilität geprägt war, begann ich, all diese Dinge mit dem, was mir mein Großvater in Form von Geschichten erzählt hatte, zusammenzusetzen. Dann ging ich zurück zu meinen eigenen Leuten und gemeinsam initiierten wir spirituelle Versammlungen. Ich setzte mich mit Slow Turtle und seiner Tochter Ramona und Gkisedtanamoogk und anderen, die herum gereist waren, zusammen – wir erkundeten unsere eigene Tradition und fügten das dem Gelernten hinzu. Durch all das wuchs meine Wertschätzung der Ursprünglichen Anweisungen."

"Die Indianer beziehen sich in ihrer Sprache und ihren Gebeten oft auf die Ursprünglichen Anweisungen, versuchen aber selten auszudrücken, was genau das eigentlich ist. Sie sind nicht wie die zehn Gebote von einer strengen Autoritätsfigur in Stein gemeißelt worden. Sie sind keine Vorstellungen. Sie sind Realität. Sie sind das Natürliche Gesetz, so wie die Dinge sind – die Gebrauchsanweisung einer funktionierenden Schöpfung – und sie können durch Worte nicht völlig verstanden werden. Sie müssen erfahren werden. Die Ursprünglichen Anweisungen werden der Welt nicht vom menschlichen Geist aufgezwungen. Sie entstehen aus dem lebenden Geist. Andere Wesen folgen ihnen instinktiv und der Mensch empfängt sie durch das Herz, durch Gefühle der Schönheit und der Liebe."

"Black Elk drückte es sehr gut aus, als er sagte, daß alles, was wir tun, im Kreis gemacht wird. Denn die Kraft der Welt wirkt immer in Form eines Kreises, und alle Erscheinungen haben das Bestreben, rund zu sein. In den alten Tagen, als wir noch ein starkes und glückliches Volk waren, kam all unsere Kraft aus dem heiligen Kreis des Volkes. Dieser Kreis, dieser grundlegende Kreis ist umgeben vom größeren Kreis des Universums. Und das Universum besteht aus Kreisen innerhalb von Kreisen, und alles ist ein Kreis, und alle Kreise sind miteinander verbunden. Jede Familie ist ein Kreis, und diese Familienkreise verbinden sich miteinander und bilden eine Gemeinschaft, und die Gemeinschaft bildet dort einen Kreis, wo sie auf der Erde lebt. Sie trägt Sorge für dieses Stück Land, aber in Form eines Kreises – das heißt kooperativ und gleichberechtigt, auf eine Art und Weise, die für jeden Sorge trägt und jeden achtet. Der Weg des Kreises ist der Weg der Achtung. Der Weg des Kreises bedeutet, daß jeder gleichberechtigt ist, daß alle Wesen gleich sind, daß alles heilig ist, geachtet wird und Wertschätzung erfährt. Darum ist für mich das Langhaus-Gebet, über das ich euch noch erzählen werde, eines der kraftvollsten und bedeutungsvollsten Gebete überhaupt, denn es anerkennt alles und umfaßt die ganze Einstellung unserer Wege. Grundsätzlich ist es ein Gruß und eine Danksagung an alle Dinge, die zu unserem Leben beitragen."

"Jede Unternehmung beginne ich, – beginnt das Volk des Langhauses –, mit diesem besonderen Gebet. Ich würdige alle, jeden der im Kreis sitzt. Das bringt den Kreis als Kreis zusammen, so daß wir uns im Geist verbinden können und unsere Grüße und Danksagungen darbringen können. Wir beginnen mit der Erde und allen Wesen der Erde: den Menschenwesen, den Tierwesen, den Pflanzenwesen, den Insekten und allen anderen Gattungen der Erde. Alle zusammen bilden wir eine Erdfamilie. Manchmal geht derjenige, der das Gebet spricht, sehr ins Detail. Er dankt dem Ahorn für seinen Saft, den Erdbeeren für ihre Früchte und so weiter. Damit trägt er ihre Anweisungen in die Außenwelt, durch das ganze Universum und würdigt all unsere Beziehungen."

"Der erste Teil des Gebets ist also die Würdigung der Beziehungen und die Erinnerung, daß wir mit allem verwandt sind, was wir als heilig und wichtig ansehen. Der andere Teil ist Dank zu sagen. Eine Danksagung ist eine Wertschätzung. Wenn man etwas in seinem Wert anerkennt, so wird man dadurch erhöht und man wird auf eine höhere Schwingungsebene eingestimmt. Auch der Gewürdigte fühlt sich dadurch besser. Wenn ich dich würdige, so freust du dich über die Anerkennung. Wenn ich die Birke würdige, dann wird auch sie sich besser fühlen. Ich denke, daß dies eine sehr tiefgehende Einstellung ist, mit der man auf gute Art zusammenleben und glücklich sein kann. Ich glaube, daß ein Teil der Ursprünglichen Anweisungen darin besteht, in diesem Kreis zu leben, sich unserer Beziehungen zu erinnern und alle Wesen zu achten. Ein anderer Teil besteht darin, dankbar zu sein und eine positive Einstellung gegenüber der Gemeinschaft und dem Leben zu bewahren."

"Die Ursprünglichen Anweisungen fordern uns auf, unseren Platz im Kosmos zu finden und unsere wahre Natur und unser Lebensziel zu erkennen. Es wird eine Antwort geben, – keine intellektuelle –, sondern ein gefühltes Verstehen der Natur dieses Lebens und seines Sinns und unseres Anteils daran. Das ist der Grund für die spirituelle Suche, für die Religionen, die Rituale, die Pilgerreisen, die Meditationen und die mystischen Techniken der Menschheit. Irgendetwas in unserem Bewußtsein ist allein mit essen, schlafen, erschaffen und fortpflanzen nicht zufrieden zu stellen. Irgendetwas in uns möchte wissen, was das alles bedeutet und was unsere Rolle darin ist."

Ich hatte eine Vision

“1973 hatte ich eine Vision, und dann war ich voll auf dem Weg. Zu diesem Zeitpunkt wußte ich schon genug, um in die spirituelle Welt geschleudert zu werden. Was geschah war folgendes: Ich wurde von einer Gruppe von Leuten beim Regenbogen-Treffen in Kalifornien gebeten, eine Schwitzhütte zu leiten. Wir saßen in einem Heil-Kreis, den wir den ‘Heilungsrat des Stammes’ nannten und dessen Form ich bis heute beibehalten habe. In diesen Anfangszeiten gab es ein paar Leute, die das machten.”

“Sie wollten, daß ich auf eine Messe für Heilende Künste käme und eine Schwitzhütte leite. Ich war der einzige Indianer, den sie kannten und der zu Schwitzhütten ging, aber ich hatte noch nie eine geleitet. Ich hatte nicht das Gefühl, auf dem Weg schon weit genug fortgeschritten zu sein, um das zu tun, und so stimmte ich nicht sofort zu. Ich sagte, daß ich mich zuerst mit ein paar Ältesten beraten wolle. Also machte ich eine kleine Reise, um mit ein paar Verwandten in die Schwitzhütte zu gehen. Da wir schon früher zusammen geschwitzt hatten, besprach ich mit ihnen die ganze Sache. Sie rieten mir, daß ich meinem Herzen folgen solle, daß ich in die Schwitzhütte gehen solle und um eine Vision bitten und dann sehen solle, was mir der Schöpfer antworte. Aber sie gaben mir doch eine kleine Hilfestellung, denn sie sagten. ‘Würden diese Leute eine Schwitzhütte machen, egal ob du sie leitest oder nicht?’ Ich dachte darüber eine Weile nach und sagte: ‘Tja, wahrscheinlich. Sie wollen das, also werden sie es wahrscheinlich auch ohne mich machen. Sie wissen, wie man betet und all diese Dinge.’ Darauf erwiderten die Ältesten: ‘Nun, die Leute wissen nicht, was sie tun. Sie könnten sich leicht selbst verletzten. Deshalb wäre es vielleicht eine gute Idee, wenn jemand ihnen den richtigen Weg zeigen würde.’”

“Also stimmte ich zu. Ich wußte, daß es ein wichtiges Argument war, daß sie es sowieso tun würden, mit oder ohne mich. Vielleicht sollte ich eine Art Brücke zwischen den Kulturen sein und ihnen helfen, einfach nur, um sicherzustellen, daß niemand zu Schaden kommt. Im Grunde war es das, worüber die Ältesten besorgt waren, und daß sie nicht irrtümlich einen falschen Rat geben wollten. Deshalb beschloß ich, daß ich fasten müsse, um es richtig zu machen. Vier Tage vor dem Treffen begann ich zu fasten und als ich dort ankam, war ich schon fast am Fliegen. Und, hei juhe, waren da viele Leute! Es waren soviele, die in die Schwitzhütte wollten, daß ich buchstäblich von mittags um zwölf bis abends um acht in der Schwitzhütte saß, vielleicht sogar noch länger, denn es war stockdunkel als ich herauskam. Jedenfalls herrschte ein ständiges Kommen und Gehen an der Schwitzhüttentür. Da war ich! Ich hatte es überstanden, es war dunkel, ich war schon vorher durch das Fasten fast am Abheben, und meine Körperflüssigkeiten waren angesichts der glühenden Steine verdampft. Noch ein kleiner Windstoß, und ich wäre davongeflogen..."

"Schon vor der Schwitzhütte hatten mich ein paar Leute zu einer Peyote-Zeremonie in ein Tipi in den Wäldern eingeladen. Das funktioniert so, daß man sich bei Sonnenuntergang im Kreis trifft und bis Sonnenaufgang zusammen bleibt. Ich antwortete, daß ich nicht glaube, daß ich es bis Sonnenuntergang schaffen könne, aber sie sagten, daß sie mich im Geiste in den Kreis einschließen würden. Und so sagte ich zu."

"Darum war mein einziger Gedanke, als ich aus der Schwitzhütte taumelte, dieses Tipi zu finden. Da ging ich nun in der stockfinsteren Nacht durch die Wälder. Ich konnte überhaupt nichts sehen. Ich war wirklich schwach und tastete mich von Baum zu Baum, um mich daran festzuhalten. Plötzlich war der ganze Platz hell erleuchtet – es sah aus wie ein Waldbrand. Ich verstand, daß dies wohl eine Art von Vision sein mußte, denn es war weder heiß, noch hatte ich Panik. Ich war mir bewußt, daß dies kein echtes Feuer war, vor dem ich davonlaufen oder schreien oder sonstetwas tun mußte. Es war mehr so, als würde mir etwas gezeigt. Und dann waren all die Tiere da und fingen an herumzurennen. In gewisser Weise war es wie im Film, nur die Tiere waren äußerst echt! Sie blabberten in den verschiedensten Tiersprachen durcheinander, so daß keiner den andren verstehen konnte. Alle waren in Panik und rannten in verschiedenen Richtungen durcheinander. Sie schauten einander an, wußten nicht was tun und stolperten übereinander."

"Dann plötzlich erschien inmitten des Ganzen dieser riesige, stämmige und würdevolle Hirschbulle. Er stand einfach da. Alle anderen Tiere, die herumgerannt waren, wurden langsamer, sahen ihn an und schienen zu sagen: 'Halt mal, wart mal kurz, was tut der Hirsch da? Er muß etwas wissen, was wir nicht wissen. Wir sind alle in Panik und er ist ganz ruhig.' Und so kamen sie alle zu ihm herüber und setzten sich einfach nieder. Sie warteten geduldig und sahen ihn an. Als alle saßen und ruhig waren, fing er sehr langsam zu gehen an. Sie standen alle auf und folgten ihm über die Ebenen, die Abhänge hinauf und direkt in den Himmel. Alle folgten ihm in den Himmel. Als sie dort angelangt waren, bildeten sie einen Regenbogen und der Hang wurde zum Regenbogen."

"Als ich schließlich das Medizin Tipi fand, erzählte ich von der Geschichte, der Vision, und alle fragten: 'Was denkst du darüber? Es scheint ziemlich wichtig zu sein.' Ich deutete: 'Nun, mir kommt es so vor, als repräsentiere der Hirsch die Ureinwohner Nordamerikas. Er ist ein typisch nordamerikanisches Tier. Darüber hinaus, so denke ich, steht der Hirsch für das Wissen um die alten Wege. Die ganzen Tiere repräsentieren die Menschen verschiedener Sprachen, Kulturen und so weiter, die ihren Weg verloren haben, in Panik sind und nicht wissen, wohin. Dann drehten sich plötzlich alle um und sahen diesen Hirsch, sahen diese große Tradition, die ein sicherer Weg ist. Sie erkannten, daß sie sich selbst retten könnten, wenn sie lernen würden, diesem Weg zu folgen.' So dachte ich: 'Wenn es das ist, was mir durch diese Vision gesagt wurde, dann sollte ich ein Mittler zwischen diesen Wegen und den anderen Weltkulturen sein. Es gibt so viele, die von den alten Erdenweisheiten unserer Ältesten wissen sollten.' An diesem Tag bekam ich einen neuen Namen. Ich war mein ganzes Leben lang 'Story' gewesen, aber jetzt wurde vorgeschlagen, daß ich ab sofort 'Medicine Story` (Medizin-Geschichte) heißen sollte, was in unserer alten Sprache, der Sprache der Wampanoag 'Manitonquat' heißt."

Laßt uns schauen, was der nächste Schritt ist

Seit 1981 hat Medicine Story seine Heimat in Greenville, New Hamshire als Mitglied der Mettanokit Gemeinschaft, einer zweckbestimmt egalitären[3] Gemeinschaft, in der die Mitglieder zusammenleben wollen und alle Mitglieder der Gemeinschaft entsprechend der Notwendigkeit gleichberechtigt über die vorhandenen Mittel verfügen können. Die Gemeinschaft hat über die Jahre hinweg viele Veränderungen erfahren, besteht aber weiter mit durchschnittlich zehn bis fünfzehn Mitgliedern, die das Land versorgen, ihren individuellen Berufen nachgehen und sich Hausarbeit und Besitz teilen.

Die Frau von Medicine Story, Ellika Linden, hat ebenfalls große Talente im Theater und als Puppenspielerin. Sie haben zusammen das International Children's Peace Theater entwickelt, das in vielen verschiedenen Orten Aufführungen hatte. Zusätzlich zu seiner internationalen Arbeit als Geschichtenerzähler und Bühnenautor leistet Medicine Story freiwillige Sozialarbeit im Gefängnis. Außerdem beschäftigt er sich viel mit begleiteten Rückführungen, einer Tech-

---

[3] möglichst vollkommene Gleichheit in der menschlichen Gesellschaft bzw. von ihrer Verwirklichung

nik, die hilft, sich tiefen Wunden der menschlichen Psyche zu stellen und sie zu heilen. Solche persönlichen Heilungen, so denkt Story, sind für die Menschen wichtig, aber er glaubt, daß man auch in der äußeren Welt handeln muß.

"Dieses Jahr habe ich etwas wirklich wichtiges gehört. Ich hörte verschiedene wichtige Dinge von Wissenschaftlern oder von Leuten, die mit Wissenschaftlern in Kontakt sind, die sich auskennen. Wir haben in dieser Zeit das erste Mal in der fünf Millionen Jahre alten Geschichte dieses Planeten die Möglichkeit, die Beziehung zwischen Erde und Sonne nachhaltig zu verändern. Ich dachte: 'Oh, das ist Besorgnis erregend, wirklich Besorgnis erregend.' Besonders die Ozonschicht und der Smog, die den Treibhauseffekt verursachen sind zwei wichtige Gesichtspunkte unserer Beziehung zur Sonne, die von uns Menschen verändert werden. Woher nehmen wir nur die Arroganz und die Dreistheit, solche Dinge zu tun? Denke an die Kraft der Sonne und an all das, was dazu da ist, genau die richtigen Lebensbedingungen zu schaffen. Wir betrachten all die anderen Planeten, kennen die Bedingungen dort, und vor unserer Haustüre haben wir genau das, was paßt – nicht zu warm, nicht zu kalt, genau die richtige Menge Luft, Wasser, Wasserstoff, Stickstoff und all das andere. Verstehst du, was ich meine? Und wir bringen alles durcheinander."

An allen Orten, wo Lobbyismus herrscht und in allen wichtigen Industrieländern wird gesagt: 'Oh, das können wir leicht wieder in Ordnung bringen. Also laßt uns zur Tagesordnung übergehen und Geschäfte machen. Das soll uns nicht davon abhalten, ein paar Euro zu verdienen. Sie erkennen den Ernst der Lage nicht wirklich.'"

"Wenn ich dafür zuständig wäre, die Welt jetzt zu heilen, dann würde ich folgendes empfehlen: 'Hört auf, hört einfach auf. Macht jetzt gar nichts. Nichts. Denn unsere Handlungen sind noch immer zerstörerischer Natur. Laßt uns schauen, was der nächste Schritt ist, um Heilung anstatt von Zerstörung hervorzubringen.' Was wir brauchen, ist ein Bewußtsein der Erhaltung und der Einfachheit – die Bewußtheit, daß wir, um zu leben, nicht soviel produzieren müssen, wie wir produzieren. Wir haben den höchsten Lebensstandard und mehr als das. Ich meine, für die Europäer sind wir verrückt, aber dann versucht die ganze Welt, uns nachzueifern."

"Was der Umweltbewegung, die mehr und mehr im Kommen ist, meiner Meinung nach fehlt, ist das Gefühl der spirituellen Verbundenheit, der Sinn für die Heiligkeit. Jetzt sprechen die Leute über Gaia, über die Erde als lebendiges Wesen, und daß alle Dinge verbunden sind. Sie sprechen darüber auf sehr spirituelle Weise. Dies Einstellung wird mehr und mehr in die Vorstellungen der

Umweltschützer einfließen, und das rein mechanistische Denken über dieses und jenes wird weiter in den Hintergrund treten. Die Einstellung wird sein: 'Reparieren und richtig machen.' Das ist gut. Das ist jetzt so dringend nötig, denn ich fühle, daß in den Menschen ein sehr tiefes Unbehagen steckt. Die Menschen haben eine tiefe Wunde, denn sie sind von der Quelle ihres Seins, ihrer Mutter, ihrer Erdenmutter getrennt worden."

Medicine Story hat dieses Thema in einem Buch mit dem Titel "*Return to Creation*" eingehend behandelt. Der Titel zeigt die alten Felszeichnungen am Dighton Rock auf dem Land der Vorväter der Wampanoag in Massachusetts. Nach der Überlieferung der Wampanoag wurden die Felsbilder vor langer, langer Zeit von einem Wampanoag-Propheten namens Weetucks in den Stein geritzt. Im Wesentlichen sprechen die Felsinschriften davon, daß eines Tages ein Angstgeflüster das Land überqueren und Krankheit, Gewalt und Hunger über die ganze Erde bringen wird. Viele werden in Verwirrung und Unwissenheit sterben. Aber diejenigen, die sich an die Heiligen Lehren, an die Ursprünglichen Anweisungen erinnern, werden ihre Kinder retten und die Erde heilen können.

Die Felsgravuren auf dem Dighton Rock zeigen einen Menschen, der auf den Großen Geist hört und zur Schöpfung zurückkehrt. Der andere Mensch setzt einen Weg fort, der zu seiner eigenen Zerstörung führt, was durch einen Blitzstrahl dargestellt wird. Medicine Story hat keinen Zweifel daran, daß jetzt die Zeit ist, zur Schöpfung zurückzukehren. Durch seine Kunst, mit seinen Geschichten und mit seinem Leben sagt er: "Jetzt ist es Zeit, eine neue Welt aufzubauen. Eine Welt in der die ganze Schöpfung in Harmonie lebt, eine Welt die nur von der Freude im Herzen, in Liebe und Schönheit geleitet wird."

Der mittlerweile 71jährige Manitonquat ist noch immer aktiver Heiler. Er schreibt, lehrt und erzählt weiterhin Geschichten, die sowohl eingeborenen als auch anderen in Gefängnissen eingesperrten Menschen helfen. Manitonquat berichtet: „Die Arbeit in den Gefängnissen begann im Jahr 1974. Ich machte eine Schwitzhüttenzeremonie bei einer Konferenz für geistige Einheit. Ich traf ein paar andere Indianer und stattete mit ihnen zusammen einigen Gefangenen im Gefängnis von Puget Sound, Washington, auf der MacNeil Insel einen Besuch ab. Zum ersten Mal war ich in einem derartigen Gefängnisverlies und meine Stimmung sank beträchtlich. Gleich als ich eintrat, ging es mir überhaupt nicht gut, doch traf ich dort viele wundervolle indianische Männer, deren Straftaten meistens mit Alkohol in Verbindung standen. Dies machte mich zutiefst traurig, doch konnte ich hinter ihren Problemen auch ihre Persönlichkeit erkennen, und das gab mir Hoffnung. Damals gab ich mir selbst das Versprechen, meinen Brüdern und Schwestern im Gefängnis zu helfen. Mein lieber Freund Slow Turtle (siehe Kapitel 12) begann mit seinem Programm der Gefängnisarbeit im Jahr 1984 in Connecticut, und ich schloß mich ihm bald darauf an. Dieses Programm gibt es mittlerweile in 12 Gefängnissen in New England. Hauptsächlich tun wir im Rahmen dieses Programmes folgendes: wir reichen den Redestab weiter und hören einander zu. In manchen Gefängnissen ist es uns sogar erlaubt, die Schwitzhüttenzeremonie abzuhalten. Diese Programme waren ursprünglich nur für Indianer gedacht, doch halten wir die Türe für keinen anderen verschlossen. Jeder ist willkommen... Woche für Woche sind wir da, und man kann auf eindrucksvolle Art und Weise verfolgen, wieviel Gutes dabei herauskommt, wenn Menschen sich auf diese Art und Weise begegnen. Dies ist mittlerweile das Kernstück meines Wirkens, doch reise ich auch noch in der Welt herum, um dort zu lehren, wo ich eingeladen oder gebraucht werde.“

Acht

Der Prophet der Erdveränderungen

Sun Bear

Ebenso rauh wie herzlich ist der Mann, der Sun Bear genannt wird und der um die Welt gereist ist, um vor großen Umwälzungen auf der Erde zu warnen. Er ermutigt die Menschen, sich auch auf größere Veränderungen einzustellen. Dabei erinnert er nicht nur daran, Wasser- und Lebensmittelvorräte anzulegen, sondern ebenso, sich der spirituellen Verbundenheit mit der Erde bewußt zu werden. Sun Bear teilt seine Warnungen mit einer ruhigen Stimme und einem festen Unterton der Hoffnung. Dennoch wurde er zum wahrscheinlich meist kritisierten Indianer der Gegenwart. Der Grund dafür sind weniger seine Warnungen vor bevorstehenden Katastrophen, sondern vielmehr die Tatsache, daß er den Menschen auf der ganzen Welt einige jener Zeremonien enthüllt hat, die von den Indianern seit Jahrtausenden eingesetzt wurden, um in Einklang mit der Erde zu leben.

Seine Belehrungen haben Sun Bear die Feindschaft jener Weißen beschert, die sich von seinen Lehren bedroht fühlen. Auch manche Indianer denken, daß er diese Lehren nicht mit Nicht-Indianern teilen sollte. Sie sind der festen Überzeugung, daß indianische Lehren nur für Indianer gedacht sind, und daß Sun Bear einen Vertrauensbruch begangen hat, indem er diese Lehren mit der ganzen Welt teilte.

Kritik ist für Sun Bear nichts Neues. Oft genug stand er in seinem Leben allein und wurde verleumdet, weil er seinen Überzeugungen folgte. "Ich kann mich an viele Gelegenheiten erinnern, wo ich gegen den Strom schwimmen mußte. Zum Beispiel als ich mich weigerte, in den Koreakrieg zu ziehen. Dafür ging ich für siebeneinhalb Monate ins Gefängnis, weil ich der Meinung war, daß dies nicht richtig sei. Die US-Regierung sagte mir, daß ich für mein Land kämpfen solle. Aber warum sollte ich gegen die Koreaner kämpfen? Nicht die Koreaner hatten mir und dem indianischen Volk das Land genommen, sondern die US-Regierung. Das gefiel den Herren natürlich nicht, und sie schickten mich nach Lompoc ins Gefängnis."

"Oft war ich mit meiner Meinung zu gewissen Zeiten in Widerspruch zu allen anderen. Zu der Zeit, als ich anfing, Nicht-Indianern Belehrungen zu geben, gab es keine anderen Indianer, die diese Philosophie lehrten. Ich war der Erste, der auf diese Art und Weise nach außen ging. Dafür bin ich vor allem von einigen militanten Indianern scharf kritisiert worden. Sie dachten, daß es nicht recht sei, wenn ich mich mit Nicht-Indianern einlasse und gewisse Dinge mit ihnen teile. So machte man mir ganz schön Streß. Aber ich bin diesen Weg weitergegangen, denn ich glaube, daß es genau das war, was sein mußte."

"Mein Lebensweg besteht darin, die Menschen zu lehren, wie sie ihren eigenen Weg der Kraft finden und folgen können, und wie sie für alle Handlungen, in jeder Beziehung, Verantwortung für alles Leben auf dieser Erde übernehmen können – nicht nur für diese Generation, sondern für alle noch folgenden." So, wie er seinem Lebensweg folgte, wurde er weithin bekannt. "Die Medizin, an die ich glaube und durch den Bären-Stamm (Bear Tribe) an die Öffentlichkeit bringe, ist keine Medizin der Sioux oder der Chippewa von gestern. Diese Medizin ist ebenso traditionell wie zeitgemäß. Diese Art von Medizin wird den Menschenrassen der Mutter Erde Harmonie bringen. Wenn ich über Medizin rede, dann tue ich das nicht im Namen aller Indianer. Das mach ich nicht, und ebenso spreche ich nicht im Namen eines einzelnen Stammes. Ich kann nur über Lehren sprechen, die mir Kraft meiner Wahrnehmung übermittelt wurden."

"Meine Vision und meine Arbeit sind für das Heute, für die Menschen, die jetzt hier sind. Das ist der Grund, warum ich nicht an irgendeinem bestimmten, aus alten Zeiten hergebrachten Ritual verhafte, sondern mit einbeziehe, nach was auch immer meine Medizin verlangt, und wo auch immer es hergekommen sein mag. Meine Sichtweise ist nicht unbedingt traditionell, und andererseits ist sie es doch. Ich glaube nicht, daß die Technik etwas schlechtes ist. Wenn ich vielen Menschen etwas mitteilen möchte, dann greife ich zum Telefon, schalte den Computer an oder trete im Radio oder Fernsehen auf. Technik an sich ist nichts Schlechtes. Schlecht sind nur die Gier und die falsche Ausrichtung derer, die sie nutzen. Wir rufen nicht zum Rückschritt in die Steinzeit auf. Vielmehr gehen wir vorwärts in das Neue Zeitalter (New Age)."

"Für mich besteht die Welt nicht aus kleinen Schubladen und Kisten, in die man alles hineinstecken kann. Ich sehe die Erde als ganzheitlichen Planeten, der uns allen gehört. Und ich glaube, daß jeder Mensch das selbe Recht auf Wachstum, auf Wissen und alles andere hat. Solange wir mit unserer Arbeit keine Welt erschaffen wollen, in der die Menschen gemeinsam leben, arbeiten und alles miteinander teilen und gleichzeitig Verantwortung für die Erde übernehmen, solange werden wir in diese kleinen Schubladen aus Vorurteilen und Haß eingesperrt bleiben, die fortfahren werden, die Menschheit zu zerstören."

Alle Prophezeiungen der indianischen Völker sprechen von einer Zeit, in der die Menschen vor die Wahl gestellt werden, den bisherigen Weg der Habgier und Technik fortzuführen, oder den spirituellen Weg einzuschlagen. Ich denke ebenso wie viele andere auch, daß jetzt die Zeit ist, in der wir vor diese Wahl gestellt sind. Jetzt ist die Zeit, sich für das Geistige zu entscheiden. Die Prophezeiungen wurden uns gegeben, um alle Menschen dieses Planeten zu warnen, nicht nur die Indianer, sondern alle. So können wir die notwendigen Veränderungen in unserem Leben vornehmen. Ich versuche nachhaltig, den indianischen Menschen Mut zu machen, wieder Selbstversorger zu werden: wieder zu erlernen, wie man Fleisch trocknet, Vorräte anlegt und die Harmonie mit der Erde wiederherstellt, damit sie nicht vom Büro für Indianische Angelegenheiten, von der Regierung oder von irgendetwas anderem abhängig sind. Das ist der einzige Weg, den wir gehen können. Wir müssen unsere Abhängigkeiten wieder zurück auf die Erde und die menschliche Gemeinschaft verlagern."

Den Schleier durchtrennen

Sun Bear wurde am 31. August 1929 unter dem Namen Vincent Laduke in der White Earth-Reservation im nördlichen Minnesota geboren. Er ist Mitglied der Chippewa-Nation und hat zehn Geschwister. Vieles von dem, was er durch seine Lehren teilt, beschäftigt sich mit den Prophezeiungen der Indianer, welche diese Zeit historisch als eine Zeit der Reinigung auf Mutter Erde ansehen. Viele Prophezeiungen vieler verschiedener Traditionen weisen darauf hin, daß wir in einer Zeit leben, in der die Erde sich befreien wird von den vergiftenden Aspekten einer von Gier motivierten Technik und einem Lebensweg, der den Menschen vermittelt, sie seien vom Rest der Schöpfung getrennte Wesen.

"Mein Volk, das Volk der Chippewa-Ojibwa, besitzt Schriftrollen, die wir die 'Tafeln der Wanderungen' nennen. Sie berichten von den Reisen in die Vier

Welten der Chippewa. Alle Welten fanden ein Ende und gingen durch eine Reinigungsphase in die jeweils nächste Welt über. Wir sind schon durch drei dieser Welten gegangen und die letzte beginnt jetzt mit der gegenwärtigen Reinigungsphase. Die 'Tafeln der Wanderungen' belegen, daß der Bär ein heiliges Tier des amerikanischen Kontinents ist. Der Bär verkörpert den Großen Geist, sowohl in den Tafeln als auch in einigen der Zeremonien, die wir feiern. Der Geist des Bären dient dem Wohle des Großen Geistes und der gesamten Schöpfung. Laut den Tafeln durchtrennt der Bär mit seiner Zunge den Schleier zur jeweils folgenden Welt. Erst als ich begann, das zu tun, was ich heute tue, begriff ich vollständig, was das bedeutet. Ich denke, daß ich das tue, was die Schriften empfehlen: Durch meine Zunge und meine Worte helfe ich, den Schleier zur nächsten Welt, die nach der Reinigung beginnen wird, zu durchtrennen. Ich tue dies durch meine Belehrungen und Warnungen vor den kommenden Erdveränderungen und dadurch, daß ich vermittle, wie wir diese Dinge überleben können."

"Die Prophezeiungen der Hopi sahen die beiden Weltkriege voraus, von denen einer gegen das Zeichen der Sonne (Japan) und die Swastika (Deutschland) geführt werden würde. Sie sahen die Erfindung des Automobils, des Flugzeugs und sogar der Atombombe voraus. Die alten Prophezeiungen sprachen auch von einer Zeit, in der die Söhne des weißen Mannes lange Haare und Perlenschnüre tragen und in Gemeinschaften leben würden. Wenn diese Zeit da wäre, so die alten indianischen Propheten, dann stünde die Reinigungsphase vor der Haustüre. Dies trat in den sechziger Jahren mit Flower-Power, den Anti-Vietnam-Demonstrationen und dem Berkley Free Speech Movement und so weiter ein."

"Die indianischen Prophezeiungen besagen, daß diese Gemischtblütigen und Weißen, die ihr Haar lang und Perlenschnüre tragen würden, zu uns indianischen Heilern kommen und um Führung bitten würden – sie wären Wiedergeburten jener Indianer, die während der Eroberung des amerikanischen Kontinents abgeschlachtet worden seien. Die Prophezeiungen besagen, daß sie als das 'Regenbogen-Volk' mit verschieden farbigen Körpern – Rote, Weiße, Gelbe und Schwarze – wiederkehren und sich zusammentun würden, um bei der Wiederherstellung der Harmonie auf der Erde zu helfen."

"Die Geschichte dieser Regenbogen-Krieger wird von vielen Völkern in vielen unterschiedlichen Formen erzählt. Die Hopi sprechen davon und andere ebenso. Wir spüren, daß jetzt die Zeit ist, in der die Regenbogen-Krieger sich zeigen werden. Die menschliche Rasse ist an einem Punkt angelangt, an dem es nicht länger möglich ist, daß jemand seine Hand erheben und sagen kann, er sei von

100 Prozent dieser Rasse oder Hautfarbe. Selbst unter den Indianern ist es so. Von mir aus können sie alle indianischer Abstammung sein, aber sie haben indianisches Blut von zwei oder drei verschiedenen indianischen Stammesgruppen, oder so. So sprechen wir von einer Zeit in der alle anerkennen müssen, daß wir menschliche Wesen auf demselben Planeten Erde sind und genau darum geht die Sache mit den Regenbogenkriegern."

"Wenn du aufwachst und erkennst, daß wir die Regenbogen-Krieger sind, daß wir die 'Regenbogen-Menschen des Planeten Erde' sind, dann ist der nächste Schritt, ein spiritueller Krieger zu werden: einer, der bereit ist, seine Energie in etwas zu stecken, das hilft die Erde zu heilen und das Gleichgewicht wieder herzustellen, und der daran interessiert ist, dies beständig zu tun, nicht nur für eine Wochenenddemonstration oder so, sondern Menschen, die bereit sind, ihre Lebensenergie einzusetzen, um eine Welt des Gleichgewichts und der Harmonie für unsere Kinder, die uns folgen werden, zu schaffen."

Medizinräder aus Stein

"Das Waldsterben, die Vergiftung des Wassers, die Erdbeben – all das wurde von den indianischen Propheten vorausgesehen", spricht Sun Bear. "Genau das passiert jetzt gerade. Es geschieht, und viele Menschen sind nicht bereit die Veränderungen, die für das Überleben des Planeten erforderlich sind, vorzunehmen und so macht Mutter Erde es selbst – sie selbst vollzieht die notwendigen Veränderungen. Seit vielen Jahren spreche und lehre ich über die Erdveränderungen und jetzt ereignen sie sich mit immer größerer Intensität. Ich habe gerade ein Buch mit dem Titel 'Die Erde liegt in unserer Hand' veröffentlicht. Es handelt von den Erdveränderungen, von den Dingen, die sich gerade hier auf der Erde ereignen: Vulkanausbrüche, große Stürme, Erdbeben und all diese Dinge."

"Es stimmt mich sehr traurig, daß die Menschen nicht gewillt sind, Verantwortung zu übernehmen und die notwendigen Veränderungen vorzunehmen. Meine Sache ist es, meine Stimme über den Planeten zu erheben und die Menschen zu finden, die bereit sind, bewußte Veränderungen in ihrem Leben vorzunehmen und sich auf heilige Weise zu bewegen. Das ist, was mir der Große Geist als Aufgabe gestellt hat: diese Menschen aufzuwecken und ihnen eine andere Sichtweise zu vermitteln, damit sie die Veränderungen überleben können. Diejenigen, die nicht bereit sind, die notwendigen Veränderungen durchzuführen, werden einfach verschwinden und zu Dünger für Mutter Erde werden."

Sun Bear sagt, daß er auch schon in seinen frühen Jahren glaubte, daß er mit allen zusammen arbeiten sollte, die zu ihm kamen und ihn baten, sie die Medizinwege zu lehren. Nicht notwendigerweise deshalb, weil der Fragende ein wiedergeborener Indianer sein könnte, sondern einfach deshalb, weil derjenige lernen wollte, in Harmonie mit der Erde zu leben. Sun Bear's Berufung zum spirituellen Lehrer machte in den späten siebziger Jahren einen riesigen Schritt vorwärts, als er eine Vision hatte, die sein Leben veränderte. In seiner Vision sah er eine nackte Hügelkuppe, auf dem sich ein Steinkreis befand. Speichen führten zum Zentrum des Kreises. Tiergestalten bewegten sich aus allen Richtungen auf den Kreis zu, aber als sie näher kamen, erkannte er, daß es Menschen waren, die Kopfschmuck und Tierkostüme trugen. Sie stammten aus allen Clans, kamen aus allen Himmelsrichtungen, verkörperten alle Hautfarben und in ihren Herzen trugen sie Frieden. Sie kamen zusammen, um für die Erde und für alle Geschöpfe, die das Leben auf ihr teilen, zu beten und zu ihren Ehren Zeremonien zu feiern.

Durch seine Vision verstand Sun Bear, daß die Zeit naht, in der wir zum Wohle der Erdmutter und zum Wohle unserer menschlichen Evolution, zu einem besseren und wahrhaftigeren Verständnis der Erde zurückkehren müssen. Er sah, daß wir unsere kleinlichen Ängste zur Seite legen und lernen müssen, wieder wie echte Brüder und Schwestern zusammen zu leben. Wir müssen andere finden, deren Herzenswünsche wir unabhängig von ihrer Abstammung teilen. Wir müssen mit ihnen Gruppen bilden, um uns an unseren Zweck als Werkzeuge in den Händen des Großen Geistes zu erinnern."

Seine Vision zeigte ihm, daß jetzt die Zeit war, die Medizinräder wieder in dieses Land zurückzubringen, und das Wissen mit vielen zu teilen. Ein Medizinrad ist ein großer Steinkreis, der das Universum symbolisiert. Das Medizinrad wird übereinstimmend von vielen Stämmen häufig benutzt, um das Weltbild der amerikanischen Indianer zu erklären und zu zeigen, daß alle Dinge im Kreis des Lebens miteinander verbunden sind. Das Medizinrad ist aber auch ein Ort zum Tanzen, Singen und um Zeremonien zu feiern.

Sun Bear sagt: "Das Medizinrad beruht auf unseren persönlichen Beziehungen zur Erde und allen Lebensbereichen auf ihr: den Tieren, den Pflanzen, den Mineralien und den Menschen. Ich glaube, daß mir das Medizinrad zu dieser Zeit als ein Mittel offenbart wurde, um zur Heilung der Erdmutter beizutragen."

Seit Sun Bear diese Vision hatte, organisierte er jedes Jahr zusammen mit einer Gruppe von Helfern, die als Bear Tribe Medicine Society bekannt ist, mehrere Medizinrad-Treffen in den Vereinigten Staaten und im Ausland. Das Veranstaltungsheft zu den Medizinrad-Treffen erklärt dazu: "Früher befanden sich überall in diesem Land aus Stein gefertigte Medizinräder. Sie wurden von den indianischen Ureinwohnern konstruiert. Sie waren die Zeremonienzentren der Indianer – Orte, an denen die Heiligen Lehrer die Lehren weitergaben und Zeremonien ausführten. Solche Steinkreise findet man auf der ganzen Erde, von den aufrecht stehenden Kreisen in Stonehenge, England bis zum Mandala-Kreis in Indien." Seit den siebziger Jahren war es Sun Bear's Wunsch, Tradition und Lehren des Medizinrades wiederzubeleben.

Das erste Medizinrad-Treffen war im Jahre 1980 am Fuß des Mount Rainier im US-Bundesstaat Washington. Über 600 Menschen kamen damals. Seitdem fanden Dutzende von Medizinrad-Treffen überall in den Vereinigten Staaten und in Europa statt. Viele tausend Menschen sind zu diesen Treffen gekommen, um sowohl indianische Lehrer als auch traditionelle Lehrer der Erdweisheit aus Afrika, Tibet, Südamerika und anderen Ländern kennenzulernen.

In geheiligter Weise

"Wenn wir die Welt zu dieser Zeit der Erdveränderungen stabilisieren wollen, dann müssen wir einige grundlegende Veränderungen vornehmen in der Art und Weise, wie wir Menschen über die Erde denken", sagt Sun Bear. "Es ist absolut wichtig, daß wir aufhören, die Erde als etwas zu betrachten, von dem wir uns einfach endlos bedienen können oder daß wir einfach mit einer Planierraupe einen Berg niedermachen oder abholzen können, nur um ein Einkaufszentrum oder etwas ähnliches zu bauen. Wir müssen anfangen zu lernen, mit Respekt und Achtung zu nehmen und zu handeln – mit Achtung vor den natürlichen Rohstoffquellen und ihren Energien."

"Eines der Projekte, an dem ich gerade arbeite, heißt "World Earth Fund". Ich versuche, Spenden von verschiedenen Quellen zu sammeln, um Bäume zu pflanzen und zu helfen das Gleichgewicht auf der Erde wiederherzustellen und andere darin zu unterstützen, sich bewußt zu werden, um Verantwortung für sich selbst zu übernehmen. Die Menschen müssen sich auf ein vollständig neues Bewußtsein einstellen. Da führt nichts 'dran vorbei. Wir müssen uns vollständig umorientieren, damit einer, wenn er eine Zigarette raucht, nicht den Stummel einfach auf die Erde schmeißt. Die Kinder müssen das gleiche lernen, damit die Achtung vor der Erde in ihren Herzen wächst. Wir müssen die Dinge mit Achtsamkeit tun. Ein Geben und Nehmen wie es vorher war, wird es nicht mehr geben. Man kann nicht einfach hergehen und ein Tier zum Spaß abschießen. Wir müssen an einen Punkt kommen, wo wir uns bewußt sind, daß das gejagte Tier das selbe Lebensrecht hat wie wir. Brauchen wir es für unsere Ernährung, so ist das etwas anderes. Aber auch hier müssen wir mit Achtsamkeit und Respekt vorgehen. Achte und ehre alles."

"Desweiteren wird sich das menschliche Bewußtsein entwickeln und erweitern müssen. Das ist ein Teil dessen, was ich tue. Ich studiere viele alte Lehren und füge sie zu einem Bild zusammen, stelle Vergleiche an und gebe sie an andere weiter, so daß sie verstehen können. Vielleicht waren die Götter und Göttinen, die die alten Ägypter verehrten, die gleichen Geistwesen, an die sich auch die Ureinwohner Amerikas wandten. Wir verwenden andere Namen für die Geisthüter der Erde. So war beispielsweise Isis die Göttin des Nils und des Wassers, wo hingegen wir Geistwesen haben, die wir die Donnerwesen nennen. Sie sind seit Tausenden von Jahren in diesem Land und wahrscheinlich handelt es sich um die Gleichen, nur mit unterschiedlichen Namen. Sie tragen die Verantwortung über das Wasser. Ihre Aufgabe ist es, die Erde in Harmonie und Gleichgewicht zu halten und von uns wird erwartet, daß wir mit ihnen zusammen arbeiten. Wir müssen das jetzt verstehen lernen, so daß auf unserem Lebensweg alles in Harmonie ist. Wir müssen unsere Beziehungen zu einander und zur Welt auf Heilige Weise gestalten und nicht weiter bewußt oder unbewußt an der Zerstörung der Erde teilnehmen."

Die Natur der Weisheit

Sun Bear ist Autor bzw. Co-Autor von sechs Büchern, darunter "At Home in the Wilderness" (Das Leben in der Wildnis), "The Bear Tribe`s Self-Reliance Book" (Des Selbstvertrauens vom Bären-Stamm), "The Medicine_Wheel: Earth Astrology" (Das Medizinrad: Die Astrologie der Erde), "Path of_Power" (Der Weg der Kraft) und "Die Erde liegt in unserer Hand". Außerdem gibt er die Zeitschrift "Wildfire" heraus, die früher unter dem Namen "Many Smokes" bekannt war. Durch seine Tätigkeit als Autor und seine weltweiten Reisen hat er viele wissende und weise Menschen getroffen.

"Wissen ist etwas Wunderbares. Aber erst wenn Wissen auf eine gute Art eingesetzt wird, entsteht daraus Weisheit. Weisheit bedeutet für mich der Einsatz von Wissen auf Heilige Weise. Das macht für mich einen wahren Ältesten aus. Ein wahrer Indianerältester oder ein wahrer Ältester eines jeden Volkes ist jemand, der sein Wissen in heiliger Weise anwendet. Das bedeutet, daß sie ihren Kindern und Jugendlichen Mitgefühl und Achtung vor der Erde und allen Geschöpfen lehren. Sie wissen, wie sie mit ihren Mitmenschen in Liebe und Harmonie umgehen können, anstatt die alten Feuer des Vorurteils und des Hasses zu schüren, wie es manche Leute tun. Diese Krankheiten müssen ausgemerzt werden. Wir haben keine Zeit dafür. Wir haben keine Zeit, uns gegenseitig umzubringen und Streit zwischen den Menschen zu entfachen, egal ob es sich dabei um Stammesgruppen, Nationen oder was auch immer handelt. Und wir wollen auch keine Ältesten, die ihre jungen Leute in den Krieg schicken, um auf den Schlachtfeldern abgeschlachtet zu werden. Das brauchen wir nicht mehr. Diese Krankheit muß zu einem Ende kommen."

Die Weisheit, die es für die Ältesten zu entwickeln gilt, besteht für mich darin, das Volk zu lehren, wie es in Harmonie und Gleichgewicht mit sich selbst und der Erde leben kann. Anstatt den Jungen zu zeigen, wie sie weiter Haß gegen andere säen, sollten die Ältesten ihnen zeigen, wie man den Alten beim Holzhacken hilft oder den Frauen, die keine Ehemänner haben und wie sie auf Heilige Weise Verantwortung für ihr Volk übernehmen können. Das hat man uns in den alten Tagen gelehrt."

"Als ich im Norden von Minnesota aufwuchs, zogen wir immer im Frühjahr los, um Fische mit dem Speer zu fangen. Wenn wir ein paar Fische mehr fingen, gaben wir sie unserer Nachbarin, die vier oder fünf Kinder hatte, aber niemanden, der für sie angeln ging. Deshalb sind wir für sie zum Fischen gegangen und haben ihr den Fang gebracht. Die Ältesten sollten den jungen Leuten diese Vorstellungen von Harmonie und Gleichgewicht lehren. Das ist Weisheit."

Weisheit ist für mich die Fähigkeit, Wissen richtig einzusetzen. Das kann auf allen Ebenen und auf allen Gebieten sein. Setze dein Wissen auf heilige Weise ein. Denn das, was du zur Bestreitung deines Lebensunterhaltes tust, das ist deine Büffeljagd. Das ist die Art und Weise, wie du für dich selbst und deine Familie sorgst. Schau dir an, was du tust und frage dich: 'Was mache ich hier? Bringt diese Beschäftigung irgend einen Nutzen für irgend jemanden? Ist dies die rechte Art zu leben?' Das ist Weisheit. Lerne Dein Wissen so anzuwenden, daß Dein Leben allen lebenden Geschöpfen dient. Das ist wie bei der Visionssuche, wo wir in die Natur gehen, um im Wald zu fasten und zu beten. Wo wir zum Schöpfer beten und ihn fragen: 'Wie kann ich helfen? Was kann ich tun? Wie kann ich am besten für die Erdmutter und das Volk Sorge tragen? Wie kann ich den Generationen, die nach mir kommen, am besten dienen?' Das sind die Fragen, mit denen wir hinaus auf Visionssuche gehen. Wir fragen, was wir für die kommenden Generationen tun können. Das ist sehr wichtig. Diesem Pfad muß mein Leben folgen. Auf diese Art betrachte ich mein Leben die ganze Zeit. Ich sage zu mir: 'Nun, hilft das meinen Mitmenschen? Wie wird das in zehn Jahren, in einhundert Jahren aussehen? Was werden die Ergebnisse meiner Worte und Taten sein?'"

"Wenn ich mein Leben so lebe, daß es über eine so lange Zeitspanne – über mehrere Generationen hinweg – der gesamten Schöpfung dient, dann glaube ich, kann man von Weisheit sprechen."

Schwer wiegende Dinge werden sich ereignen

Vieles von dem, was Sun Bear lehrt, hat mit Überlebensfähigkeiten und Selbstversorgung auf dem Lande zu tun: praktische Fertigkeiten wie Landbau, Kräuterkunde, Nahrungssuche, Jagd, Hausbau, Bienenhaltung, Schlachten, die Haltbarmachung von Lebensmitteln, Kompostierung, Tauschhandel und so weiter. All diese Fertigkeiten werden jedoch unter dem Aspekt der Spiritualität vermittelt.

"Wir arbeiten gerade an einem Projekt mit getrockneten Lebensmitteln wie Reis und Bohnen und dergleichen. Wir packen sie in mit Stickstoff gefüllte Beutel oder versuchen, sie auf andere Weise haltbar zu machen. So können jene, die sehen, was auf der Erde geschieht oder geschehen wird, für sich und ihre Familen sorgen. Sie können sich so auf das Überleben vorbereiten. Mein erster Schritt besteht immer darin, den Leuten die richtige Einstellung zum Leben zu vermitteln. Nachdem sie diese verinnerlicht haben, wäre es mir lieb, wenn sie die Erdveränderungen überstehen würden, weil sie dann nützliche Geschenke zu teilen haben. Deshalb zeige ich ihnen verschiedene Überlebenstechniken."

"Es wurde uns gesagt, daß während der Zeit der Erdveränderungen – zwischen heute und dem Jahr 2000 – eine Zeitspanne von drei Jahren liegen wird, in der kaum Nahrungsmittel auf unserem Planeten erzeugt werden. Wenn wir für diese Zeit keine Nahrungsmittelvorräte angelegt haben, dann werden wir verhungern. Ich sehe, daß dies schon jetzt im Sudan, im Tschad, in Angola und in Äthiopien geschieht. Das sind die ersten vier Länder. Ich sehe, wie in Afrika und anderswo 70 Millionen Menschen sterben werden. Die Intensität der Hungersnöte wird noch zunehmen. Schwer wiegende Dinge werden sich ereignen."

"Schau, was gerade an der Ostküste geschieht. Im Fernsehen zeigten sie neulich einen Bericht über die Hirnhautentzündung (Lyme disease), die auf dem

Weg ist, zu einer weitverbreiteten Krankheit zu werden. Bis jetzt ist kein Heilmittel gefunden worden, und die Krankheit kann wirklich ernst werden und zu Blindheit und Arthritis führen. In England ist der Rinderwahnsinn und unter den wildlebenden Tieren in den Bundesstaaten Pennsylvania und New York eine Tollwut-Epidemie ausgebrochen. Weshalb? Was ist los? Das alles ist Teil der Erdver-änderungen. Das alles hängt damit zusammen, daß wir in unserem Verhältnis zur Natur Zustände des Nicht-Gleichgewichts geschaffen haben."

"In Spokane, Washington, wo der Hauptsitz des Bären-Stammes ist, spritzen die Bauern nur sehr wenig und so gibt es dort viele Vögel. Eine Folge ist, daß es in der Umgebung kleine Kleiber und chickadees gibt, die man noch nicht vergiftet hat. Sie laufen auf den Bäumen herum und suchen nach Zecken, die sie fressen. Deshalb haben wir hier keine Zecken. Das natürliche Gleichgewicht ist intakt. Die Vögel fressen die Zecken. In Teilen des Nordostens düngen alle ihren Rasen, stellen elektronische Insektenvernichter auf und zerstören somit das natürliche Gleichgewicht. Die Anzahl der Vögel nimmt dramatisch ab. Deshalb können sie dort die Wälder nicht mehr spritzen, um die Zecken zu vernichten, die die Hirnhautentzündung verbreiten. Jetzt holt uns die ganze Zerstörung ein, die wir Menschen der Erde zugefügt haben."

"Für uns ist die Erde ein intelligentes, lebendes Wesen. In ihrem Inneren besitzt sie eine natürliche Intelligenz, die sie befähigt, zu uns zu sprechen, mit uns zu kommunizieren und uns in unseren Handlungen zu führen – vorausgesetzt, daß wir beten, uns für ihre Weisheit öffnen und in Harmonie mit ihr leben. Wenn wir irgendwo hingehen, so halten wir inne und beten. Die Geistwesen werden uns sagen, was es zu tun gibt, was wir dort für die Erde tun sollen. So erhalten wir das Gleichgewicht. Wir gehen und bitten die Erde um Erlaubnis, und die Geistwesen werden uns mitteilen, wo wir unseren Garten anpflanzen, wo wir unsere Häuser errichten, wie wir dort leben und welche Zeremonien wir für die Erde feiern sollen. So sollten wir als Hüter und Wachter der Erde handeln: Immer um Erlaubnis bitten."

"In den alten Tagen wußte mein ganzes Volk um seine Verantwortung für die Erde und alle anderen Wesen, die auf ihr leben. Es erkannte den Lebenskreislauf und war sich der Geschenke bewußt, die es von allen ihren Verwandten erhielt. Es wußte, daß es durch das Gebet, durch die Konzentration der Gedanken, den Pflanzen, den Gewässern und den Tieren Energie zurückgab. So wird verhindert, daß der Energiefluß versiegt. Gebete sind eine gute Art, um all unsere Verwandten mit Energie zu nähren. Gesang, Trommeln und Rasseln sind andere Mittel, die zum gleichen Zweck eingesetzt werden können. Allen gemeinsam ist, daß sie die – wie die Wissenschaftler es nennen – Gehirnwellen verändern. Sie wirken entspannend und vermitteln ein Gefühl der Einheit mit dem Umfeld. Wenn wir in einer Zeremonie gleichzeitig beten, singen, trommeln und rasseln, so ist das einer der kraftvollsten Wege um Energie an die Erde und alle ihre Kinder zurück zu geben. Man kann nicht immer nur nehmen. Es ist wichtig, sich dies immer wieder vor Augen zu halten: 'Zeremonien geben Energie an die Erde zurück und helfen so, den Fluß der Lebensenergie auf gesunde Weise aufrecht zu erhalten.'"

"Jene, die sich gegen diese Einsichten wenden und die der Meinung sind, daß es irgendwie falsch sein muß, mit den Geistwesen der Erde zu sprechen, sollten sich ihr heiliges Buch nochmals etwas genauer ansehen. Die Bibel erzählt, wie Jesus zu den Wellen sprach und das Meer anwies, ruhig zu sein. Jesus sprach immer wieder zur Erde. Er sagte den Menschen, daß sie ihn immer wieder dabei beobachten könnten, wie er solche Dinge macht, aber sie hörten ihn nicht. Er sagte, daß sie noch viel größere Dinge machen könnten. Aber sie tun es nicht, weil es ihnen am dazu nötigen Vertrauen fehlt. Deshalb sollten sie besser nochmals ihr Buch hervorholen und nachlesen, was da geschrieben steht."

Eine Welt des grünen Grases erwacht

"Ich reise um die ganze Welt, leite Seminare und mache Zeremonien und so", sagt Sun Bear. "Ich sehe, wie viele Menschen aufwachen, Fragen stellen, Dinge wissen wollen und sich nach Harmonie und Gleichgewicht sehnen. Gleichzeitig sehe ich, wie sich viele tragische Dinge ereignen, die Zerstörung der Erde. Noch immer wollen viele Menschen die notwendigen Veränderungen nicht bewußt vornehmen. Und so schreitet die Zerstörung raschen Schrittes voran. Die Menschen handeln nicht so vorsichtig, wie sie es eigentlich sollten. Gleichzeitig mit der Reinigung und dem Untergang großer Teile des alten Systems und der Vernichtung derjenigen, die an ihr festhalten, entsteht eine neue Welt der Liebe, der Harmonie und des Gleichgewichts. Sie schießt wie frisches, grünes Gras aus der Erde. Das ereignet sich jetzt gerade in dieser heutigen Zeit."

"Diese Welt des frischen, grünen Grases nimmt viele Formen an. Die Menschen sehnen sich nach neuem Wissen und anerkennen, daß sie Verantwortung für die Wiederherstellung des Gleichgewichts auf unserem Planeten übernehmen müssen. Während der Zeit der Reinigung auf unserem Planeten werden viele von uns Lehrer sein und den Menschen zeigen, wie sie Gutes für die Erde tun können. Dazu gehören zum Beispiel der biologische Landbau, das Recycling von Müll, um mehr Harmonie hervorzubringen oder der Bau von erneuerbaren Energieanlagen wie Solaranlagen. All dies sind Dinge, mit denen wir uns beschäftigen: Wir lehren die Menschen in Harmonie zu gehen."

Sun Bear ist am 20. Juni 1992 in Spokane, Washington gestorben. Er hinterläßt seine Frau Jaya Bear , seine Töchter aus erster Ehe, Winnona LaDuke und Autumn Garry, und zwei Enkel. Bevor Sun Bear über den Geisterberg kreuzte, benannte er Wabun Wind als seine Nachfolgerin als Leiterin der Bear Tribe Medicine Society. Sie legte das Gelübde ab, seine Vision fortzuführen. Der Bear Tribe wird weiter Medizinradtreffen veranstalten und das Magazin "Wildfire" veröffentlichen.

Sun Bear trat am 20. Juni 1992 in Spokane in die Welt des Geistes über. Zahlreiche Zeremonien wurden ihm zu Ehren abgehalten. Sein Erbe lebt jedoch weiter. Viele der Bücher, die er zusammen mit Wabun Wind geschrieben hatte, werden noch immer gedruckt, und die Bear Tribe Medicine Society (die Medizingesellschaft des Bären-Stamms), die er ins Leben gerufen hat, ist heute noch aktiv. Wind Daughter ist heute die Medizinfrau des Bären-Stamms.

Neun

Odyssee einer Kriegerin

Oh Shinnah

Im Lande des vielen Schnees wurde ein Mädchen während des Mondes der Gefrorenen Wasser im Zyklus der Fremden Stürme geboren. Es war das Jahr 1934. Dem Kind wurde ein Name gegeben, der viel darüber aussagte, wer dieses Mädchen einmal werden würde: Oh Shinnah. "Osha" heißt in der Sprache ihres Volkes "Erde", und "shinnah" bedeutet "den Herzschlag, das Lied der Erde spielen".

In der Zwischenzeit ist das Mädchen zu einer Großmutter geworden: Oh Shinnah hat die Fähigkeit zu heilen, möchte aber nicht Heilerin genannt werden. Sie ist Meisterin vieler schamanistischer Geheimnisse, will aber nicht als Medizinfrau bezeichnet werden. Das ist ihr egal. Mach keinen Fehler – sie ist eine Kriegerin und hat die Verantwortung übernommen, für Mutter Erde zu sprechen und zu singen und die feststehende Realität herauszufordern.

"Meine Ausbildung begann schon zu Zeiten vor meiner Geburt", erzählt Oh Shinnah. "Mein Geist wurde bewußt durch meine Mutter, meinen Vater und meine Großmutter gerufen. In den Bergen von Colorado feierten sie eine Zeremonie, um meinen Geist aus der Geistwelt zu rufen. Ich wurde in ein Kristallspektrum geboren. Meine Urgroßmutter, die bei meiner Geburt half, legte einen neunzackigen Stern aus Kristallen um den Ort, ab dem ich zur Welt kommen sollte. Meine Nabelschnur wurde mit einem Kristallmesser, das schärfer als ein Skalpell ist, durchtrennt. Meine erste Erinnerung ist der Bergkristall, der über meiner Wiege hing."

"Mein Vater und meine Urgroßmutter waren meine besten Freunde. Sie brachten mir viele eigentümliche Dinge auf eigenartige Weise bei. Meine Urgroßmutter pflegte mich mit hinaus auf die Straßen von Durango, Colorado zu nehmen und mir dort die Augen zu verbinden. Dann nahm sie die Binde für etwa 18 Sekunden ab, damit ich mich umsehen konnte, und band sie mir wieder um. Anschließend mußte ich ihr nicht nur erzählen, was ich um mich herum wahrgenommen hatte, sondern auch was die Menschen, die ich gesehen hatte, für einen Eindruck auf mich machten, und wie sie gingen. Auf diese Weise lernte ich herauszufinden, was mit jemandem los ist – sogar durch die Körpersprache. Ich lernte viel als ich aufwuchs."

"Mache keinen Fehler – ich bin eine Kriegerin. Ich durchlief das gleiche spirituelle, physische und geistige Training, das auch alle Männer durchlaufen um Krieger zu werden. Als ich elf Jahre alt war, nahm ich am 'Lauf der Sonne' teil. Das ist ein ungefähr 15 km langer Lauf, der zur Wintersonnenwende veranstaltet wird, also ein Pubertätsritus für Jungen und Mädchen, die darum bitten, in den Kreis der Krieger aufgenommen zu werden. Morgens in der Dunkelheit geht es los, denn bis zum Sonnenaufgang muß man an dem Ort sein, wo die Zeremonie der Berggeister stattfindet. Wenn man ankommt, muß man noch das Wasser im Mund haben. Man muß den ganzen Weg mit Wasser im Mund laufen und es darf nicht hinunter geschluckt werden. Wenn man zum Zeremonienplatz kommt, wird es in ein Loch gespuckt. Als ich 40 war, nahm ich nochmals an dem Lauf teil, einfach um zu sehen, ob ich es immer noch kann."

"Die Prophezeiungen vieler indianischer Völker sprechen von den Tagen der Reinigung, die wir jetzt erleben, und wo wir die Gelegenheit haben, etwas aus unserem Leben zu machen. Um ein Krieger zu werden, muß man zu Hingabe und Aufgabe bereit sein. Er gilt eine innere Stärke zu entwickeln, die so allgegenwärtig ist, daß man immer, unabhängig von irgendwelchen Gefühlen, zum Wohle aller agiert anstatt zu reagieren. Unser Leben ist kurz, aber jedes einzelne macht einen Unterschied."

Blumen im Garten des Großen Geistes

Die Lehrer von Oh Shinnah waren Älteste sowohl aus Nord- als auch aus Südamerika. Vom Volke ihres Vaters erbte sie die Traditionen der Tineh, besser bekannt als Apachen. Mütterlicherseits trägt sie das Erbe der Mohawk und der Schotten. Von ihrer Urgroßmutter hat sie Traditionen geerbt, von denen sie glaubt, daß sie möglicherweise älter als die Zeit sind.

“Die einzige wirkliche Verbindung zu den sechs Völkern der Irokesen kam durch meine Urgroßmutter. Aber auch das stimmt nur zum Teil, denn sie wurde nicht in der Reservation geboren. Sie war eine reinblütige Mohawk, die in New York City geboren wurde. Ich bin in der vierten Generation Theosophistin. Meine Großmutter, die den Namen Sparrow trug, war auch Theosophistin und eine balinesische Tempeltänzerin. Als sie noch sehr jung war, kam sie mit Madame Blavatsky zusammen, die sie nach Ägypten mitnahm. Sparrow war die erste Indianerin, von der wir wissen, daß sie eine Nacht in der Großen Pyramide verbrachte.”

Meine Urgroßmutter hat mich viele Dinge gelehrt, aber Mad Bear Anderson, ein Tuscarora-Indianer, wurde mein wirklicher Lehrer. Er arbeitete zusammen mit meinem Vater in der Handelsmarine und war wie ein Beschützer zu mir. So sah ich mich einmal am Ende des ‘Longest Walk’ zwei Männern aus der indianischen Gemeinschaft gegenüber, die mir nicht eben freundlich gesonnen waren. Sie riefen die Mohawks zusammen und riefen mich herein. Mad Bear schrie zur Tür heraus, denn er war Menschen gegenüber nie aggressiv. Um Aggressionen gegen mich zu begegnen, bat er mich normalerweise für die Leute zu singen, und das änderte alles. Mad Bear sagte zu mir: ‘Du bist stark. Ich kenne deinen Vater, er und ich waren zusammen in der Handelsmarine.’ Mad Bear war einer meiner stärksten Lehrer. Es tut mir wirklich leid, daß er nicht mehr unter uns ist.”

Der ‘Longest Walk’ mitte der siebziger Jahre war eine Demonstration, bei der indianische Völker von Kalifornien bis nach Washington marschierten, um gegen die vielen Ungerechtigkeiten zu demonstrieren, die von der amerikanischen Regierung begangen wurden. Die Vereinigten Staaten haben jeden der fast 300 Verträge, die sie im Laufe der letzten 200 Jahre mit den indianischen Völkern vereinbart haben, gebrochen. Allgemein gesprochen, hat der ‘Longest Walk’ dazu beigetragen, die indianische Gemeinschaft zu erwecken und sie zusammenzubringen. Als Oh Shinnah am Ende des Marsches von einigen Indianern zur Rede gestellt wurde, ging es darum, daß diese ihren Status nicht anerkennen wollten, weil sie keine Vollblut-Indianerin ist.”

“Ich habe nie behauptet, ich wäre ein Vollblut oder eine Traditionalistin, denn das bin ich nicht. Mein Weg ist eher eklektisch[4]. Wenn ich nach meiner Stam-

[4]unschöpferisch, nachahmend

meszugehörigkeit gefragt werde, dann antworte ich einfach: 'Eklektisch!'. Die meisten Techniken, die ich gelernt habe, kommen vom Tineh-Weg, vom Volk der Apachen."

"Einige Indianer sind so, wie die nach den 'Longest Walk'. Oft handelt es sich dabei Mitglieder der Stammesräte, denen vom Regierungssystem, das die weißen Eroberer den roten Völkern aufgezwungen haben, Autorität verliehen wurde. Wir nennen diese Jungs 'Äpfel'. Sie sind außen rot und innen weiß. Sie sind weißgewaschen worden. Alles muß weiß sein: das Weiße Haus, der Weiße Ritter, selbst der 'Weiße Riese'. Das ist doch wirklich lächerlich, oder nicht? Wie auch immer, ich wurde in dieses Treffen gerufen und noch ehe sie drei Worte herausgebracht hatten, wollten sie von mir einen Beweis, daß ich von den Mohawk abstamme. Sie wollten ein Stück Papier von mir! Ich sah sie an und sagte: 'Ihr seid ganz schön weißgewaschen worden, oder etwa nicht? Ihr braucht ein Stück Papier vom weißen Mann, das beweist, daß ich Indianerin bin? Mein Leben beweist, wer ich bin. Euch habe ich nichts zu sagen.'"

"Ich sagte weiter: 'Ich dachte, ihr wärt stolz mich hier als Mohawk dabei zu haben.' Diese Typen waren genau so, wie es mir mein Vater gesagt hatte, als ich mich damals über meine helle Haut ärgerte. Mein Vater sagte, daß meine helle Haut mir die Fähigkeit geben würde, die Menschen mit zwei Herzen erkennen zu können, die das Herz eines anderen nicht sehen könnten, sondern lediglich seine Hautfarbe. Das hat mir einiges geholfen im Leben."

Ein Teil der Besorgnis, die diese Indianer, die Oh Shinnah zur Rede stellten, ihr gegenüber hatten, bestand darin, daß sie indianische Zeremonien mit Nicht-Indianer teilte, was etwas war, was sie gerne unterbinden würden. Oh Shinnah sagt, daß die Weisheit und die Zeremonien, die sie lehrt, aus vielen Traditionen von der ganzen Welt kommen. Sie lehrt sehr wenig aus den indianischen Traditionen und wenn, dann gibt sie nur das weiter, wozu sie ausdrücklich von ihren Lehrern ermächtigt wurde. "Ich muß zugegeben, daß ich gemischte Gefühle habe, wenn Nicht-Indianer indianische Zeremonien leiten. Es gibt eine Prophezeiung, die von einer Zeit spricht, in der Indianer auf diesem Planeten als Teil der vorherrschenden Gesellschaft wiedergeboren würden. Das ist die weiße Gesellschaft. Nach dieser Vorhersage würden sie Federn und Perlen tragen und mit den Blumen sprechen. Der Geist der Indianer würde in der vorherrschenden Gesellschaft wiedergeboren, um die Haltung dieser zu ändern. Deshalb ist es für sie sehr einfach, die indianischen Wege zu lernen."

"Viele fühlen sich zu den indianischen Wegen hingezogen, weil Mutter Erde gerade ein Trauma erlebt und nach ihnen ruft. Die Indianer sind die Hüter von Mutter Erde. Unsere Ursprüngliche Anweisung vom Großen Geistes besteht darin, Sorge für sie zu tragen. Wenn jemand mit aufrichtigem Herzen auf dem Heiligen Pfad gehen will, so sollte man ihm den Zugang dazu nicht verwähren. Die Prophezeiungen sprechen davon, daß wir diesen Zugang gewähren sollen. Es ist falsch, wenn wir unsere Spiritualität nicht mit jenen teilen, die die ihrige verloren haben. Aber man sollte sehr vorsichtig mit Traditionen umgehen, die man nicht versteht. Wenn man an einer Zeremonie teilnimmt und sich nicht im Klaren ist, was man da tut, kann man damit Dissonanzen hervorrufen."

"Soweit es mich betrifft, hat das überhaupt nichts mit irgend einer speziellen Hautfarbe zu tun, denn es geht um die Art und Weise, wie wir unser Leben leben. Das Einzigste, was wir zu geben haben, ist die Art und Weise, wie wir unser Leben gestalten. Wenn man in diesem Land lebt und die Vorfahren in diesem Land schlafen, dann, glaube ich, kann man dieses Land als Heimat bezeichnen. Das hat nichts mit der Hautfarbe zu tun. Ich wurde erzogen, nicht auf Rassenzugehörigkeit zu achten. Ich wurde gelehrt, daß wir Blumen im Garten des Großen Geistes sind. Wir haben eine gemeinsame Wurzel, und diese Wurzel ist Mutter Erde. Der Garten ist herrlich, weil er aus vielen verschiedenen Farben besteht, und die Farben kennzeichnen die unterschiedlichen Traditionen und kulturellen Hintergründe."

"Ein großer Teil des Parteigeistes innerhalb der indianischen Gemeinschaft hat etwas mit Verlust zu tun. Viele, besonders von den Jüngeren, die keine traditionelle Erziehung erfahren haben, meinen, daß alles vorbei ist, und jetzt wollen die Weißen auch noch ihre Religion. Aber genau diese sollten wir freien Herzens geben, denn sie gehört nicht uns, sondern dem Großen Geist. Wenn wir die Gelegenheit haben, irgend jemandem irgend etwas von spirituellem Wert angemessen vermitteln zu können, dann sollten wir es tun. Die Spiritualitat gehört allen."

Die Kommunikation mit der Quelle

Oh Shinnah hat viele Berufe erlernt und viele Erfahrungen in ihrem Leben gemacht. Sie legte die Bakkalaureus-Diplome in Gesang und Musik an der Universität Denver und einen Magistertitel der experimentellen Psychologie an der Universität Chicago ab. Sie ist eine vollendete Komponistin und Sängerin, die früh in ihrer Karriere in den besten Folkmusik-Klubs in den Vereinigten Staaten auftrat. Sie half auch Techniken des Improvisationtheaters zu entwickeln und arbeitete mit Second City in Chicago und dem Committee Theater an der Westküste zusammen.

Oh Shinnah hat die indianischen Heiltechniken und Traditionen von Großvater Roberts und Keetoowah von der Cherokee Nation, von Buck Emmett von den Navajo und Apachen Nationen und bei Jose Peldiecahn Mendez von den Mayas gelernt. Bei Goman Rinpoche und Neychung Rinpoche studiert sie den tibetischen Buddhismus. Ein enger Freund und Kollege von ihr ist Dr. Dolores Krieger, die Autorin des vielgelobten Buches "Therapeutic Touch." Weitere Anleitungen erhielt Oh Shinnah durch das, was sie als ´den direkten Kontakt mit der Quelle` bezeichnet.

"Ich will euch erzählen, wie ich meine Vision fand. In diesem Leben hat man mich schon drei mal für tot erklärt. Ihr müßt wissen, daß ich mich von meiner katholischen Erziehung erhole. Im Alter von 28 Jahren hatte ich eine Zeit, in der ich sehr selbstmordgefährdet war. Nach einem ernsthaften Selbstmordversuch wurde ich ins Krankenhaus gebracht und dort für tot erklärt. Meine Seele reiste ans andere Ufer, wo Urgroßmutter saß und auf mich wartete. Sie drohte mir mit dem Finger und sagte, 'Nein, nein, nein, geh schön wieder nach Hause.' Sie schickte mich zurück. Ich kämpfte mich durch einen grauen Nebel, zurück zu meinem Körper im Krankenhaus."

"Sieben Tage später wurde mir mitgeteilt, daß ich die Hodgkinsche Krankheit hätte. Nun zu diesem Zeitpunkt hatte ich mich schon für das Leben entschieden, und so dachte ich: 'Das ist interessant: Da ich ganz offensichtlich unfähig bin, mich selbst umzubringen, habe ich einen anderen Weg gefunden, das gleiche zu erreichen.' Der Arzt sagte mir, daß ich noch zwei Jahre zu leben hätte, meine Seele jedoch wollte das Leben. Ich erhielt weder eine Chemotherapie, noch eine Bestrahlung, aber mein Gesundheitszustand wurde überwacht. Ich arbeitete selbst an mir, und zu meinen Gunsten wurde ein 'Blessing Way Chant' veranstaltet, eine Heilzeremonie unter Zuhilfenahme eines Sandbildes. Der Überlebenskampf dauerte neun Jahre. Dann ging ich in ein Ein-Jahres-Retreat, um meine Schmerzen und Verluste zu erkennen und zu heilen. Unser Leben ist nur kurz und irgendwann entschied ich dann, daß ich dieses Leben meistern wollte, wenn ich nun schon einmal hier bin. Es sollte keine halben Sachen mehr geben. Von nun an wollte ich mich selbst erziehen und alles, was greifbar war, alle Arten von Erdenergien und Elementaren, einsetzen, um dazu beizutragen, daß diese Welt besser anstatt schlechter wird."

"Im Alter von 33 Jahren führte mich mein Herz zur Visionssuche. Ich wollte sterben, wenn es keine Wirklichkeit gäbe, wenn es keinen Geist gäbe, wenn es die mitfühlende, liebende Kraft nicht gäbe, die vom Großen Geist oder vom Großen Geheimnis kommt, oder wenn ich nicht in den Armen der großen, weiblichen Gottheit gehalten würde. Ein Medizinmann schickte mich auf die Mesa. Ich fastete 28 Tage mit nur drei Schluck Wasser am Tag und ohne jegliche Nahrung. Jeden Tag machte ich eine Schwitzhütte, bis ich am sechsundzwanzigsten Tag, vollkommen ausgetrocknet und schwach, fast nicht mehr gehen oder denken konnte."

"Ich war auf der Apachen-Reservation, denn mein Mentor für die Visionssuche war ein Tineh. Jeden Tag drohte ich dem Himmel mit meiner Faust und sagte: 'Ich will eine wirkliche Erfahrung, die direkte Kommunikation mit der Quelle. Ich will nicht, daß Geistwesen zu mir kommen und zu mir sprechen, und ich will auch keine Zeichen aus den Sternen oder den Wolken deuten. Ich will nicht, daß Tiere zu mir kommen und mir irgendwelche Dinge erzählen. Wenn es tatsächlich eine Quelle geben sollte, dann will ich nur die direkte Kommunikation mit ihr. Gib mir die direkte Kommunikation mit der Quelle, wenn es sie wirklich gibt. Wenn es sie nicht gibt, dann will ich nicht länger leben."

"Als ich nicht mehr stehen konnte, legte ich mich in den Dreck und ließ einfach alles los. Ich sagte: 'Gut, ihr könnt mich haben'. Ich machte eine außerkörperliche Erfahrung, die ungefähr 18 Stunden andauerte. Nach so vielen Tagen schlich sich der Medizinmann ohne mein Wissen zu mir auf den Berg, einfach um nachzuschauen, ob ich noch lebte. Als er sah, daß ich mein Bewußtsein verlor, blieb er bei mir und er berichtete, daß ich ungefähr 18 Stunden ohnmächtig war. Wenn ich nach 24 Stunden nicht wieder aufgewacht wäre, dann hätte er mich begraben, sagte er."

"Letztendlich hatte ich die direkte Kommunikation mit der Quelle gefunden. Ich war nicht im Licht, sondern ich selbst war das Licht. Ich sah die Unendlichkeit nicht, sondern ich war die Unendlichkeit. Da erkannte ich wirklich, daß die unendliche Natur in allen lebenden Dingen lebt. Ich erhielt den Rat und die Anweisung mein Leben dieser Arbeit zu widmen, sogar mein persönliches Leben zu vernachlässigen. Ich wurde in Anspruch genommen. Die Anweisung bestand darin, eine Sprecherin zu werden und wahrhaftig dem Pfad der großen weiblichen Gottheit zu folgen, das Mitgefühl wachsen zu lassen und es mit allen anderen zu teilen. Die weibliche Energie wird die Welt verändern, nicht die männliche. In Wirklichkeit ist es die weibliche in Kombination mit der männlichen. In

Wirklichkeit ist es das Zusammenkommen von beiden, was einen Unterschied machen wird."

"Mein Verständnis bezüglich des Enstehens aller Dinge ist das folgende: 'Am Anfang war die Leere und die Leere war erfüllt von Allem-Was-Ist, also der Nicht-Leere. Vielleicht fühlte sich das ungesehene Geheimnis in der Leere einsam, stieß einen Seufzer aus und schenkte somit Gott und Göttin, Yin und Yang, Vater und Mutter, maskulin und feminin, dem Mann und der Frau in uns allen, das Leben. Die Flügel eines Vogels tragen sowohl positive wie auch negative Ladungen, männlich und weiblich. Auch um zu den Sphären des Großen Geheimnisses zu fliegen, braucht man zwei Flügel."

"Seit 5.000 Jahren stehen wir unter dem starken Einfluß des roten, männlich geladenen Strahls des Mars. In meiner Tradition, dem Sternenweg, der mir gelehrt wurde, nennt man diesen Planeten Hunde-Soldat-Stern. Ein Hunde-Soldat ist kein wahrer Krieger, denn er kämpft einfach zum Spaß. Dem Mars wird eine Liebe zum Krieg nachgesagt. Er macht auf und verursacht einen Krieg rein aus Spaß an der Freude."

"Der rote Strahl steht auch für eine 5.000 Jahre lange Unterdrückung des Weiblichen. Das fing schon früher an, aber die wirkliche Unterdrückung des Weiblichen begann als die Hethiter die Steppen Rußlands verließen und das hebräische Volk mit ihrer Vorstellung eines männlichen, zweibeingen und weißen Gottes beeinflußten – einer rachsüchtigen und nicht-verzeihenden Gottheit. Weil sie den Mond und die Menstruation der Frau nicht verstanden, trennten sie die Frauen von den Männern und nannten die Frauen unrein. Die Frauen wurden von den Männern unterjocht, und die große weibliche Gottheit wurde unterdrückt. Ihr Bild verschwand auf der ganzen Welt. Die weibliche Gottheit ist ein wesentlicher Bestandteil für die Gleichheit allen Lebens. Wenn das männliche vorherrscht, dann besteht ein Ungleichgewicht. Die weibliche Gottheit ist die Weberin des Lebens, nährend, mitfühlend, immer liebend, die lebensspendende Essenz allen Lebens. Durch sie können wir wieder zu Frieden und Vernunft finden und Kraft gewinnen, um unseren Lebensweg auf diesem wunderbaren Planeten fortzuführen."

"In den letzten 5.000 Jahren hatten wir eine männlich geprägte und orientierte Gesellschaft, die auf Krieg und Eroberung ausgerichtet war. Seit 5.000 Jahren gibt es immer irgendwo auf diesem Planeten Krieg. Es gibt Aggresivität und die Wegwerfgesellschaft. Seit Beginn dieses Jahrhunderts stehen wir auch unter dem Einfluß des violetten Strahls der Venus, die wir als den Torweg in die obere und die jenseitige Welt bezeichnen. Die Venus steht für die 'Hingabe' und ist das Tor, durch das wir gehen müssen, um Himmel und Jenseits zu erreichen. Sie sendet einen violetten Strahl aus, einen weiblichen Strahl. Sie wird durch den achtzackigen Stern dargestellt, bei dem jeder Zacken eine der Eigenschaften symbolisiert, die wir verwirklichen müssen, um dem Weg der Göttin zu folgen: Geduld, Humor, Vergebung, Demut, Bereitwilligkeit, Mut, Verantwortungsbewußtsein und bedingungslose, hingebende Liebe."

"Seit der letzten Jahrhundertwende erreichte uns der violette Strahl, der dem roten Strahl entgegen wirkt. Wir erlebten den Ersten und den Zweiten Weltkrieg, Korea, Vietnam, Kambodscha, Irak, Iran, Nicaragua, El Salvador, all diese Ausdrucksformen des roten Strahls. Wir sahen die Industrialisierung der Welt und den Gipfel des Kapitalismus, der eine Verbrauchergesellschaft geschaffen hat: 'Ich will mehr haben als du und werde nicht bereit sein, mit dir zu teilen.' Das ist die eine Seite der Medaille. Wir führten das Wahlrecht für Frauen ein, die Frauenbewegung entstand und die Krankenpflege und Betreuungseinrichtungen wurden ins Leben gerufen. Frauen beschlossen, daß sie lieber mit Männern als mit Häusern verheiratet sein wollten. Die Schwulen- und Lesbengemeinschaften traten aus ihrem Schattendasein hervor und erklärten, daß sie Menschen seien und keine Verheimlicher. Es macht keinen Unterschied, wie du deinen Körper bettest, solange du deine Männlich- bzw. Weiblichkeit nicht aufgibst. Da stehen wir jetzt, also an genau der heikelsten Stelle, an der sich die beiden Kräfte auseinander bewegen."

"Letztendlich müssen die männlichen und die weiblichen Kräfte einen Gleichgewichtszustand erreichen. Aber damit das geschehen kann, muß der weibliche, violette Strahl stärker werden. Auch wenn wir unter dem Einfluß anderer Strahlen stehen, so ist der violette Strahl doch von beständiger Natur. Wenn er einmal wirklich Fuß gefaßt hat, dann wird er bleiben."

Schwestern der violetten Flamme

Als Oh Shinnah 27 war, trat sie einem alten Frauenorden bei, der sich dem Dienst am weiblichen Grundprinzip, dargestellt durch die Göttin, verschrieben hat: den Schwestern der violetten Flamme. Sie erklärt: "Dieser Orden entstand vor dem alten Ägypten. Die Schwesternschaft war das weibliche Gegenstück der ursprünglichen Essener. Die Schwestern der violetten Flamme stehen jedoch nicht mit Elisabeth Clare Prophet in Verbindung, auch wenn diese eine Gruppe mit einem ähnlichen Namen hat. Wir wollen nicht mit ihr in Verbindung gebracht werden.

Unsere Tradition ist älter als die Geschichtsschreibung; die Schwesternschaft gibt es schon seit vielen, vielen Jahrhunderten."

"Wie ich zur Schwesternschaft gekommen bin? Es war eine Verschwörung zwischen meiner Urgroßmutter und einer französischen Frau namens Simone, die auch Mitglied der Schwesternschaft und Ghandi-Anhängerin war. Ich hatte einen Traum, in dem mir gesagt wurde, ich solle mich zum O'Hare Flughafen in Chicago begeben. Ich sollte zum Desk der Braniff-Airlines gehen und neben einem Gummibaum auf jemanden warten, der mich treffen wollte. Damals benutzte ich nicht meinen indianischen Namen, sondern meinen Namen als Folk-Sängerin. Tatsächlich kam dann eine sehr große Frau auf mich zu. Sie trug einen Umhang, der mit all diesen Symbolen bestickt war – mit einem Mond, Sternen und all solchen Dingen – und sprach mich mit 'Oh Shinnah' an. Sie sah mir in die Augen und sagte: 'Willst du mit mir kommen?' Ich sagte zu, denn ich wäre ihr überallhin gefolgt. Wir gingen hinaus, wo ein Auto mit drei anderen Frauen wartete, und wir fuhren aus Chicago hinaus in die Wälder. Als wir ankamen, wartete eine Gruppe von Frauen an einem riesigen Feuer auf uns. Simone sagte mir, daß sie den Auftrag hätte, mich in den Orden der Schwestern der violetten Flamme aufzunehmen, daß ich die Leitung des Ordens übernehmen würde und daß ich helfen würde, die Ordnung wieder herzustellen."

"Die Einweihung bestand darin, drei mal durch eine Feuerwand zu gehen. Wenn du in das Feuer fällst, dann kann dir keiner helfen. Ich habe diese Regel wegen eines schrecklichen, traumatischen Unfalls geändert. Ich würde das nicht erwähnen, wenn ich nicht sagen könnte, daß diese Regel so nicht mehr gültig ist. Mein erster Sprung war wirklich leicht. Meine Arroganz trieb mich durch das Feuer, aber dabei verbrannte sie auch. Simone wies mich an, alle Dinge auszusprechen, die ich hinter mir lassen wollte – Dinge wie meine Unbeständigkeit, meine Sorgen, meine Verluste und meine Schuldgefühle usw. Dann wurde mir gesagt, daß ich nur das durch das Feuer mitnehmen solle, was ich mir wünsche. Alles, was ich nicht aussprechen würde, würde auf die eine oder andere Weise aus meinem Wesen herausgebrannt werden, und so kam es dann auch. Bei allen, die ich später einweihte, passierte immer das gleiche. Der erste Sprung war einfach, wenn man davon absieht, daß es meine Füße nicht ganz auf die andere Seite schafften. Ich begriff, daß die Feuergrube entsprechend meiner Sprungkraft bemessen war, deshalb war der zweite Sprung ein bißchen heikler. Ich schaffte es nicht einmal bis zur anderen Seite – es ist eine tiefe Grube, verstehst du –ich rutschte ab und zog mir eine unglaubliche Verbrennung zu."

“Der dritte Sprung bedeutete die eigentliche Einweihung. Ich wußte, daß ich es nicht durch dieses Feuer schaffen würde. Ich war mir bewußt, daß ich sterben würde, wenn ich es nicht schaffen würde. Plötzlich stieg diese Energie in mir auf. Was Simone mir gesagt hatte, war wahr: Die Einweihung bedeutet nicht mehr nur eine Priesterin der Mutter Göttin, sondern vielmehr eine Verkörperung ihrer zu sein, was etwas ganz anderes ist. Beim dritten Sprung war es, als würde sich mein Körper im Feuer auflösen. Es nahm eine blauviolette Färbung an und ich fühlte mich, als könne ich für immer im Feuer bleiben. Seit damals habe ich mich völlig verändert.”

“Die Arbeit der Schwesternschaft besteht darin, den violetten Energiestrahl zu ehren, zu lenken und hervorzubringen. Wir sind verpflichtet, so viel esoterisches Wissen wie möglich in unserem Gedächtnis zu speichern. Ich bekam eine Liste von Büchern, die gelesen und an zukünftige Generationen weitergegeben werden müssen. Heute steht uns das esoterische Wissen der ganzen Welt zur Verfügung, aber es könnte sein, daß das nicht immer so sein wird. Deshalb sind wir in eine mündliche Tradition eingeweiht worden. Wenn es dem Gedächtnis übergeben wird, nicht Wort für Wort, aber so viel wie möglich, dann wird es nie verloren gehen. Bücher können brennen, aber die Erinnerung nicht.”

“Wir sind verpflichtet, Hüter und Lehrer dieses Wissens zu sein und es weiterzugeben. Eine unserer größten Verantwortungen besteht im Schutz des Ungeborenen. Simone leitete mich an, meine Herkunft zu beachten, daß ich andere Federn verwende würde als sie , und daß ich ein heiliges Feuer anders aufbauen würde. Bis heute habe ich, so glaube ich, 27 Frauen eingeweiht. All dies berührt, was es mit den Schwestern der violetten Flamme auf sich hat.”

Die Smaragd-Tafeln

Oh Shinnahs Odyssee als Kriegerin von Mutter Erde bescherte ihr noch viele andere große Abenteuer. “In den frühen siebziger Jahren – ich glaube es war 1971 – ging ich nach meiner Vision auf der Suche nach Mexiko. Meine Vision sagte mir, daß wenn ich einen Menschen fände, der meine Vision von Anfang bis Ende ohne Unterbrechung anhören konnte, daß ich dem folgen solle. Nun, am Ende lernte ich daraus, daß es niemanden gibt, dem es zu folgen gilt, denn wenn du in die Fußstapfen eines Gurus trittst, dann wirst du zu einem Schatten. Es gibt Lehrer, die uns Dinge lehren können, die wir wissen und in unser Leben integrieren sollten, um bessere Menschen zu werden, aber einem Guru sollte man nicht folgen. Ein Guru ist ein Verbreiter des Bösen."

"In Palenque, Mexiko gibt es direkt hinter den Tempeln einen Regenwald. Einfach unglaublich, wie schön er ist. Als ich dort allein spazierenging, fand ich einen Fluß. Ich verließ den Weg und watete zu einem Baum in der Mitte des Flusses. Unbewußt irgendeiner Gefahr setzte ich mich dort hin. Dann kam eine ganze Kolonie Frösche vorbei, keiner größer als mein kleiner Fingernagel. Ich fischte sie aus dem Wasser und hielt fünf oder sechs von ihnen in der Hand. Es war wie eine Geburtsstätte, einfach wunderschön. Ich saß dort viele Stunden lang in Gedanken versunken. Es begann früh dunkel zu werden, da das Grün der Bäume das Sonnenlicht stark filterte. Ich wußte, daß ich aufbrechen mußte, um nicht in der Dunkelheit verloren zu gehen. So ging ich über den Pfad zurück zum Weg. Ein Schmetterling, der auf einem Blatt saß, erregte meine Aufmerksamkeit. Er war tellergroß mit einem leuchtend türkisen Rand und leuchtend türkisfarbenen Adern, dir durch seine durchsichtigen Flügel liefen. Man konnte richtig durch seine Flügel sehen. Direkt unter ihm auf dem Boden lagen Papageienfedern. Ich hob sie auf und band sie mit einem Stück Leder, das mit einem Schlüssel an meinem Gürtel hing, zusammen. Ich band mir die Federn in die Haare."

Als ich fast am Ende des Weges angelangt war, bemerkte ich, daß ich von einem Maya beobachtete wurde. Als ich einen Schritt auf ihn zu machen wollte, kroch eine kleine braune Schlange zwischen meinen Füßen hindurch. Beim nächsten Schritt glitt eine zweite durch meine Beine, dann eine dritte. Der Mann beobachtete alles. Als ich am Ende des Weges angekommen war, fragte er mich auf spanisch, was ich bemerkt habe. So erzählte ich ihm von den Fröschen, dem Schmetterling und dem Loch, in das ich geschaut hatte und aus dem tausende albinoweiße Spinnen hervorgekommen waren. Dann waren da noch die Papageienfedern im Haar und die drei Schlangen, was er ja selbst gesehen hatte. Er sagte: 'Ich möchte, daß du mitkommst und mit dem alten Mann sprichst.' Ich sagte zu. Wir liefen hinunter ins Dorf, in einen kleinen Laden, wo der alte Mann im Hinterzimmer saß. Er musterte mich als ob ich ein Pferd wäre, daß er kaufen wolle. Schließlich sagte er: 'Möchtest du mit in mein Dorf kommen?' Ich antwortete: 'Wo ist das?' Der alte Mann lächelte: 'Zwei Wochen Fußmarsch durch den Wald.' Ich sagte: 'Gut, ich geh kurz und gebe meinem Mann und meiner Tochter Bescheid.' Aber sie antworteten nur: 'Nein, sie können nicht mitkommen.' Nun, das war das Ende meiner Ehe. Mein Mann und ich blieben noch etwas länger zusammen, aber als ich mich entschlossen hatte, mit in das Dorf zu gehen, da war meine Ehe gelaufen. Von da an wußte er, daß mich nichts davon abhalten konnte, meine spirituelle Verwirklichung zu finden."

"So gingen wir, und als wir im Dorf ankamen, stellte ich fest, daß niemand im Dorf englisch und fast keiner spanisch sprach – eine äußerst seltsame Erfahrung. Zu dritt gingen der alte Mann, der jetzt mein Lehrer war, der Übersetzer und ich zu einer Höhle. Unterwegs dachte ich mir immer wieder Fragen aus und bevor ich sie aussprechen konnte, beantwortete sie der alte Mann in der Sprache der Maya. Der Übersetzer versuchte, sich in Spanisch und in gebrochenem Englisch verständlich zu machen."

"Sie erklärten mir, daß ihre Prophezeiungen von einer Großmutter sprachen (zu dieser Zeit war ich bereits Großmutter), die kommen und eine Meditation mit in die Welt nehmen würde, die mit den Smaragd-Tafeln von Thoth, dem Atlanter, in Verbindung steht. Es würde ihre Verantwortung sein, diese Meditation mit dem Rest der Welt zu teilen. Aufgrund meiner Erlebnisse mit den Fröschen, dem Schmetterling, der Wächter, so nennen sie die kleinen braunen Schlangen, und den Papageienfedern in meinem Haar, erkannten sie mich als jene Großmutter. Später erfuhr ich, daß der Biß einer dieser kleinen, braunen Schlangen innerhalb von 18 Sekunden zum Tod führt."

"Die Smaragd-Tafeln gehen auf Thot den Atlanter zurück, der auch als Hermes, der dreimal Geborene oder Hermes Trismegistos bekannt ist. Während der Zeit von Atlantis war Thot Sohn eines Menschenwesens und einer der sieben Fürsten des Lichts. Als er erkannte, daß Atlantis durch den Mißbrauch der Kristalle untergehen würde, ging er nach Ägypten und begann, die Leute zu lehren, in heiliger Weise zu leben. Als er Atlantis verließ, nahm er eine Nachbildung der Smaragd-Tafeln mit sich und fertigte drei weitere Kopien an, die er in alle vier Himmelsrichtungen senden ließ. Die einzige, über deren Verbleib wir wissen, kam zu den Mayas in Yucatan. Ein Mann namens Doreal, ein Mitglied der Weißen Brüderschaft, brachte sie 1934 zurück in die Vereinigten Staaten, obwohl ich vermute, daß sie jetzt in Ägypten sind, wo sie in einem Museum sicher verwahrt werden."

"Die Tafeln mit den heiligen Lehren des Thot wurden schließlich von der Bruderschaft des Weißen Tempels in verschiedene Sprachen übersetzt. Einige Kopien dieser Übersetzungen sind erhältlich, aber schwer zu bekommen. Sie sind voller Kraft. Wenn man darin liest, dann bemerkt man, daß sie einen Rhythmus besitzen. Es sind weniger die Worte, als vielmehr der Rhythmus, die mit dir in Verbindung treten. Während du sie liest, beginnt sich deine Energie zu verändern. Zuerst verstehst du vieles nicht, aber wenn du zu Ende gelesen hast, ergibt plötzlich einen Sinn, was vorher keinen machte."

"Wenn du sie zu studieren und zu verstehen beginnst, erlernst du die Schlüssel des Lebens, des Raums und der Zeit, und sie nehmen die Angst aus vielen Dingen, vor denen du dich einst gefürchtet hast. Es ist eine sehr persönliche Medizin, die dich veranlaßt zu erforschen, wer du bist und was du wirklich brauchst. Ich lehre diese Meditation, um den Menschen einen Zugang zu den Lehren der Tafeln zu ermöglichen. Es handelt sich um eine kurze Bewegungsmeditation, die besser mit den Menschen im Westen harmoniert, und die eine direkte Verbindung zu den Fürsten des Lichts herstellt. Ich glaube, daß das Energiemuster der Meditation einen Tunnel zur Sphinx öffnet, die die Hüterin von Amenthe ist. Diese Erfahrung ist einfach unbeschreiblich".

Dadurch, daß du eine Verbindung zu den Smaragd-Tafeln aufnimmst, kannst du deine Entwicklung beschleunigen. Sie nehmen die Angst aus deinem Leben. Sie bringen wieder Leben ins Leben, anstatt den Tod, wie das heute so oft der Fall ist. In gewisser Weise sind die Tafeln wie die Akasha, wie die Akasha-Chronik. In fünf oder zehn Minuten kann man Verbindung aufnehmen. Ich zeigte die Meditation auch Goman Rinpoche. Nach der Meditation schüttelte er seinen Kopf und sagte: 'Wo warst du vor fünfzig Jahren, als ich das dringend gebraucht hätte? Mein ganzes Leben habe ich sitzend in Meditation verbracht, unzählige, lange Stunden, und alles, was ich bekommen habe, ist ein dicker, fetter Arsch.'"

"Erst Jahre später begann ich die Meditation öffentlich weiter zu geben. Damals hatte ich einen Traum, in dem einer der Fürsten des Lichts zu mir kam und mir sagte, daß ich anfangen müsse, die Meditation in Gruppen zu lehren, denn sie würde auf der Welt gebraucht werden. Bevor man diese Dinge erlernen kann, muß man vier Tage fasten, ausgenommen jene mit medizinischen Problemen oder Frauen, die schwanger sind beziehungsweise stillen. Diese Meditation ist sehr kraftvoll, deshalb ist es für Neulinge wichtig, gereinigt, klar und zentriert zu sein."

Wenn sie durch die Welt reist, lehrt Oh Shinnah noch immer die Meditation der Smaragd-Tafeln. Dem Rat ihrer Ältesten folgend organisiert sie die Gruppen nach deren Einweihung in einem Klansystem. Sie erzählt, daß Großvater David Monongye diese Klans 'Saquasohuh' nennt, was soviel wie 'Blauer Stern' bedeutet. Sie erklärt: "Laut Großvater David kündigt das Erscheinen des 'Blauen Sterns' am Himmel den wirklich schwierigen Teil der Erdreinigung an. Wenn er das nächste Mal erscheint, dann ist die Reinigung abgeschlossen. Das erste Mal wurde der 'Blaue Stern' an den sieben Tagen gesehen, die schließlich 1963 zu

John F. Kennedys Tod führten. Wir sind uns nicht ganz sicher, wann er wieder erscheinen wird, aber ich rechne damit, daß das so ungefähr um das Jahr 2010 oder 2011 sein sollte."

"Der Blaue Stern ist der Stern der Schöpfung. Es ist der Stern des Großen Geistes. Er ist weder männlich noch weiblich. Es ist neunzackig. 1963 dachten die Wissenschaftler, die ihn beobachteten, es handle sich um eine Supernova. Später stellten sie aber fest, daß es ein Stern war, der noch nie zuvor gesehen wurde. Wir haben Schleier vor unseren Augen. Wenn wir gewisse Bewußtseinsstadien erreichen, dann lüften sie sich, und für einen kurzen Augenblick sehen wir mit Augen, wie nie zuvor."

Das Zentrum für Großvater Kojote

Obwohl sie zwischenzeitlich selbst zu einer Ältesten herangewachsen ist, pflegte Oh Shinnah schon seit ihrer Jugendzeit langfristige Beziehungen mit vielen bemerkenswerten Ältesten. So wurde sie zum Beispiel sowohl von den Familien von Rolling Thunder und dem zwischenzeitlich verstorbenen Hopi-Großvater David Monongye als auch von der Familie von Matthew King, dem Vertragshäuptling des Volkes der Lakota adoptiert. Seit ihrer Kindheit erkannte und wertschätzte sie die Weisheit älterer Menschen.

"Enkelkinder können von ihren Großeltern oft mehr lernen als von ihren Eltern. Im Alter betrachtet man die Welt mit anderen Augen. Wenn man seine eigenen Kinder aufzieht, ist man im unmittelbaren Geschehen gefangen. Aber wenn man Enkelkinder hat, beginnt man die Welt umfassender wahrzunehmen. Man betrachtet die Möglichkeiten des Wandels positiver. Dies fällt einem auf, wenn man den Enkelkindern den Weg der spirituellen Lehren und Übungen überträgt. Die Enkelkinder nehmen diese Dinge anders auf, als es die eigenen Kinder tun. Im Alter erlangt man eine gewisse Weisheit, weil man die Erfahrungen gemacht hat, die nötig sind um, zu einem ‚Original' zu werden, um sich auf die subjektive Ebene begeben zu können. Mit zwanzig triffst du bezüglich eines bestimmten Geschehnisses eine andere Entscheidung als mit fünfzig."

"Ich empfehle den Leuten immer wieder: 'Wenn ihr keine eigenen Großeltern habt, dann geht und sucht euch welche in der Nachbarschaft, denn ihr könnt die Kreisläufe des Lebens nicht verstehen, wenn ihr keinen Kontakt zu alten Menschen habt.' Die Weisheit des Alters ist etwas herrliches. Mit zwanzig kann man sie weder erlangen noch besitzen."

"Die Menschen dieses Planeten brauchen die Alten in ihrem Leben. Mütter nehmen Dinge anders wahr als Väter. In unserer Tradition bestimmt der Vater den Namen des Kindes, denn er gibt dem Kind seine Identität. Die Mutter gibt dem Kind durch ihren Körper das Leben. Man braucht zwei Menschen, um ein Kind zu machen, aber es braucht die Frau, um den Samen zu vollenden. Aus diesem Grund haben die Frauen eine engere Verbindung zur Natur – das ist ganz selbstverständlich für uns. Ich denke, wir haben eine engere Beziehung zur spirituellen Ethik, weil wir die Spenderinnen des Lebens sind. Die Männer verändern sich jetzt und suchen auch nach dem Großvater und der Großmutter im eigenen Selbst, aber für uns Menschen ist es essentiell, den Alten zuzuhören. Es gibt keinen anderen Weg."

Weil so viele alte, indianische Menschen in Mißachtung und verzweifelter Armut leiden, haben Oh Shinnah und ihre Freundin Dolores Krieger, Ph.D., R.N., eine Organisation gegründet, die sich ´Das Zentrum für Großvater Kojote` nennt. "Die indianischen Ältesten sind ein nationaler Kulturschatz, der im Aussterben begriffen ist" sagt sie. Sie verhungern. Sie erfrieren am Straßenrand. Es mangelt ihnen an einer angemessenen medizinischen Versorgung. Mit ihnen enden die alten Traditionen. Es ist wichtig, daß wir sie ehren für was sie sind und was sie wissen."

Das Zentrum für Großvater Kojote unterhält zwei Programme, um die Ältesten in den Reservaten zu unterstützen: Das Unterstützungs- und das Betreuungsprogramm. Oh Shinnah erklärt: "Beim Unterstützungsprogramm senden die Leute uns Spenden in beliebiger Höhe, und wir sammeln sie in einem allgemeinen Fond. Wenn wir einen Anruf erhalten, daß ein Ältester gerade aus seinem Haus geworfen werden soll, weil er die Miete nicht zahlen kann, da er es vorgezogen hat zu heizen statt zu erfrieren, oder zu essen statt zu verhungern, dann schicken wir Geld. Wir zahlen die Rechnungen; ihnen persönlich geben wir kein Geld, sondern wir bezahlen ihre Rechnungen. Wir zahlen die Strom- oder die Telefon- oder die Notarztrechnung. Darüber hinaus schicken wir Essen, Kleider und Decken."

"Das Betreuungsprogramm ist noch interessanter, denn wir betreuen mehrere Reservatsgebiete und finden dort wirklich bedürftige und würdige Älteste vor. Dann suchen wir Leute, die sie betreuen wollen und bringen sie zusammen. So kommuniziert und unterstützt man einen Menschen direkt, der wiederum läßt uns wissen, was benötigt wird. Im Idealfall sollte man eine große Familie sein, eine Organisation oder ein Netzwerk von Freunden haben, um all die Bedürfnisse befriedigen zu können, aber es geht auch so ganz gut."

"Das zugrunde liegende Prinzip, alten Menschen zu helfen, ist wirklich einfach. Du fragst sie, was sie brauchen und was sie wollen. Das ist alles. Und dann sollte man ihnen zuhören. Außerdem ist sicherzustellen, daß sie nicht von Menschenscharen überflutet werden. Als ich mit Rolling Thunder reiste, konnte niemand zu ihm, ohne nicht zuvor mit mir gesprochen zu haben. Der einzige Weg zu ihm führte an mir vorbei und die einzige Möglichkeit an mir vorbeizukommen bestand darin, einen wirklichen Grund zu haben. Das Gleiche tat ich für Großvater David Monongye. Ich hätte nicht einmal Marlon Brando ohne Grund mit ihm sprechen lassen."

Großvater David

"Durch meinen Vater lernte ich Großvater David kennen, als ich drei Jahre alt war. Vater nahm mich recht oft dorthin mit. Als ich zehn oder elf Jahre alt war, pflegte ich mich in Silverton, Colorado auf mein Pferd zu setzen und zusammen mit meinem Wolfshund den ganzen Weg bis ins Hopiland zu reiten, ohne dabei jemals einen Zaun überqueren zu müssen. Das geht heute nicht mehr. Großvater David war der Großvater vieler Leute. Als ich etwa 34 Jahre alt war, adoptierte er mich auch noch. Für mich war er seit meinem dritten Lebensjahr mein Großvater, aber zu jener Zeit adoptierte er mich dann ganz offiziell."

"Er war wahrscheinlich der größte Buddha, den ich je in meinem Leben getroffen habe. Er hatte irgendetwas besonderes an sich – ich meine, er war sehr menschlich, das war eines der Dinge, die so schön an ihm waren. Er war einer der Hüter der Hopi-Prophezeiungen. In seinem Inneren gab es absolut keinen Platz für Ärger oder Vorurteile. Er war ein Peacemaker, ein Friedenshüter. Viele sagen, daß er 116 Jahre alt war, aber das weiß niemand so genau. Einige der Ältesten sind sogar uberzeugt, daß er noch älter war, als er in die andere Welt hinüber ging."

"Ich erzähle euch eine kurze Geschichte über Großvater David, dann könnt ihr verstehen, was ich meine. Das Licht im Äußeren, wird vom Licht im Inneren angezogen. Dadurch wird das Licht im Inneren verstärkt, so daß man schließlich Wesen höherer Schwingungsebenen zu sich ruft, wenn sich die eigene Schwingung erhöht. Dieses äußere Licht sah ich bis jetzt nur bei drei Leuten, und zwei davon waren auf der Ökologischen-Konferenz der Vereinten Nationen in Schweden. Gleichzeitig fand eine Konferenz für Völker der Dritten Welt statt. In dem Vortragssaal waren etwa fünf- bis sechstausend Menschen versammelt. Sie alle standen unmittelbar neben diesen beiden. Einer von ihnen war ein brasilianischer Indianer, der außer Landes geschmuggelt werden mußte und nicht mehr zurück konnte. Und dann war da auch noch ein Mann aus Nicaragua, dessen Regierung ihm hatte mitteilen lassen, daß sie ihn umbringen würden, wenn er das Land verlassen und wieder zurückkommen sollte, und falls er nicht zurückkommen sollte, dann würden sie seine Familie ermorden. Diese beiden stritten sich jämmerlich darüber, wessen Problem wohl größer wäre und wer wohl mehr Unterstützung verdiene. Die Energie war einfach schrecklich."

"Großvater David war der letzte Sprecher. Er nahm sein Stirnband ab und holte etwas Maismehl aus seinem Medizinbeutel, um ein Gebet zu sprechen. Er stand einfach still da. Ich sah, wie sich seine Energie ausdehnte und sich durch den Raum bewegte. Ihr folgend durchdrang eine Welle der Stille – eine Welle tiefer, absoluter Stille – den Raum. Ich war nicht die einzige, die das wahrnahm. Es war herrlich. Als es absolut still war, brachte er sein Opfer aus Maismehl dar, setzte sein Stirnband wieder auf, sah die Leute an und sprach: ‚Seid euch bewußt, daß wir alle Brüder und Schwestern sind.' In seiner folgenden Rede hörte ich das erste Mal, daß wir Blumen im Garten des Großen Geistes sind und daß wir alle eine gemeinsame Wurzel haben. Das sind Großvater David's Worte. Aber ebenso hatte er einen ausgeprägten Sinn für Humor. Als ich klein war, pflegte er mir Belehrungen zu geben und immer wieder zu sagen: ‚Sei nicht so ernst.' Er lehrte uns immer, daß wenn es uns nicht gelänge, unseren Humor zu bewahren, daß wir dann leicht von den fürchterlichen Geschehnissen in der Welt zerstört werden könnten. Ja, er war wirklich eine außergewöhnliche Persönlichkeit. Seine Gegenwart durchdrang alle, die in seine Nähe kamen. Sein Wesen verkörperte wirklich bedingungslose Liebe."

Das Herz von Mutter Erde

Die Botschaft, die ich zugunsten der Erde trage, ist grundlegend und einfach. Wenn wir nicht Teil der Lösung sind, dann sind wir ein Teil des Problems. Es gibt keinen Mittelweg. Ich glaube nicht, daß wir die Erde zerstören können, aber ich denke, daß die Erde uns zerstören kann. Es ist wirklich dumm von uns einen Weg fortzusetzen, der bewußt unsere Lebensgrundlagen zerstört: die Lungen von Mutter Erde, die der brasilianische Regenwald darstellt, und das Herz von Mutter Erde, das Four-Corners-Gebiet im Südwesten der Vereinigten Staaten. Es ist dumm."

“Wir nennen das Four-Corners-Gebiet das Herz der Mutter Erde. Es wird von vier atmenden Bergen begrenzt, und von Felskristall-Junge und Felskristall-Mädchen beschützt. Ich nenne euch die englischen Namen dieser Berge, denn um die Namen der Apachen auszusprechen, braucht man zwei Wochen. Es sind der Mount Blanca in Colorado, der Mount Taylor in Neu-Mexiko, der Mount Hesperus nahe der Grenze zwischen Utah und Colorado und die San Francisco Peaks in Arizona. Wir nennen dieses Land das Herz der Mutter.”

Wir können nicht länger romantischen Vorstellungen über das, was geschieht, nachhängen. Ich arbeitete einmal mit ein paar Wissenschaftlern in Boulder am dortigen Observatorium zusammen. Sie sagten mir, daß die Aufnahmen von der Erde, die während des Flugs zum Mond gemacht wurden, zeigen, daß die Erde nicht wirklich rund ist; sie ist mehr wie eine Pflaume geformt, irgendwie flach an einem Ende. Deshalb stabilisieren zwar die elektromagnetischen Nord- und Südpole die Erde, aber ebenso gibt es einen Ost- und einen Westpol, und die sind gleichfalls lebensnotwendig. Weil die Erde nicht rund ist, befinden sich der Ost- und der Westpol nicht in einer horizontalen, sondern in einer diagonalen Lage. Der Westpol ist dann das Four-Corners-Gebiet, und der Ostpol ist der untere Himalaya in Tibet.”

Ich bin von dieser Vorstellung so fasziniert, weil ich geholfen habe, ein Treffen zwischen den Hütern der Prophezeiungen der Hopi und der Tibeter zu organisieren. In den späten siebziger Jahren trafen sich Goman Rinpoche und Neychung Rinpoche, die die Hüter der tibetischen Prophezeiungen sind, so wie Großvater David und andere Älteste, die die Hüter der Hopi-Prophezeiungen zu dieser Zeit waren. Während des Treffens übersetzte der Dolmetscher das Wort *Dharma* immer mit ′der Weg`, was dazu führte, daß sich die Türen für einen echten Austausch zwischen den Tibetern und den Indianern schlossen, denn die Indianer hier haben schon einen Weg. Schließlich ging Großvater David ein Licht auf er sprang auf und sagte etwas zu Goman in Hopi und dann sprang Goman auf und sagte etwas zu ihm auf tibetisch. Großvater drehte sich um und sagte etwas zum Übersetzer und dieser sagte zu uns allen, daß er korrigiert worden sei, und daß ′dharma` mit ′universelle Wahrheit` zu übersetzen sei. Jetzt öffneten sich die Türen wieder.”

“Wir erkannten, daß Tibet der Brennpunkt der männlichen Zeremonien ist. Die indianischen Völker im Südwesten, besonders die Hopi, sind die Hüter des weiblichen Prinzips. Beide Völker feiern Zeremonien, die dazu dienen, die Erde im Gleichgewicht zu halten. Ich glaube, daß diese Zeremonien in Beziehung zu den elektromagnetischen Polen stehen. Seid euch bewußt, daß wenn immer ihr mit Zeremonien arbeitet, ihr grundsätzlich mit Energie arbeitet. Die Zeremonien am Ost- und Westpol stehen in Zusammenhang mit dem männlichen und weiblichen Gleichgewicht der Erde."

In den späten fünfziger Jahren veränderte sich die Situation in Tibet, alles änderte sich dort, selbst die Zeremonien. Die Chinesen marschierten in Tibet ein, und die Tibeter, die die männliche Zeremonial-Form wahrten, mußten fliehen oder wurden in Gefängnisse gesteckt. Der Dalai Lama erzählte mir, daß einer der Gründe, weshalb er noch immer im unteren Himalaya in Indien lebt, der ist, daß sie noch immer versuchen, die Zeremonien aufrecht zu erhalten, um das Gleichgewicht der Erde zu stützen. Die Erdachse verändert sich und wenn an irgendeinem der Hauptpole während dieser Phase Störungen auftreten, dann wird das elektromagnetische Feld der Erde schwer beschädigt. Wir nennen dies eine Zeit der Reinigung. Ja, wir leben in einer Zeit der Reinigung. In der Bibel spricht man von der Zeit des Jüngsten Gerichts. Diese groben Störungen könnten verursachen, daß die Erde ins Schlingern gerät, das würde in einen Zustand des Eierns übergehen und schließlich zum Schleudern führen. Und wenn wir ins Schleudern geraten, dann aber richtig, dann wäre alles Leben auf diesem Planeten innerhalb von 24 Stunden ausgelöscht. Dann fangen wir wieder von vorne an."

"Diese Erde hier ist ein lebendes Wesen. Sie hat ein Bewußtsein wie du. Und was machst du, wenn du krank wirst? Du übergibst dich, oder? Naja, lassen wir das hier und gehen besser zu Mount St.Helen und alle anderen Vulkane über, die ausbrechen, zu den Erdbeben, den Überschwemmungen, den Stürmen und all die Klimaveränderungen. Das hat nicht nur mit dem Ozon zu tun, sondern auch damit, daß die Erde sagt: ‚Ich bin stärker als ihr und ihr bringt besser eure Unordnung in Ordnung, denn wenn ihr mich weiter verletzt, dann werdet ihr euch selbst verletzen, weil wir dann gemeinsam ins Schleudern geraten werden. Wir befinden uns bereits im Eiern. Und das Eiern hat eine Menge zu tun mit den Windströmungen und der Art, wie stark der Wind bläst, den Tornados, die in Gegenden auftreten, wo es noch nie zuvor welche gab, den schneelosen Wintern in Alaska und dem Schnee in Florida und Kalifornien – und die Liste nimmt kein Ende..."

"Alles ist im Wandel begriffen. Mein Gefühl sagt mir, daß sich das Eiern noch verstärken und beschleunigen könnte, aber ich habe auch große Hoffnung. Wenn ich denken würde, daß das Eiern unvermeidlich zum Schleudern führen würde, dann würde ich mich sofort verkriechen. Ich habe mein Leben der Arbeit, die Erde zu heilen, geopfert. Ich habe keinen festen Wohnsitz – seit Jahren schon nicht mehr. Ich glaube, meine Kinder sind die wunderbarsten Kinder der Welt, weil sie mich ziehen lassen. Nicht ich ließ sie gehen – nein, sie ließen mich gehen, weil sie früh erkannten, daß meine Stimme gehört werden sollte."

Doch jetzt sind die Tibeter weit vom Zentrums ihres Pols entfernt, und das gesunde Gleichgewicht des Pols im Four-Corners-Gebiet wird massiv von der Industrie bedroht. Das kommt von der Gier nach Kohle und Uran. Ich bin mir der genauen Zahl nicht ganz sicher, aber ich glaube, daß wir um die Kohle zu fördern, 350 Millionen Liter Wasser pro Minute verbrauchen. Wir sprechen dabei von unersetzlichem, unterirdischem Mineralwasser. Dadurch sinkt der Grundwasserspiegel. Einige Wissenschaftler aus Boulder in Colorado sagen, daß es dort unter der Erdkruste im 'Herzen der Mutter' Stellen gibt, die wie Sanduhren geformt sind, und daß dort das Wasser die kontinentalen Platten – die nördliche und die südwestliche Kontinentalplatte – in ihrer Lage halten. Wenn der Wasserspiegel sinkt, dann beginnen diese kleinen Gebiete auszutrocknen, der Boden darüber versinkt und es entstehen Löcher an der Erdoberfläche. Wenn wir unseren jetzigen Weg weiter verfolgen, dann kann und wird das schwerwiegende Folgen haben, nicht nur für den weiblichen Pol, sondern für die ganze Erde. Denkt daran, daß in Tibet die Hüter des männlichen Prinzips aus ihrem Zentrum vertrieben wurden. Und was ist los mit dem männlichen Bewußtsein?"

Eine geistig-politische Revolution

"Es gibt viele Leute, die die Möglichkeit noch nicht untersucht haben, daß sie ihr eigenes Leben zerstören. Sie glauben nicht, daß die Erde ein lebender Organismus ist. Sie leben in der Gier des Augenblicks, verstehst du. Sie denken nicht an die zukünftigen Generationen; sie denken nicht einmal an ihre eigenen Enkelkinder. Sie denken daran, wieviel Geld sie gerade jetzt verdienen können. Unsere Regierung unterstützt diesen Mangel an Bewußtsein. Ich empfinde es als absolut unpassend, wenn jemand im Schatten des schlimmsten Ghettos dieses Landes, wo kleine schwarze Kinder heute an Unterernährung sterben, für eine Amtseinführungsfeier zehn Millionen Dollar ausgibt. Ich verstehe nicht, wie dieses Land fortfahren kann, diese mangelnde Sorge für Land und Leben zu unterstützen. Ich glaube an den Slogan 'von, mit und für das Volk', aber heute heißt es mehr 'von, mit und für die Reichen'. So ist es um uns hier bestellt."

"In diesem Land muß eine Revolution stattfinden. Ich denke, daß es sich dabei um eine geistig- politische Revolution handeln muß. Ich rede nicht davon, zum Gewehr zu greifen und Leute zu erschießen – ich spreche über eine sowohl geistige wie auch politische Revolution. Wenn wir dieses System fortführen wollen, dann werden wir Menschen an verantwortliche Stellen setzen müssen, die es den großen Konzernen nicht erlauben werden, diesen Planeten weiter zu plündern, denn das ist die Ursache des Problems. Das ist wie mit der Geschichte mit dem Styropor oder mit dem Pharma-Müll, der vor der Küste New Jerseys ins Meer gekippt wurde. Zehn Jahre hat man ihnen eingeräumt, um das Problem zu beseitigen. Wir haben keine zehn Jahre mehr Zeit. Wir befinden uns jetzt in einer sich beschleunigenden destruktiven Phase. Dennoch bin ich zuversichtlich, denn ich glaube, daß die Kinder der Zukunft die Dinge ändern werden. Ich glaube nicht, daß wir es tun werden. Aber ich weiß, daß ich einen Anteil daran haben werde, die nötigen Veränderungen einzuleiten. Als ich meine Vision hatte, da hatte ich mir klar gemacht, daß es mir egal wäre ob sich irgend jemand je an mein Leben erinnern würde, aber es sollte mit Sicherheit bemerkt werden, daß ich hier gewesen bin. Und so wird es sein."

Oh Shinnah ist noch immer damit beschäftigt, eine Reihe von spirituellen Themen, aber auch politische Aspekte, zu lehren und sich in der Haltung der Kriegerin der Welt zu stellen. „Ich bin wütend", sagt sie. „Ich bin ganz besonders wütend, wenn ich beispielsweise meine Verwandten der Blackfeet Nation im Norden besuche und sehe, wie ihre Gewässer verschmutzt wurden, oder wenn ich etwas von den vielen Ausschreitungen, die noch immer gegen die Indianer und gegen die Erde begangen werden, erfahre. Ich bin wütend, und ich habe genug davon."

Ein besonderer Vorfall, der Oh Shinnahs Zorn erregte, war der vor einigen Jahren vorgenommene Bau eines riesigen Teleskops auf dem Gipfel des Mount Graham in den Pinaleno Bergen von Arizona, die Teil des Nationalwaldes von Coronado sind. Der Gipfel war seit ewigen Zeiten ein heiliger Ort ihres Volkes, der Tineh (Apachen). So unglaublich es auch klingen mag, dieses Observatorium ist ein Gemeinschaftsprojekt des Vatikan, Deutschlands, Italiens und der Universität von Arizona.

Der vom BIA genehmigte Stammesrat der Apachen von San Carlos nahm der Einrichtung auf dem Mount Graham gegenüber eine neutrale Haltung ein, die traditionellen Tineh hingegen, unter ihnen Oh Shinnah, halten den Berg für heilig. „Was für eine Welt ist das, in der der reiche und mächtige Vatikan hierher kommen und sein riesiges Teleskop auf dem heiligen Land einer anderen Kultur errichten kann und dann auch noch einen Zaun aufstellt, der die Menschen daran hindert, sich zum Tanz und zum Gebet einzufinden. Es ist Teil der Verantwortung und des Ansinnens meines Volkes, ihre Zeremonien an diesem heiligen Ort abzuhalten, doch der Vatikan und andere haben dies unmöglich gemacht. Merkt euch aber das eine, wenn alles vorbei ist, wenn alles gesagt und getan ist, werden wir noch immer hier sein. Wir werden überleben."

Auf persönlicher Ebene durchlebte Oh Shinnah ein Sabbatjahr, um über den Tod ihrer Tochter Fawn hinwegzukommen, die im Alter von nur 38 Jahren an einem Aneurysma gestorben war. Aus Oh Shinnahs Schmerz entwickelte sich ein neues Programm, wie man die Trauer durch die Wege des Kriegerherzens transformieren kann. „Schluck den Gram nicht hinunter. Tue etwas mit dieser Energie. Hilf anderen". Die Einsichten, die sie gewonnen hat, als sie mit dem Tod ihrer Tochter fertig werden mußte, flossen in ihre Lehren mit ein. „Ich ermutige meine Schüler dazu, sich darauf zu konzentrieren, wie jeder einzelne die Welt verändern kann. Gib die Verantwortung nicht dem Lehrer. Nimm das was du gelernt hast und dann geh hinaus und tu es. Hebe dich ab, es ist nicht egal."

Im Jahre 1997 wurde Oh Shinnah von der Universität von Chicago der Ehrentitel Doktor der Philosophie verliehen, ohne daß sie sich in irgendwelche Kurse einschreiben mußte. Sie bekam den Titel für ihre Arbeit im Bereich der Entwicklung der experimentellen Psychologie.

Zehn

Das Medizinrad und die ärztliche Wissenschaft

J. T. Garrett

Nachdem J. T. Garrett die Fragen von Gesundheit und Heilung aus den verschiedensten Blickwinkeln erforscht hatte, ist es ihm gelungen, Wissenschaft und indianische Tradition auf sanfte Art zu verbinden. Derzeit ist J. T. Garrett stellvertretender Direktor der Kommission für indianische Angelegenheiten in Nord-Carolina. Aber er hat auch als stellvertretender Geschäftsführer der indianischen Gesundheitsfürsorge, als Leiter des Indianischen Krankenhauses der Cherokee und als Direktor für Sicherheit und Arbeitsplatzgesundheit in der privaten Wirtschaft gearbeitet. Sein Hauptinteresse galt stets der öffentlichen Gesundheitsfürsorge. Dabei hilft ihm nicht nur seine akademische und berufliche Erfahrung, sondern auch seine Ausbildung in der Medizin seines Volkes. J. T.'s Lehrer war der alte Doc Amoneeta Sequoyah, ein geachteter Medizinmann und Ältester der Cherokee.

"J. T. wuchs an der ´Qualla-Grenze` im westlichen Teil von Nord Carolina auf. Hier lebt der östliche Stamm der Cherokee in der einzigen Cherokee- Reservation an der Ostküste. Die Cherokee in Oklahoma werden als die Cherokee-Nation bezeichnet. Diese wurden 1830 in einer tragischen Regierungsaktion, die als ´Der Weg der Tränen` bekannt wurde, von Virginia, West-Virginia, Tennessee, Nord-Carolina und Georgia nach Oklahoma umgesiedelt."

Rund dreihundert Cherokees konnten sich der Gefangenschaft entziehen und blieben in der Berglandschaft der Appalachen, ihrer traditionellen Heimat. Sechzig Jahre später – im Jahre 1899 – wurden sie als Stamm registriert und ihnen wurde das Recht gewährt, auf ihrem eigenen Land, der 'Qualla-Grenze', zu leben. J. T.

erklärt: “Sicherlich ist es eine Reservation, aber wir nennen sie die ‘Qualla-Grenze’. Das hört sich doch ganz anders an als Reservation. Eine Grenze ist etwas, das man überschreitet, wenn man sich zwischen zwei Orten bewegt. Die ′Qualla-Grenze` ist eine Linie, die zwischen der Welt der Weißen um uns herum und der Abgeschlossenheit der indianischen Welt gezogen ist. Ich verbrachte den Großteil meiner Jugend innerhalb dieser ‘Grenze’. Das war anders.”

Brücken bauen

“Als mein Vater bei der Marine war, hatten wir Gelegenheit an verschiedene Orte in Virginia und Florida zu ziehen. Das ermöglichte mir, den Sprung von einer Gesellschaft in eine andere zu erleben. Mir persönlich machte das keine Schwierigkeiten. Aber einigen fiel es äußerst schwer von der Reservation in eine andere Gesellschaft und Umwelt zu ziehen.”

“Meine Familie waren erdverbundene Menschen, Bauern und spirituelle Führer”, berichtet J. T. “Mein Großvater, Oscar Walkingstick Rogers, teilte viele Geschichten mit mir und irgendwie führte das dazu, daß in mir die Vorstellung reifte, daß ich irgendwann in meinem Leben die Kunst der indianischen Medizin erlernen würde. Als ich zwölf Jahre alt war, begann ich mich für kirchliche Dinge zu interessieren und ich war fest entschlossen, diesen Weg einmal einschlagen zu wollen. Schließlich bekam ich jedoch innere Konflikte wegen des Dogmas der Religion.”

Als Teenager lebte J. T. in Florida. Er verbrachte viele Stunden am Meer, wo er die Wellen beobachtete und ihrem Rhythmus lauschte. Als er eines Nachts am Strand saß, sah er weit draußen über dem Wasser eine große Lichtkugel, die sich immer näher auf ihn zu bewegte. Schließlich umschloß ihn die Lichtkugel in einer mehrstündigen Vereinigung vollständig. Ein tiefgreifendes Erlebnis, das ihn zu tiefst bewegte.

“Für eine Weile zog J. T. mit seiner Familie zurück in die Reservation, wo er wieder mit der indianischen Medizin in Berührung kam. Er machte jedoch einen Bogen um den Medizinweg – das Ganze schien viel zu ungewöhnlich zu sein. Doch der Medizinweg sollte weiter eine magnetische Anziehungskraft auf ihn ausüben. J. T. studierte auf dem Kollege Biologie, Botanik, Chemie und schließlich Betriebswirtschaft. Im Frühling seines Abschlußjahres fiel er während einer Prüfung plötzlich in Ohnmacht.

"Wie mir später erzählt wurde, bin ich nicht nur ohnmächtig geworden, sondern hatte auch jegliche Kontrolle über meinen Körper verloren. Tatsächlich war ich für eine gewisse Zeit klinisch tot. Die Krankenschwester sagte mir, daß keine Herztöne mehr feststellbar waren. Ein guter Freund brachte mich zusammen mit ein paar Kollegen ins Krankenhaus. Sie riefen sogar im Büro des Coroners an, denn sie hatten keine Ahnung, was los war. An diese Zeit habe ich überhaupt keine Erinnerung mehr. Ich wußte wirklich nicht, was geschah, aber irgendwie hatte ich das Gefühl, irgendwo zu sein, wo ich schon einmal gewesen war – wahrscheinlich um mir klar zu machen, daß ich eine bestimmte Richtung einzuschlagen hatte."

"An eines erinnere ich mich jedoch. Zum ersten Mal begenete ich dem, was ich als den Weißen Geist-Adler bezeichne, der ähnlich wie der Weiße Büffel ist. Ich sah einen riesigen Adler. Seine Spannweite bedeckte das Land, und mir wurde die Gelegenheit gegeben, mit den Augen dieses gewaltigen Vogels zu sehen. Ich konnte sehen, daß vieles auf Mutter Erde im Verfall begriffen war, und das zuviel bereits zerstört war. Die Menschen stritten miteinander. Da begriff ich plötzlich, daß es Teil meiner Aufgabe sein würde, mich in Richtung Gesundheitswesen und Umweltschutz umzuorientieren und den Menschen durch die Anwendung des indianischen Medizinwissens zu helfen, die Kluft zu einem natürlichen und spirituellen Verständnis zu überbrücken."

"Ich begann die Dinge, die für mich buchstäblich wie Botschaften waren, so schnell ich konnte aufzuschreiben. Die Krankenschwester versuchte meinen Puls zu messen, und ich saß da und wollte meine Eindrücke niederschreiben. Sie sagte: 'Bleib endlich ruhig sitzen.' Ich antwortete: 'Nein, ich muß das aufschreiben.'"

"Auf jeden Fall wurde mir durch diese Erfahrung plötzlich bewußt, daß ich verschiedene indianische Medizin-Leute treffen und meine Verbindung mit dem Kreis finden würde. All dies brachte mich in das öffentliche Gesundheitswesen. Es schien so, als führe eins zum anderen. Schließlich wurde ich in die Arbeitswelt entlassen und stellte plötzlich fest, daß ich sowohl eine gute Intuition als auch berufliche Fähigkeiten besaß. Ich ging in die Industrie und wurde Sicherheitsexperte. Dann wechselte ich in das Versicherungswesen und die Unfallentschädigung in der Privatindustrie. Ich arbeitete über zehn Jahre in der Geschäftswelt und schaffte es schließlich zum Beauftragten für Sicherheit und industrielle Hygiene in der Bendix-Corporation."

"Dann spürte ich einen sehr starken Drang, nach Hause nach Nord-Carolina zurückzukehren. Eines Tages kam ich heim und sagte wie aus heiterem Himmel zu meiner Familie: ‘Wir gehen zurück nach Nord-Carolina.’ Und so geschah es dann auch. Innerhalb weniger Wochen waren wir wieder zu Hause an der Grenze der Cherokee. Ich bekam einen Anruf von Mary Sequoyah, der Tochter von Doc Amoneeta Sequoyah, einem Medizinältesten der Cherokee. Er wollte, daß ich zu ihm komme. Als ich das erste Mal zu ihm ging, drehte er mir den Rücken zu und sagte kein Wort. Ich hatte einen ganz schönen Bammel und sagte: ‘Schau, ich bin da. Ich weiß nicht, warum ich hier bin, aber ich habe wenig Zeit und noch eine Menge zu erledigen. Ich muß noch ein Flugzeug erwischen und ein paar Termine einhalten.’ Für eine weitere Stunde blieb er stumm, bis er mich schließlich auf einen Berg hinter seinem Haus führte. Ich wußte, daß mir eine tiefe Erfahrung bevor stand. Um ehrlich zu sein – ich hatte ein bißchen Angst.”

“Am besten erinnere ich mich an seine dunklen, durchdringenden Augen. Sie schauten geradewegs durch einen durch. Schließlich wandte er sich mir zu und sagte: ‘Weißt du, was dein Problem ist? Du hast zuviel gelernt, um zuhören zu können. Jetzt mußt du zuhören und umlernen.’ Das waren seine ersten Worte an mich und sie waren sehr tiefgründig. Damals hatte er recht. Ich hörte nicht viel zu. Ich war auf dem Gipfel der Welt, hatte einen guten Job, verdiente gut und eine anerkannte Stellung. Aber als er das sagte, entwickelte ich plötzlich einen ganz neuen Sinn für Demut. Von diesem Moment an kamen wir uns über eine Zeit von mehreren Jahren sehr nahe. Er wurde mein Großvater und begann, mich in die indianischen Medizinlehren einzuweisen. Er sagte zu mir: ‘Ich übertrage die Medizin auf dich.’ Ich weiß noch, wie ich dachte: ‘Ich bin noch nicht so weit.’ Dennoch, so kam es. Wenn ich es heute beschreiben sollte, so würde ich sagen, daß meine Medizin Brücken schlagen und zwei Kulturen und zwei Auffassungen von Medizin einander näherbringen soll. Das versuche ich. Ich erkenne jetzt, daß der Adler in meiner Vision die beiden Völker – Indianer und Nicht-Indianer – darstellt. So wie eine Adlerfeder helle und dunkle Stellen hat, so gibt es auch Tag und Nacht, Mann und Frau und so weiter. Zum Fliegen braucht es beides. Es muß eine Verbindung bestehen.”

Dem Patienten die Entscheidungsfreiheit zurückgeben

“Doc Amoneeta hat mir oft gesagt, daß ich zurück an die ‘Grenze’ kommen würde. Ich sagte: ‘Nee, ich nicht. Ich komme nie wieder zurück. Ich werde das nicht noch einmal durchmachen. Ein solches Leben kann ich meiner Familie nicht zumuten.’ Doch er meinte: ‘Doch, du wirst zurückkommen. Wenn du zurückkommst, dann wirst du eine wichtige Persönlichkeit mit einem Krankenhaus und allem Drum und Dran sein.' Aber ich konnte mir damals nicht vorstellen, daß ich jemals irgendetwas derartiges tun würde. Interessanterweise wurde ein neues Krankenhaus gebaut, das mich dann tatsächlich zur Rückkehr bewegte. Ich kam zurück als Verwalter des Indianischen Krankenhauses der Cherokee an der 'Grenze', um dort meine Erfahrungen aus der Industrie einzubringen. Schon im ersten Betriebsjahr bekamen wir die Anerkennung. Es geschah genauso, wie Amoneeta es beschrieben hatte."

"Besonderen Spaß machte es mir, einen indianischen Medizin-Kreis im Krankenhaus aufzubauen, um zu sehen, was wir dazu beitragen konnten, die Gesundheit der Gemeinschaft zu verbessern und um unsere stolze Herkunft und Kultur in das Gesundheitswesen einzubringen. Der indianische Medizin-Kreis ermöglichte es den Gemeindemitgliedern, ins Krankenhaus zu kommen und im Kreis zu sitzen, mit anderen Worten: er machte das Krankenhaus zu einem Gemeinschaftsprojekt. Leute mit besonderen Heilfähigkeiten konnten ihre Medizin im Rahmen eines modernen Krankenhauses einbringen. Wir hatten diesen und andere Kreise, um Menschen aus der Gemeinde und spirituelle Begabungen im Krankenhaus willkommen zu heißen. So konnten wir unsere traditionelle Kultur wieder aufleben lassen und das Krankenhaus wurde zu keiner abgetrennten Insel westlicher Technik inmitten der 'Grenze', die an sich schon eine Barriere der Isolation darstellte."

"Jeder im Krankenhaus, der zu einem Medizinmann gehen oder die Visite eines Medizinmannes verlangte, konnte das haben, solange dessen Behandlungsmethode nicht der des Klinikpersonals entgegenlief. Wenn das der Fall war, dann konnte der Patient eine Erklärung unterschreiben oder sich selbst aus der Zuständigkeit der Krankenhausärzte entlassen. Auf diese Weise konnte der Patient eine klare Wahl treffen, welche Art von Behandlung er wollte. Darum ging es uns eigentlich. Über die gewählte Behandlungsmethode wurden keine Urteile gefällt. Dem Patienten wurde die Entscheidungsfreiheit zurückgegeben, so daß er selbst in die Behandlung mit einbezogen war."

"Etwas anderes, das mir großen Spaß machte, war einen besonderen Raum einzurichten, der Doc Amoneeta Sequoyah gewidmet war. Ich nannte ihn den Indianischen Medizinsaal. In diesem Raum verwahrten wir eine heilige Rassel, einige Kräuter und andere besondere Dinge, die uns an die Abstammung unserer indianischen Medizin erinnerten. Doc Sequoyah und andere nutzten diesen besonderen Raum für ihre Konsultationen, vor allem für Alkohol- und Drogenberatungen. Der Raum entwickelte im Laufe der Zeit seine eigene Persönlichkeit. Vieles, das unsere indianische Kultur und Abstammung förderte, wurde hier verwirklicht. Vier Jahre später schien es mir an der Zeit, mich wieder anderen Dingen zuzuwenden."

"Damals übernahm ich eine Stellung in der Zentrale des nationalen Indianischen Gesundheitsdienstes in Rockville im Bundesstaat Maryland. Ich stieg zum stellvertretenden Geschäftsführer des Büros für Gesundheitsprogramme auf. Ich blieb dort sechs Jahre lang, bis ich wieder zurück nach Nord-Carolina ging, um als stellvertretender Direktor in der Kommission für indianische Angelegenheiten in Nord-Carolina zu dienen."

Indianische Medizin

"Die öffentliche indianische Gesundheitsfürsorge basiert in erster Linie auf dem biomedizinischen Modell, und ist darauf ausgerichtet, akute Hilfe zu leisten. Indianische Medizinmänner oder -frauen sprechen bei dieser Art von Behandlung von der physischen Medizin. Dies bezeichnet sehr deutlich, worum es dabei geht: die Behandlung des Körpers. Unglücklicherweise hat die indianische Medizin bis heute keinen angemessenen Platz in der medizinischen Fachliteratur gefunden. Sogar Dorland's Medizinisches Wörterbuch bezeichnet die indianische Medizin als eine Art Quacksalberei, die von Eingeborenen praktiziert wird. In Wirklichkeit handelt es sich dabei um eine Art Medizin, die weit tiefer geht als eine Medizin, die einfach nur für irgendeine Behandlung oder Heilung eingesetzt wird. Versteht mich bitte nicht falsch, ich achte unser modernes Gesundheitswesen wirklich, aber die menschliche Gesundheitsvorsorge sollte darüber hinaus gehen."

"Aus indianischer Sicht hat jeder Mensch seine eigene Medizin, die oft als 'Medizinbündel' bezeichnet wird. Das Medizinbündel wird zum festen Teil einer Person. Es unterstützt seinen Träger in der Erkenntnis, daß das Leben Entscheidungsmöglichkeiten bietet, die man selbst treffen kann. Die Träger eines Medizinbündels haben Beschützer oder Führer, mit denen sie zusammen arbeiten. Diese haben ihre eigenen Kräfte und Mächte und können sich des Universellen Geistes bedienen. All das ist Teil des persönlichen Medizinbündels."

"Die Gegenstände, die in einem Medizinbündel aufbewahrt werden, oder das Bündel selbst dienen einem zielgerichteten Zweck, wie etwa eine besondere Heilpflanze. Meine Heilpflanze ist zum Beispiel die Yellowroot, da meine Schwachstelle der Hals ist – ich habe oft Sodbrennen. Wenn es mein Magen wäre, dann hätte ich eine Pflanze in meinem Beutel, die gut für den Magen wäre."

"Ich bin selbst für meine Gesundheit verantwortlich und treffe selbst die Entscheidung, mich zu heilen oder gesundzuerhalten. Ihr kennt bestimmt das alte Sprichwort: ‚Arzt, heile dich selbst' oder anders ausgedrückt: ‚Sei Dir bewußt, daß du deinen eigenen Medizinbeutel trägst.' Wir können anderen nicht helfen, wenn wir uns nicht selbst helfen können. Gleichzeitig gibt es aber auch Situationen, in denen man sich selbst nicht helfen kann. Dann geht man zu einem Medizinmann."

"Die indianische Medizin ist in erster Linie deshalb so interessant, weil sie eine auf das Wohlergehen ausgerichtete Lebensweise fördert. Sie ist grundlegend eine Methodik des Wohlbefindens, die die Verbesserung des persönlichen Lebensstils und die Entscheidung für Dinge, die die Gesundheit fördern, betont. ´Gute Medizin` ist der traditionell indianische Weg."

Ein Weg, den man geht

"Durch meine langjährige Tätigkeit im indianischen Gesundheitsdienst und mein Studium der indianischen Medizin ist es mir gelungen, die Beachtung der Gesundheitsvorsorge, im Gegensatz zur rein klinischen Versorgung, zu fördern und zu erhöhen. Ebenso war ich immer bemüht, das Verständnis für die Notwendigkeit eines spirituell und geistig gesunden Weges in der Therapie solcher Probleme wie Drogen- oder Alkoholmißbrauch zu unterstützen."

"In der indianischen Medizin wird tatsächlich mit den physischen, mentalen und spirituellen Ebenen gearbeitet. Die verwendeten Heilmittel sind natürlichen Ursprungs. Es ist es wert, einmal darüber nachzudenken. Wer trennte die Vorstellung von Geist und Materie? Das waren nicht die Physiker, sondern vielmehr die Philosophen. Das gesamte biomedizinische Modell baut jedoch auf der Trennung von Philosophie, Physik und Religion auf. In der indianischen Medizin gibt es weder Trennung noch so etwas wie eine Behandlung. Es handelt sich vielmehr um einen Weg, den man gehen muß, eine Art, sein Leben zu führen oder einen Pfad, dem man folgen muß. Es ist eine Entscheidung, die man trifft."

"Das 'Gesetz der Gegensätze', wie ich es nenne, ist ein weiterer Bestandteil der indianischen Medizin. Die Adlerfeder lehrt uns das Gesetz der Gegensätze, daß alles seine zwei Seiten hat. Je mehr man in der physischen Welt oder im

Westen gefangen ist, desto mehr muß man die andere Richtung, den Osten oder die Spiritualität betonen, um ein Gleichgewicht herzustellen. Andersherum gilt das Gleiche: man kann sich nicht ausschließlich auf das Spirituelle konzentrieren und den Körper vernachlässigen. Es geht um das Gleichgewicht aller vier Himmelsrichtungen."

"Manche Leute neigen dazu, die indianische Medizin zu verherrlichen und andere behandeln sie als wäre sie mehr Kurpfuscherei denn Tatsache. Aber die indianische Medizin hat ein Gedächtnis, in das wir eintauchen, und das auf sehr alte Zeiten zurückgeht. In den Wäldern und Feldern um uns herum gibt es tausende von Pflanzen, die, wie Forschungen ergeben haben, einen großen Bereich der Krankheiten erfolgreich bekämpfen können. Die westliche Medizin verdankt der indianischen Medizin sehr viel. Die indianische Medizin ist schon seit vielen Jahrhunderten der Experimentierphase entwachsen. Es ist verdienstreich, diese Traditionen von den Ältesten zu erlernen. Sie sind die Hüter der Mysterien. Während einige Aspekte der indianischen Medizin kulturell einzigartig sind und geheiligt oder zur ausschließlich traditionellen Anwendung geheim gehalten werden müssen, so gibt es doch viele Lehren, die für uns alle bestimmt sind."

Eine heilige Kunst und Wissenschaft

"Die indianische Medizin ist die traditionelle, heilige Kunst und Wissenschaft zur Erhaltung von Gesundheit und Wohlbefinden. Daher steht sie den öffentlichen Gesundheitprogrammen der Krankheitsvorsorge und Gesunderhaltung der Bevölkerung sehr nahe."

"Der Ausdruck 'Medizin Weg' bezieht sich auf eine Lebensweise, die auf das einzigartige indianische Kulturerbe gründet. Aus Sichtweise der indianischen Medizin trägt jeder die persönliche Verantwortung für seine Gesundheit. Wie diese zu erlangen bzw. zu erhalten ist, wurde durch Zeremonien, bestimmte Kräuterzubereitungen, Selbstdisziplin, Meditation und spezielle Gebetsgesänge vermittelt. In den Heilungsprozess wurde die ganze Familie mit einbezogen, um Harmonie und Gleichgewicht wiederherzustellen. Jeder moderne Gesundheitsansatz wäre wohl beraten, sich mehr auf die Aspekte des Gleichgewichts und der Harmonie zu konzentrieren, statt nur auf die Krankheit und etwaige Heilmittel."

"Die indianische Medizin kann als ein persönliches System der Gesundheitsvorbeugung zusammengefaßt werden, das alles im Umfeld eines Menschen verwendet, um einen Zustand der Harmonie zu erhalten, was unser modernes Klinikwesen einschließt. Die Schulung der physischen, mentalen, spirituellen und natürlichen Ebenen will einen hohen Grad an persönlicher Einbezogenheit, eine gute Lebensqualität und Wohlbefinden vermitteln. Die indianische Medizin ist kulturell orientiert. Um ihren Wegen und Lehren folgen zu können, bedarf es des Umlernens. Das Hauptaugenmerk sollte darauf liegen, dem Einzelnen die Verantwortung für seine Gesundheit zurückzugeben, um somit die Vorstellung der selbstverantwortlichen Krankheitsvorbeugung zu stärken. Die indianischen Medizin-Wege stellen mit Sicherheit einen alternativen Ansatz zu den modernen Vorstellungen der Gesundheitsförderung und Krankheitsverhütung dar."

"Früher unterstützte die indianische Medizin den Menschen in seiner Suche nach einem Weg des Gleichgewichts und der Harmonie. Um diesen zu finden, war es notwendig die innere Harmonie mit Familie und persönlichem Umfeld zu berücksichtigen. Dies ist so, weil die Hauptaugenmerke der indianischen Medizin auf dem Vertrauen in religiöse Glaubensansätze, die Miteinbezogenheit von Individuum, Familie und Klan, dem Wissen und der Verwendung von natürlichen Hilfsmitteln wie Kräutern, Meditation, Zeremonie und auf dem Streben nach der persönlichen Gesundheit beruhen."

Die Vier Richtungen

"Viele der indianischen Medizinlehren können heute für uns sehr wertvoll sein. So betont die Lehre der vier Himmelsrichtungen zum Beispiel, daß der gewählte Lebensstil einen Einfluß hat auf Lebensdauer und Wohlbefinden. Sie lehrt sowohl die Bedeutung von Selbstachtung als auch die Achtung der Umwelt. Ich selbst stehe in der Tradition der Cherokee und beginne gegen den Uhrzeigersinn im Norden."

"Im Norden ist der Weg der Stille. Er steht für den geistigen Aspekt der Gesundheit. Dieser besteht darin, das eigene Bewußtsein bis zur einer Ebene der Wahrnehmung zu erweitern, daß man Gedanken lesen und Geistwesen hören kann. Wir betrachten sogar Sehen und Lesen als eine Art des Hörens. Lernen ist ein Akt der bewußten Entscheidung und Annahme."

"Im Westen ist der Weg der 'Selbstbeobachtung'. Er repräsentiert die physische Welt. Traditionell wurde Vitalität als eine Grundvoraussetzung für spirituelle Verwirklichung angesehen. In der Lebensvorstellung, die von der indianischen Medizin gelehrt wird, sind laufen, gehen, tanzen, und bestimmte Körperübungen notwendig. Die Entspannungsübungen beinhalten Meditationen und

Schwitzbäder zur Steigerung des körperlichen, geistigen und spirituellen Bewußtseins. Auch die Übungen des 'Loslassens' und das 'Give-Away' gehören hierher. Sie dienen dazu, ein hohes Bewußtsein zu verwirklichen."

"Im Süden ist der Weg des Friedens. Er symbolisiert die Jugend und die Unschuld. Kinder erlernen Selbständigkeit und alles andere im Rahmen der Kreise von Familie und Umwelt. Sie lernen, wie man im Einklang mit dem Ökosystem lebt. Die Sagen und Geschichten dieser Himmelsrichtung lehren Achtung und Verständnis, aber auch, daß der Spaß nicht zu kurz kommen soll. Im Süden sollte Spaß sein."

"Im Osten befindet sich der Weg der Sonne. Er repräsentiert den spirituellen Aspekt. Der oberste Wert, der hier dargestellt wird, ist die Achtung vor der Würde aller Dinge, unabhängig davon, ob wir sie verstehen oder nicht. Uns Indianern wird immer wieder gelehrt, daß alles einen eigenen Geist besitzt, einschließlich aller Tiere, Vögel, Bäume, Pflanzen und selbst die Steine. Daher achten wir uns selbst ebenso wie unsere Umwelt."

"Die vier Richtungen sind eine Orientierungshilfe für alle, die Gleichgewicht und Harmonie suchen. Wie Doc Amoneeta es einst mir gegenüber ausdrückte: 'Die Medizin-Traditionen werden uns zu den wahren Gründen der Gesundheit zurückführen. Es wird nicht mehr untersucht werden, was jemandem fehlt, sondern was er falsch gemacht hat.` Die indianische Methode bedient sich eines 'Medizinbündels` praktischer Werte, dessen man sich bedienen kann, um die alltäglichen Stressituationen zu meistern und um die richtigen Lebensentscheidungen zu treffen. Beugt den vermeidbaren Krankheiten vor. Macht Dinge, die das Urteilsvermögen schärfen, ganz besonders mit Kindern. Treibt Sport, achtet auf eure Ernährungsgewohnheiten und vermeidet Alkohol, Drogen und Tabak. Macht euch eine gesundheitsorientierte Einstellung zur Gewohnheit, einschließlich praktischer Anwendungen der Gesundheitsvorbeugung und zur Behandlung gewöhnlicher Krankheiten."

"Laßt Fitness zu eurem Image werden. Treibt Sport und macht entspannende Spaziergänge im Park oder am Meer. Findet eure eigene 'gute Medizin', indem ihr Regeln und Werte aufstellt, die physische, mentale, spirituelle und naturgerechte Gesichtspunkte berücksichtigen. Tragt dazu bei, die Kreise der Familie, der Gemeinde, der Glaubensgemeinschaft und der Arbeitswelt wieder zusammen zu bringen und konzentriert euch darauf, die allgemeine Gesundheit und das Wohlergehen aller zu verbessern. Das kann einen wirklichen Unterschied machen. Das ist indianische Medizin."

Heilmittel und Ritual

“Weißt du, wenn ich so zurückdenke, dann wurde ich wahrscheinlich deshalb kein Arzt, weil ich diese Art von ‘Medizin’ nicht ausüben wollte. Ich wurde kein Psychologe, weil es auch dort einige Regeln gibt, einen Verhaltenskodex, der nicht unbedingt in Harmonie mit der indianischen Medizin steht. Immer wenn du jemanden behandelst, steht er unter deiner Kontrolle. In der indianischen Medizin ist das ganz anders. Du agierst als eine Art Helfer, der bestimmte Informationen oder sonstige Dinge weitergibt, damit der Patient sich selbst helfen kann.”

“Wenn ich junge Ärzte in die indianische Medizinlehre einführen sollte, so würde ich zuerst einmal darauf hinweisen, daß die Medizin der Indianer verschiedene Dinge wie etwa die Harmonie und das Gleichgewicht folgender Gebiete berücksichtigt: den Sozialbereich, die Psychologie, das Gemeinschaftswesen, die Familie, den Klan usw. Heiler und Patient teilen ein Glaubenssystem bezüglich der Ursachen von Gesundheit und Krankheit. Sie teilen das! Der Doktor sagt nicht: ‘Nun, du hast eine Krankheit namens XYZ’. Auf das Teilen kommt es an. Das ist ein vollkommen anderer Ansatz. Und selbst wenn der Patient derjenige ist, der vielleicht krank ist, so sind doch sowohl der Patient als auch seine Familie Teil des Heilungsprozesses.”

“Etwas anderes, das ich versuchen würde, den jungen Ärzten zu vermitteln ist, daß man nicht einfach nur ein Mittel verschreibt, sondern zusätzlich ein Ritual. Mit anderen Worten: man behandelt den Patienten nicht nur, sondern man leistet gleichzeitig auch einen Beitrag zur Gesundheitsvorsorge. Viele Ärzte nehmen sich heute dafür keine Zeit. Sie haben keine Zeit für das Heilen. Sie sind mit der Behandlung oder dem Versuch zu behandeln viel zu beschäftigt. Obwohl das menschliche Element Teil der Heilung ist, findet sich zu oft kein Platz mehr dafür.”

“Krankheit ist das Ergebnis irgendeiner Art Ungleichgewicht, das korrigiert werden muß. Traditionell bewirkt ein indianischer Heiler die Teilnahme anderer durch Lieder, Tanz und Zeremonien. Kannst du dir vorstellen, daß ein Arzt sagt: ‘Holt die Sänger und Tänzer herein. Wir machen eine Schwitzhütte!?’ Die heutigen Ärzte haben einfach keine Zeit mehr, sich um die eigentliche Heilung des Patienten zu kümmern; sie sind nur noch mit der Behandlung von Symptomen beschäftigt. Das soll nicht heißen, daß unser heutiges Gesundheitswesen schlecht ist. Wir brauchen es. Aber viele Ärzte wären liebend gerne mehr in den Heilungsprozeß mit einbezogen.”

“Ein weiterer wichtiger Unterschied besteht darin, daß der indianische Heiler normalerweise immer ein paar Helfer bei sich hätte. Immer wenn ich jemanden behandle, beziehe ich andere mit ein, um einen Heilkreis zu bilden. Das ist sehr kraftvoll.”

Krankheit als Chance

“Wenn man darüber nachdenkt, dann erkennt man, daß jede Krankheit eine Chance darstellt. Als mein Vater an Krebs starb, dachte ich nicht daran, ihn zu fragen. ‘Vater, was lernst du aus dieser Erfahrung oder was kann ich daraus lernen?’ Er versuchte zu sagen: ‘Amerika, hör auf zu rauchen.’ Denn meine Generation war überwältigt von der Verherrlichung des Rauchens. Er versuchte zu sagen, daß wir eine Gesundheitsvorsorge brauchen, die bezahlbar ist, damit die Leute zu Vorsorgeuntersuchungen gehen können, bevor es zu spät ist. Ich war zu sehr mit seinem Sterbeprozess beschäftigt, als daß ich hätte zuhören und aus seiner Krankheit etwas lernen können. Da sind wir wieder bei dem, was mir Doc Amoneeta bereits sagte, nämlich daß ich so viel gelernt hätte, daß ich vergessen hätte wie man zuhört. Aber aus der Erfahrung meines Vaters habe ich letztendlich doch etwas gelernt, das ich übernommen und fest in mein Wesen integriert habe: Ich gehe regelmäßig zu Vorsorgeuntersuchungen, ich rauche nicht, und ich lerne aus den Meldungen über Ernährung und das Gesundheitswesen.”

“In den neunziger Jahren werden die Menschen mehr als in den achtzigern nach Dingen suchen, die sie verinnerlichen und personifizieren können. Immer wieder habe ich Psychologen folgendes sagen hören: ‘Verinnerlicht das nicht, nehmt es nicht persönlich.’ Aber man muß Erfahrungen, aus denen man lernen kann, erkennen und sie dann verinnerlichen. Die Erfahrung wird dann zu einem Fahrzeug des Wandels – sie verändert unsere Energie. Man kann die Botschaften einer bestimmten Krankheit hören und sie als Möglichkeit nutzen um Krankheit in Wohlbefinden zu verwandeln.”

“Wir sollten eigentlich jeden Morgen, sobald wir die Augen öffnen, Dank sagen: Dank sagen für das Geschenk des neuen Tages. Wenn wir jeden Tag so beginnen würden, wie es die Alten taten, indem wir die Sonne begrüßen – was essentiell gleichbedeutend ist mit einer Danksagung – dann würde das gewaltige Veränderung in Haltung und Benehmen bewirken. Veränderungen, die unser ganzes Leben beeinflussen würden.”

"Wir sind ein Teil des Ökosystems und das Ökosystem ist Teil von uns, innerlich wie äußerlich. Wie das Ökosystem, so bestehen auch wir aus Wasser, Luft, Erde und Mineralien. Unsere Frustration über den Zustand der Umwelt kommt jetzt in dieser Zeit an die Oberfläche, weil wir zu verstehen beginnen, daß wir Teil des Ökosystems sind. Wir bringen gerade nicht nur die Erde um, sondern auch uns selbst. Jetzt ist die Zeit, Mutter Erde und uns selbst zu heilen."

Die neue kulturelle Medizin

J.T. trifft sich regelmäßig mit indianischen Ältesten aus dem ganzen Land. Sie sagen ihm, daß in den letzten zehn Jahren Veränderungen eingetreten sind: "In den siebziger Jahren war ihre Hauptbesorgnisse das Leid, das die Menschen der Erde zufügen, die Kriminalität und der soziale Notstand. Aus ihren Schilderungen klang viel Frustration. Aber als die neunziger Jahre kamen, trat plötzlich die Frage in den Vordergrund, wie wir unsere Helfer- und Beschützerrolle wieder einnehmen könnten. Ein neues Erwachen trat ein. Selbst so große Organisationen wie die Umweltschutzbehörde (EPA) verlagern ihre Aufmerksamkeit von einer rein wissenschaftlichen zu einer mehr erzieherischen Arbeit. Sie unterrichten die Öffentlichkeit darüber, was getan werden kann, um die Umwelt zu schützen. Dies ist ein ganz anderer Ansatz, und die Ältesten anerkennen dies."

"Das andere, was die Ältesten beobachten, ist ein wachsendes Interesse an Fragen der Spiritualität. Das erinnert mich an meine Erfahrung in der Vision mit dem großen, weißen Adler, der seine Schwingen über das Volk ausbreitete. Dies alles führt nicht zu Trübsal und Weltuntergang, von denen man heutzutage so viel hört, sondern zu einer Phase der Reinigung. Diese hat in den letzten Jahren begonnen und heute sind wir mitten drin. Die Menschen kommen wieder zusammen, teilen Dinge miteinander und halten sich an den Händen – selbst diese Geste in sich ist ein Reinigungsprozess. Das alles sehen wir als positive Entwicklungen an. Die neue naturbezogene Spiritualität geht weit über das Dogma der Religion hinaus. Es handelt sich um die Erkenntnis, daß wir zum allumfassenden Kern der Spiritualität zurückkehren müssen."

"Ich erlernte all die alten Glaubensvorstellungen, Verhaltensmuster, Geschichten und ein System, das sich selbst zu überholen schien. Als Amoneeta Sequoyah dann starb, erkannte ich plötzlich, daß etwas Neues, das ich selbst als 'die neue kulturelle Medizin' bezeichne, am Entstehen war. Dies ist eine Zeit, in der alle Vertreter der verschiedenen Heilverfahren auf traditionelle Weise in einem

Medizinkreis zusammenkommen. Ein neues Verständnis von Krankheit und deren Heilung wird erwachen. Patient, Familie und Heiler werden ihr Wissen teilen und dadurch bessere Entscheidungen treffen können. Dieses neue Verständnis umfaßt sowohl die Heilung durch Lebensumstellung und Vorsorge, als auch die klinische und medizinische Versorgung mit ein."

"Die Ältesten und ich stellen uns vor, daß kulturelle Heiler, soziale Dienste und Gemeindefürsorger, ihre Bemühungen zusammenfassen um die sozialen und familiären Bedingungen zu verbessern, einschließlich dem Umgang mit Drogen- und Alkoholmißbrauch, Aids und anderen Leiden. Wir benötigen eine Rückbesinnung auf den Kreis des Universums, der von den Indianern zu Zwecken der Kommunikation, des Heilens und des Betens eingesetzt wird. Was jetzt benötigt wird, ist daß wir alle Menschen aller Traditionen zurückführen zu Harmonie und Gleichgewicht – in Familie, Klan und Stamm."

"Ein wichtiger Bestandteil der neuen kulturellen Medizin wird sein, daß wir uns auf den Grund, die Sonne zu verehren, zurückbesinnen. Dieser bestand darin, zu unserem Nervensystem, unserem persönlichen, naturgegebenen Netzwerk, Verbindung aufzunehmen. Was ich damit sagen will ist, daß wir ebenso wie die Sonne Energie erzeugen. Und diese Energie fließt nicht nur in eine Richtung. Das ganze verhält sich ganz ähnlich wie mit einer Telefonleitung. Telekommunikationsarbeiter haben mir berichtet, daß außerhalb des Kabels ebensoviel Energie fließt wie im Kabel selbst. Ebenso besteht die Sonnenenergie aus mehr als nur ultravioletten Strahlen. Die Sonne liefert ebenso Energie für die Heilung und das Wachstum. Bedingt durch die Existenz aller Dinge einschließlich der Sonnenenergie, werden wir zu einem Teil des Heilungs-Netzwerkes. Selbst die Pflanzen, die wir als Helfer oder Medizin einsetzen, beziehen ihre Energie von der Sonne. Es gibt also die Kraft der Sonne und noch eine weitere kosmische Kraft, die wir uns zu Zwecken der Heilung nutzbar machen können. Wir sind tatsächlich Teil einer Netzwerk-Energie, die wir den Kreis des Universums nennen."

"Die Sonne kennzeichnet unseren Anfang. Die neue, kulturelle Medizin, spannt den Bogen zurück zur Sonne. Menschen, die die neue kulturelle Medizin verstehen, erkennen, daß wir Teil der Gesamtheit aller Energien sind. Dabei handelt es sich nicht nur um Indianer, den Sonnentanz, die Zeremonie des Grünen Mais bei den Cherokee, sondern vielmehr um die Auferstehung von Menschen aus aller Welt, die ihre 'Indianerhaftigkeit' erkennen, da sie sehen, daß sie Teil sind der gesamten Energie und des Geistes der Vergangenheit, der eine Brücke zur Zukunft ist."

Es wird eine wichtige Aufgabe der neuen kulturellen Medizin sein, daran zu erinnern, daß die Grundidee der Verehrung der Sonne tatsächlich eine Möglichkeit war, in Berührung mit den Nerven zu kommen, unseren eigenen Nerven, unserem eigenen natürlichen Verbundsystem. Mit anderen Worten, genauso wie die Sonne Energien erzeugt, so erzeugen auch wir Energien, also Energie, die nicht nur in eine Richtung fließt. Es ist so ähnlich wie bei Telefonleitungen. Ich habe Telekommunikationstechniker sagen hören, daß außerhalb des Drahtes genausoviel Energie ist, wie man hindurchschickt. Die Energie der Sonne ist auch nicht nur ultraviolette Strahlung; es ist auch Heilenergie und Wachstumsenergie darin enthalten. Tatsächlich werden wir durch alles, was die Kräfte der Sonne enthält, Teil des Netzwerkes der Heilenergie, einschließlich der Kräfte der Sonne. Sogar die Pflanzen, die wir als Helfer oder als Medizin verwenden, bekommen ihre Energie von der Sonne. Es gibt diese Kraft und es gibt eine universelle Kraft, in die wir eintreten können, um zu heilen. Wir sind in Wirklichkeit Teil der vernetzenden Kraft, dem universalen Kreis.

"Die Sonne ist unser Anbeginn und die neue kulturelle Medizin geht zur Sonne zurück. Wer die neue kulturelle Medizin versteht, erkennt, daß wir Teil dieser allumfassenden Energie sind. Es sind nicht nur die Indianer, oder der Sonnentanz oder die Green Corn Zeremonie der Cherokee, sondern überall tauchen Menschen auf, die ihr 'Indianerwesen' erkennen, und daß sie Teil der allumfassenden Energie und des Geistes der Vergangenheit sind und die Brücke in die Zukunft schlagen werden."

"In den neunziger Jahren werden wir eine Veränderung von der Dominanz der weißen zu den farbigen Kulturen erleben. Es wird ein neues Bewußtsein geben, das tatsächlich Teil von uns allen ist, das wir mit dem Leben auf Mutter Erde und der Natur selbst teilen. Darum ist alles, was wir brauchen, dieses Denken, die Bereitschaft zusammenzukommen, einen Unterschied zu schaffen. Wir können Energie nicht aufbauen oder zerstören, aber wir können sie verändern. Und so sehe ich unsere Aufgabe in den neunziger Jahren: Die Energie zu verändern und uns zurück auf eine Ebene der Harmonie und des Gleichgewichts zu bringen. Nach meiner Meinung läßt diese Erkenntnis die Ebene der Finsternis und Zerstörung für eine erneuerte Welt hinter uns. Wir haben wirklich gerade jetzt eine Aufgabe und eine Verantwortung, und wir können sie ausfüllen."

"Das sind nicht Dinge, die ich erhoffe, sondern Dinge, die ich entstehen gesehen habe. Ich habe den tiefsten Respekt vor unseren Ältesten und den Botschaften, die sie uns bringen. Ich weiß, daß es Wege und Lehren aus unseren indianischen Überlieferungen gibt, die uns helfen werden, Mutter Erde zu retten, und die uns auch helfen werden, uns selbst vor uns zu retten."

Elf

Die gesegneten Aufgaben von Mann und Frau

AmyLee

*A*myLee, the Shieldmaker, She Who Catches Rainbows, (Die Schildmacherin, Die den Regenbogen fängt), kann man kaum eine Älteste nennen. Sie ist eine Frau mit glänzenden Augen und einer überschäumenden Vitalität, die gerade in die Mitte des Lebens eintritt. Aber sie ist auch eine Trägerin des Wissens. AmyLees Eltern sind Irokesen, und durch die Umstände ist sie die letzte Frau einer alten Abstammungslinie von Waldindianerfrauen, die den Medizinweg ausgeübt haben.

AmyLee leitet als amtliche Wildhüterin für Raubvögel das Naturschutzgebiet Hawk Hollow (Falkental), ihren Medizinplatz in Tippecanoe. Sie arbeitet aber auch als 'Leiterin' für Zweibeiner (menschliche Wesen) und erklärt die alten Wege der Heilung.

AmyLee gründete und leitete die amerikanische Gesellschaft für Indianische Rechte an der Staatlichen Universität von Kent. Sie hat eine Reihe von Kursen über indianische Werte entwickelt und geführt. Außerdem ist sie Direktorin eines indianischen Kulturzentrums. AmyLee ist mit indianischen Führern und Würdenträgern wie Mad Bear, Rolling Thunder, Grandfather Sky Eagle und Vernont Bellecourt zusammengetroffen.

AmyLee ist eine begabte Künstlerin und geschickt im Kunsthandwerk. Sie hat eine üppige Mähne aus langen, rotbraunen Haaren, die, wenn sie sie offen trägt, an ihr Totem erinnern, den großartigen rotschwänzigen Falken.

“Mein Leben ist nicht mit dem Leben von anderen Ältesten vergleichbar“, sagt AmyLee. „Ich habe erst ein paar Jahre gelebt, und ich würde mir nie anmaßen, gemeinsam mit Ältesten in einem Kreis zu sitzen und über mein Leben zu erzählen. Ich würde ihnen zuhören. Aber damit Ihr einen Hinweis habt, woher ich komme: Ich bin die letzte in einer langen Reihe von Frauen irokesischer Abstammung, die für den Pfad der Heilmedizin berufen worden sind.“

Interessanterweise hatten die Mütter dieser Abstammungslinie jeweils nur eine Tochter. Manchmal hatten sie nur ein Kind, das eine Tochter war. Manchmal hatten sie mehrere Söhne, aber nur eine Tochter. Auf diese Weise wurde die Medizin-Linie jeweils von der Mutter an die Tochter weitergegeben. Es könnte einzigartig bei unserem Pfad sein, ich weiß nicht viel von anderen Pfaden, oder auch nicht: Bei unserem Medizinpfad überspringt die Weitergabe des Rituals und der anderen Weisheit jede siebte Generation. Die Frau dieser siebten Generation geht aus dem Pfad heraus und erledigt andere Sachen. Aus der Ferne beobachten wir, was sie macht; sie hat Dinge zu erledigen, die wir nicht machen dürfen.

“Ich weiß nicht, wie weit diese Erblinie zurückgeht, aber sie ist sehr lang. Ich weiß, daß meine Mutter eine Frau aus der siebten Generation ist und daß die Erblinie ihre Generation übersprang. Ich bin die erste in einer neuen Siebener-Gruppe, aber ich bin auch die letzte der ganzen Abstammungslinie. Mir wurde vorausgesagt, daß ich keine Kinder haben würde, aber natürlich spüre ich, daß ich darüber frei entscheiden kann. Außerdem fühle ich, daß ich mein Bestes gebe, um diesen freien Willen mit dem größeren Willen des Schöpfers und der Schöpfung in Übereinstimmung zu bringen. Ich kann auch im Schöpfungsplan nicht erkennen, daß ich meine Energie darauf verwenden sollte, sie in ein Kind zu stecken. Stattdessen habe ich diese Körbe voller Saatgut, die mir meine Großmutter geschenkt hat, um sie an andere Menschen weiterzugeben. Das ist mein Lebenszweck und meine Aufgabe.“

Ein guter Weg des Seins

Seit frühester Kindheit wurde AmyLee allmählich an die Lehren und die Medizin ihrer Vorfahren herangeführt. Sie erzählt: „Das geschah ohne großartige Aktionen. Niemand sagte, wir werden uns jetzt hinsetzen und Dir heute dies oder jenes beibringen. Vielmehr waren es Erfahrungen, etwa manchmal Rituale zu beobachten, an denen ich nicht teilnehmen durfte, weil ich dazu noch nicht berechtigt war, während ich später sogar Mittelpunkt dieses Rituals war, als ich Frau wurde. Meine erste Mondphase hatte ich im Alter von neun Jahren, ich war wirklich sehr früh zur Frau geworden, so daß ich sehr jung schon an den Erwachsenenritualen teilnehmen konnte.

Ich lernte, daß die Medizin einfach ein guter Weg des Seins ist. Für uns ist Medizin ein Weg, die Dinge wieder ins Gleichgewicht zu bringen. Medizin heißt, die Dinge zu ehren, wenn Du aus dem Gleichgewicht bist. Medizin heißt, sie zu ehren, weil sie Dir helfen, wieder ins Lot zu kommen. Ich möchte es gerne an einigen Beispielen erklären. Aber laß mich erst einen Einblick in die Vorgehensweise einiger Ältester in meinem Leben, zum Beispiel in die Medizin-Wege meiner Ururgroßmutter geben.

Meine Ururgroßmutter hatte drei Medizin-Bündel an ihrer Tür hängen. Eines enthielt Medizin, die sie als Hebamme benutzte, um Babies ans Licht der Welt zu helfen. Das zweite Bündel enthielt Medizin für jene, die aus dem Leben schieden; sie drängte diese Menschen nicht aus dem Leben, sondern verhalf ihnen zu einem Übergang voller Würde und Frieden. Das dritte Bündel enthielt Medizin für jene, die zwar am Leben bleiben würden, aber damit große Schwierigkeiten hatten, weil sie irgendwie verletzt oder kraftlos oder sonst aus dem Gleichgewicht geraten waren. Sie lebte allein. Die meisten Frauen in unserer Familie leben allein. Die Männer gehen, weil Medizinfrauen sich wirklich nicht um Männer kümmern können. Ein Medizinmann dagegen braucht im allgemeinen eine Frau, die sich um ihn kümmert.

Meine Urgroßmutter hatte eine ähnliche Medizin. Die Gabe meiner eigenen Großmutter aber waren ihre außergewöhnlichen Hände. Menschen aller Kulturen konnten zu ihr kommen, denn bis dahin hatten wir keinerlei Vorbehalte. Als dann Alkohol und Missionare gleichzeitig kamen, verließ meine Familie das Reservat. Sie wußten nicht, was schlimmer sein würde. Aber sie wollten weder mit Alkohol noch mit Missionaren zu tun haben.

Meine Großmutter half Menschen aller Kulturen und Hautfarben. Sie beschränkte ihren Dienst als Medizinfrau nicht nur auf ihr eigenes Volk. Die Menschen kamen einfach. Ich weiß nicht einmal, wie sie von den Fähigkeiten meiner Großmutter erfuhren, denn ich war ja noch ein kleines Mädchen. Meine Aufgabe war es, sie unter das Vordach zu führen, dazusitzen und zu warten und dann zu rennen und sie hereinzurufen. Einer nach dem anderen ging hinein, und ich sah, wie meine Großmutter alles mit ihren Händen machte, wie sie etwa eine Warze, ein großes häßliches Geschwür, mitten aus dem Gesicht eines Mannes entfernte. In Wirklichkeit war es wohl gar keine Warze, sondern vermutlich irgendeine Art Krebs. Sie machte es einfach mit ihren Händen weg, die wie Laser wirkten. So hatte meine Mutter als Kind eine schlimme Verbrennung, und Großmutter entfernte und heilte sie. Eine große Narbe zieht sich über ihr ganzes Gesicht, aber sie ist nur zu sehen, wenn meine Mutter müde wird. Sonst kann man die Narbe nicht sehen.

Auf diese Weise wurde das große Geschwür des Mannes entfernt. Meine Aufgabe als Lehrling war zu jener Zeit, dieses eklige Ding, das da herunterfiel, aufzuheben und es an einen geweihten Ort zu bringen. Ich weiß nichts über den amerikanischen Ärzteverband und wie sie mit Medizin umgehen, aber ich kann es mir gut vorstellen. Die Ärzte würden das Geschwür herausschneiden, eine Gewebeuntersuchung vornehmen und es dann gefriertrocknen oder vernichten. Das wäre es dann gewesen. Der Mann würde sich geheilt fühlen, eine hohe Rechnung zahlen und glücklich seines Weges gehen, ohne wirklich etwas aus diesem Erlebnis gelernt zu haben. Das Geschwür aber würde auf dem Müll landen. Dann müßte sich die Ursache für dieses Ungleichgewicht einen neuen Platz in seinem Körper suchen, um ihm die Lektion zu erteilen, die er nicht lernen durfte.

Bei der Arbeit meiner Großmutter war meine Aufgabe der eklige Teil. Ich mußte dieses Stück aufheben und an einen geweihten Ort tragen. Meine Großmutter und der Kranke konnten dann zusammensitzen, um mit Ritual und Gespräch zu erarbeiten, was das Geschwür bedeute und was es ihn lehren solle. Er würde weggehen mit dem Wissen, daß er diesem häßlichen Geschwür dankbar sein konnte, weil es ein wichtiger Lehrer für ihn gewesen war. Dieses Geschwür lehrte ihn Demut. Es lehrte ihn, Menschen nicht nach ihrem Aussehen zu beurteilen. Du kannst Dir selbst denken, was es ihn alles lehrte. Auch wenn ich zu dieser Zeit nicht diesen Eindruck hatte, so war es für mich doch eine große Ehre, Großmutter dabei zu helfen, dieses Ding draußen in den Feldern zu vergraben. So wurde es losgelassen und Mutter Erde zurückgegeben, damit es etwas anderes tun und zu etwas anderem werden konnte. Das ist nur ein Beispiel für die Dinge, die Großmutter mit ihren Händen machen konnte."

Ihre eigene Heilung

Als AmyLee zwischen 21 und 23 Jahren alt war, zog sie sich stark zurück und wollte ihr Haus nicht mehr verlassen. Man könnte diesen Zustand vielleicht als Agoraphobie, als Platzangst bezeichnen. AmyLee meint dazu: „Ich bin mir nicht ganz sicher, was mich in diese Platzangst getrieben hat. Die indianische Medizin muß die Dinge nicht ständig sezieren und übergenau analysieren. Ich war bereit, diese Ängste zu durchleben und sie zu heilen, während ich durch sie hindurchging. So kann es gut sein, daß mancher sie auf verschiedene Traumata, die ich erlitten hatte, oder auf die Tatsache, daß meine Großmutter weggegangen und ich weiter in ihrem Heim geblieben war, zurückführen würde. Vielleicht trifft dies teilweise zu. Ganz ehrlich, ich weiß es nicht. Und es würde mich wirklich sehr irritieren, wenn andere mir ihre Ansichten davon überstülpen würden, was mich ihrer Meinung nach in diese Zeit der Einsamkeit getrieben hat. Vielleicht hat es damit das Gleiche auf sich wie mit dem Geschwür im Gesicht des Mannes. Vielleicht war die Einsamkeit zu dieser Zeit mein Lehrer und meine Lektion.

Die Platzangst dauerte eine ganze Weile an. Ich weiß nicht einmal mehr, wieviel Zeit so verging, aber ich ging einfach nicht aus dem Haus. Ich wollte nachts hinausgehen; die Nacht war eine gute Zeit, weil niemand mich sehen würde; ich könnte unsichtbar sein. Damals lebte ich in einer Art Stadt. Ich fuhr nicht Auto. Deshalb mußte ich meine Lebensmittel liefern lassen. Ich konnte Leute anrufen, aber ich konnte nicht ans Telefon gehen, wenn ich angerufen wurde. Ich hatte einen Anrufbeantworter, so daß ich ihre Stimmen hören konnte. Wenn ich Anrufe nochmal abgehört hatte und bereit war, konnte ich die Leute anrufen. Ich konnte ihnen sagen, was ich zu sagen hatte, oder ich konnte Nachrichten hinterlassen oder ich schrieb Briefe. Ich schreibe gerne lange Briefe. Und so organisierte ich mein Leben per Post und Telefon.

Ich glaubte damals selbst daran, daß ich mich auf einem Medizinpfad befand. Ich wußte nicht, wo ich war. Ich wußte nur, daß ich im Haus war. Dort fühlte ich mich sicher. Aber was mich da hindurchzog und mein Gleichgewicht wiederherstellte, das ist Medizin. Es war eine Zeit großer intensiver Kreativität, als eine andere Art von Kunst aus mir emporkam. Manchmal waren meine Werke zutiefst abstoßend. In meinem dunkelsten Augenblick sah ich die Werke an; sie waren häßlich, ausgestoßen und einsam. Warum weiß ich nicht, aber ich hatte lange Zeit nicht in den Spiegel gesehen. Aber dann sah ich in den Spiegel und ich merkte, daß ich auch so auszusehen begann. Ein solcher Augenblick ist gewöhnlich der erste Blitz, bevor Dir ein Licht aufgeht.

Ich weiß nicht, was zuerst kam, und es ist eigentlich auch unwichtig. Aber ich wußte plötzlich, daß ich diese beiden Eindrücke möglichst schnell heilen wollte. Ich wollte nicht, daß irgend jemand diese Bilder jemals sehen und denken würde, daß sie aus mir kämen. Ebensowenig wollte ich in diesen Spiegel sehen oder irgendwen anders sehen lassen, was ich gesehen hatte. Sicher waren meine Bilder auch kraftvoll und eindringlich und nicht nur einfach Gekritzel und Geschmiere. Diese Bilder hatten Medizin in sich. Deshalb wußte ich nicht, was ich damit tun sollte. So fing ich mit meiner Heilung an, indem ich Medizinräder errichtete und Bilder von meinen Wünschen hineinsetzte. Damit änderte sich alles. Deshalb weiß ich auch nicht, ob zuerst die Bilder oder die Häßlichkeit, die ich sah, da waren. Vielleicht war die Scheußlichkeit ohnehin nur in meiner Vorstellung. Ich weiß es wirklich nicht; und das macht auch nichts. Aber ich stellte mein inneres Gleichgewicht wieder her, indem ich durch die Kunst wieder Schönheit schuf und diese Schönheit irgendwie wieder zu mir zurückkehrte.

Ich hatte versucht, da herauszukommen. Davor war es keine vollständige Isolation. Ich hatte es versucht. Ich konnte mir in Gedanken immer wiederholen, 'Ja, ich kann es, ich kann mich wieder in einen Kurs einschreiben', denn ich hatte das College nicht abgeschlossen. Ich stellte mir vor, wie ich über die Straße und hinunter zum College ginge. Und ich hätte mich sogar angezogen und es bis zum Ende der Straße geschafft. Aber schon ein Windstoß oder irgendeine andere Kleinigkeit hätten Wellen der Panik durch mich geschickt. Dann wäre ich auf kürzestem Wege zurückgerannt. Ich hätte die Türen versperrt und mich einen Monat lang nicht mehr sehen lassen. Es war eine Zeit höchster Anspannung. Ich schrieb mich jedes Quartal per Post in Kurse ein, aber ich ging nie hin. Und genauso flog ich, per Post, in den Kursen durch.

Ich studierte an der freien Universität von Kent in Ohio und ging auch an die staatliche Universität von New York. In erster Linie war ich aber an der Kent-Universität. Mein Hauptinteresse galt der Lehre von friedlicher Veränderung. Als die Nationalgarde in der Kent-Universität einmarschierte, veränderte das mein Leben; es veränderte das Leben von vielen von uns. Meinerseits war es fast eine Herausforderung, im Sommer am Tag der Wiedereröffnung in die Kent-Universität zu gehen, nachdem sie nach den Morden geschlossen worden war. Ich erinnere mich, daß ich dachte: 'Das ist in Ordnung. Ich bin bereit, mein Leben aufs Spiel zu setzen.' Die Kriegerin in mir dachte so. In diesem Alter neigt man ja zu Überdramatisierung. Aber es war schon ein Schritt der Herausforderung, wieder auf das Universitätsgelände zu gehen.“

Wie der letzte Saurier

AmyLcc ist dic letzte Frau einer langen Linie irokesischer Medizinfrauen. Sie öffnet vorsichtig und bedächtig die Medizinbündel ihrer Familientradition, um wegzugeben, was sie enthalten. Dazu meint AmyLee: „Ich nehme einfach die Einladung an, Weg und Wissen, die mir geliehen worden sind, weiterzugeben. Meine Hauptaufgabe und Verantwortung als Schlußlicht, als letzte meiner Linie ist es, all die Körbe, die mir übergeben und vererbt worden sind – manche dieser Körbe sind sehr wohl zu greifen und anzufassen, andere wieder nicht, doch alle sind mit den Gaben meiner Großmutter, ihrer Saat, gefüllt – zu nehmen und dann vorsichtig und wählerisch meine Hand hineinzustecken und diese Saat an verschiedenen Stellen auszupflanzen. Einige Samen werden nie keimen, einige werden einfach nur in der Erde liegen und einige werden jetzt in anderen Herzen aufgehen und in anderer Weise wachsen. Sie werden Kreuzungen werden. Besonders die Saaten, die ich Nicht-Eingeborenen mitgebe, werden auf deren Weise mit ihren Energien, ihren Genen und ihrer Kultur aufgezogen. So wird daraus eine andere Pflanze wachsen. Gerade das ist doch Teil auch des Wandels der Zeit, daß andere Pflanzen entstehen, um jetzt andere Menschen zu ernähren.

Für mich ist es so traurig, doch eigentlich ist es bittersüß, wenn man hinter die Dinge schaut: Ich glaube wirklich ganz sicher, daß die amerikanischen Indianer in ihrer Art nicht nur gefährdet, sondern vom Aussterben bedroht sind. Ich weiß, daß der Wanderfalke eine Schleife zog und zurückkam, und nun wundere ich mich darüber und sehe die Analogie zu uns. Die Wanderfalken sind jetzt vom Aussterben bedroht. Doch es kehren wieder Falken zurück, die von Eltern abstammen, die in Gefangenschaft lebten. Etwas an ihnen hat sich verändert. Ich frage mich, ob sie vielleicht bereit waren, auf eine andere Ebene zu wechseln, und wir das verhindert haben. Ebenso möchte ich gerne wissen, ob wir vielleicht auch ganze Arten durch unsere Unbedachtheit an andere Orte verdrängt haben. Wir wissen, daß jede Stunde eine Pflanzen- oder Tierart auf diesem Planeten ausstirbt. Sie wird hauptsächlich durch unseren Einfluß, durch unsere Gewalt ausgelöscht.

Eines Morgens werden wir uns hier alleine wiederfinden. Wir werden aufwachen, und es werden keine Vögel mehr da sein und auch keine Luft zum Atmen. Es wird überhaupt nichts mehr da sein. Ich sehe diese Welt wahrscheinlich deshalb ein bißchen anders, weil ich die Letzte meiner Linie bin. Ich werde keinem Kind das Leben schenken, um das ich mich sorgen müßte, wenn ich gegangen bin. Obwohl ich mir um die Kinder der ganzen Welt Sorgen mache, so ist das doch ein anderes Gefühl. Manchmal schaue ich mich um und gehe über die Welt wie ein Saurier. So muß sich der letzte Brontosaurus gefühlt haben, als er herumstampfte, ein paar Blätter zermalmte und anderen Arten dabei zusah, wie sie in andere Bereiche überwechselten. 'Hier geht Tyrannosaurus Rex.' Genauso fühle ich mich.

Bei allen Unterweisungen, die ich anbiete, ist ein zentraler Punkt: Ich nehme Rücksicht darauf, daß die Medizin besondere Orte braucht. Die indianische Medizin der amerikanischen Eingeborenen gründet auf der Erde. Es bestürzt mich und manchmal erfüllt es mich sogar mit Entsetzen, daß die Menschen heute darüber einfach nicht mehr nachdenken. Sie fahren überall herum und picken Splitter unserer Religion auf. Sie nehmen Fetzen und manchmal ganze Bündel unserer Wege auf und manchmal verpflanzen sie solche Teile dann auch noch in ihren Lebensraum.

Ich bin nicht sicher, ob es jemals Teil der Ursprünglichen Weisung und Absicht für diese Medizin-Wege war, daß sie verpflanzt werden können. Ich sehe die rauhe, heiße, leidenschaftliche, scharfkantige und schmerzhafte Medizin der Indianer auf den Hochebenen. Sie ist der rauhen, heißen und wilden Umwelt dort auf den Hochebenen angemessen. Sie brauchen dort diese Art von Medizin. Wenn ich mir nun die üppige und tiefe Wald-Medizin meines Volkes anschaue und mir vorstelle, daß sie in den Südwesten – etwa nach Arizona – verpflanzt würde, so würde sie dort wahrscheinlich nicht einmal zur Kenntnis genommen werden. Sie würde sich einfach in Luft auflösen. Das bedeutet nicht, daß die Medizin-Wege von uns als Waldindianern weniger wirkungsvoll oder kraftvoll wären oder daß sie schwach sind. Diese Wege sind so ziemlich die stärkste und wirkungsvollste Medizin in den Wäldern. Wenn man versuchen würde, die heiße und scharfkantige Medizin der Hochebenen in unsere Wälder zu verpflanzen, so würde sie hier Feuer entfachen und Traumata erzeugen. Es ist nicht angebracht, diese harte Art in die Üppigkeit zu zwingen. Es ist eben nicht immer angemessen, zu versuchen, die Medizin von einem Ort auf den ganzen Kontinent oder den Planeten zu verpflanzen.

Wenn ich unterrichte, ist immer eine Frage in meinem Kopf und in meinem Herzen: Ist das der richte Weg, wie ich arbeite? Läßt er sich hierher übertragen? Er muß ja nicht nur von einer Kultur in die andere überspringen, sondern auch von einem Land in das andere. Ich bin nicht sicher, ob das eine günstige Voraussetzung für die Medizin ist."

Wir sind hier als Gäste

AmyLee kann aus ihrer Lebenserfahrung viel über Zeugung, Geburt und Abtreibung berichten. So erzählt sie: „Einige der Medizinsaaten, die ich gepflanzt habe, schließen die Mahnung an die Frauen ein, daß wir nicht nur Verantwortung tragen, sondern auch das Leben genießen sollen, weil wir Frauen auf einem weiblichen Planeten sind. Manche Frauen denken: 'Ein weiblicher Planet, was soll das sein?' Aber sie haben diesen Planeten ihr ganzes Leben lang Mutter Erde genannt. Gewöhnlich sage ich das den Frauen im Zusammenhang mit den Jahreszeiten und den Ritualen, die Frauen guttun. Ich erinnere sie auch daran, daß nach unseren Lehren jeder Mann, der hier ist, auf Einladung einer Frau hier ist. Eine Frau kann nämlich kein Kind empfangen, ohne daß sie auf irgendeiner Ebene der Seele, die da anklopft und hereinwill, die Erlaubnis dazu gegeben hätte.

Du bist also hier, weil Du eingeladen wurdest. Du solltest Dich wohlfühlen. Du solltest Dich hier willkommen fühlen. Das trifft auf uns alle zu. Ich zeige das den Frauen, die das bis jetzt noch nicht begriffen haben und die sich wirklich über die Männer ärgerten. Denk daran, daß Du auf Einladung hier bist. Das ist der Ausgangspunkt. Das andere Problem von großer Bedeutung für mich ist die Verantwortungslosigkeit, die ich gesehen habe. Teil davon ist einfach eine Abneigung gegenüber der sogenannten sexuellen Revolution.

Wir haben die Sakramente und die Heiligkeit bestimmter Dinge vergessen. Natürlich gehören Sexualität und Geburt dazu. Offenbar haben wir den heiligen Aspekt dieser Dinge einfach vergessen, was ganz angenehm scheint, weil so unsere Egos herumspielen und alles mögliche genießen können. Aber das Gleichgewicht stellt sich bereits wieder her. Die Anzeichen für dieses gestörte Gleichgewicht sind grauenvoll: die Abtreibungsstatistiken, die ganzen neuen Krankheiten, die auf sexuellem Weg übertragenen Leiden und die zunehmende Zahl von Vergewaltigungen. Sie sind wirklich sexuell bestimmt. Ich weiß, daß Vergewaltigungen in gewisser Weise keine Sexualverbrechen, sondern Gewaltverbrechen sind. Aber sie sind auch sexuell bestimmt.

Dieses ganze Ungleichgewicht ist dabei, sich wieder zu verändern. Ich bin der Meinung, daß Frauen sehr förderliche Medien sind, diesen Wandel zu beschleunigen und das Gleichgewicht wieder herzustellen. Wir müssen diese Mittel sein, denn wir sind die Erde, während die Männer hierher eingeladen sind. Wir müssen dafür die Voraussetzungen schaffen, wie wir für so vieles andere die

Voraussetzungen geschaffen haben. Wir können uns nicht über die Art der Männer beklagen; schließlich haben wir sie aufgezogen. Deshalb erinnere ich Frauen an diese Verantwortung. Ich helfe ihnen, diese Verantwortung zu erkennen und anzunehmen. Sie müssen sich aber noch mehr bewußt machen: Wenn man glaubt, daß eine Seele hierher eingeladen worden ist – und wir glauben das wirklich – und wenn sie dann einmal in dieser Mutter, diesem Vehikel zur körperlichen Existenz, ist, dann ruft die Seele nach allem möglichen, solange sie in diesem Schoß ist. So wird die aufgenommene Seele die Mutter vielleicht dazu bringen, süß-saures Gemüse und Eis zu essen. Sie wird sie möglicherweise dazu ermutigen, einen Vorbereitungs-Kurs nach der Lamaze-Methode der Sanften Geburt zu machen oder eine Hebamme auszuwählen oder eine Abtreibung vornehmen zu lassen.

Gewöhnlich sind die Frauen schockiert, wenn sie das hören, denn sie denken an all diese hübschen Dinge: ‘Mein Baby wird mich ganz bestimmt lieben. Ich muß ihm kleine Schuhchen stricken oder kleine Mokassins machen.’ Und dann denken: ‘Meine Schwester hat abgetrieben. Wie konnte sie nur?’ Aber könnte es nicht sein, daß die Seele des Babies die Schwester darum gebeten hat? Die Frauen in der Gruppe fangen dann zu weinen an, wenn sie an die Möglichkeit denken, daß die Seele des Babies etwas damit zu tun gehabt hat. Sie haben all dieses Schuldbewußtsein wegen des Abbruchs mit sich herumgeschleppt, weil sie gedacht haben, daß der Abbruch allein ihre Entscheidung gewesen war.

Aber andererseits wird die Bürde der Verantwortung nicht leichter dadurch, daß es eben die Entscheidung der Seele war, zu kommen und abgetrieben zu werden. Es gibt so viele verschiedene Ebenen. Laßt uns der Reihe nach vorgehen. Zwei Dinge sollten die meisten Lektionen abdecken. Die Seele wählt also die Eltern, die genetische Struktur. Sie bestimmt alles, was geschieht. Das Ego der Frau wartet darauf, alles zu erfüllen. Die Frau weiß das vielleicht gar nicht. Sie denkt möglicherweise, daß sie verantwortungsbewußt handelt, wenn sie Tofu ißt und jeden Tag spazierengeht. Aber wenn sie, in welcher Dimension auch immer, das Abkommen mit der eintretenden Seele trifft, dann handelt sie in voller Absicht: Ja, ich will das Werkzeug sein, um dir eine körperliche Existenz zu geben. Ich werde dir mein Blut und mein Körpergewebe leihen. Du kannst sogar mein Herz mit mir teilen, bis du ein eigenes Herz hast. Alles was mich ausmacht, soll dein sein.’ Das Problem kommt erst, wenn das Baby geboren ist und die Frau manchmal vergißt, ihre Kraft für sich zurückzufordern. Sie lassen dieses winzige Leben außerhalb ihres Schoßes immer noch alle Entscheidungen treffen. Es wird für alle Teile recht ungemütlich, weil diese andere Seele ungerechterweise das Ruder in der Hand hält und der Frau eine Reihe harter Lektionen erteilt.

Ich mußte das vorab erklären. Sonst klingt es, als wäre ich eine Verfechterin von Abtreibungskliniken, und das bin ich wirklich nicht. Aber andererseits hilft diese Erklärung den Frauen, die diese Bürde von der Abtreibung noch mit sich herumschleppen. Es ist nie zu spät, ein Begräbnis zu machen und diese Feier der Trauer und des Loslassens zu begehen. Ich ermutige die Frauen dazu, ob sie nun den Fötus damals in ein Bündel packen und nach ihren eigenen Vorstellungen begraben konnten oder nicht. Auch Jahre später kann man noch mit dieser Seele reden, und viele Frauen haben es bereits getan. Ihnen muß ich das nicht erzählen. Sie hatten sogar mit der Seele des Fötus, den sie trugen, gesprochen und Antwort erhalten. Sie haben gesehen, wie die Seele durch eine andere Frau ihre körperliche Existenz erhalten hat. Sie können sich von den Schuldgefühlen später selbst befreien. Manche Frauen sind sich dieser Dinge bewußt. Aber viele andere Frauen suchen offenbar nach Erlaubnis und Bestätigung. Sie hungern richtig danach. Ich kann ihnen wirklich nichts anderes anbieten, als sie darin zu ermuntern und zu bestätigen, was sie schon immer gefühlt, gedacht und geträumt haben.

Ich bin natürlich keine Verfechterin der Abtreibung. Einige mögen sagen: 'Warum sollte denn eine Seele sich dafür entscheiden, in den Körper zu kommen und im ersten oder zweiten Drittel der Schwangerschaft einfach abgetrieben zu werden? Warum sollte eine Seele eine solche Wahl treffen? Warum sollte sich eine Seele dafür entscheiden, in eine Familie mit Alkohol- oder Drogenproblemen und in eine Familie, die zu einer Minderheit gehört, hineingeboren zu werden? Warum sollte eine Seele irgendeine Wahl treffen? Warum sollte eine Seele dich auswählen? Warum suchen wir uns die Lektionen aus, die wir lernen müssen? Für alles gibt es immer mehr als einen Grund. Wenn wir uns eines Tages daran erinnern, wird das Leben ein ganzes Stück leichter. Aber vielleicht ist ein Grund, warum all diese Seelen kommen und wieder abgetrieben werden, ein großes Geschenk an uns Frauen. Vielleicht wollen sie uns Frauen daran erinnern, daß wir dieses närrische Spiel mit uns selbst aufgeben sollten. Frauen gehen in Abtreibungskliniken und tun so, als wäre es nicht Leben, was sie da aufgeben. Sie tun so, als ob sie nur ihren Unterleib auskratzen lassen würden. Sie verweigern sich der Wirklichkeit, nach der Leben eben nicht erst mit dem ersten Atemzug beginnt und der Fötus in der Tat ein Baby war. Manche Leute sagen ja, daß der Fötus nicht wirklich eine Seele hat. Sie spielen solche Spiele mit sich selbst."

Vielleicht treten diese Seelen in den Körper ein, um uns diese grauenhafte Gewißheit zu geben. Sie geben die notwendige Gewißheit über die furchtbare Art, wie diese kleinen Körper ohne Würde beseitigt werden, wie diese Seelen weder eine Beerdigung noch die Sakramente erhalten. Vielleicht wählt eine Seele deshalb, abgetrieben zu werden, weil sie Lehrer für uns sein will, der uns daran erinnert, daß wir nicht auf dem richtigen Weg sind.

Geburtenkontrolle ist wahrhaftig nicht das Richtige. Der richtige Weg ist der Weg der Empfängnisverhütung. Das ist die ursprüngliche Anleitung. Sprich mit der Seele, dann kannst du die Türe öffnen oder auch nicht. Das gibt viel eher Sinn. Ich bin mir nicht ganz sicher, ob man das Wort 'Kontrolle' verwenden sollte. Man könnte es auch intelligente Empfängnis oder sogar konsequente Empfängnis nennen. Dieser Ausdruck gefällt mir. Es sollte im Einverständnis aller geschehen, nicht nur der Frau und der eintretenden Seele, sondern auch des Mannes, der ebenfalls eine wichtige Rolle spielt.

Entstellte Sakramente

Wenn sie mit ihren Lehren durchs Land reist, bringt Amylee Lektionen zu vielen Themen, wie auch der Erschaffung neuen Lebens mit. „Wenn ein Mann und eine Frau zusammen sind und neues Leben, ein Baby schaffen, wäre es natürlich am ehrenvollsten, wenn sie beide die Seele einladen würden, zu ihnen zu kommen. Aber manchmal tut das der eine oder der andere ohne das Wissen des jeweils anderen. Die Frau erträumt das Baby, lädt es ein, und der Mann will einfach nur Spaß haben. Auf der bewußten Ebene spüren die Leute oft, daß sie zusammen Spaß haben werden. Aber die Erlaubnis muß die Frau natürlich auf einer anderen Ebene geben.

Für die konsequente Empfängnis gibt es ein liebevolles und sanftes Ritual, entweder um eine Seele einzuladen oder um sicherzugehen, daß keine Seele eintreten kann. Das Ritual schließt geistige Dialoge mit allen Seelen, die im Umfeld sind und auch die Verbindung miteinander ein, sodaß man den anderen gefühlsmäßig gut genug versteht um einen schwachen Augenblick zu erkennen. Beide können übereinstimmen: „Oh, wir werden nie Kinder haben, niemals, oder jedenfalls nicht in den nächsten zehn Jahren. Wir sind beide der gleichen Meinung und wir meditieren darüber und, Seele, wir sagen dir jetzt: Wir wollen das nicht haben. Und im Moment des Liebesakts, dieser Explosion sexueller Energie, denkt einer von ihnen vielleicht: „Oh, wir könnten ein Baby machen,“

oder „Es würde deine Augen oder dein Haar haben," und dann gehen die Türen auf. Deshalb müßten die Leute wirklich richtig zusammen arbeiten, um den anderen gut genug zu kennen, damit sie diese Momente, wenn die Tür aufgehen würde, erkennen und dann die Tür schnell schließen.

Ich denke, das ist eine Möglichkeit uns daran zu erinnern, daß wir in der sexuellen Vereinigung Schöpfer sind. Ich denke, das ist ein Grund warum sich so viele danach sehnen und auch heftig danach verlangen. Wir wissen alle, daß es viele Triebkräfte gibt, die Mann und Frau zusammenbringen. Aber es gab eine Zeit, da war die sexuelle Vereinigung ein Sakrament. Viele der Sakramente sind entstellt worden. Denke an das Sakrament des Tabaks; heute vergiften sich die Menschen damit selbst. Denke an den Wein als ein Sakrament; es ist ein Gift für mein Volk geworden. Sakramente sind auf diese Weise mißbraucht worden, aber sie bewahren ihre Kraft, und um unsere Aufmerksamkeit zu gewinnen, richten sie in uns Verheerungen an bis wir ihre Ehre wiederherstellen; solange, bis wir sie ehren und anerkennen, was sie sind.

Deshalb wird uns der Tabak weiter Krebs und Luftverschmutzung bringen; er wird uns sogar Krebs bringen, wenn wir gar nicht rauchen, wenn wir nur im gleichen Lokal sitzen. Das wird anhalten bis wir uns daran erinnern, daß er ein Sakrament ist und ihn in Gebeten verwenden. Irokesische Männer inhalieren den Tabak nicht, wenn sie ein Gebet sprechen. Sie übergeben ihr Gebet dem Rauch und stoßen ihn dann aus ihrem Körper. Wir müssen auch den wahren Platz des Weins, des Alkohols überhaupt, wiederherstellen, dann wird er aufhören uns zu betrunkenen Idioten, Dummköpfen, betrunkenen Autofahrern, Alkoholikern und anderem, was daraus entsteht, zu machen. Das gleiche gilt für den Sex. Wir haben ihn gebraucht und genauso Weise mißbraucht, zur reinen Befriedigung anderer Dinge als unserem höchsten Zweck, der Verbindung mit dem Schöpfer.

In diesem Moment der Intensität im sexuellen Austausch fühlt man eine Verbundenheit mit der Schöpfung, dem Schöpfer. Und deshalb schiene es natürlich diesem Augenblick nachzuschmecken und sich auf diese Zeit vorzubereiten und ihn als heilige Zeit zu behandeln. Das bedeutet nicht, daß man dann in irgendeiner Weise weniger sexuelles Verlangen hat. Wahrscheinlich hat man sogar mehr, weil alle deine Ebenen an diesem Austausch eng beteiligt sind; nicht nur der Körper, nicht nur das Ego, nicht nur der Kopf, nicht nur das Gefühl, sondern alles, das ganze Paket."

Die Zeit des Heiligen Mondes

„Eines der Gespräche, die ich anbiete, beschäftigt sich mit der heiligen Mondzeit, der Menstruation. Es hilft den Frauen so sehr, denn sie sind noch die Töchter einer Generation, die sie 'die Regel' nannte, oder sie überhaupt nicht benannte. Sie sprachen nicht darüber. Kaufe einem Mädchen einfach eine Schachtel Sanitär-Binden und sie wird anfangen zu denken, ihr Mond-Zyklus sei nicht hygienisch. Sie wird alle Arten verletzender Ideen haben. Eins meiner Lieblingsrituale, wenn ich das erste Mal mit Frauen zusammenkomme, um in der Mond-Hütte miteinander zu sprechen oder ein Treffen über die Mond-Zeit abzuhalten, ist, unsere beiden Augen zu schließen und unser drittes Auge zu öffnen. Dann gehen wir alle zurück zu einem geweihten Ort unserer Kindheit, einem besonderen Ort, an dem wir uns wohlfühlen und nehmen von diesem Ort etwas mit, um einen Korb zu flechten. Wir nehmen dieses etwas mit unserem geistigen Auge mit – es könnte Moos sein oder Klee oder Weinreben oder Weidenruten oder Süßgras oder irgendetwas anderes. Wir bringen im Geiste etwas mit, um einen (für viele) unsichtbaren Korb für uns zu flechten.

Dann fangen wir an, diesen Korb zu füllen. Ich führe sie zu ihrem ersten Eindruck, dem überhaupt ersten Mal zurück, als sie etwas über Menstruation herausfanden. War es das Wort, war es ein Kurs über Gesundheit, war es Blut an der Unterwäsche von jemand anderem? Was war ihr erster Eindruck? Wir gehen dann durch Schwingung und Klang dorthin zurück, zu diesen Gedanken und Erinnerungen und verschiedenen Erfahrungen und füllen damit unsere Körbe. Wir gehen durch ihre eigene Entwicklung, von ihrer ersten Erinnerung über den Mond-Zyklus gehört zu haben bis zur Wiederherstellung ihrer eigenen persönlichen Erfahrungen. Wir gehen durch alles, von PMS bis zu Cathy Rigby, die in einem weißen Dress Tennis spielte, als sie ihre Menstruation hatte, und bis dahin, daß sie nicht in die Schwitzhütte gehen durften, wenn sie selbst ihre Mond-Tage hatten. All die Gefühle, die sie bei diesen Dingen hatten. Dann bewegen wir uns durch das Vokabular, das man mit den Mond-Tagen verbindet: Unwohl sein, Tampons, sich unpäßlich fühlen, Regel, all diese Dinge. Es ist unglaublich.

Damit ist der Korb bald bis obenhin und zum überlaufen voll. Das ist ihr Geschenk, ihr Give-away, damit sie all die alten Dinge, die ihnen durch ihre Erfahrung mit dem Frausein auf diesem Planeten anhängen, klären können. Dann können sie wirklich hören, was ich ihnen über die Mond-Tage anbiete. Sie können Dinge aus diesem Korb zurückholen, wenn sie sie wiederhaben wollen, aber sie haben auch die Freiheit, sie wegzugeben, einen Teil von sich selbst zu leeren.

Dann können neue Informationen sie in einem schönen, offenen empfänglichen Raum erreichen anstatt zu versuchen herauszufinden, 'Wie kann ich jetzt die Information einbauen, die mir AmyLee über die Heiligkeit der Mond-Tage gibt? Wie passt das zu den Vorstellungen von der Periode?' Dafür haben sie das Give-away, und das können sie sich dann auch wieder zurückholen. Und es ist auch eine wunderbare Erfahrung. Es ist nie zweimal dasselbe. Dann erfahren die Frauen weiteres über die Mond-Tage, über die Zweiseitigkeit des weiblichen Fließens. Der eine Strom ist die Energie von Mutter Erde. Er bewegt sich in einer Spirale durch die Frau nach oben und führt weiter zu Großmütterchen Mond, und fließt dann durch uns wieder hinunter. Wir sind Säulen, die die Energie zwischen Großmutter und Mutter leiten, hin und zurück. Es ist ein zweiseitiger (gegenseitiger) Fluß.

Ich erinnere die Frauen daran, daß während ihrer Mond-Tage ein Durchlaß in dieser Säule, dieser Spirale ist, und daß die Energie von Mutter Erde und von Großmütterchen Mond anfängt herauszukommen und sich in diesem Durchlaß zu drehen, weshalb wir während dieser Zeit in eine Mond-Hütte ziehen. Dort ist eine Öffnung, eine Tür, ein Durchlaß, eine Möglichkeit für die Energie von Mutter Erde und die Energie von Großmütterchen Mond und die Energie der Frau dort herauszuschlüpfen, freigegeben zu werden. Aber wo eine offene Tür ist, versuchen auch Dinge hereinzukommen. Wir ziehen uns also von der Welt zurück und gehen in eine Mond-Hütte, wo andere Frauen auf uns aufpassen können und wir gepflegt werden, um uns selbst zu schützen und damit der wirkliche Grund der Mond-Tage gewürdigt werden kann.

Der Grund für die Mond-Tage ist nicht, daß 'sich kein Baby eingenistet hat' (entschuldigt die doppelte Verneinung). Es ist nicht einfach so, daß es dort drinnen leer ist und deshalb all das Blut vergeudet ist und einfach hinausbefördert wird. Das ist nicht der Grund. Tatsächlich ist es genau andersherum. Es ist schwierig, das einer anderen Kultur zu erklären, aber die Hauptaufgabe der Frau ist es Leiter des Energieflusses zwischen Erde und Mond zu sein. Wir übergeben jeden Monat für eine gewisse Periode, buchstäblich eine Periode, unseren eigenen Willen. Daher kommt dieses Wort 'Periode'.

Wir übergeben also unseren freien Willen in dieser Zeit und dann sind diese Dinge gereinigt: nicht daß wir schmutzig wären, aber entlastet und befreit für einen neuen Zyklus. Wenn also eine Frau eine Seele zu sich einlädt und schwanger wird, dann wird sie von diesen anderen Pflichten zwischen Erde und Mond freigestellt. Dann können all diese Energien, einschließlich dem Blut, dem Ge webe und anderen Energien darangehen ein Baby zu schaffen. Sie muß sich dann diesem Durchlassen nicht öffnen."

Die Herstellung von Schilden

Eine weitere überlieferte Grundlage, die AmyLee in diesem Leben weitergibt, ist die Tradition der Schilde. Sie ist tatsächlich bekannt als *The Shieldmaker*, die Schildmacherin.

Was ist ein Schild? AmyLee sagt, es ist mehr als eine schöne Scheibe, die aus Holz und Leder gemacht ist. Sie sagt, die Grundlage, um die Schilde zu verstehen ist die Erkenntnis, daß 'alles Leben aus dem Tanz der Medizin-Räder entsteht': Medizin bedeutet 'gut', Rad bedeutet 'rundes Ding'. Wissenschaftler würden diese Medizin-Räder vielleicht Atom oder Elektron oder so ähnlich nennen. Manche dieser Medizin-Räder sind sehr flüssig, manche sind hart, manche gasförmig, eben aus all den verschiedenen Elementen. Einige dieser Medizin-Räder bewegen sich zusammen, um Schilde zu bilden. Es gibt Schilde, von denen manche sagen würden, sie seien ätherisch; und dann gibt es physische Schilde. Unsere Netzhaut ist ein Schild, unsere Haut ist ein Schild, unsere Aura oder unser Energiefeld ist ein Schild, unsere Augenlider sind Schilde, die Ozonschicht ist ein Schild. Überall gibt es also Schilde und sie dienen unterschiedlichen Zwekken. Ein Schild muß nicht unbedingt etwas abwehren, manchmal sollen sie dem, der das Schild ansieht, etwas widerspiegeln. Manchmal sind Schilde Spiegel. Manchmal sind sie Symbole desjenigen, der das Schild hält oder trägt, um damit den anderen das Wesentliche, das dieser Mensch zum Ausdruck bringen möchte, zu zeigen. Vielleicht gibt es auch noch andere Wesenszüge, die sich auf der Rückseite des Schildes befinden. Es ist genauso als trüge jemand eine Maske: es geht nicht darum, wie die Maske aussieht, wenn man sie ansieht, sondern darum, wie man die Welt durch diese Maske sieht. Genauso hat ja auch ein Schild mehr als eine Seite. Deshalb ist es im Blick des Betrachters, aber auch im Herzen des Schild-Trägers, des Schild-Besitzers.

„Ich wartete lange Zeit bevor ich begann, die Medizin der Schilde mit Frauen auf dem ganzen Kontinent zu teilen, denn ich dachte: 'Es wird nicht funktionieren. Das ist nur für die Wälder geeignet.' Aber einige Jahre später machte ich einen vorsichtigen Schritt ins kalte Wasser und fing an, es einer Gruppe von Frauen nahezubringen, die ich schon eine Weile kannte."

Zur Sommersonnenwende 1989 lud AmyLee alle Frauen ein, die Interesse hatten, sich mit ihr über ein Jahr zu einem Tanz der Rituale und Zeremonien zusammenzufinden, um das Recht zu erlangen, sich ihr eigenes Schild zu machen. Obwohl sie nur 200 Einladungen verschickte, antworteten über tausend Frauen aus ganz Amerika und Kanada.

Die Herstellung des Schildes braucht über ein Jahr intensiver Studien und Vorbereitungen. „Die Frauen dieses Schilder-Kreises, über tausend Frauen, drükken jede ihre eigenen Vorstellungen aus, und sie decken die ganze Skala ab, vom Wunsch nach Wohlstand über den Wunsch nach einem Partner über den Wunsch und das Bedürfnis nach Vervollständigung der Familie bis zu der Sehnsucht nach einem Baby. So weit, so gut. Wir erreichen mit den Frauen wirklich schnell die Erfüllung ihrer Wünsche, schneller als ich angenommen hätte. Der Prozess des Schildmachens basiert auf den Jahreszeiten und auf einem Mond-System. Die Frauen erhalten von mir per Post die angemessenen Rituale, die Bedeutung dieser Rituale, Vorschläge für die Art der Durchführung und eine Geschichte, die vielleicht zeigt, wie das Ritual entstanden ist oder wie es in meiner Familientradition verwendet worden ist.

Nach diesem einjährigen Vorbereitungsprozeß treffen wir uns auf regionaler Ebene. Wir treffen zusammen, um das Recht zu erlangen das physische Schild zu erschaffen und beginnen mit dem Reifen. Nachdem sie die ganze Nacht mit ihren Reifen getrommelt, getanzt und gesungen haben, geben die Frauen ihren Schilden das Leben. Mein Job ist der einer Hebamme für die Frauen, ihnen bei dieser Geburt zu helfen.

Schilde leben. Sie sind für ein paar Monate nachdem die Frauen ihnen Leben gegeben haben, fast wie Neugeborene. Sie sind fordernd und sie wollen Aufmerksamkeit und sie wollen, daß man bestimmte Dinge an sie hängt, und daß bestimmte Dinge von ihnen abgenommen werden, und sie wollen an einen bestimmten Platz gehängt werden. Dann sitzt du da und siehst es an und denkst: 'Es ist doch nur Holz und Leder, und was mache ich damit eigentlich?' Und dann wird es plötzlich so unglaublich wirkungsvoll, daß du seine Energie nicht bestreiten kannst. Nachdem die Frau sich eine Weile um ihr Schild gekümmert hat, fängt das Schild an, sich um die Frau zu kümmern. Es sorgt auf viele Weisen für die Frau: vielleicht als ein Spiegel, in den sie als Abbild ihrer Macht, ihrer Kraft, ihrer Bedeutung und Wirkung sehen kann. Außerdem versinnbildlicht es greifbar, ganz egal welche Vorstellung sie hatte, was ihr helfen wird sie umzusetzen. Dadurch, daß diese Dinge in einer symbolischen Form dargestellt sind, dadurch, daß sie das Recht durch den langsamen, ein Jahr dauernden Tanz des

Rituals gewonnen haben, dadurch, daß sie diesen ehrerbietigen Weg gegangen sind, diesen genau vorgeschriebenen Weg, wird jedes der Symbole auf dem Schild zu einer kraftvollen Einladung oder Beschwörung der Verwirklichung ihrer Vorstellung.

Schilde halten nicht ewig. Die meisten Schilde haben ihre eigene Lebensspanne. Wenn die Person geheilt ist, ist das Schild frei, etwas anderes zu tun. Wie hart ist es doch, Medizin-Gegenstände in einer statischen Form eingesperrt und fest zu halten, wenn ihr Wirken beendet ist. Wir lassen sie an andere Orte weitergehen, um andere Dinge zu tun, ob wir sie hinaus in einen Baum hängen, damit Wind und Regen sie wieder in Besitz nehmen, oder Teile daraus entfernen um sie zu verschenken oder ob wir sie an die verschiedenen Elemente übergeben, einen Teil vergraben, einen Teil verbrennen, etwas davon ins Wasser geben, und den Rest dem Wind überlassen.

Ich denke an die Schildkröte und die Schildkröten-Inseln (Nordamerika) und ihre vielen Schilde. Ich denke daran, wie sich diese Schilde, diese tektonischen Schilde verändern und bewegen. Das ist es, was wir bei all den Schilden und Erdveränderungen gerade sehen. Ich träumte von Großmutter Schildkröte und all ihren Schilden, die herumkriechen, und von all diesen Frauen, die ihre Schilde zu ihr bringen und dann bewegen sich all die anderen Schilde wie ein chiropraktischer Verbund, damit sich die Energie verändert und der nächsten Runde der Erdentwicklung, diesem nächsten Tanz zum Guten gereicht."

Die Aufgaben der Frauen, die Aufgaben der Männer

„Sinn des Daseins einer Frau ist es Heger und Pfleger zu sein. Zuerst sich selbst zu pflegen, damit sie dann weitermachen und Kinder, Liebhaber, Alte und alles darum herum hegen und pflegen kann. Sinn des Daseins der Männer ist sich selbst zu beschützen, die Vergangenheit, die Zukunft, einfach alles zu beschützen. Sie beschützen die Vergangenheit, indem sie sich genau daran erinnern und es angemessen weitergeben. Und sie schützen die Zukunft, indem sie die Umwelt schützen, damit es eine Zukunft geben kann. Der Sinn des Mannes ist auch die Gegenwart zu beschützen, die Frauen zu schützen, die Erde zu schützen und sich selbst zu schützen. Man kann leicht erkennen, daß wir in dieser Beziehung vom Gleichgewicht weit entfernt sind.

Jetzt fühlen die Frauen, daß wir uns selbst schützen müssen, daß wir die Aufgabe der Männer übernehmen müssen, daß wir uns selbst vor unseren Beschützern schützen müssen. Wir sind damit sehr beschäftigt, wir tragen fleißig kleine Amulette, nehmen an Kursen zum Selbstschutz teil, tragen diese T-Shirts und marschieren die Straßen entlang, um die Nacht zu verdrängen.

All diese Dinge schützen uns vor unseren Beschützern. Aber wo bleibt dann das Hegen und Pflegen? Einige von uns hören als erstes auf, sich selbst zu pflegen und übernehmen die Rolle der Beschützer, und wir erziehen weiter unsere Kinder oder was unsere Aufgabe oder sonst etwas ist. Einige von uns hören auf, Männer überhaupt zu pflegen. Manche hören auf, Kinder zu erziehen oder behandeln sie falsch und manche hören einfach auf zu pflegen und wechseln einfach in die beschützende Rolle. Manche wissen nicht wie man schützt, aber sie können sich jedenfalls nicht mehr für das Pflegen entscheiden, weil sie mißbrauchte und leere Frauen sind, weil sie geschlagene und gelähmte Frauen sind. Sie haben nie jemanden gehabt, der sie beschützte, und nie wurde ihnen beigebracht, wie man für jemanden sorgt. Wenn Frauen nicht beschützt werden, können sie aus sich heraus nicht für andere sorgen. Wenn wir dorthin zurückkommen können, wo Männer sich an ihre Beschützerrolle erinnern und sich die Frauen an ihre Rolle als Sorgende erinnern, werden wir wieder im Gleichgewicht sein.

Über meine eigene Familie hinaus werden irokesische Kinder dazu angeleitet oder wachsen damit auf. Die Irokesen ziehen nicht Kinder auf, sondern sie ziehen Getreide auf. Sie leiten Kinder an. Deshalb würde ich dann auch sagen, daß ich angeleitet wurde so zu denken: Von jedem Jungen, allem männlichen, jedem Mann anzunehmen, daß er mich beschützt und ich als Frau würde immer für jemanden sorgen. Deshalb ist es ein Schock für eine Frau, wenn es keinen Schutz gibt. Und das ist es, womit jetzt so viele Frauen kämpfen. Und die Männer müssen mit der Reaktion darauf umgehen, ob sie uns nun beschützt haben oder nicht.

So wichtig es für die Männer ist, so gut sie können ihre Bedeutung auf dieser Welt loszulassen, so wichtig ist es, daß die Frauen sich bereit machen, das Pendel von Kraft und Verantwortung zu akzeptieren. Es schwingt in unsere Richtung. Das ist eine wichtige Aufgabe und so wie ich es verstehe, dehnt sich die weibliche Energie aus und wird für einige Zeit die bedeutende Kraft sein, so wie es die männliche Energie für eine Weile gewesen ist. Es ist wichtig, daß wir bereit sind, in ehrenhafter Weise damit umzugehen. Als die Frauen das letzte Mal diese Bedeutung hatten, sind wir nicht zwangsläufig ehrenhaft damit umgegangen. Natürlich können in Zeiten der Veränderung, wo die Kraftpendel von einer Seite zur anderen schwingen, Chaos und trennender Schmerz und mehr Unterschiede als normalerweise auftreten. Und vielleicht bereite ich deshalb, auf diese kleine Art, die Frauen vor bereit zu sein, die Rolle der Vorherrschaft, der vorherrschenden Energie des Planeten für den nächsten Zyklus anzunehmen.

So viele Frauen sagen: 'Ich will nicht wichtig oder vorherrschend oder der Kopf sein; ich möchte Gleichheit, ich möchte mit den Männern auf einer Stufe stehen.' Nun, das waren wir immer; das waren sie immer mit uns. Es ist nur so, daß wir das Recht so zu leben bisher nicht in Anspruch genommen haben. Denn wenn wir gleich sein wollen, müssen wir wissen, daß wenn der linke Fuß den ersten Schritt macht, der rechte ihm folgen wird oder wenn der rechte Fuß die Führung übernimmt der linke ihm folgen wird. Wir müssen wissen, daß wir den Männern vertrauen können, und die Männer müssen wissen, daß sie uns vertrauen können. Und wir müssen wissen, daß wir uns selbst vertrauen können. Deshalb haben wir bis jetzt noch nicht das Recht erworben, Seite an Seite zu gehen. Es wird noch eine Weile so bleiben. Der Tanz hat gerade erst begonnen."

Wenn Falten das Gesicht überziehen

„Natürlich sollte jeder Tag ein Dankesfest sein. Wenn du aufwachst, danke für diesen Tag. Aber dann gibt es auch persönliche Feiertage. Einer ist der geweihte Mond-Tag, an dem man ins Frau-sein eintritt, wenn das kleine Mädchen zur Frau wird und die Tanten zusammenkommen und sie willkommen heißen. Aber das ist nicht der letzte, denn es ist auch ein Feiertag, wenn die Frau Großmutter oder Klan-Mutter wird, wenn die Mond-Tage ein Ende nehmen, wenn sie nicht länger von Großmütterchen Mond besucht wird, doch selbst Großmutter Mond statt Mutter Erde wird. Wenn sie Großmutter wird, gibt es einen Feiertag oder geweihten Tag, an dem sie dafür geehrt wird, daß sie diese weise Frau wird.

Ich denke, das ist wichtig und ich ermutige Frauen, ganz egal ob sie jemals Tanten hatten oder nicht, zusammenzukommen und einander mit einem Festessen, mit Spielen und Geschenken, mit Aufgaben, mit Liedern und Tänzen zu überraschen. Ich denke, das ist wichtig, egal ob sie das je hatten als sie Frau wurden. Sie können nicht wirklich in diesen Lebensabschnitt der Klan-Mutter, der Großmutterschaft eintreten, ohne soweit zurückzugehen, daß sie es würdigen können, daß alles damit anfing eine Frau zu werden. Sie können diese Großmutter nicht würdigen, wenn sie das Kind nicht würdigten, das eine Frau wurde. Man muß irgendwie dorthin zurückkehren, ob das nun über ein Tagebuch ist, oder man es sich von der Seele schreibt, oder in der Phantasie, oder in einem

Traum, oder indem man es malt. Es muß einen Weg dorthin zurück geben, oder man braucht Freunde, die vorbeikommen und Geschenke bringen, Kinder-Geschenke, um das Kind zu ehren, als es sich veränderte, verschwand und ins Frausein überging. Ich ermutige Frauen, das für sich selbst zu tun und die Unterstützung anderer Schwestern zu bekommen. Wenn es dann für uns an der Zeit ist für die Menopause, dann können wir unsere Feste und Feiern haben.

Wenn ich jetzt nur ein einziges Stück aus meiner Kultur auswählen könnte, wenn ich nur eine einzige Gabe geben könnte, dann wäre das die Erfahrung, daß die am meisten umsorgten Mitglieder unserer Familien die alten Frauen sind. Je älter eine Frau wird, desto mehr wird sie verehrt. Sie wird die Klan-Mutter und die Klan-Mutter bestimmt das Familienoberhaupt. Die Klan-Mutter tadelt dieses Oberhaupt auch, wenn ihr nicht gefällt, was es tut. Sie ist die weiseste Frau und dic am mcistcn verehrte Frau.

Wenn ich das nur allen Frauen und Männern mitgeben könnte: sich daran zu erinnern. Es zu ehren, wenn der Kopf schneeweiß ist. Dieses weiße Haar bedeutet, daß es sie schon lange gibt und daß sie etwas deutlich erfahren hat. Wenn Spuren und Furchen im Gesicht sind, dann sind das die Spuren, die zeigen, wo sie ging, was sie erfuhr, was sie mit ihrem Leben angefangen hat. Das sind nicht Falten, die eine Unterspritzung oder Silikon oder irgend so etwas bräuchten. Frauen müssen sich selbst daran erinnern und die Männer daran erinnern, erinnert uns daran zurück. Denkt daran und respektiert es. Das will ich allen Frauen mitgeben."

AmyLee ist noch immer damit beschäftigt zu unterrichten, Heilgegenstände herzustellen und sich für wildlebende Tiere einzusetzen. Seit 21 Jahren arbeitete sie nun als Wildhüterin. AmyLee hat große Wandlungen durchlaufen. „Die letzten meiner Verwandten starben in den vergangenen Jahren. Auch meine Mutter verschied. Ihr Name war Yehoweh, She Has The Laughter Of The Spring Waters (Die das Lachen der sprudelnden Quellen hat). Ich hielt sie in meinen Armen, als sie starb. Allein. Keine Nachkommen, keine Geschwister, Kusinen, Onkel, Tanten oder andere Angehörige. Meine gesamte Familie ist nun in der Welt des Geistes, doch meine Erd-Familie, die Elemente, Tiere, Pflanzen und Menschen sind nun in voller Kraft zum Vorschein gekommen. Und somit sind meine Fähigkeiten, zu Lernen, zu Antworten und zu Heilen angewachsen.

Ein Sache über den Tod und das Sterben habe ich mitzuteilen. Wir, die wir zurückbleiben, konzentrieren uns manchmal über lange Zeit auf den Schmerz und das Leid dessen, der verstorben ist. Doch die Verstorbenen reisen weiter, losgelöst von dem Schmerz. Für sie war es das alles Wert, für die wundervolle, strahlende Unendlichkeit, die sie im Geist erfahren dürfen. Ich glaubte immer, die Geister der Verstorbenen würden zu einem weit entfernten Reich, vielleicht sogar zu einem anderen Planeten reisen. Doch die Welt des Geistes ist kein weit entfernter Ort, sie scheint nur so weit entfernt, weil wir uns weigern, sie wahrzunehmen. Die Welt des Geistes ist hier und jetzt, verwoben mit allem was ist. Sie ist die Dimension unserer Erfahrung, die keine der von uns akzeptierten Formen hat; sie kennt den Begriff von Zeit, den wir haben, nicht, und sie kennt auch den Raum, den wir innerhalb der materiellen Welt zum leben brauchen, nicht. Der Geist ist im Hier und Jetzt. Warum ist das überhaupt wichtig? Möglicherweise möchte der Geist, daß wir wissen, daß unsere geliebten Menschen uns niemals wirklich verlassen und daß wir uns in diesem Wissen mehr um sie, um unsere spirituellen Führer, unsere Umwelt, unseren eigenen Geist und die Geister der kommenden Generationen dieser Erde kümmern.

Viele Jahre habe ich nun als Torhüterin der Sternenschwesternschaft der tanzenden Schilde gedient und hunderte von Frauen in der Schwesternschaft willkommen geheißen. Diese Aufgabe gab mir fortwährend die ungeahnte Gelegenheit, etwas Neues zu lernen, zu wachsen und an neue Orte zu gelangen. Die Zeremonie erstreckt sich über ein Jahr. In jedem Zyklus, zum Neumond und zum Vollmond, singe ich den Namen einer jeden Schwester und verschicke dann an die Frauen Bündel, mit denen sie arbeiten und an denen sie lernen sollen. Dieser Teil meiner Arbeit entwickelt sich stets fort und vertieft sich. Ich habe gelernt, meine Energie in die Dinge zu leiten, die ich als gut erkenne und an die ich glaube. Ich verwende meine Energie nun eher dazu, etwas zu fördern, als dazu, standzuhalten oder zu protestieren. Man kann auf diese Weise viel mehr erreichen – wenngleich ich wahrscheinlich noch viel Protest in mir trage.“

AmyLee war ihr Leben lang eine Künstlerin. Sie verwendet ihre intuitiven künstlerischen und handwerklichen Gaben zur Herstellung von zeremoniellen und heiligen Gegenständen, unter ihnen ihre musikalische Erfindung, geschweißte „Liederhülsen“ („als ob ein Kaleidoskop singen würde!“). Sie hält auch intuitive Vorlesungen und entwickelte eine Reihe, in einem besonderen Verfahren hergestellter Heilkräuter – ihre eingeborenen Wurzeln.

Zwölf

Massapowau für das Volk des Morgenlichtes

Slow Turtle

Als Geschäftsführer der Kommission für Indianische Angelegenheiten in Massachusetts (Massachusetts Commission of Indian Affairs; MCIA) muß John Peters oft Anzug und Krawatte tragen, hinter einem Schreibtisch sitzen und sich mit dem Gouverneur und dem Parlament auseinandersetzen. Er hegt eine ausgeprägte Abneigung gegen Regierungen, Steuern und Bürokratien. Doch er erkennt auch, daß das ein wichtiger Teil seines Medizin-Pfades im Dienst am indianischen Volk ist.

Die Rolle des Regierungsbeamten ist jedoch nur eine der Positionen, die er ausfüllt. Er ist auch der höchste Medizinmann für das Volk der Wampanoag: das Volk des Ersten Lichtes. Sein Titel ist Massapowau. In der Sprache der Wampanoag bedeutet 'massa' 'groß', wie zum Beispiel in 'Massachusetts'. 'Powau' bezeichnet die Person, die die Menschen zusammenbringt. Als Zeichen dieser Position trägt er über seiner Krawatte an einem Lederband mit sieben Perlen eine Schnitzerei aus grünem Speckstein, die eine Schildkröte darstellt. Die Perlen stehen für die sieben kommenden Generationen von Kindern, die in diesem Land geboren werden, und für seine Verantwortung, bei allen Entscheidungen, die er trifft, an sie zu denken.

Seine Rolle als Massapowau vermischt sich häufig mit seiner Verantwortung als Regierungsbeamter. Als Massapowau berät er indianische Menschen und leitet Zeremonien. Obwohl er viele Aufgaben übernommen hat und ständig gefordert wird, ist er – wie die Schildkröte – für seine Geduld und sorgfältige Bedachtsamkeit bekannt.

John Peters war etwa 14 Jahre alt (damals Mitte der vierziger Jahre), als das Volk der Mashpee Wampanoag beschloß, daß es für ihn an der Zeit sei, seinen indianischen Namen zu bekommen. Sie hielten eine Zeremonie ab und nannten ihn Slow Turtle, Langsame Schildkröte. John Peters erklärt die Namensgebung so: „Sie gaben mir diesen Namen, weil ich mich im Gespräch sehr langsam äußerte und mich auch sehr langsam bewegte. Sie hielten das für ein Merkmal von Weisheit. Zu diesem Zeitpunkt war es einfach eine Beschreibung meiner Person und meiner Bewegungen. Ich glaube, man könnte sagen, daß die Dinge für mich geordnet sein mußten. Eine Schildkröte hat nun eine ganz bestimmte Verhaltensweise, bevor sie sich überhaupt bewegt. Sie streckt ihren Kopf heraus und beobachtet erst einmal alles. Dann erst bewegt sie sich. Das bedeutet: Die Schildkröte hat einige Merkmale an sich, die man sich wirklich anschauen sollte."

„Jetzt bin ich in der Position, diese Namen zu vergeben, und das ist die Art, wie wir die Menschen benennen. Wir fassen die charakteristischen Eigenschaften zusammen und schauen, wie sie draußen in der Welt zu beobachten sind. Durch diesen Namen erinnere ich mich leichter an eine Person als durch einen christlichen Namen, der – jedenfalls für uns – keine Bedeutung hat. Der Name von uns ist sehr ausgesucht, weil jeder von uns seinen persönlichen Namen hat, genauso wie jeder seinen eigenen persönlichen Geist hat."

Slow Turtle wuchs in Mashpee im Bundesstaat Massachusetts auf: Dort studierte er bei einem Medizinmann namens William James. Sie arbeiteten während des Zweiten Weltkriegs, als Slow Turtle etwa vierzehn oder fünfzehn Jahre alt war, zusammen in einer Straßenbaukolonne. James lehrte ihn alles über die Natur, die Pflanzenwelt, die Bereitung von Kräutern und auch über die Menschen und die Entstehungsgeschichte.

Einige Jahre, nachdem er die Schule abgeschlossen hatte, wurde Slow Turtle Offizier bei der Polizei und blieb es zehn Jahre lang. Nachdem er die Polizei verlassen hatte, arbeitete er ein Jahr lang als Privatdetektiv auf Hawaii. Während dieser Zeit erkannte er Parallelen in der Art, wie die eingeborenen Hawaiianer und die Wampanoag um die Kontrolle ihrer Länder kämpften. Als er später beim Aufbau eines Flughafens auf der Insel von Nantucket vor der Küste von Massachusetts arbeitete, erhielt er ein Zeichen des Großen Geistes. Es forderte ihn auf, nach Mashpee und zu seinem Volk zurückzukehren. Vielleicht begann er zu diesem Zeitpunkt 'Indianische Arbeit', wie er es nennt, als Vollzeitbeschäftigung zu leisten. Im Jahr 1979 wurde er zum geschäftsführenden Direktor der Kommission für Indianische Angelegenheiten in Massachusetts ernannt.

Das Volk der Mashpee Wampanoag ist einer der sechzehn wichtigsten Stämme in New England. Es hat etwa 1 300 Stammesmitglieder, obgleich weniger als 400 noch an der Küste bei Cape Cod in Mashpee leben. Sogar Slow Turtle und seine Familie sind, weil es seine Arbeit erforderte, von Mashpee nach Chelsea umgezogen, in eine Stadt in der Nähe von Boston mitten im Herzen des modernen Massachusetts. Doch trotzdem stehen sie durch Versammlungen (powwows) und andere Stammestreffen in Verbindung mit ihrem Volk und mit den eingeborenen Amerikanern bis in den Südwesten, nach Kanada und sogar nach Peru. „Die eigene Kultur zu verlieren ist eine gefährliche Sache", sagt Slow Turtle. „Die ganze Idee der Powwows ist, daß die Menschen in einem vereinenden Kreis zusammenkommen und miteinander ein spirituelles Gefühl der Erkenntnis und Achtung vor der Erde und voreinander teilen."

„Mein Einsatz gilt hauptsächlich den indianischen Menschen und ihren Vorstellungen vom Leben. Die Ziele meines Volkes unterscheiden sich vollständig von dem, was die Allgemeinheit für wichtig hält. Wir sind nicht zum privaten Vergnügen hier, sondern um eine Möglichkeit zu finden, Mutter Erde für alle kommenden Generationen zu erhalten."

Slow Turtle ist mit einer starken Frau, Burne Stanley, verheiratet, die mit ihm die Verantwortung in der Kommission für Indianische Angelegenheiten teilt. Ihr jüngstes Kind ist nach acht Kindern, zwölf Enkelkindern und einem Urenkel zur Welt gekommen. Es erhielt den Namen Autaquway; dieses Algonquin-Wort bedeutet 'das Ende'.

Als die Verwaltung des Bundesstaates das an sich schon magere Budget der Kommission für Indianische Angelegenheiten in Massachusetts in den Jahren 1989 und 1990 noch weiter zusammenstrich, gründeten Slow Turtle und Burne zusammen mit Freunden ein Zentrum für die Belange der eingeborenen Amerikaner im Bundesstaat Massachusetts, das Massachusetts Center for Native American Awareness. Dieses Zentrum ist eine gemeinnützige und nicht auf Gewinn ausgerichtete Organisation, die gegründet wurde, um den kulturellen, sozialen und religiösen Bedürfnissen der eingeborenen Menschen zu dienen.

Die Regierung ist von allen guten Geistern verlassen

Slow Turtle ist recht ungehalten über die Art, wie eingeborene Amerikaner immer noch durch Stereotypen überzeichnet werden: „Zum Teufel, ich war drüben in London. Als ich aus dem Schiff ausgestiegen und in die Schalterhalle gekommen bin, war dort ein großes Plakat, das mit der Aufschrift 'Komm nach Amerika und schau Dir die Indianertänze an' warb. Auf dem Plakat waren Comic-Indianer zu sehen, die tanzten. Ich bin der Meinung, daß Amerika nicht in Ordnung ist. Das ist die Einstellung der Menschen in Amerika. Der Indianer ist heute deshalb auf diesem Plakat, weil die Europäer – zumindest einige – nicht in der Lage sind, überhaupt Unterschiede zu machen. Deshalb fahren sie nach Amerika, um diesen nackten Indianer mit Lendenschurz und Tomahawk tanzen zu sehen. Dazu mußt Du wissen, daß dieses Plakat eine Werbung war, die ein Amerikaner aus Amerika für eine amerikanische Gesellschaft gemacht hat. Die Fluggesellschaften sind daran gegangen, Europäer über den Atlantik zu bringen, damit sie die Indianer beim Tanzen anschauen können. Es hat mich wirklich verletzt, dort in London dieses Plakat zu sehen. Wie weit wollen sie denn noch gehen mit ihren schönrednerischen und rassistischen Einstellungen, mit ihren Vorurteilen?"

„Ich kann vor vielen ausländischen Studenten sprechen, die nach Boston kommen und hier an die Universität oder auf das College gehen. Ich schaue sie mir an und sage: 'Ich möchte Euch erklären, was es heißt, Amerikaner zu sein.' Und dann sage ich: 'Es gibt nur einen einzigen Weg, um Amerikaner zu werden: Werft Eure Kultur weg. Ihr könnt nicht Eure Kultur mitbringen und wirklich ausüben. Das ist nicht erlaubt.' Amerika hat in der Tat keine Kultur. Wenn Ihr es trotzdem versucht und hier einige Traditionen Eurer Vorfahren pflegt, werden sie Euch einfach niederschießen, weil diese Art nicht dem amerikanischen System entspricht. Wir werden in diesem Land immer in Vergessenheit enden, denn die Amerikaner haben keine Achtung vor meiner Kultur. Sie haben keinen Respekt vor irgendeiner Kultur."

„Bekanntermaßen hatten wir hier die Demokratie, bevor die Europäer kamen. Aber unsere Demokratie war von Spiritualität erfüllt. Wir hatten Achtung voreinander. Wir hatten Achtung vor der unterschiedlichen Lebensweise anderer Menschen. Das ist im jetzigen System nicht erlaubt. Sie haben den Geist aus der Demokratie entfernt. Deshalb kann diese Demokratie nie richtig funktionieren, denn es fehlt die Achtung."

„Nach den Vorstellungen der amerikanischen Eingeborenen hat jeder von uns seinen eigenen Geist. Deshalb ist jeder von uns anders. In Eurer Demokratie redet Ihr über uns, als ob wir alle den gleichen Weg gehen und das gleiche Gebet lesen würden. Wenn Ihr in Eure Kirche geht, lest Ihr alle dasselbe Gebet, das irgendein anderer geschaffen hat. Auf unserem spirituellen Weg mußt Du Dein eigenes Gebet sprechen; Du mußt Dein eigenes Gebet schaffen. Du nimmst nicht einfach mein Gebet, denn das wäre mir gegenüber respektlos. Es müssen Deine eigenen Worte, Deine Gedanken und Gefühle sein, die Du in Dein Gebet aufnimmst, nicht meine. Wir lesen nicht die heiligen Schriften eines anderen und sagen: 'So steht es geschrieben.' Auf unserem Weg haben wir verstanden, daß jeder Tag ein neuer Tag ist. Und das Leben geht weiter. Das Leben bleibt nicht stehen."

„Ich weiß nicht, ob sich in diesem Land je etwas ändern wird, denn wir entwickeln uns geradewegs zurück zum alten europäischen Stil. Jeden Tag werde ich daran erinnert. In diesem Land marschieren sie geradewegs zurück zur Art der Königshäuser und Diktaturen. Ihr habt eine Machtstruktur bekommen, die einen hierarchischen Pyramiden-Aufbau in der Regierung zeigt. Unsere Form der Regierung, wie sie die eingeborenen Menschen in diesem Land kennen, war immer ein Kreis. Da gab es nie eine Hierarchie. Und deshalb betrachteten wir immer alle anderen als gleichrangig. Niemand war größer oder kleiner als andere Leute. Es war egal, welchen Job du hattest. Es macht keinen Unterschied, daß ich ein Medizinmann bin. Ich bin nicht wichtiger als irgendein anderer, und ich habe das kapiert. Ich habe ganz einfach eine bestimmte Stellung. Wir kennen also diese hierarchische Situation nicht. Deshalb verfallen wir auch nicht in Wettbewerb und Eifersüchteleien und sind gefeit gegen alles, was damit verbunden ist. Wir haben diese Ängste nicht, die der Rest der Gesellschaft in diesem Land hat. Wir kennen die Sorgen und all diese anderen Dinge nicht, die überall dort auftreten, wo es nur ein paar Leute an der Spitze gibt, die alles haben, während der Rest immer will, was sie nicht haben."

„Das passiert in diesem Lande. Ihr seid schnurstracks in die alten Feudalzeiten zurückgefallen, in denen das Königshaus alles hatte. Als die Europäer nach Amerika kamen und studieren wollten, wie wir vorgehen, lernten viele Leute unser System schätzen. In der Tat zeigten die eingeborenen Menschen den Europäern, wie man einen Verwaltungsbezirk einrichtet, ohne daß eine einzelne Person ihn kontrolliert und in dem jeder eine Stimme in der Gemeinschaft hat. Das ist der Weg unserer Leute. Jeder hat eine Stimme in der Gemeinschaft. Was aber geschieht dann hier? Weil sie es in Europa nicht kennengelernt hatten, wußten die Neuankömmlinge nichts über einen Verwaltungsbezirk. Sie besaßen nichts in Europa und sie hatten dort nichts zu kontrollieren. Als sie hier ankamen, wußten sie also auch nicht, wie man eine Stadt führt."

„Der große Häuptling Passaconaway ließ sie alle hinsetzen und sagte: 'Wenn Ihr in unser Gebiet kommen wollt, dann müßt Ihr die hier gültigen Spielregeln einhalten. Das bedeutet: Hier trifft keine einzelne Person allein die Entscheidungen. Ihr alle zusammen werdet die Entscheidungen über das, was in dieser Gemeinde geschieht, treffen. Deshalb schätze ich Passaconaway, weil er Verwaltungsbezirke gegründet hat, in denen jeder eine Stimme in der Gemeinschaft hat. Das war neu für die Europäer. Sie waren das nicht gewöhnt."

Das Volk des Ersten Lichtes

„Es ist etwas ganz Besonderes, zum Volk des Ersten Lichtes zu gehören," sagt Slow Turtle, „weil Du Dich auf spirituellem Boden bewegst. Auf diesem Land der Wälder nahe dem Meer lebt unser Volk schon seit Tausenden von Jahren. Hier stehst Du wirklich in Verbindung. Du hast eine Verankerung und Du bist verbunden. Die Grundlagen sind hier, und auf sie bist Du stolz. Deine Ahnen sind hier. Sie haben den gleichen Dingen ihre Wertschätzung entgegengebracht wie Du. Diese Sachen schaffen eine Verbindung, die sich fortsetzt. So wie sie für mich da sind, werden sie auch für meine Urenkel da sein. Solche Verbindungen hinterlassen ein gutes Gefühl. Aber heute stellt sich uns schon die Frage, ob diese Dinge für unsere Urenkel wirklich noch da sein werden. Wir haben gesehen, wie eine andere Art von Menschen hinzugekommen ist, die nicht diese Verbindung wie wir haben. Deshalb ist meine Frage: Haben wir genug Zeit, das Ruder herumzuwerfen und diese Menschen dazu zu bringen, die Wirklichkeit zu erkennen und zu sehen, was wirklich geschieht?"

„Darum geht es. Es ist die letzte Möglichkeit zur Umkehr. Ich sehe mich gezwungen, mein Volk dafür zu verurteilen, daß es sich nicht die Zeit nimmt, es zu versuchen. Mein Volk bringt dem weißen Mann nicht bei, was hier wirklich geschieht, obwohl wir wissen, daß er in einer Phantasie-Welt lebt, und obwohl wir erkennen, daß er jene Dinge am meisten schätzt, die keinen Bezug zur Wirklichkeit haben. Diese Dinge sind nur ein Traum. Der Wohlstand des weißen Mannes ist nichts wert und führt zu nichts. Das grüne Papier, der Dollar, hat keinen Wert; doch der weiße Mann kapiert das nicht. Wenn Du die Liebe abschaffst und versuchst, sie durch mit Geld bezahlbare Dinge zu ersetzen, dann hast Du nichts bekommen. Deshalb ist der Versuch so wichtig, den weißen Mann wieder zu lieben und ihn soweit zu bringen, daß er versteht: Er muß sich selber lieben, bevor er irgend etwas anderes lieben kann."

„Es ist wirklich Schwerstarbeit, die Ansichten des weißen Mannes zu verändern und ihm diese Art von Informationen beizubringen. Aber wir haben diese Aufgabe nun einmal übernommen. Wir haben eine Vielzahl von Programmen in den Gefängnissen laufen. Wir versuchten mit unseren bescheidenen Möglichkeiten das Beste zu schaffen. Wir gingen in die Gefängnisse und legten unsere Programme für die Strafgefangenen aus. Ihnen sagten wir, daß es ein spirituelles Programm sei. Wir sind keine Religion. Religionen sind starre Einrichtungen, was dazu führt, daß Leute kontrolliert werden können. Das eben ist nicht unsere Absicht. Deshalb kamen wir mit einem spirituellen Programm an und sagten: 'Wir möchten als allererstes, daß Euch klar wird: Der Geist an sich hat weder Farbe noch Rasse. Es ist gleich, ob Eure Haut weiß, schwarz, rot, braun oder sonstwie gefärbt ist. Keiner von denen da draußen ist besser als Ihr. Und Ihr seid auch nicht besser als irgendeiner von denen da draußen.' So fangen sie an, in das Programm hineinzuschauen. Denn wir haben ihnen etwas zum Nachdenken gegeben."

Etwa seit 1984 arbeitet Slow Turtle mit zwei engen Freunden, mit Medicine Story und Wildcat, zusammen. Sie statten den Gefängnissen von Massachusetts, Connecticut, Vermont, New Hampshire und Pennsylvania regelmäßige Besuche ab. Diese Besuche laufen unter der Bezeichnung eines Gefängnis-Programms für amerikanische Eingeborene (Native American Prison Program), doch sie sind offen für Menschen aller Rassen und Religionen. Zu diesen Programmen gehören oft auch sogenannte Kreise der Wahrheit, bei denen die Gefängnisinsassen in einem Kreis sitzen, einen Sprechstab herumreichen und dabei dem Kreis der anderen erzählen, was sie so bewegt. Diese einfache Methode, nur zu sitzen und zu sagen, was einen bewegt, ist in hohem Maße wirkungsvoll. Das mag daher rühren, daß die Tradition der Wahrhaftigkeit in unserer Gesellschaft weitgehend fehlt. Die Menschen spüren die Achtung vor der Gleichwertigkeit aller und die Augenblicke der Wahrheit, und sie öffnen ihre Herzen.

Manchmal schließt das Gefängnis-Programm auch eine Schwitzhütten-Zeremonie ein, die der Reinigung dient. Manchmal kommen Gäste dazu, die über handwerkliche Geschicklichkeit und körperbetonte Therapie oder einfach als Berater zur Verfügung stehen. „Wir wollen zeigen, daß jedem eine besondere Gabe gegeben ist", erklärt Slow Turtle. „Wir wollen die Menschen für die Vorstellung öffnen, daß es im Leben viele Wege gibt, die entdeckt und erforscht werden können. Auf diese Weise können sie bei anstehenden Entscheidungen andere Wege einschlagen, die sie vorher schon entdeckt haben.

Warum gehen wir in die Gefängnisse? Wir wollen die Menschen dort erreichen. Wir wollen ihnen das Leben und die Bedeutung des Lebens aus einem vollständig anderen Blickwinkel zeigen. Damit wollen wir ihnen auf der Suche nach einem Weg helfen, mit dem sie die Liebe zu sich selbst stärken können. Wir wollen sie unterstützen, diesen Weg einzuschlagen, zu verstehen und herauszufinden, wer sie wirklich sind. Denn die Menschen in den Gefängnissen wissen nicht, wer sie sind. Sie haben so überhaupt keine Vorstellung davon. Der Durchschnittsmensch auf der Straße hat keine Ahnung, wer er wirklich ist. Er weiß nicht, warum er hier ist. Er hat letztlich gar keinen Grund, hier zu sein. Er kann nicht dankbar sein für den Sonnenaufgang, für den Mond oder für irgendetwas anderes, weil er keine Preisangabe in Dollar und Cent darauf sieht. Ebensowenig kann er einem Baum oder einem Tier, die mit ihm reden, Wertschätzung entgegenbringen. Weißt Du, er hat sich von alledem so unendlich weit entfernt. Er ist ein Einzelgänger geworden, der immer nur für sich selbst ist. Er beschäftigt sich ausschließlich mit sich selbst und meistens mit seinem eigenen Ärger. Das hat ihn dazu gebracht zu glauben, er sei ein aufgeweckter Mensch. Diese Leute halten sich für geschickt und intelligent. Das geht mir gegen den Strich, daß diese Menschen wirklich glauben, sie seien klug.

Wenn ich im Kreis von Strafgefangenen sitze, dann spüre ich sehr wohl, daß es Menschen sind. Es sind Menschen, die mißachtet und ausgesondert worden sind. Aber ich finde Liebe und Schönheit und auch Achtung in großem Ausmaß bei ihnen. Ich habe gesehen, wie Menschen ihr Wesen von Grund auf geändert haben. Aus richtigen Menschenhassern sind wirklich liebevolle Menschen geworden, die in der Lage sind, Kontakt mit den Leuten aufzunehmen, die sie vorher gehaßt haben. Sie wissen nicht, warum sie diese Leute gehaßt haben. Aber jetzt reden sie mit diesen Leuten. Das ist doch wirklich etwas. Wenn ich sehe, wie sie wieder mit ihren Familien Kontakt aufnehmen, dann weiß ich, daß sie auf dem richtigen Weg sind. Sie strengen sich wirklich an, aufeinander zuzugehen. Und dann passiert Folgendes: Fast alle Menschen, die an diesem Programm teilgenommen haben und das Gefängnis verlassen und hinausgehen, versuchen solche Kreise in ihrem Umfeld zu gründen, weil sie gemerkt haben, daß das etwas ganz anderes ist. Es ist einfach eine andere Art, die Dinge zu sehen und mit ihnen umzugehen. Es ist eine andere Art des Lebens. Und es fällt ihnen leicht."

Sag einfach die Wahrheit

„Es ist eine Tradition der eingeborenen Menschen, im Kreis zu sitzen und zu reden und so mitzuteilen, was sie auf dem Herzen haben. Die eingeborenen Amerikaner machen das oft, wenn auch nicht in der Art, wie der Kreis in einem

Seminar oder im Gefängnis stattfindet. Die Menschen mit Stammesbewußtsein kennen schon, was Ihr jetzt lernt. Sie wissen schon, wie es ist, bei sich und bei jedem anderen zu sein. Sie können ihr Problem darstellen und aussprechen, und jeder würde sich dieses merkwürdige Ding von allen Seiten anschauen und mit ihm umgehen können. Wenn wir den Kreis im Seminar oder im Gefängnis machen, fehlt uns einfach die Zeit, uns mit den wirklichen Problemen eines jeden auseinanderzusetzen. Aber den Menschen gibt es ein gutes Gefühl, wenn sie einfach von ihren Problemen reden dürfen. Deshalb bringt ihnen der Kreis wirklich etwas. Wir setzen uns zusammen und sprechen über ihre Probleme und wir alle richten unsere Aufmerksamkeit darauf. Es macht schon einen beträchtlichen Unterschied, wenn jeder sich das Problem anschaut, weil ich etwas anders sehe als Du. Deshalb kann ich nur aus meiner Sicht über das Problem sprechen, und Dir geht es genauso."

„Du mußt auch nichts hinzufügen. Wir wollen nicht, daß Du die Geschichte ein bißchen auswalzst. Sag einfach nur die Wahrheit, so wie Du sie siehst. Am Anfang ist es ganz schön schwierig, überhaupt die Wahrheit zu sagen. Schließlich sind wir bestens darin geübt, andere zu täuschen, als ob es eine Schwäche wäre zuzugeben, daß Du Dir Sorgen machst oder es Dir nicht gut geht. Wir sagen unseren Männern, daß es völlig in Ordnung ist, wenn sie weinen. Am Weinen ist gar nichts Schlimmes. Wenn du zu weinen anfängst, dann weiß ich, daß Du mich liebst, denn Du weinst auch für mich. Warum sollte man sich dafür schämen müssen? Weinen ist eine ganz natürliche Sache. Warum solltest Du Dich also dafür schämen?"

„Einer der Männer, mit denen ich arbeitete, war der meistgefürchtete Strafgefangene im Gefängnis unten in Connecticut. Manchmal konnte er aufstehen und uns in geeigneten Augenblicken ein paar Geschichten über das, was er getan hatte, erzählen. Dann stand er einfach da und weinte und sagte, daß er nicht gedacht hätte, daß es ihm einmal so gut gehen würde wie in diesem Programm. Er sagte, daß er Gefühle habe und sie auch bemerke. Er sagte, er wisse, daß er seine Frau liebe und ihr das auch sagen könne. 'Das konnte ich meiner Frau noch nie sagen', sagte er. 'Ich konnte es höchstens sagen, wenn ich eine Frau ins Bett bekommen wollte.' Und er setzte hinzu: 'Das war damals etwas ganz anderes als heute.' Dieser Mann sagte, er sei glücklich, daß er wieder eingesperrt worden und im Gefängnis auf dieses Programm gestoßen ist. Zwischendurch war er zwei- oder dreimal draußen gewesen. Doch kein Programm und nichts anderes hatte ihm irgendwie geholfen. So wußte er, daß es ihm bestimmt war, wieder ins Gefängnis zu kommen. Aber jetzt wollte er nicht mehr im Gefängnis sein. Er sagte, daß er etwas geschenkt bekommen hat, wofür er leben könne. Er hat einen ganz neuen Weg gefunden, sein Leben zu führen."

Für uns ist jeder Mensch einmalig

Eine der Aufgaben von Slow Turtle als Massapowau ist es, als Therapeut für die da zu sein, die Unterstützung brauchen. Er sagt, daß viele junge Leute zu ihm kommen: „Ich übe nicht mit ihnen. Ich erzähle ihnen eine Geschichte, die ihnen die Möglichkeit gibt, daraus zu lernen. Die Geschichte mag für die Welt da draußen nicht viel bedeuten. Aber für sie ist diese Geschichte wichtig, weil ich damit in ihrem Kopf herumschwirre. Vielleicht sehe ich, daß sie einem hellhäutigen Menschen auf verärgerte Weise gegenübertreten, weil sie von anderen Weißen verletzt worden sind. Ich kann erkennen, wenn Ärger emporschießt. Dann versuche ich, ihren Ärger zu nehmen und damit etwas Vernünftiges anzufangen."

„Mein Lohn ist ein gutes Gefühl, wenn ich etwas erreichen und jemandem auf geistiger Ebene helfen konnte. Ich kann diese Arbeit hier machen und meine eigenen Bedürfnisse befriedigen, aber, wie Du weißt, ist nicht jeder in der gleichen glücklichen Lage wie ich. Aber ich bekomme Kontakt mit einer Menge Leute, die meine Hilfe brauchen, und ich kann sehr wirkungsvoll arbeiten. Weil meine Beratung überhaupt nichts kostet, müssen wir nicht erst diesen ganzen Blödsinn wegen der Kosten durchkauen."

„Meine Philosophie ist seit jeher, daß ich meine Arbeit nicht richtig mache, wenn ich Dir nicht in zwei Sitzungen helfen kann. Dann kann ich Dir wirklich nicht helfen. Diese Leute, die Geld für ihre Beratung bekommen, behalten ihre Klienten zwei oder drei Jahre lang. Sie heiraten sie regelrecht, und die Leute werden praktisch hörig. Aber ich kann so nicht arbeiten. Wenn Du Psychiatrie und Beratung oder ähnliches studierst, dann lernst Du, die Menschen in Muster einzuordnen. Wir kennen keine solchen Muster. Für uns ist jeder ein eigenständiger Mensch. Jeder Mensch ist anders. Er gehört nicht zu einem von vier oder meinetwegen zehn Typen. Deshalb ist das Bild eines Menschen wie ein Schnappschuß, wie eine Momentaufnahme. Damit will ich sagen: Du sitzt vor mir, so daß ich Dich sehen kann. Ich erfahre etwas von Dir, denn Dein Körper wird mir mehr erzählen als Dein Mund. So kann ich Dir sagen, durch welche Wandlungen Du gehst und was mit Dir geschieht. Das sind die Dinge, die jede Beratung einzigartig machen. Da muß ich auch keine Angst haben, daß ich eine Show abziehe, weil ich dafür Geld kassiere. Verstehst Du, was ich sagen will?"

„Wer bei uns Medizinmann wird, bestimmen die Menschen unseres Volkes. Sie machen Dich zum Medizinmann, nicht Du selbst. Du gehst auch nicht herum und erzählst jedem ‘Ich bin ein Medizinmann’, weil Du etwas über die Pfeife gelernt oder ein paar Leute beraten hast. Landauf landab höre ich von diesen selbsternannten Medizinmännern. Ein Medizinmann wird von jenen Leuten anerkannt, denen er dient. Sie allein können ihn hindern, Medizinmann zu sein. In Ordnung? Nichts kann Dich hindern zu sagen: ‘Mein Großvater war Medizinmann. Mein Vater war Medizinmann. Also bin ich auch einer.’ So ist das aber nicht. Medizinmann bist Du, wenn die Leute vor Dir Achtung haben und Dir vertrauen. Deshalb kann ich als Medizinmann jederzeit abgesetzt werden.“

Du mußt herausfinden, wer Du bist

„Mich stimmt wirklich zugleich sehr fröhlich und sehr traurig, daß Menschen von einer einzigen Person dazu gebracht werden können, sich überlegen zu fühlen“, stellt Slow Turtle fest. „Dieser Ritt muß nach unten führen. Ich verstehe nicht, wie die Leute so einfältig sein können.“

„Wir haben eine Menge Zeit dafür aufgebracht, um an den Punkt zu kommen, wo wir den Leuten etwas darüber beibringen können, was wirklich um sie herum geschieht. Ich denke, die Ausbildung fängt jetzt an zu wirken. Ich sehe dieses Jahr viele Leute, die nicht länger an den Weihnachtsmann glauben. Und es sind dieses Jahr auch weniger Leute geworden, die an den Osterhasen glauben, weil sie endlich herausgefunden haben, daß Hasen keine Eier legen. Deshalb bin ich sicher, daß wir weitere Fortschritte machen. Es ist ein schwieriger Weg gewesen. Doch die Leute beginnen an der Flut falscher Informationen im System und an den Flugrouten zu zweifeln. Sie fangen an zu begreifen, daß ihre Regierung nicht sehr glaubwürdig ist, weil sie das Wasser nicht länger trinken und die Luft nicht mehr atmen können. Für sie ist es jetzt an der Zeit aufzuwachen.“

„Wenn die Menschen wieder ins Gleichgewicht kommen wollen, müssen sie nach der Wahrheit suchen. Sie müssen anfangen, sich selbst wirklich die Wahrheit zu sagen. Das ist ziemlich schwierig. So wie es jetzt auf der Welt zugeht, merken wir gar nicht, wenn wir lügen. Aber in unseren Kreisen der Wahrheit funktioniert dieses Zeug nicht. Wenn wir anfangen, sagen wir Dir als erstes ins Gesicht: ‘Versuche nicht, uns solche Geschichten zu erzählen, weil alle erkennen können, daß Du lügst. Sie können in Dir lesen, und Dein Körper kann nicht lügen. Zwar wird Dein Mund anfangen zu lügen, aber nicht Dein Körper. Wenn sie glauben, daß Du nicht wahrhaftig bist, werden sie Dir nicht länger ihre Zeit und ihr Leben opfern.' Darum dauert es manchmal Monate, bis sich jemand wohlfühlt und bereit ist, sich hinzusetzen und ohne Lügen zu erzählen. Amerika muß mit sich selbst ehrlich sein und anfangen, guten Umgang mit der Wahrheit zu pflegen. Verstehst Du: Wenn Du die Spielkartenfarbe Pik siehst, dann sage, daß es ein Pik ist und nenne es nicht Herz."

„Die Menschen haben es wirklich bitter nötig, sich auf die Suche zu machen und herauszufinden, wer sie sind. Unsere Schöpfungsgeschichte besagt, daß jeder von uns seinen eigenen Weg gehen und seine eigenen Gaben weiterzugeben und zu teilen hat. Wir sagen, daß der Schöpfer jedem von uns andere Gaben gegeben hat; jeder von uns ist etwas besonderes. Und jeder von uns ist zugleich ein besonderes Geschenk für die anderen, denn wir haben etwas zum Teilen. Unsere traditionelle Form der Regierung ist immer der Kreis, an dem jeder teilnimmt. Wenn Du diesen Weg gehst, dann wirst Du Teil des großen Ganzen. Du kannst Deine Gaben teilen, was immer es auch sein mag. Vielleicht kannst Du besser als die anderen Fische fangen oder jagen. Du kannst diese Gaben teilen. So kommen sie anderen Menschen und überhaupt allen zugute. Wenn Du zu einem indianischen Gesellschaftsabend gehst, dann bringen alle Frauen ihr Essen herein. Es ist wirklich sehr wichtig, daß sie ihre Speisen bringen, denn sie waren in der Lage, dieses Essen zuzubereiten und sich selbst einzubringen. Ein Stück ihres Lebens ist in diesem Essen, das sie gekocht haben, um es irgend jemandem geben zu können. Das ist der wichtige Hintergrund. Tanzen, Singen und Trommeln ist nicht alles. Es gehört auch die Fähigkeit der Leute zum Teilen dazu."

„Die meisten Menschen haben nie wirklich versucht, sie selbst zu sein. Es war ihnen nicht erlaubt, sie selbst zu sein. Es gibt immer irgendjemanden, der versucht, Dich zu überwachen. Deine Eltern schicken Dich in die Schule und in die Kirche und all dieses Zeug. Alle stellen eine Reihe von Richtlinien und Regeln auf, nach denen Du leben sollst. Dir wird nie erlaubt, Du selbst zu sein. Du machst nie, was sich gut für Dich anfühlt. Manchmal sagst Du, daß die Gesellschaft Dich verletzt hat oder Dich unter Kontrolle gezwungen hat. Diesen Vorgaben folgst Du und bleibst im Rahmen. Aber es braucht eine ganze Menge, um sich selbst kennenzulernen und wirklich sagen zu können, was gut für einen ist. Stehe ich gerne frühmorgens auf oder eher nicht? Nimm Dir die Zeit herauszufinden, ob Du früh aufstehen oder lieber im Bett liegen möchtest. Schon das ist eine Herausforderung für sich, wenn Du die Möglichkeit hast, Dir darüber klar zu werden. Denn dieses kleine Ding hier, diese Uhr, läuft die ganze Nacht hindurch, und Du beobachtest sie den ganzen Tag. Du hampelst und springst und Du tust, was dieses Ding Dir sagt, was zu tun ist. Du ißt, wenn Du keinen Hunger hast. Denn Du ißt, wenn dieses Ding sagt, daß es zwölf Uhr ist. Verstehst Du, was ich sagen will?“

„Die Leute gehen zur Schule und lernen, wie man für den Rest des Lebens nichts mehr tut und damit auch noch glücklich ist. Sie sagen: ‘Schau doch. Ich verdiene Geld und muß nichts dafür tun.’ Und sie glauben, daß sie glücklich sind? Ich habe da meine Zweifel. Ein solches Leben kann tödlich sein, weil es ohne Inhalt ist. Wenn Du ihm das Geld wegnimmst, was hat er dann noch? Nichts. Deshalb ist es wirklich von so grundsätzlicher Bedeutung anzufangen, sich und seinen eigenen Weg zu erkennen. Das ist in keiner Weise egoistisch. Es gibt Dir wirklich ein gutes Gefühl. Du mußt das verinnerlichen und Dich selbst auf den Weg bringen. Du mußt ein Menschenwesen sein, jemand, dessen Wort hier danach eingeschätzt wird, ob er andere Leben auf gute Weise beeinflußt und ob er seine Sachen so erledigt, daß sie auf gute Art und Weise geschehen. Es reicht nicht aus, hier zu sein und zu existieren, herumzusitzen und in Papieren zu wühlen und sie irgendwo in den Mülleimer zu werfen. Das ergibt keinen Sinn. Wie kannst Du mit Deinem Leben zufrieden sein, wenn Du nichts tust für nichts? Verstehst Du das? Das führt zu nichts. Wenn Du nicht versuchst, Unglück abzuwenden oder anderen Menschen zu helfen, dann – finde ich – kannst Du nicht dieses Gefühl haben wie wenn Du hilfst und Teil eines wertvollen Ganzen bist. Sicher kannst Du Dich nach so vielen Jahren zur Ruhe setzen. Du bekommst ja eine Rente. Toll. Aber hast du auch gelebt?“

Slow Turtle, Geschäftsführer der Kommission für Indianische Angelegenheiten in Massachusetts, verstarb nach langer Krankheit im Oktober 1997 im Alter von 67 Jahren. In seiner Eigenschaft als höchster Medizinmann des Volkes der Wampanoag hielt er die traditionellen Zeremonien ab, wenn Mitglieder des Stammes verstarben oder wenn ihnen ihre indianischen Namen verliehen wurden. Slow Turtle, Cjegktoonuppa auf Algonkin und John Peters auf Englisch, führte auch den Vorsitz bei den Stammesgeschehnissen und den kulturellen Ereignissen. Viele Jahre lang wurde er sehr stark verehrt und zu Treffen der geistigen Führer und Ältesten in vielen Ländern, von Skandinavien bis Japan, eingeladen. Er hielt an den unterschiedlichsten Orten indianische Zeremonien ab, zum Gedenken an die Atombombenopfer sogar in Hiroshima und Nagasaki.

Dem Regierungsbeamten Slow Turtle ist ein US Bundesstaatsgesetz zu verdanken, das die Vorlage ist zum Bundesgesetz über die Wiedereinbürgerung der Grabgegenstände amerikanischer Indianer (Federal Native American Graves Repatriation Act), auf dessen Grundlage die Museen Skelette und kulturelle Artefakte an die Indianerstämme zurückgeben müssen. Auch hatte er großen Einfluß auf die Entwicklung des amerikanischen Bundesgesetzes über Religionsfreiheit (Federal American Religious Freedom Act) und des Gesetzes über das Wohl der indianischen Kinder von 1978 (Indian Child Welfare Act). Bis zu seinem Tod war Slow Turtle zusammen mit seinen Freunden Wildcat und Manitonquat in unterschiedlichen Programmen der Gefängnisarbeit aktiv (siehe Kapitel 7, Medicine Story). Er hielt regelmäßig Pfeifen- und Schwitzhüttenzeremonien ab und leitete spirituelle Kreise der amerikanischen Indianer in den Gefängnissen von New England. Zu diesen Kreisen lud er alle Menschen, gleich welcher Rasse oder religiöser Ausrichtung ein, die ein ernsthaftes Interesse daran hatten, zu beten und die Lehren der Indianer zu überdenken. Der Geist seines Lebenswerkes lebt weiter in einer Organisation, die von seiner Frau, Burne Stanlay-Peters, gegründet wurde: Das Zentrum für Indianisches Bewußtsein von Massachusetts (The Massachusetts Center for Native American Awareness).

Dreizehn

Wenn Kondor und Adler gemeinsam fliegen

Willaru Huayta

Willaru Huayta betont, daß er weder ein Schamane noch ein Priester, ja nicht einmal ein Lehrer ist. Er ist ein chasqui, ein spiritueller Botschafter in der Tradition der Inka. Insbesondere nennt er sich einen Botschafter der Sonne, denn die Botschaft der Weisheit der Sonne besteht aus einer Mischung der Weisheit aller Überlieferungen der Welt. „Ich bin ein Kind des Universums," erklärt Willaru, „und meine Aufgabe umfaßt die ganze Welt, obwohl die besondere Lehre, wie ich sie bekommen habe, aus der Inka- und der gnostischen Tradition kommt."

Mit Unterstützung des Amerikaners Anderson Hewitt hat Willaru kürzlich den Bau des Lichtkreis-Zentrums, des Circles of Light Center in Cuzco, Peru, vollendet. Dieses Gebäude soll als Grundstein für die Fortsetzung seiner Arbeit mit den dortigen Andenbewohnern dienen. Gleichzeitig beginnt Willaru jetzt mit Reisen, auf denen er seine Botschaft nach Nordamerika und Europa bringen will.

Willaru wurde im August 1949 in einem peruanischen Dorf im tiefen Dschungel geboren. Seine Familie gehört zum Volk der Quechua, das Teil des früheren Inka-Völkerbundes ist. Wie Willaru erklärt, ist Inka eine Regierungsform und nicht etwa ein indianisches Volk oder ein Stamm. Die Inkas waren ein Völkerbund, der aus vielen Stämmen bestand. Die peruanische Geschichte, wie wir sie kennen, wurde seiner Meinung nach von den Geschichtsforschern geschaffen.

Zusammen mit acht Brüdern und Schwestern wuchs Willaru in der Inka-Tradition auf, die er als eine Religion der Sonne, als kosmische und universelle

Religion beschreibt. Der Grundgedanke seiner Tradition ist einfach, sagt er: Nicht lügen, nicht stehlen und nicht faul sein. Im Alter von vierzehn Jahren fing er an, allein in den Dschungel zu gehen, um dort lange Zeit zu fasten und zu meditieren. Den Dschungel im Amazonasgebiet, der vor Leben vibriert, nennt Willaru den letzten Zufluchtsort und das letzte Schutzgebiet für die goldenen Geheimnisse des Inkareiches. Diese Geheimnisse warten auf jene, die wissen, wie man zurückkehrt, und auf die Welt, die zu einem neuen Zeitalter des Geistes erwacht.

Willaru sagt, er sei zum Meditieren in den Dschungel gegangen, um die Strukturen seiner vergangenen Leben zu reinigen. Er glaubt, daß er in vielen Leben ein Priester des Sonnentempels war, daß seine Seele aber noch nicht vollkommen selbstverwirklicht ist. Willaru: „Ich bin noch dabei, auch meine eigene Dunkelheit zu klären."

Eines Tages an einem Fluß im Amazonasgebiet meditierte er in Verbundenheit mit dem Geist eines sehr alten Baumes, als ihm ein spiritueller Meister erschien. Darüber berichtet Willaru: „Der Meister war über zwei Meter groß und leuchtend. Er trug ein weißes Gewand und einen dunklen Umhang. Der Meister sagte: 'Die Menschheit sollte wieder zur Natürlichkeit zurückkehren.' Diese Botschaft sandte er in mein Herz, pflanzte Licht und weckte mich auf. Dann sandte er mich als chasqui mit einer Botschaft nach Cuzco."

Willaru: „Der Kern meiner Botschaft ist einfach: Die Menschen sollen sich selbst heilen und den Armen helfen. Die Menschen sollten zurückkommen zum Haus ihres inneren Vaters und ihrer inneren Mutter. Heile Dich selbst, Deinen physischen ebenso wie Deinen geistigen Körper. Erneuere Dich mit Licht. Dann hilf denen, die an Armut in der Seele leiden. Kehre zu Deinem inneren Geist zurück, den wir aufgegeben haben, während wir sonstwo nach dem Glück suchten."

Wir haben fünfhundert Jahre lang gewartet

Vor einer Gruppe spricht Willaru mit geschlossenen Augen. Er will in Verbindung mit seinem inneren Geist bleiben. So ist es schwierig, einfach nur dazusitzen und ihm zuzuhören, ohne mit ihm Augenkontakt aufnehmen zu können. Aber wenn er seine Augen öffnet, sind sie wunderbar rund und leuchtend, bemerkenswert sanft und verständnisvoll.

„Wir haben fünfhundert Jahre lang gewartet", sagt Willaru. „Nach den Prophezeiungen der Inka wird jetzt in diesem Zeitalter, wenn der Adler des Nordens und der Kondor des Südens zusammenfliegen, die Erde erwachen. Die Adler des Nordens können nicht frei sein ohne die Kondore des Südens. Nun geschieht es. Nun ist die Zeit gekommen. Das Zeitalter des Wassermanns ist eine Zeit des Lichts, eine Zeit des Erwachens, eine Zeit der Umkehr zu natürlichen Wegen. Die Aufgabe unserer Generation ist es, beim Anfang dieses Zeitalters zu helfen und in verschiedenen Schulen die Grundlagen dafür zu schaffen, daß die Botschaft des Herzens, des Gefühls und der Natur verstanden werden kann."

„Indianische, also eingeborene Menschen sprechen mit der Erde. Wenn das Bewußtsein erwacht ist, können wir so hoch wie der Adler oder der Kondor in 'El Condor pasa' fliegen. Im Grunde genommen sind wir alle Eingeborene, denn das englische Wort für Eingeborener, 'native', kommt vom Wort 'nature'. Und schließlich sind wir alle Teil von Mutter Natur. Sie ist in uns, und wir sind in ihr. Wir sind völlig abhängig von Erde, Sonne und Wasser. Wir gehören mit unserem physischen Körper zur Entwicklungsgeschichte der Natur. Aber wir haben auch einen spirituellen Körper, der von der Sonne stammt. Er kommt nicht von der Sonne, wie wir sie mit unseren Augen sehen können. Es ist eine andere Sonne, die in einer anderen Dimension zu finden ist. Es ist eine goldene Sonne, in der das Feuer des spirituellen Lichtes brennt. Das innere Licht der Menschen kommt aus dieser spirituellen Quelle. Wir sind von dieser Sonne auf die Erde gekommen, um Erfahrungen auf der Erde zu sammeln, und vielleicht werden wir wieder zur Sonne zurückkehren."

„Viele frühe Kulturen in Amerika waren Kulturen der Sonne, Kulturen des Geistes. Wir sind die Kinder der fünften Sonnengeneration. Wir stehen nun am Anfang des Zeitalters des Wassermanns. Die Revolutionäre des Zeitalters der Fische haben ihre Arbeit schon erledigt. Jetzt sind wir dran."

„Der Planet Erde sieht nun den Beginn einer neuen Art von Sonnen-Menschen. Eine Sonnen-Generation ist geschaffen von der heiligen Sonne. Wie ein Pfeil oder ein geweihtes Messer kommt das Sonnenfeuer als Energie zum Planeten Erde. Dieses Feuer brennt in jedem von uns. Zwei Spiralen aus Energie liegen am unteren Ende der Wirbelsäule, am Steißbein. Wenn wir diese Spiralenergie zu kanalisieren verstehen, steigt sie die Wirbelsäule empor und bringt uns Klarheit. Gorillas, Schimpansen und andere Affen sind unsere Brüder. Sie lenken diese Energieschlange auf einen anderen Weg. Deshalb wird ihr Bewußtsein nicht erwachen."

Die Erleuchteten

„Wir in der Kultur der Inkas begreifen, daß wir von Atlantis gekommen sind“, erzählt Willaru. „Atlantis verfügte über Wiedergeborene und andere Meister, die sich für die Menschheit opferten. Einer von ihnen war Noah, der die Arche baute. Ein anderer hieß Amadu Muru. Er war ein roter Mann, der Atlantis verließ und nach Südamerika kam, das in diesen uralten Zeiten ein ganz anderes Aussehen hatte. Er war der Gründer der roten Völker in Südamerika, so wie Noah der Gründer der Völker im Mittleren Osten war.“

„Bei der letzen Sintflut versank Atlantis in den stürmischen Wassern des Ozeans. Dieser Kontinent mit seinen Millionen Bewohnern versank im Abgrund, und mit ihm versank auch all die hochentwickelte Technologie. Zu dieser Zeit hatte die Menschheit Warnungen erhalten, aber die Menschen wollten nicht darauf hören. Nur wenige Menschen mit wachem Bewußtsein waren bedacht genug, Atlantis zu verlassen.“

„In der Zeit unmittelbar nach der großen kosmischen Katastrophe, als die Erde noch bebte und erst dabei war, ihre neue Form anzunehmen, kamen die Erleuchteten zurück zum Titicaca-See und zu anderen heiligen Stätten auf der Erde. Hier begannen sie, eine neue Menschheit zu gestalten. Von diesen heiligen Orten aus machten sich Gruppen in verschiedene Richtungen auf den Weg. Sie hatten den Auftrag, eine neue Kultur der Sonne in Einklang mit der Natur und dem Schöpfer zu gründen. Sie gingen in alle Teile des südamerikanischen Kontinents. Dabei bekamen sie – ebenso wie die anderen Überlebenden überall auf der Erde – Hilfestellung aus den spirituellen Bereichen.“

„So kannst Du sehen, daß die einheimischen Menschen in Südamerika schon vor sehr vielen Jahren in Verbindung mit unseren Brüdern im Universum, mit den ‘E.T.s’, standen. Denn nicht nur wir hier auf der Erde sind Brüder. Wir sind auch die Brüder der Bewohner anderer Planeten. Es gibt nur eine wahre Religion: die Religion des Sonnenlichts, des kosmischen Lichts. Die E.T.s kommen aus einem erleuchteten Bereich. Sie leben auf Planeten, wo sich jeder von der Negativität des Egos befreit hat. Jetzt sind sie hier, um uns bei der gleichen Revolution des Bewußtseins zu unterstützen.“

„Die Priester der Inka haben die Ankunft der Spanier vorausgesehen. Sie sagten: ‘Der Feind der Sonne, der Erde und der Pflanzen wird kommen. Wir müssen versuchen, ihn mit der Weisheit unserer Herzen zu verändern, oder wir werden mit unseren eigenen Gesetzen zugrundegehen.’ Dann kam Cortés nach

Mexiko. Auch Kolumbus kam, um den Krankheiten und dem Wahnsinn Europas zu entfliehen. Währenddessen setzten die Inkas ihre interplanetarischen Reisen mit den Erleuchteten fort."

„Als die Menschheit in Südamerika mit der Ankunft der Europäer verdorben wurde, blieben die Erleuchteten weg. Die kosmischen oder himmlischen Geschwader von anderen Planeten stellten ihre Besuche ein. Zu dieser Zeit erfaßte eine große moralische und spirituelle Dunkelheit die Menschen in Amerika. Die Träger unseres Wissens wurden umgebracht, und die neue Religion des Materialismus breitete sich über den Kontinent aus. Die Priester der Wissenschaft haben keine Möglichkeit, diese dunkle Wolke zu durchdringen. Sie können die vieldimensionale Welt des Geistes nicht erfahren. Die Menschen der Erde werden von der Lehre des wissenschaftlichen Materialismus und von der Gier beherrscht. Sie plünderten und verwüsteten die Erde. Sie haben uns mit der Entwicklung von Waffen, die schon in der Vorstellung entsetzlich sind, wiederum an den Rand der Katastrophe gebracht. In dieser Zeit der großen Dunkelheit auf Erden ging der Kontakt mit unseren Brüdern im Universum verloren."

„Jeder Mensch ist ein heiliger Tempel. Der Altar dieses Tempels ist das Herz. Das Feuer der Liebe, ein Widerschein eines viel größeren Lichtes, brennt auf diesem Altar. Dieses Licht nun muß dankbar erkannt, versorgt und verehrt werden. Dies ist die Religion der Sonnensöhne. Es ist die Religion, die wir auch von den Außerirdischen lernten: die Religion der universellen kosmischen Sonne. Diese Gemeinschaft des Universums ist unsere heilige Familie, die uns mit allen anderen Planeten verbindet."

„Jetzt landen wieder viele Raumschiffe bei uns. Sie kommen, um uns am Beginn des Wassermann-Zeitalters zu unterstützen und zu helfen, wieder Verbindung mit Gott zu bekommen. Sie wissen, daß wir Gott nirgendwoanders als in uns selbst finden werden. Wir stehen am Ende des Fische-Zeitalters. Das Wassermann-Zeitalter hat begonnen. Nun wären wir gut beraten, uns an die Lehren unserer Vorväter zu erinnern. Diese Lehren sind in uns, denn wir sind die Wiedergeburt unserer Ahnen."

„Die Macht der Gedanken ist ein verbindendes Element. Sie kann zum Guten oder Schlechten genutzt werden. Deshalb sollte sie Verwendung finden, um den Geist im Inneren zu stärken. Als dann aber die Menschen den inneren Tempel des Geistes preisgaben, wurde alles 'geistig'. Damit begann die Dekadenz. Wenn wir im Licht stehen, kommt die Weisheit von Gott. Das Leben der Menschheit ist geweiht und heilig. Unsere Verantwortung ist es, auf einem höheren Niveau des Bewußtseins zu leben und auf die Stimme des Herzens und der Intuition zu hören. Deshalb fang an, auf Dein Herz zu hören. Auf diesem Weg entdeckst Du die Weisheit.“

„Jetzt ist das Wichtigste, den inneren Tempel der Seele wieder zu enthüllen. Der Weg sind richtiges Denken und richtiges Handeln. Deshalb laß ab von Neid, Stolz, Wollust, Wut, Gier, Eifersucht usw. Räum den Müll weg, diese inneren Feinde, die die Stimme der Intuition und des inneres Lebens knebeln. Dann werden der innere Vater und die innere Mutter erwachen. Ohne diese Reinigung werden wir nicht zu einem hohen Bewußtseinsstand kommen und stattdessen in die Dunkelheit geführt. Aus diesem Grunde wird jede Forschungsreise und jede Revolution nicht in die Freiheit, sondern in noch mehr Sklaverei führen, wenn uns nicht Gott führt.“

Die wahre Revolution des Bewußtseins

„Im Jahr 1750 warnte der Inka Shora Atahuallpa die Krieger der Sonne. Er sagte: ‘Wenn die Menschheit ihre Verbindung zu den Kräften der Natur verliert, werden daraus mehr Kriege entstehen. Die Menschen werden der Dunkelheit anheimfallen.’ Die meisten Führer von politischen und sozialen Bewegungen behaupten, ihre Ziele seien Frieden, Glück und Freiheit. Aber nur allzu oft versuchen sie, diese Ziele durch Krieg, Angriff und Schrecken zu erreichen. Oder sie säen Haß und Eifersucht. Aber so einfach geht es nicht. Wir müssen nur einen Blick auf die Geschichte werfen, um dies zu verstehen. Wir treten in ein neues Zeitalter ein. Jetzt ist die Zeit gekommen, neue Wege zu beschreiten. Aber wir können doch nicht verlangen, daß die Gesellschaft sich verändert, bevor wir selbst uns von innen heraus verändert haben. Die Dunkelheit der Welt, wie sie sich in Kriegen und Umweltverschmutzung zeigt, ist nur ein Spiegelbild unseres eigenen Lebens, das wir in Dunkelheit und geistiger, körperlicher und spiritueller Verschmutzung führen. Wenn es in der Welt da draußen einen Teufel gibt, dann doch nur deshalb, weil ein Teufel in unserer Seele lebt.“

„Unsere wirklichen Feinde leben also, genauso wie unsere wahren Kraftquellen - in uns selbst. Wenn ausreichend viele von uns diesen Feind in uns besiegt haben, wird sich auch die äußere Welt verändern. Dann brauchen wir keine politischen Parteien mehr, weder auf der rechten noch auf der linken Seite. Dann braucht es auch keine Regierungen mehr, weil jeder Bürger sich selbst regieren kann.“

„Für jede Religion, jede Schule und jede Berufsgruppe ist es von größter Bedeutung, in Verbindung mit der wahren Revolution des Bewußtseins zu kommen und die negativen Eigenschaften aus der Persönlichkeit zu entfernen. Wir müssen den inneren Terroristen beseitigen, der uns veranlaßt zu essen, zu trinken, Drogen zu nehmen und unsere Sexualität falsch einzusetzen. Immer wenn wir irgend etwas im Übermaß tun, arbeiten wir gegen die Kraft der Sonne."

„An erster Stelle steht in der Revolution des Bewußtseins der mystische Tod des Egos, der Tod unseres negativen Denkens und unserer negativen Eigenschaften. Wir müssen die Seele von ihren inneren Feinden befreien. Immer wenn ein Laster – Neid, Unmäßigkeit, Ärger, Wollust oder was sonst immer – zum Durchbruch kommt, wird es Einfluß auf unser Herz haben. Frag Dich selbst: 'Brauche ich das wirklich?' Dann höre, was Dein Herz antwortet. Wenn Du das verzweifelte Bedürfnis hast, eine Zigarette zu rauchen, dann frage Dein Herz. Aber nimm die Antwort Deines Herzens ernst. Bitte auch Dein Herz, Dich von diesem Laster und von diesem schädlichen Wunsch zu befreien. Bitte genauso Deinen inneren Vater und Deine innere Mutter um Hilfe. Immer wenn wir ein Laster abgelegt haben, bauen wir weiter an unserer Seele, an unserem inneren Tempel. Wir steigen, wie auf einer Treppe, weiter nach oben."

„Der zweite Schritt ist die mystische Vermählung, die spirituelle Hochzeit. Wir sollten die Kraft und die Energie aus unserer Sexualität einsetzen, um ins Licht zu wachsen. Wenn wir die Sexualität als Grundsubstanz der Schöpfung erkennen und diese Energie richtig einsetzen, können wir unser Potential für ein langes Leben wecken. Andernfalls wird sich unsere Lebenserwartung verkürzen. Die sexuelle Kraft muß auf den richtigen Weg gebracht werden, wenn wir in wirklichem Frieden und in wirklicher Freiheit leben wollen. Mit diesen wunderbar erneuernden Übungen können wir vielleicht viele Jahre länger leben. Doch die herrschende Zivilisation weiß nicht, wie man diese Grundsubstanz bewahrt und lenkt. Die Folgen sind Überbevölkerung und Abtreibung. In der mystischen Hochzeit liegt der Schlüssel, der die Tür zum Wissen der Sonne öffnen kann. Mit der mystischen Hochzeit vermehren wir die Sonnenenergie in uns. Die mystische Hochzeit muß nicht zwischen einem Mann und einer Frau stattfinden. Es kann auch eine innere Vermählung zwischen dem inneren Vater und der inneren Mutter sein."

„Unsere Seelen liegen in Stücken auf dem Boden. Wir müssen den inneren Tempel, den spirituellen Körper enthüllen. Dann kann die mystische Hochzeit ihren Platz finden. Die psychische und feinstoffliche Energie unserer Sexualität kann eine gute Medizin sein, wenn sie als göttlich und heilig erkannt wird. Der

Geist von Quetzalcoatl ruht in unserem Steißbein. Wenn wir ihn wiederbeleben, öffnet er unser Herz und unsere psychischen Fähigkeiten."

„Der dritte Schritt in der Revolution des Bewußtseins ist die Verpflichtung, ein Opfer für die Menschheit zu bringen. Wir müssen der Menschheit auf die gleiche Weise helfen, indem wir unser Ego opfern. Wir können keine wirklichen Revolutionäre sein, wenn wir den Hungrigen, den Heimatlosen und den Notleidenden den Rücken zeigen. Sie sind unsere Brüder und Schwestern und sie brauchen unsere Hilfe. Auf dem Planeten Erde sprechen wir heute mehr als 900 Sprachen, aber wir verstehen einander immer noch nicht. Wir müssen lernen, von Herz zu Herz zu sprechen. Wir müssen durch telepathische Intuition Verbindung zueinander aufnehmen."

„Was ist nun das Ziel dieser Revolution des Bewußtseins? Wofür ist sie gut? Diese Revolution ist eine Einladung aus dem Reich der Engel an uns, aus dem technischen Leben auszusteigen, damit wir nicht zurückkommen und wiedergeboren werden müssen. Unser physischer Körper gehört Mutter Erde, aber der Geist ist ewig. Diesen Geist müssen wir befreien, damit er aufsteigen kann."

Die Zeit der Erleuchtung

Auf Grund seiner gnostischen Ausbildung und seines intuitiven Wahrnehmungsvermögens glaubt Willaru, daß das Zeitalter des Wassermanns am 4. Februar 1962 begonnen hat. Er sagt: „Dieses Zeitalter ist eine Zeit der Erleuchtung und der Hoffnung. In dieser Zeit beginnen wir, wieder auf unsere innere Stimme und auf die Stimmen der Engel und der Erzengel zu hören. Im Februar 1962 hat sich die Tür der spirituellen Dimension für die Menschheit zum ersten Mal geöffnet. Die 'Harmonische Konvergenz' am 16. August 1987 öffnete eine weitere Tür; das war der zweite Schritt. Im ersten Abschnitt zwischen den Jahren 1962 und 1987 war die Zeit der Vorbereitung. Die Menschen empfingen Botschaften und Kräfte und entwickelten ihre geistigen Fähigkeiten. Nach der 'Harmonischen Konvergenz' gewannen viele Menschen ihre Seelenkraft zurück, so daß sie ihre Aufgabe auf dem Planeten Erde vollenden konnten."

Willaru glaubt, daß sich die alte Inka-Prophezeiung von Kondor und Adler erfüllt hat. Als Beleg dafür nennt er ein Treffen, das am 17. Februar 1989 in Monterey, Mexiko stattfand. Bei diesem Treffen, das über eine Woche dauerte, trafen sich – wie er es nennt – der Norden und der Süden zu einem hochspirituellen Zweck. Insbesondere schloß das Treffen die Vertreter des alten amerikanischen Eingeborenen-Bündnisses der Anahuac ein, in dem viele Völker der amerikanischen Eingeborenen von Nord-Nicaragua bis zum Polarkreis zusammengeschlossen sind. Ebenso nahmen Vertreter des Bundes der Tiwantinsuyo, der die eingeborenen Völker von Süd-Nicaragua bis zu den Falkland-Inseln verbindet, teil.

Willaru möchte sich als einzelner nicht selbst herausstellen. Aber genau so war es bei diesem Treffen. Er erzählt: „Wir trafen uns als Hüter des Planeten Erde, um an die Bedeutung der Sonne zu erinnern. Der Große Friedensbewahrer rief die Ältesten zusammen, damit sie ihre Aufgabe zwischen der nördlichen und der südlichen Halbkugel wieder aufnehmen. Denn Nord- und Südamerika werden die Brennpunkte der neuen Zivilisation sein. Es ist höchste Zeit, sich darauf vorzubereiten. In Amerika mischen sich viele Rassen. Aus dieser Mischung wird sich eine neue Rasse entwickeln. Die Seelen sind schon jetzt gleich. Wir sind die Menschen dieses Landes, aber wir stecken heute in verschiedenfarbigen Körpern. Wir sind wie der Regenbogen."

„Am 17. Februar 1989 fand das Treffen der eingeborenen Völkerbünde statt. Am 21. März kam dann der dritte Schritt: Die Tür zwischen den geistigen Bereichen und der Menschheit öffnete sich: das Leuchten der Diamanten in Monterey und überall in Mexiko. Es war eine große Feier, mit der die Kräfte des kosmischen Lichtes empfangen wurden. Mehr als 500 Menschen aus ganz Mexiko und auch aus den geistigen Bereichen nahmen daran teil."

„Der vierte Schritt fand am 16. August 1989 statt, als die Ältesten an weit auseinandergelegenen Orten auf der ganzen Welt zu heiligen Stätten reisten, um sie wieder zu erwecken. Nun warten wir auf den fünften Schritt in diesem Prozeß der Erleuchtung."

Wieviel Licht wir doch in uns haben

Willaru sagt, daß wir von den Brüdern und Schwestern auf anderen Planeten unterstützt werden, während wir auf den fünften Schritt warten: „Die E. T.s sind wieder um uns. Sie kommen von einem Planeten mit höherem Bewußtsein. Sie kennen den wirklichen Frieden und die wirkliche Freiheit, denn sie haben ihre ganze Negativität beseitigt. Dort ist jeder sein eigener Priester. Es gibt dort nur eine planetarische Familie; sie kennen die echte Gemeinschaft. Sie wissen, daß Gott in allen lebt, und sie behandeln alle auf diese Weise. Wirkliche Meister sagen nicht 'Folge mir' oder 'Bete mich an'. Sie lehren durch ihr Beispiel. Sei vorsichtig, wenn du nach Rettern oder nach Antworten außerhalb Deiner selbst suchst. Damit vergeudest Du bloß Deine Kraft."

„Die Welt befindet sich an einem schwierigen Punkt des Übergangs. Er wird deutlich durch die Krise bei den spirituellen und moralischen Grundsätzen. Nationalitäten sind nicht länger wichtig. Weder Rasse noch Stamm, weder gesellschaftliche Schicht noch Religion haben Bedeutung. Wir sind vielfarbige Blumen in diesem irdischen Garten. Es gibt nur eine menschliche Wahrheit. Das wichtigste ist jetzt, das Bewußtsein zu einer positiven Form zu erwecken."

„Unsere Ahnen entwickelten ihre psychischen Fähigkeiten, indem sie ihnen erlaubten, in Einklang mit den großen Geheimnissen der Natur zu schwingen. Sie machten ihre naturwissenschaftlichen Untersuchungen in bewußter Weise durch. Den Beweis dafür findet man in den Inka-Tempeln in Peru, die aus Megalithen, aus riesengroßen Steinen errichtet sind. Diese gewaltigen Steine wurden von Menschen mit erwachtem Bewußtsein zurechtgeschnitten. Sie hatten gelernt, die Kräfte der Natur zu lenken und zu kontrollieren."

„In diese Zeit des Übergangs fällt nun der große Zusammenbruch. Aber wir brauchen davor keine Angst zu haben. Bringt Euer Bewußtsein zusammen, und Ihr werdet darüber hinwegkommen. Mutter Natur wird ihre vier Elemente reinigen: Die Erde wird beben. Die Luft wird von Orkanen und Tornados erfüllt sein. Das Meer wird riesige Wellen hervorbringen. Und die Sonne wird große Hitze ausstrahlen."

„Im Jahr 2013 endet der Kalender der Inkas. Dann dürfte der große Zusammenbruch kommen. Ich weiß nur, daß nach den Inka-Prophezeiungen ein großer Asteroid der Erde nahe kommen wird. Dieser Asteroid wird dreimal so groß wie der Jupiter sein und hohe magnetische Energie haben. Er wird großen Einfluß auf die Erde haben. Die magnetische Energie wird Vulkane öffnen, Erdbeben auslösen und die tiefe Reinigung der Erde einleiten. Wenn der Asteroid verschwunden ist, können unsere Nachkommen zurückkommen und eine neue Zivilisation beginnen, die auf ökologischem Denken gründet."

„Die fünfte Generation wird mit dem großen Zusammenbruch von der Erde verschwinden. Dann wächst die sechste Generation, die Generation der Zukunft, heran, für die jetzt der Grundstock gelegt wird. Ein neues Sonnen-Zeitalter beginnt mit neuen Menschen. Wir können die Saat für die neue sechste Generation sein. Zur Zeit des Zusammenbruchs, werden unsere Brüder und Schwestern im Universum zurückkehren und ihre Raumschiffe für diejenigen öffnen, die ein klares Energiefeld, eine reine Aura haben. Sie werden prüfen, wieviel Liebe wir haben und wieviel wir an uns selbst gearbeitet haben, Sie werden nachsehen, wieviel Licht wir in uns tragen. Das wird von Bedeutung sein, aber nicht, was für ein Auto wir haben oder wo wir leben.“

Im Laufe der Jahre hieß Willaru zahllose Pilger in Peru willkommen und führte sie zu Machu Picchu und anderen heiligen Stätten. Überdies reiste er in die Vereinigten Staaten, nach Kanada und in andere Länder. Er erfreut sich guter Gesundheit und geht seinen Weg als spiritueller Bote weiter.

Vierzehn

Wieder die Erde weihen

Hunbatz Men

Als Hunbatz Men ein Jahr alt war, wurde er auserwählt. Sein Onkel Don Beto erkannte etwas Besonderes in ihm. Hunbatz wurde zur Seite genommen und über die Jahre hinweg langsam in die Geheimnisse der Wissenschaft und Religion der Maya eingeführt. Sein Onkel lehrte ihn die altehrwürdigen Traditionen seines Volkes. Auch zeigte er ihm die gewaltigen Zeremonienstätten in der Nähe seines Dorfes Uenkal, das etwa eine Stunde südlich von Chichén Itzá auf der mexikanischen Halbinsel Yucatán liegt. Die Familie von Hunbatz lebte dort viele Generationen lang und bewahrte und pflegte die vielfältigen Traditionen der Maya. Hunbatz lernte die schwierige Mathematik und den Kalender der Maya ebenso wie das Wissen von der Großen Spirale der Milchstraße, von den Pyramiden und von den Prophezeiungen. All dies erfüllte ihn gleichermaßen mit Verständnis und Bewunderung.

Erfüllt von diesem wunderbaren Wissen lebte er lange Zeit. Mit fünfzehn Jahren aber ging er nach Mexiko City und nahm Abstand von dem, was ihm sein Onkel beigebracht hatte. Es schien für das moderne Leben keine Bedeutung zu haben. In dieser Zeit fühlte er zum ersten Mal in seinem Leben die Rassendiskriminierung gegenüber dem indianischen Volk, wie sie seit der Ankunft von Cortés zum Alltag des Lebens in Amerika geworden ist. „Ja, es ist hart, Indianer zu sein", erklärt Hunbatz.

Im Straßengewimmel von Mexiko City stellte er fest, daß die beherrschende spanische Kultur und Religion sich so sehr von den alten Überlieferungen unterscheiden und die geheiligte Wirklichkeit von Sonne, Mond und Sternen oder der Bäume nicht anerkennen. „Wenn ich meine Rituale vollziehe, ist es wichtig, all dies in meine Familie miteinzubeziehen“, erklärt Hunbatz und weiter. „Bei den Mayas gibt es keine eigene Vorstellung von Gott. Es gibt ein klares Grundkonzept: Hunab K'u ist der Eine, der das Maß und die Wandlung gibt. Hunab K'u ist in allem.“

Mit siebzehn Jahren hatte Hunbatz seine erste Freundin. Die Familie des Mädchens lud ihn zum Kirchgang ein, wo er größere Probleme bekam. Er erzählt: „Die katholische Kirche war so völlig anders. Es ist nicht die Art der Mayas, einem Mann (einem Priester) zu beichten. Sie beichten höchstens der Sonne und den Bäumen.“ Die Familie des Mädchens war von diesen unterschiedlichen Auffassungen nicht sonderlich angetan. Nach einer Weile wurden die kulturellen Unterschiede immer deutlicher. Hunbatz erfaßte eine tiefe Unruhe. Er war jung. Er verstand nicht, warum konsequent herabgewürdigt wurde, was er über seine Kultur gelernt hatte und wer er als Indianer war. Er war unsicher: Sollte er sich für das, was er war, schämen? Oder sollte er lieber versuchen, nach der beherrschenden Kultur in Mexiko zu leben?

Als er in der Stadt vier Jahre lang Malerei und Bildhauerei an der Akademie La Esmeralda und der Akademie der Schönen Künste studiert hatte, kehrte Hunbatz nach Hause zurück. Dort besprach er seine Sorgen mit dem Onkel. Don Beto sagte: „Du hast eine andere Erziehung und eine andere Verantwortung. Ich habe dich Dinge gelehrt, die Tausende von Jahren alt sind und die seit fünfhundert Jahren (seit der Zeit, als die Spanier kamen) im Verborgenen gehalten wurden. Dadurch bist du für ein anderes Leben bestimmt. Das ist keine einfache Aufgabe für dich.“

Viele Tage lang saß und lernte Hunbatz von seinem Onkel. Sein Interesse war wieder geweckt. Er begann erneut, die Wege seiner Ahnen zu studieren. Stundenlang konnte er den Himmel beobachten. Zusammen mit seinem Onkel besuchte er die Zeremonienstätten wieder. Er saß einfach da, beobachtete und wartete. Don Beto zeigte ihm, Geduld zu haben und zu warten. Manchmal geschah es, daß sein Onkel ihm überhaupt nichts über die Lehre sagte; er hieß Hunbatz einfach zu sitzen und zu warten. In der Kultur der Maya gibt es keine Lehren, die sich auf abstrakte Dinge stützen. Die Lehren verwenden nur wirkliche Dinge. Sein Onkel lehrte ihn allmählich alles über die Natur: das Feuer, den Wind, die Früchte, die Bäume und vieles mehr.

Zusätzlich zur Arbeit mit Don Beto vertiefte Hunbatz seine Studien über die Kultur und die Philosophie der Maya am Zentrum für Frühamerikanische Kultur und beim Frühamerikanischen Kultur- und Wissenschaftsrat, die beide in Mexiko City angesiedelt sind. Im Laufe der Jahre wurde Hunbatz ein Gelehrter. Er wurde anerkannt als Maya-Tagwächter, als Autorität auf dem Gebiet der Geschichte, der Zeitrechnung, des Kalenders und des kosmischen Wissens der Maya-Zivilisation. Er wurde ein Schamane in seiner Tradition und ein Zeremonienleiter, der quer durch Nord- und Südamerika reiste, um zu lehren. Dabei erntete er großen Respekt von Seiten der indianischen spirituellen Führer. Außerdem gründete Hunbatz die Eingeborenen-Gemeinschaft der Mayas in der Nähe von Mérida, Mexiko und schrieb verschiedene Bücher, darunter „Secrets of Mayan Science/Religion“ (Die Geheimnisse der Wissenschaft und der Religion der Mayas) und „Los Calendarios Astronomicos y Hunab K'u“ (Die astronomischen Kalender von Kunab K'u).

Hunbatz ist ein warmherziger Mensch, gleichermaßen bescheiden und großherzig. Er reist nun weit herum, um die ihm gegebenen Lehren zu teilen, weil, wie er es sieht, wir unser Leben zu sehr verkompliziert haben. Meistens sei er sicher, daß jetzt die richtige Zeit sei, um sein Wissen zu teilen, meint er. Und so sieht er seine Aufgabe darin, die Menschen für die Energie der Sonne zu öffnen. Hunbatz sagt: „Zu uns kommt großes Wissen. Wir müssen uns vorbereiten, es anzunehmen.“

Nach Angaben von Hunbatz befinden wir uns derzeit in einem neuen Zyklus des Maya-Kalenders, der die Schwingungen der Zeit mit den Schwingungen der Menschen in Einklang bringt. Er berichtet: „ Die Mayas glauben, daß jetzt die Zeit gekommen ist, gemeinsam mit anderen die Schulen des alten Wissens wiederzueröffnen, um die erste Stufe des Verstehens zu lehren. Heute können wir lernen, was jedes spirituelle Zentrum der Welt uns anbietet. So können wir jene Art Mensch werden, die im neuen Sonnen-Zeitalter gebraucht wird.“ Hunbatz lehrt, daß wir etwa im August 1987 mit dem Eintritt in das Neue Itzá-Zeitalter begonnen haben, das gleichbedeutend ist mit dem Zeitalter des Wassermanns. Dies geschah durch ein Ereignis, das viele Menschen die Konzentration der Harmonie nannten. Im Jahr 2013 werden wir diesen Eintritt vollständig abgeschlossen haben. Hunbatz: „Jetzt müssen wir in den tiefsten Winkeln unseres Herzens suchen, um jenes Wissen wiederzufinden, das dort – in unserer DNA-Spirale – gespeichert ist. Nur so werden die Jahrtausende alte Informationen an die Oberfläche unseres Bewußtsein zurückkehren, die uns an eine frühere Zeit erinnert, in der Wissen vereint war und es keine Trennung zwischen Wissenschaft und Religion gab.“

Die Anfänge des Regenbogen-Volkes

Die indianischen Völker ganz Amerikas berichten von einem lange bekannten Wissen: Es gibt in allen vier Himmelrichtungen Völker. Viele Indianer haben andere Orte besucht, um die dortige Kultur zu studieren und in einen kulturellen Austausch einzutreten. Die ursprüngliche Kultur Amerikas begann sich aber mit der Ankunft von Columbus drastisch zu verändern. Columbus erwies sich als der erste von vielen gewalttätigen Männern, als er auf seinen Entdeckungs- und Eroberungsreisen ohne jedes Gefühl viele hundert friedliebender Indianer ermordete.

Im Süden begann der totale Völkermord an den Indianern in Mexiko, als Hernandez Cortés mit einem römisch-katholischen Priester an seiner Seite am „Guten Freitag" (Good Friday) des Jahres 1519 in Veracrúz, Mexiko an Land ging. Die indianischen Völker wußten, daß jemand wie Cortés kommen würde. Dank ihres Kalenders konnten sie auf den Tag genau voraussagen, wann dies geschehen würde. In der Tat hatten sie Botschafter ausgesandt, um Cortés zu begrüßen, denn sie hofften, er sei die Wiederkehr des großen spirituellen Boten Quetzalcoatl und nicht der Überbringer von Leid.

Der aztekische Herrscher Montezuma II. fühlte, daß seine Macht bedroht war. Er war aufgeschreckt worden durch die Vorzeichen und die Überlieferung, die eine Rückkehr Quetzalcoatls aus dem Osten vorhersagte. So unternahm er alles außer Gewalt anzuwenden, um Cortés am weiteren Eindringen in das Land zu hindern. Aber Cortés setzte seinen Einmarsch fort. Der Rest der Geschichte ist eine Geschichte von Kummer, Blutvergießen und Krankheit, als die Indianer systematisch umgebracht oder versklavt wurden. „Das Problem ist: Die Spanier hatten, als sie hier ankamen, vor nichts von dem Respekt, was bereits hier vorhanden war", erzählt Hunbatz. „Die Indianer hätten mehr Waffen herstellen können, als sie merkten, daß die Weißen auf dem Weg zu ihnen waren. Aber die Ältesten wußten, das war nicht der Weg der Weisheit. Sie wählten einen anderen Weg."

Nach dem Kalender der Maya ging ein langer Zyklus von dreizehn Himmeln in dem Augenblick zu Ende, als Cortés an Land ging. Für die Maya begann ein dunkler Zyklus von Schmerz, Leid, Traurigkeit und Tod. Es war der Anfang der Herrschaft von Xibalba, die Welt der Neun Fürsten der Dunkelheit, der neun Bolontikus, der Neun Höllen. Obwohl die Neun Höllen in vielerlei Hinsicht einen Zeitraum der großen Dunkelheit bedeuteten, betrachteten die Mayas sie auch als die Zeit, in der die Erde für die Nachkommen der Vier Himmelsrichtungen und Rassen fruchtbar gemacht wird. Diese schwierige Aufgabe war für sie der Beginn eines neuen Volkes, bestehend aus Menschen aller Hautfarben. Die Nachkommen aller Vier Himmelsrichtungen würden sich miteinander vermischen und so das erste Regenbogen-Volk werden.

Vor der Ankunft der Spanier vertrauten die Maya und Indianergruppen bestimmten Familien das heilige Wissen an und verpflichteten sie, diese Informationen im Geheimen zu bewahren, damit sie nicht zerstört werden oder verloren gehen konnten. Die Initiative für diese Aktion und ihre Leitung übernahm ein Zusammenschluß der indianischen Völker, eine Ratsversammlung der Ältesten, die sich - wie Hunbatz sagt - schon Tausende von Jahren vor der Ankunft der Europäer gebildet hatte. Diese Ratsversammlung hat aus Vertretern vieler indianischer Völker zwischen Nicaragua und dem nördlichen Polarkreis bestanden. Diese Treffen werden bis zum heutigen Tag fortgesetzt. In Träumen, Visionen und Prophezeiungen waren die Ältesten darauf hingewiesen worden, daß die Neuankömmlinge versuchen würden, die Glaubensgrundlagen der Indianer zu verändern. Deshalb verwahrten sie die Grundzüge von Religion und Wissen tief in ihren Herzen und sprachen nicht darüber.

Vor mehr als 500 Jahren war Hunbatz' Familie beauftragt worden, die Tradition der Weisheit sicher zu verwahren. Hunbatz ist der derzeitige Halter dieser Abstammungslinie. Weil für ihn jetzt die Zeit gekommen ist, hat er begonnen, die Geheimnisse weiterzugeben. Hunbatz: „Die Augen der modernen Zivilisation sehen nur eine kurze Zeitspanne, und so scheinen für die Europäisch-Amerikanische Kultur fünfhundert Jahre viel Zeit zu sein. Aber in den Augen der Maya sind fünfhundert Jahre nur ein Augenblick."

Die Schönheit von Hunbatz' Kultur

Auch wenn die Archäologen vielleicht nicht zustimmen werden, so haben doch im Laufe der Geschichte die Maya nicht nur in Yucatán, sondern an vielen Orten auf der Welt gelebt, berichtet Hunbatz. Er erzählt: „Die Maya waren beispielsweise einmal in Indien, wo sie als die Naga-Mayas bekannt waren. In einer anderen Zeit lebten sie in Griechenland, wo sie die Cara-Mayas genannt wurden. Unter dem Namen Mayax lebten sie auch in Ägypten. Dies kommt daher, daß das Volk der Maya sehr alt ist. Als Abkömmlinge von Atlantis kannten die Maya viele Geheimnisse der erdgeschichtlichen Kräfte, der Erd-Energien. Sie nutzten diese Kräfte, um unabhängig von Entfernung und Zeitpunkt nach Belieben zu reisen. Die Maya besuchten diese Orte, um ihre Kultur weiterzugeben und am Wissen anderer Kulturen teilzuhaben. Sie unternahmen diese Reisen aber niemals, um andere Völker zu erobern.“

Für seine Behauptung, daß die Maya die Welt der Antike bereisten, hat Hunbatz viele Beweise. So weist er beispielsweise darauf hin, daß die Maya das Wort ‘kun-da-lini’ kennen, das gleiche Wort wie das tibetische ‘kundalini’. Dieses Wort beschreibt die Lebenskraft, die angeblich dann durch die Wirbelsäule aufsteigt, wenn eine Person Erleuchtung findet. Nach den Angaben von Hunbatz war Kundalini ein Wort aus der Sprache der Maya, bevor es in den tibetischen Sprachschatz aufgenommen wurde.

Zweifellos wird die Diskussion über den Ursprung und die Geschichte der Maya die Schüler über Jahrzehnte hinweg beschäftigen. Vielleicht werden sie an einigen Stellen die Tradition wiederfinden, wie sie unter den Völkern der Maya selbst überliefert ist. Aber eines steht außer Zweifel: In Architektur, Kunst, Bildhauerei, Ethik und Sprache wird die hohe Zivilisation offenkundig, die von den Maya entwickelt worden ist. Das war ihre Aufgabe, spüren die Maya. Sie sagen, daß sie vom Schöpfer, von Hunab K’u, ausgewählt worden sind, um diese Lebensaufgabe zu erfüllen. Die Maya haben nie danach getrachtet, einen Personenkult zu entwickeln, sondern sie wollten das Leben widerspiegeln. Ein typischer Maya-Ausdruck ist ‘In Lak’ech Yelir’. Es heißt soviel wie ‘Ich bin ein anderes Selbst von Dir’ oder ‘Ich bin Du, und wir sind eins’. Dieser Ausdruck für die spirituelle Einheit ist die Erkenntnis, daß, wenn Menschen anderen Menschen etwas Böses antun, sie letztlich sich selbst schaden. So sagt Hunbatz: „Wenn ich dich zerstöre, zerstöre ich mich selbst. Wenn ich dich ehre, ehre ich mich selbst.“

Die Sprache der Maya hat drei poetische Züge: Sie ist mantrisch, lautmalerisch und umkehrbar. So kann jedes Wort so ausgesprochen werden, daß es den heiligen Aspekt des Lebens, den es beschreibt, auch beschwört. Jedes Wort klingt wie das, was es beschreibt. Und jedes Wort ergibt umgedreht ein anderes Wort, mit dem das Verständnis für das ursprüngliche Wort vertieft wird. Das Maya-Wort ‘pal’ beispielsweise bedeutet ‘Kinder’; umgekehrt als ‘lap’ ausgesprochen führt es uns auf eine andere Ebene des Verständnisses: ‘lap’ beschreibt eine jahrtausendalte Seele, die viele Wiedergeburten durchlebt hat.

Die mantrische Qualität der Maya-Sprache wird am Wort ´lil` deutlich. Von ihm wird berichtet, daß es, im Anblick der Sonne richtig ausgesprochen, den Menschen, der es sagt, heilt. Hunbatz erläutert dazu: „Sprich das Wort ‘lil’ dreimal aus und gehe dabei mit der Stimme ganz tief hinunter. Das bringt Energie wie ein Vitamin und kann helfen, Krankheiten zu heilen." Ein anderes Wort heißt 'k'in'. Es steht für 'Sonne' und wird mit einem harten 'k' und einem gedehnten 'in' ausgesprochen. Dieses Wort öffnet für die Energie der Sonne, wenn es siebenmal wiederholt wird.

„Die Kultur der Maya lehrt uns die großen Geheimnisse von Mutter Natur", meint Hunbatz. „Die Maya haben verstanden, daß alles Schwingung ist, was unsere moderne Wissenschaft eben auch entdeckt hat. Deshalb ist das menschliche Leben über das kosmobiologische Gesetze mit den Astralkörpern verbunden. Die Maya wußten das bereits und bezogen dieses Wissen in ihr Leben und in ihre Kultur ein."

„Es steht in den Sternen und in der Erinnerung der indianischen Völker geschrieben, daß unsere Sonne wieder aufgehen wird. Dann können wir unsere Kultur mit ihren Künsten, ihren Wissenschaften, ihrer Mathematik und ihrer Religion neu erstehen lassen. Das Wissen der Maya wird wieder zurückkehren. Deshalb müssen wir unsere indianischen Gemeinschaften in Amerika noch einmal zusammenführen, um unsere gesamte Kultur wiederauferstehen zu lassen."

Das kosmische Gesetz

Eine andere Facette der ganzen Schönheit der Maya-Kultur offenbart sich in ihrem vollendeten Kalendersystem. Die Maya verwendeten ausgefeilte astronomische Kalender sowie Mathematik und Geometrie, um die Verbindungen zwischen den Menschen und dem Kosmos zu erklären. Wie komplex die astronomischen Berechnungen der Maya sind, wird deutlich, wenn man bedenkt, daß einige der Berechnungen sich über Millionen von Jahren erstrecken.

Die Maya haben insgesamt siebzehn Kalender. Einer dieser Kalender, der Tzolkin, steht in Verbindung mit dem Elf-Jahres-Zyklus der Sonnenflecken. 'Haab' ist der Kalender der kulturellen Entwicklung, der auf einem Zyklus von zweiundfünfzig Jahren basiert. Nach diesem Kalender verändern sich die Schwingungen der Menschheit alle zweiundfünfzig Jahre. Ein anderer Kalender heißt 'Tze'ker'; er beschreibt einen Zyklus von 26. 000 Jahren und orientiert sich an den Plejaden, einer Sternenkonstellation, die im Sprachgebrauch des Westens als die 'Sieben Schwestern' bekannt ist. Nach der Überlieferung der Maya ist unsere Sonne wirklich ein Teil der Plejaden; ihre Umlaufbahn steht in direkter Beziehung zu den anderen Sternen dieser Sternengruppe. Alle Sterne der Plejaden einschließlich unserer Sonne vollziehen mit ihrem Kreislauf aber nur eine winzig kleine Bewegung innerhalb der riesigen 400 Milliarden Sterne umfassenden Spirale unserer eigenen Galaxie, der Milchstraße. Die Maya wußten schon vor Tausenden von Jahren von der Milchstraße. Sie veranstalteten Zeremonien, um die Galaxie in ihrem Gleichgewicht zu unterstützen. Wie Hunbatz meint, muß im Gegensatz dazu die moderne Wissenschaft erst noch den Zusammenhang zwischen der Sonne und den Plejaden entdecken.

Zur Zeit geht dieser Zyklus von 26. 000 Jahren seinem Ende zu oder er hat seinen Zenit, die Mitte, nach 13. 000 Jahren erreicht. Hunbatz ist sich da nicht sicher. Aber er weiß bestimmt, daß wir uns in diesem Kreislauf an einem kritischen Umkehrpunkt befinden. Hunbatz erklärt: „Im Augenblick finden wir uns mit der Zeit nicht so gut zurecht. Aber wir wissen recht genau, daß die Veränderungen im Zusammenhang mit dieser Wende dramatisch sind. Wir wissen, daß die Sonne uns dabei hilft. Das ist das kosmische Gesetz. Nach den Regeln des kosmischen Rechts haben ein schnelles Auto, eine Menge Geld und eine hervorragende Bildung keine Bedeutung für das Universum. Wir denken, daß wir mit unserer Technik die Größten sind. Aber im Angesicht des Universums sind wir nichts. Wir haben heute einen Personenkult statt einer Gemeinschaft geschaffen."

„Dieser Kalender mit seinem Zyklus von 26. 000 Jahren ist neu für unsere vorherrschende Zivilisation. Er orientiert sich an der Umdrehung der Plejaden, jenem Gestirn, zu dem auch unsere Sonne gehört. Nach diesem Kalender stehen jetzt große Veränderungen und ein neues Zeitalter bevor. Aber ehe die Schwingungen sich so sehr verändern, müssen wir uns anstrengen, um uns wieder der Sonne bewußt zu werden. Wir müssen Achtung vor diesem ganzen kosmischen Wissen gewinnen. Wenn die Menschen nicht dazu bereit sind, wird die Veränderung irgendwohin führen und keiner kann sie aufhalten. Es ist unmöglich, die Veränderung aufzuhalten. Wenn die Menschen diese Veränderungen spüren, dürften sie in Verwirrung fallen. Die Sonne wird alles zum Leben erwecken. Sie schickt ihre Strahlen nicht nur auf einige, sondern auf uns alle. Samen werden aufgehen, treiben und Blätter und Blüten entfalten. Das gleiche wird in den Köpfen der Menschen geschehen. Die Sonne wird jedem geben. Aber wie werden die Menschen reagieren? Einige werden durch diese neuen Schwingungen in Verwirrung gestürzt."

„Wir können zur Sonne beten, damit wir verstehen können, was geschieht. Die Sonne wird uns helfen, wenn wir sie darum bitten. Die Sonne ist nicht Gott. Aber sie ist ein Teil von Gott. Sie ist Gottes Auge. Sie ist ein Spiegelbild des Auges von Gott, von Hunab K'u. Auch wir sind ein Spiegelbild Gottes. Wir sind

Hunab K'u, so wie alle anderen Geschöpfe dies auch sind. Alles ist eins. Nichts ist getrennt. Die Maya haben dieses Wissen immer gehabt. Wenn die Maya Sonnenrituale begehen, dann betrachteten sie die Sonne als Vater und baten sie um Hilfe. Die Mutter ist die Erde."

Vor Jahren entdeckten Forscher, daß sie mit der Kirlian-Fotografie Bilder vom Energiefeld um den menschlichen Körper machen können. Wie Hunbatz sagt, ist dieses menschliche Energiefeld, unsere Aura, ein Spiegelbild der Sonnenenergie: „Wir alle haben ein Stückchen Sonne in uns, das uns Leben gibt. Die Maya haben auf der Grundlage dieses Wissens Tausende von Jahren lang gearbeitet. Sie haben Mantras gesprochen, um diese persönliche Energie zu verstärken und zu klären. Sie haben Rituale durchgeführt, um die Energie insgesamt auf der Welt ins Gleichgewicht zu bringen."

Deshalb rät uns Hunbatz gerade jetzt, an unseren Energie-Körpern zu arbeiten, damit sie die gesteigerten energetischen Schwingungen auf der Welt verkraften. Diese Entwicklung wird in vorhersehbarer Zukunft anhalten. Eine Möglichkeit den Energiekörper zu kräftigen und zu stabilisieren ist, Gesänge oder Mantras wie die Maya zu verwenden. Eine andere gute Möglichkeit sind Pilgerfahrten zu den heiligen Stätten auf der ganzen Welt.

Die Stätten der Maya wieder mit Leben füllen

Hunbatz lehrt uns: „Für die Maya bedeutet das neue Zeitalter, daß Wissen wieder weitergegeben und die Schwingung des Erden-Bewußtseins gesteigert werden muß. Gegenwärtig hat die Welt eine verdunkelte Zivilisation und Kultur. Wir müssen eine neue Hochkultur errichten." Nach den Angaben von Hunbatz ist eine wesentliche Voraussetzung dafür, daß die Einweihungsstätten der Maya, die Tempel und Pyramiden von Yucatán, Guatemala und Honduras wieder geöffnet werden.

Hunbatz fährt dann weiter: „Nach den Vorhersagen der heiligen Kalender der Maya ist jetzt die Zeit gekommen, um die heiligen Pyramiden und Tempel und all die anderen heiligen Stätten in Amerika wieder einzuweihen. Damit können wir unseren Beitrag leisten, um das geistige Bewußtsein der Menschen und die Heilung der Erde voranzubringen. Wallfahrten zu den magnetischen Zentren im Land der Maya sind notwendig, um bei der Erleuchtung der menschlichen Rasse zu helfen." Wie Hunbatz sagt, fließt die magnetische Energie der Erde und des Kosmos in den heiligen Stätten unbehinderter. Wenn die Menschen dort Zeremonien abhalten, dann kann die Energie sogar noch besser fließen.

Hunbatz arbeitet nicht nur mit den Maya, sondern mit eingeborenen Menschen in ganz Nord- und Südamerika. Er sagt: „Die meisten der Älteren wissen, daß jetzt die Zeit gekommen ist, die alten Zentren wieder zu öffnen, mit hoher Achtung hinzugehen und dort Wissen anzunehmen."

Im Jahr 1988 organisierte Hunbatz mit Unterstützung anderer Ältester und Schamanen eine Reihe von Pilgerfahrten, um die Tempel vom Staub zu befreien, der sich über die Jahrhunderte hinweg angesammelt hat, und um sie wieder zu öffnen und zu weihen, damit sie erneut für religiöse Zwecke benutzt werden können. Über einhundert Männer und Frauen jeden Alters und aus den verschiedensten Völkern waren an dieser ersten historischen Reise nach Yucatán beteiligt, um den Prozeß einzuleiten, wie er im Kalender der Maya vorhergesagt ist. Das erste Mal seit 500 Jahren schwangen die Tempel wieder in Harmonie mit der Wärme, dem Licht und dem Klang der Zeremonien, die auf ihren großen Plätzen gefeiert wurden.

Ein Jahr später öffneten Hunbatz und seine Freunde andere Stätten wie Nah Chan, Etz Nah, Uxmal, Kabah, Lol Tun und Chichén Itzá. Im Jahre 1990 waren dann Tik'al, Quilghua und Copan an der Reihe. Damit hatten Hunbatz und seine Begleiter alle Einweihungsstätten der Maya wieder aktiviert. Die Pilger werden in jährlichen Abständen damit fortfahren bis zum Jahr 2013. Dann ist nach den Kalendern der Maya der Übergang in das neue „Itzá"-Zeitalter vollendet.

Hunbatz drängt: „Wir müssen diese Plätze, wo das Wissen der großen Mysterien verborgen liegt, neu öffnen: Der Geist der alten Lehrer erwartet von der Menschheit eine neue Geisteshaltung, damit diese geweihten Plätze wieder lebendig werden und den Menschen den richtigen Weg zeigen." Hunbatz erklärt weiter, daß die Pyramiden in Mittelamerika keine Grabmäler sind, sondern Orte, um auf anderen Bewußtseinsebenen zu arbeiten und um ein neues Verständnis von Zeit zu bekommen. Das Wort der Maya für die Pyramide ist k'u, also ein Teil von Hunab K'u, des Namens Gottes. „Wir gehen zu den Pyramiden, weil die Energie, die dort fließt, andere Schwingungen hervorruft. Damit können wir feinste Veränderungen in der Frequenz unserer Gehirnströme hervorrufen. In den Pyramiden können wir Verbindung mit den magnetischen Kräften der Erde und des Kosmos aufnehmen. Die geometrische Form der Pyramiden hilft den Menschen sich zu verändern und durch eine höhere Frequenz der Gehirnströme ihr Bewußtsein auf eine höhere Ebene zu heben. Unsere Hoffnung ist, daß durch diese Zeremonien und die ganzen anderen heiligen Handlungen überall auf der

Welt etwas Großes geschieht: daß sich nämlich die Frequenz der modernen Geisteshaltung auf eine positive Art verändert."

„Ich lade jetzt die Menschen ein: Kommt und öffnet die geweihten Stätten wieder. Wenn Tausende von Menschen mitarbeiten, wird sich das Bewußtsein aller verändern, also auch derer, die nicht daran glauben. Man kann die Erde nicht dadurch retten, daß man Gesetze erläßt. Kein Mensch glaubt an Gesetze oder braucht sie. Mit Gesetzen allein werden die Menschen so weitermachen wie bisher, um Geld zu scheffeln. Wir müssen die Schwingungen des menschlichen Geistes verändern."

Die Entscheidung, die Einweihungsstätten der Maya zu öffnen, war die Folge einiger besonderer Zusammenkünfte. Zuerst traf sich der Bund von Tiwantinsuyo unter der Fahne des Regenbogens; das war in Machu Picchu im Frühling 1986. Dieser Bund ist eine Ratsversammlung der Eingeborenen-Gruppen in Südamerika. Ein ähnlicher Bund geht von Nord-Nicaragua aus. Im Jahre 1987 fiel dann bei einem Treffen der spirituellen Führer vieler Traditionen die endgültige Entscheidung, mit der Öffnung der heiligen Zeremonienstätten auf dem ganzen Planeten zu beginnen. Wie Hubatz berichtet, wurde diese Entscheidung genauso wie ein späteres Zusammentreffen der eingeborenen Ältesten, das im Sommer 1989 auf dem Hopi-Land stattfand, nachhaltig durch ein weltumspannendes Ereignis geprägt, das als 'Harmonische Konvergenz' (Zusammenkunft im Einklang) im August 1987 bekannt geworden ist. Zu diesem prophetischen Freundschaftstreffen kamen spirituelle Vertreter aus der ganzen Welt zusammen, um damit den Beginn des neuen Sonnenzeitalters zu unterstützen. Sie tauschten die heiligen Symbole und Weissagungen ihrer Traditionen aus und demonstrierten so die Übereinstimmung des überlieferten Wissens, das eins ist auf und mit der Erde.

Hunbatz sagt, daß die Pilgerreisen der Maya ihren Beitrag dazu leisteten, in einen neuen Zyklus von dreizehn Himmeln einzutreten. Er erklärt: „Das ist der erste Schritt für das Verstehen des Wissens der Maya. Der Öffnung der Zentren wird nun ein Kongreß folgen, auf dem die Entwicklung der geheimnisvollen Quiche Maya untersucht werden soll. Diese Studien werden im Jahr 2013 ihren Höhepunkt erreichen. Zu dieser Zeit werden viele Prophezeiungen erfüllt sein. Die Menschheit wird die zweite Stufe der Glückseligkeit erreicht haben, die eine 'kaltun' (das sind 260 Jahre) andauern wird. Nach dieser 'kaltun' wird das Schicksal der Menschheit in der Hand und bei der spirituellen Führung der neuen Schulen der Sonnenweihe liegen, die an den heiligen Stätten der Welt angesiedelt sind."

Die in den Farben des Regenbogens gefiederte Schlange

In Mittelamerika gibt es etwa 21. 000 Tempel, Pyramiden und heilige Stätten. Dieses ausgefeilte Netz aus heiligen Stätten kam zum Einsatz, um die Erde im Gleichgewicht zu halten und das Bewußtsein der Menschen zu erweitern. Nach Angaben von Hunbatz gibt es in Mittelamerika mehr Pyramiden als sonstwo auf der Welt. Die Kultur der Pyramiden ist hier entstanden. Der Haupttempel ist der Tempel von Chichén Itzá, erklärt Hunbatz.

„Die Zeremonien, die ihren Höhepunkt in Chichén Itzá erreichten, waren dazu gedacht, die menschliche DNA neu zu programmieren. So können wir Menschen lernen, in einer Lebensgemeinschaft mit unseren Lichtkörpern, den Sonnenkörpern, zu leben. In unsere DNA hat sich während des letzten Maya-Zyklus, der über 26. 000 Jahre ging, ein Fehler eingeschlichen, der schließlich zu einer Quelle der Rückentwicklung werden könnte. Dieser Fehler macht uns glauben, daß wir von der Göttlichen Quelle getrennt sind. Wir brauchten diesen Fehler, um uns entwickeln zu können. Aber jetzt ist es für uns an der Zeit, zur Einheit mit dem Göttlichen zurückzukehren."

„Unsere Maya-Lehrer wußten, daß im Lauf der Zeit die Menschen in dieses Land zurückkehren würden, um die Weisheit der Steine dieser heiligen Stätten wiederzuerlangen. Diese Steine schwingen mit dem Neuen Zeitalter, um weiterzugeben, was auch hier geschrieben steht. Die Prophezeiungen sagen, daß Tausende von Menschen hierher zurückkommen, um die Geheimnisse und die Philosophie der Maya wiederzuentdecken." Hunbatz sagt, daß seit Anfang der achtziger Jahre jedes Jahr mehr als 30. 000 bis 40. 000 Menschen als Touristen kommen. Dieser Ansturm begann, als die beherrschende Kultur plötzlich feststellte, daß sich zu einer bestimmten Zeit im Jahr ein dramatisches Zeichen an der Seite einer Pyramide bildet.

Tatsächlich ist zur Tag-und-Nacht-Gleiche im Frühjahr und Herbst an der Nordseite der Pyramide von Kukulcan in Chichén Itzá eine prächtige Schlange aus Licht und Schatten zu sehen. Der Körper der Schlange besteht aus sieben Dreiecken, die aus Licht und Schatten geformt sind. Er endet am steinernen Schlangenkopf am Fuß der Treppe. Der Sonnenstand, der dieses beeindruckende Schauspiel hervorruft, ist nur an den beiden Tag-und-Nacht-Gleichen am 21. März und am 22. September gegeben.

Dieses Phänomen ist als der magische Abstieg der in den Regenbogenfarben gefiederten Schlange, Kukulcan, bekannt. Quetzalcoatl wurde in den nördlichen Ländern 'Kukulcan' und im Süden 'Gucumatz' genannt. Die Wellenlinien, wie sie normalerweise für die Darstellung elektrischer Energie verwendet werden, stehen hier bildhaft für die reine Energie der kreativen Intelligenz, als deren Symbol Kukulcan, die gefiederte Schlange, gilt. Die Schlange ist ein Sinnbild für die Erde, weil sie so dicht an der Erde lebt und ihren ganzen Körper einsetzt, um im Leben vorwärtszukommen. Die Federn sind die Federn eines Adlers, weil der Adler bei seinem Flug unter allen Tieren dem Himmel am nächsten kommt. Im Symbol der gefiederten Schlange sind damit Erde und Geist zusammengebracht und auf gute Art verbunden. Das Symbol des Regenbogens erinnert daran, daß alle Farben und alle Wege der Menschheit geachtet und gewürdigt werden müssen. Man sagt, Quetzalcoatl oder Kukulcan sei die Verkörperung des spiralförmigen Regenbogenstrahls der kosmischen Intelligenz, das Sperma des Universums, das den Schoß der Erde befruchtet.

„Diese Lehre kann von allen Lebewesen verstanden werden", meint Hunbatz. „Man muß sich nur vor der Pyramide niederwerfen, und die Lehren beginnen zu fließen. Die Maya ersannen diesen Einweihungstempel so, daß er das zeitlose Wissen bewahren würde. Wir arbeiten mit unserem Unterbewußtsein, um diese Lehren aufzudecken und wiederzugewinnen. Diese Lehren befruchten den tiefsten Winkel unseres Seins. Nur auf diese Weise werden die uralten Informationen wieder an der Oberfläche unseres Bewußtseins auftauchen."

Vor den ersten Pilgerfahrten sagte Hunbatz, daß „die Maya die Sonne bewegen werden". Im gleichen Jahr 1987 gab es am 7. März eine Mondfinsternis. Damit verbunden waren riesige Ausbrüche auf der Sonne, die so gewaltig waren, daß die Astronomen sie Sonnenorkane nannten. Zu dieser Zeit begannen die Pilgerfahrten. Der Höhepunkt der Pilgerreise war eine Zeremonie in Chichén Itzá, die genau zwischen der Tag-und-Nacht-Gleiche und dem Vollmond abgehalten wurde. Zu dieser Zeit sollte nach den Prophezeiungen 'Quetzalcoatl als Feuer am Himmel zurückkehren'. Tatsächlich zeigten sich auf der Sonne zu dieser Zeit vehemente Aktivitäten. Die Stärke der Sonnenstürme erreichte dann einen außergewöhnlichen Höhepunkt. Die Aurora Borealis – besser bekannt als 'Nordlichter' – war überall in den Vereinigten Staaten zu sehen, sogar weit südlich in Florida, Texas, Cuba und auf der Halbinsel Yucatán, wo sich die Pilger in einem Kreis um die Pyramide in Chichén Itzá versammelt hatten. Die Ausbrüche auf der Sonne erreichten eine solche Stärke, daß sie weltweit von keinem wissenschaftlichen Instrument mehr gemessen werden konnten.

Die Familie als Grundlage der Demokratie

Hunbatz hatte die Vision. Er führte die Pilger an, um die Initiationsstätten der Maya in den Jahren 1989 und 1990 wieder zu öffnen: Doch dann zog er sich zurück. Er wollte kein Führer sein, der eine Art feste Einrichtung ist und von dem alle annehmen, sie müßten bei der Durchführung von Zeremonien auf ihn hören. Er befürchtete, daß sie dabei die eigene Intelligenz und Intuition und ihren freien Willen ausschalten würden. Hunbatz sagt, daß in diesem Zeitalter jeder lernen muß, zu führen und seinem eigenen Wahrnehmungsvermögen zu vertrauen. Zwar lehrt er weiter. Doch sein Hauptinteresse gilt in erster Linie der Gründung einer neuen Gemeinschaft, die auf den alten Prinzipien der Maya aufbaut.

Nachdem Hunbatz die ganzen alten heiligen Informationen von seinem Onkel, Don Beto, übertragen bekommen hatte, wurde er gebeten, eine Gruppe zu gründen und den Versuch zu unternehmen, wieder in der alten Art und Weise zu leben. Als Hunbatz diesen Versuch in seinem eigenen Dorf starten wollte, wurde er durch die dortige Kirche massiv behindert. Er wollte Dorfbewohner um sich sammeln, um mit ihnen zu reden oder eine Sonnenzeremonie abzuhalten. Doch die örtliche katholische Kirche schmetterte das Ave Maria so laut durch die Lautsprecher, daß sie ihr eigenes Wort nicht verstehen konnten.

Hunbatz ging zum Pfarrer und berichtete ihm von seiner Absicht, die heilige Kultur der Maya wiederherzustellen. Dem Priester kam diese Nachricht gar nicht gelegen. Er fuhr fort, Hunbatz zu bekämpfen, indem er die heiligen Lieder der Christenheit als Waffen einsetzte. Darum verließ Hunbatz das Dorf. Er konnte ein großes Stück Land (eine Quadratmeile) in der Nähe von Merida im Yucatán erwerben. Dort baute er die Gemeinschaft der eingeborenen Maya, die 'Communidad Indigena Maya' auf.

Seine Absicht ist, dort mit Gleichgesinnten eine Gemeinschaft zu begründen. Zwölf Familien sind auf das Land gezogen, um dort nach dem alten Lebensstil der Maya fern der modernen Zivilisation, ohne Fernsehen und Elektrizität, zu leben. Vier Monate im Jahr wird die Gemeinschaft für Menschen, die kommen und lernen wollen, offenstehen. Die anderen acht Monate werden die Mitglieder der Gemeinschaft ein einfaches und geweihtes Leben führen. „Wir brauchen nicht allzuviel Hilfe“, betont Hunbatz. „Auf dem Land wachsen zwanzig verschiedene Obstbäume. Es gibt keinen Winter, so daß alles schnell wächst. Jeden Tag haben wir erntefrische Nahrung. Es wird nie kalt, so daß wir draußen schlafen können. Mehr brauchen wir nicht. Wenn wir auf dem Feld mit Mutter Erde arbeiten, lernen wir sie zu lieben.“

„Karl Marx beging einen schweren Fehler, als er seine Sozialtheorie auf Henry Morgan aufbaute, der die Entwicklungsstufen ‘primitiver Völker’ beschrieb, aber dabei die großen präkolumbianischen Kulturen außer Acht ließ. Da Morgan der europäischen Denkweise verhaftet war, bauten seine Philosophie, Religion und Ethik notwendigerweise auf der Hochachtung privaten Besitzes auf. Damit unterscheiden sich seine Vorgaben stark von der Denkweise der hochentwickelten frühen Kulturen. Die Grundlagen ihrer Gesellschaftsform waren Gemeinschaftssinn und auf der Familie gründende Demokratie. Diesen Ansatz versuchen wir als Modell für kommende Zeiten wiederherzustellen.“

„Weisheit gehört nicht einem Menschen allein. Wir kommen als neue Wiedergeburt zur Erde zurück und so müssen wir im Einklang mit der Weisheit handeln. Aber die Weisheit hat nicht einer allein gepachtet. Weisheit ist die Verdeutlichung jener alten und bewährten Ideen, wie sie über Generationen hinweg aus den Naturgesetzen entwickelt worden sind.“

„Weisheit bedeutet eine ganze Menge. In der beherrschenden Kultur lernt ein Kind, daß Geld wichtig ist. Deshalb wird es sein ganzes Leben lang seine Entscheidungen auf der Grundlage des Geldes treffen. Einem anderen Kind wurde vielleicht die Liebe zu den Bäumen und dem Wasser beigebracht. Deshalb werden seine Entscheidungen im Leben ganz anders ausfallen. Beide Kinder sind weise, wenn man als Grundlage hernimmt, was sie gelernt haben. Das Kind, das in der beherrschenden Gesellschaftsform aufgewachsen ist, kann vielleicht mit seiner besonderen Weisheit viel Geld verdienen. Aber der Preis dafür könnte sein, daß es einen Fluß vergiftet. Handelt es dann wirklich weise? Ist es weise, den Kindern beizubringen, daß sie das Geld lieben sollen? Die Gesellschaft braucht Kenntnisse darüber, wie man die Erde achtet. In der indianischen Kultur ist das kein Problem, denn wir haben einen anderen Blickwinkel.“

Die Achtung vor dem Hohen Wissen

Wenn Hunbatz einen Vortrag hält, bindet er sich bedächtig ein handgewebtes Band um den Kopf und bittet den Schöpfer um die Erlaubnis, alles verstehen zu können, insbesondere das Hohe Wissen um unsere Verbindung mit der Erde. Dann versucht er zu erklären, was ihm alles in den Sinn kommt, auch wenn er manchmal keine Worte findet, um seine Einsichten und Erfahrungen zu erläutern.

Wenn Hunbatz die moderne Welt betrachtet, ist er besonders entsetzt über die überbordende Industrie der Biotechnik, die auf der Genmanipulation aufbaut. Bei der Genmanipulation werden die biologischen Strukturen verändert, die den Code des Lebens enthalten. Hunbatz sagt, daß die alten Prophezeiungen der Maya die Manipulation dieses Grundstoffs des Lebens ein Würfelspiel nennen. Er warnt alle, die sich mit Biotechnologie beschäftigen: „Spielt nicht mit heiligem Wissen, wenn Ihr nicht Einsicht und Demut habt und wenn Euch nicht die Erlaubnis des Großen Geistes gegeben ist, der sich in jenen Formen des Lebens offenbart, die Ihr verändern wollt. Sonst nimmt das Lieber-Gott-Spielen kein gutes Ende. Ihr könnt gar nicht abschätzen, welche Auswirkungen es hat, wenn Ihr genetische Veränderungen anstellt."

Hunbatz zieht eine Parallele zu Einstein. Dieser Wissenschaftler war am Ende seines Leben entsetzt, als er sah, daß seine Theorien in Form der Atombombe eingesetzt wurden, um zu zerstören. Genauso werden Wissenschaftler, die Gene manipulieren, den Tag verfluchen, an dem sie ihre Intelligenz dafür mißbrauchten, ohne Rücksicht auf den Geist in den Pflanzen, den Tieren und den Menschen zu nehmen.

Als Bewahrer der Stammeslinie des traditionellen Wissens der Maya betont Hunbatz, daß sein Volk seit Tausenden von Jahren den Begriff und die Tatsache der Gene gewürdigt hat. Tatsächlich glaubt er, daß sich das Wort 'Gen' von dem Ausdruck 'ge ne' in der Sprache der Maya ableitet, das die heilige Spirale des Lebens beschreibt. Diese heilige Spirale wird nicht nur in der Doppelhelix unserer Gene sichtbar, sondern auch in der Gestalt der Milchstraße, der Galaxis, zu der unsere Sonne gehört.

„Es hat unsere Natur Millionen von Jahren gekostet, die Gene in der richtigen Weise zu entwickeln", betont Hunbatz. „Jetzt glauben Wissenschaftler, angestachelt durch Geld, alles in zwei Jahren verändern zu können. Aber Geld ist kein guter Beweggrund, wenn man sich mit Heiligem beschäftigt. Wissenschaftler sollten die Pflanzen studieren, wie sie sind, und Wege finden, sie gesünder zu machen, indem sie mit dem Geist der Pflanzen arbeiten. Das ist der richtige Weg, um der Menschheit zu helfen."

„Wer könnte die Gehirnschwingungen derer, die jetzt mit Genen arbeiten, verändern? Es liegt bei uns. Wenn auch nur ein Mensch meditiert, entsteht große und kraftvolle Energie. Wenn aber viele Menschen meditieren, ist die Kraft der

Energie noch viel größer. Wir müssen zusammenarbeiten, um die Gehirnschwingungen dieser Wissenschaftler zu verändern."

Hunbatz warnt gleichermaßen, daß Wissenschaftler mit etwas spielen, was sie nicht verstehen, wenn sie Versuche mit der Kernfusion machen: „Die Kernfusion ist die Kraft der Sonne. Wissenschaftler spielen jetzt damit, aber sie wissen nicht, was sie tun. Zuerst zerstören sie die genetischen Strukturen der Pflanzen. Dann haben die veränderten Pflanzen eine etwas andere Wirkung auf andere Pflanzen und auf die Tiere, die die Pflanzen fressen. Das gleiche gilt für die Menschen, die diese Pflanzen und Tiere essen. So ist es auch mit der Kernfusion. Wissenschaftler spielen mit etwas, wovon sie keine Ahnung haben. Die Kernfusion ist nicht gut, wenn die Achtung und das richtige Bewußtsein fehlen. Um soweit zu kommen, müssen sie Rituale abhalten."

Große Veränderungen werden kommen

Hunbatz sagt, daß die Maya glauben, daß der legendäre Kontinent Atlantis wirklich existiert hat und die Heimat ihrer Urahnen war. In ihrer Sprache gibt es immer noch ein Wort, das 'atlan ti ha' heißt und das 'Sonne, großer Platz, Wasser' bedeutet. Die Legenden der Mayas erzählen, daß sie von diesem Ort kamen, als „die Wasser den großen Stein der Weisheit mitnahmen". Sie glauben, daß Atlantis eines Tages wieder auftauchen wird. Nach den Aussagen der Maya lag die Halbinsel Yucatán, auf der sie leben, in früheren Zeiten viermal unter Wasser. Immer wenn das geschah, zogen die Menschen, die dort lebten, einfach weg: „Wir hörten die Warnungen und zogen einfach weg, anders als die Menschen in Kalifornien. Sie hören die Warnungen und bleiben, weil sie glauben, daß die Häuser, in denen sie leben, 250. 000 Dollar wert sind. Sie lieben ihren Wohlstand und schlagen deshalb die Warnungen in den Wind. Die Maya nahmen die warnenden Zeichen nicht auf die leichte Schulter. Wir packten einfach und zogen um. Wenn dann die alles bedeckende Flut wieder zurückwich, gingen wir zurück nach Yukatán."

Hunbatz weist darauf hin, daß die Sowjet-Union fast acht Jahre brauchte, um ihr Regierungssystem aufzubauen, daß es aber innerhalb von zwei Wochen zerbrach, als die Berliner Mauer fiel. Eine solche Voraussage haben die Prophezeiungen der Maya auch für die Regierungen dieses Erdteils gemacht, betont Hunbatz: „Die Prophezeiungen sagen, daß große Veränderungen kommen werden, und daß die Sonne uns helfen wird. Wir können nicht sagen, ob die Veränderungen gut oder schlecht sein werden. Aber wir können Einfluß nehmen. Wenn wir im Angesicht der Sonne Rituale abhalten, verändern sich die Schwingungen für alle in günstiger Weise. Wir brauchen jetzt eine große Veränderung."

„Die derzeit beherrschende Kultur besteht noch nicht lange. Kulturen kommen und gehen genauso schnell wieder, außer sie richten sich an den Gesetzen der Ewigkeit aus, so wie es die Maya versucht haben. Die Kultur der Maya versucht in ihrer Sprache und in ihren Ritualen, die Ewigkeit nachzuahmen. Schon vor den Griechen, den Römern und den Spaniern machten die Maya Rituale für die Sonne. Während des dunklen Zeitalters, das in den letzten 500 Jahren herrschte, wurden diese Rituale verborgen gehalten. Aber jetzt tauchen sie wieder auf."

Wenn Tausende von Menschen an die Katastrophe glauben, dann wird sie auch eintreten. Sie wird aber nicht nur wegen dieser Gedanken kommen, sondern auch, weil diejenigen, die so denken, auf der Haut von Mutter Erde grausame Taten vollbringen: sie sägen die Bäume ab, sie saugen das Erdöl heraus, das der Lebenssaft des Planeten ist, und sie bauen Atombomben. Die Erde ist so empfindlich wie ein kleines Kind. Die meisten Menschen glauben, daß sie alles, einschließlich des Blutes der Erde, des Öls, an sich reißen können. Die Verseuchung der Luft mit Schadstoffen macht es zerstörerischen Sonnenenergien möglich, bis zur Oberfläche der Erde vorzudringen. Wenn Menschen Bäume absägen, dann schwächen sie die Haut der Erde und machen sie verwundbar für diese und andere kosmische Energien, die dann die Erde durchdringen und zu weiterem Ungleichgewicht führen können.

„Die Maya sehen nicht Gott als Verursacher solch zerstörerischer Verwüstungen. Es sind vielmehr die Menschen, die ihre Mutter zerstören, obwohl sie immerhin Teil von Gott sind. Wenn wir so weitermachen, werden wir unsere Mutter zerstören. Unsere Mutter hat einen Mantel, der sie schützt. Wenn wir ihn abschälen, wird sie krank werden. Dann werden große Probleme entstehen."

Nach den Prophezeiungen der Maya werden wir im Jahr 2013 möglicherweise große weiße Kreise am Himmel sehen. Wenn das eintritt, wäre es ein unheilverkündendes Zeichen dafür, daß wir bei einem harmonischen und erfolgreichen Eintritt in das Neue Itzá-Zeitalter versagt haben. Hunbatz erklärt: „In den Prophezeiungen von X'nuck'in heißt es: 'Wenn die Führer Unordnung in ihren Köpfen haben, wird Hitze freiwerden, die in Behältern eingeschlossen ist.' Das heißt: Atombomben haben eingeschlagen und der Nuklearkrieg hat begonnen. Aber ich hoffe, daß das nicht geschieht. Wir können das ändern. Auch das geht klar aus den Prophezeiungen hervor. Wir sind für den Zustand der Erde verantwortlich. Wir sind es, die verantwortlich sind, und wir haben die Chance zur Veränderung. Wenn wir aufwachen, ist es möglich, die Energien zu verändern. Es ist möglich, alles zu verändern."

Hunbatz Men reiste seit dem Jahr 1990 überall in der Welt herum und führte viele Pilger zu den heiligen Stätten Yucatans und anderswo in Zentralamerika. Bis ins Jahr 2000 blieb er ein aktiver Lehrer, mit einer ganz bestimmten Botschaft: „Die Botschaft der Mayas, die ich in diesem Buch ausgesprochen habe, gehört zu den Zyklen des Mondes und der Sonnen. Heute wiederhole ich diese Botschaft genauso, wie sie mir übermittelt worden ist, und morgen wird sie noch ebenso lauten. Das Gesagte gehört zum Gedankengut der Mayas. Es kommt nicht darauf an, in welchem Mond- oder Sonnenzyklus es gesagt worden ist; auf was es wirklich ankommt ist, daß diese Botschaft der Wahrheit jedem Menschen überbracht wird. Ich hoffe, die Botschaft wird eines Tages in jedem Zyklus der Zeit verstanden werden."

Kontaktadressen

Viele der Ältesten, über die in diesem Buch berichtet wird, leben ein normales Leben. Sie legen nicht unbedingt Wert darauf, in Verbindung mit den Lesern zu treten. Aber andere Lehrer versuchen, mit ihren Einsichten und Überlieferungen die ganze Welt zu erreichen. Die nachstehende Übersicht enthält die Namen und Adressen jener Ältesten, die offen sind für Kontakte zu allen, die mehr lernen wollen. Begegnet Ihnen mit Achtung und übt Euch in Geduld.

Tom Porter
c/o Kanatsiohareke Foundation, Inc.
4934 State Highway #5, Fonda, NY 12068

Ven. Dhyani Ywahoo
c/o Sunray Meditation Society
P.O. Box 269, Bristol, VT 05443
www.sunray.net

Brant Secunda
c/o Dance of the Deer Foundation
P.O. Box 699, Soquel, CA 95073
www.shamanism.com

Twylah Nitsch
c/o Seneca Indian Historical Society
P.O. Box 2313, Orange Park, FL 32067 - 2313

Medicine Story
Mettanokit Community, c/o Another Place
173 Merriam Hill Rd., Greenville, NH 03048

Sun Bear
(gestorben, aber seine Medizin-Gesellschaft ist weiterhin aktiv)
Bear Tribe Medicine Society
3750 - A Airport Boulevard #223
Mobile, Alabama 36608 - 1618

Oh Shinnah
c/o Four Directions Foundation
1400 Kelley Rd., Columbia Falls, MT 59912

Slow Turtle (gestorben)
Massachusetts Center for
Native American Awareness
P.O. Box 5885, Boston, MA 02114 - 5885

AmyLee
P.O. Box 550, Zoar, OH 44697
www.songpods.com
www.hernative roots.com
www.sisterhoodoftheshields.net

Willaru Huayta
Portal de panes #123
plaza de armas, Cuzco - Peru
E-mail: pyramidtours@yahoo.com

Hunbatz Men
Communidad Indigena Maya pdo.
Postal 7 - 013 Mérida, Yucatán, México.
E-mail: mayan@avantel.net

Bärenstamm e.V.
Schönhagener Ring 8
32699 Extertal
Tel. 0 52 62 - 99 21 33
Fax 0 52 62 - 99 21 34
www.home.t-online.de/home/
baerenstamm-komm

Über den Autor

Steven McFadden schreibt, berät und gärtnert in seiner Heimat im ländlichen US-Bundesstaat New Hampshire. So wie er es durch Visionen und Erfahrungen gleichermaßen gelernt hat, sieht er seine Aufgaben nicht nur darin, eine Vision einer gesunden Zukunft zu vermitteln, sondern auch in der Hilfe für andere, ihre inneren Möglichkeiten zu entwickeln, damit diese Zukunft Wirklichkeit werden kann.

Als Steven für dieses Buch eingeborene amerikanische Großväter und Großmütter befragte, konnte er sein Verständnis für die Grundzüge der Weisheit vertiefen, die notwendig sind, um eine Welt für alle – ohne Rücksicht auf die Hautfarbe oder die Religion – entstehen zu lassen. Durch diese Arbeit leistet er seinen Beitrag, den Pfad des Regenbogens zu weben, wobei er das Beste aus der Vergangenheit mit den auftauchenden Techniken und dem spirituellen Gespür für eine erhaltenswerte Zukuft verbindet. Seit 1975 arbeitet er mit Gruppen in gemeinsamen wie in privaten Sitzungen gleichermaßen. Auf seinen weiten Reisen bietet er Lesungen und Workshops an.

Steven ist Mitautor des Buches „Farms of Tomorrow: Community Supported Farms, Farm Supported Communities“ (Der Bauernhof der Zukunft: Die Gemeinschaft unterstützt die Bauernhöfe. Der Bauernhof unterstützt die Gemeinschaften). Ebenfalls mitgearbeitet hat Steven bei der Veröffentlichung „Ecologue: The Enviromental Catalogue and Consumer's Guide for a Safe Earth“ (Ökologie: Der Umweltkatalog und Verbraucherführer für eine heile Erde). Er kann unter der folgenden Adresse erreicht werden:

St. McFadden, The Wisdom Conservancy At Merriam Hill Education Center,
148 Merriam Hill, Greenville, NH 03048;
McHawk@aol.com, www.wisdom-conservancy.org

Bücher für Interessierte

Dhyani Ywahoo:
Am Feuer der Weisheit.
Lehren der Cherokee Indianer.

McFadden, Steven:
Indianische Weisheit.

Sun Bear & Wabun Wind:
Das Medizinrad.
Eine Astrologie der Erde.

Sun Bear u.a.:
Das Medizinrad - Traumbuch.
Der indianische Weg der Traumdeutung.

Sun Bear u.a.:
Das Medizinrad - Praxisbuch.
Übungen zur Heilung der Erde.

Sun Bear:
Leben mit der Kraft.

Boissiére, Robert:
The Return of Pahana. A Hopi Myth.

Erdoes, Richard:
Crying for a Dream.
The World Through Native American Eyes.

Hunbatz Man:
Secret of Mayan Science/Religion.

James Swan:
Sacred Places.
How the Living Earth Seeks Our Friendship.

Jamie Sams & Twylah Nitsch:
Other Council Fires Were Here Before Ours: The Medicine Stone Speaks from the Past to our Future.

McFadden, Steven & Groh, Trauger:
Farms of Tomorrow Revisited:
Community Supported Farms, Farm Supported Communities.

McFadden, Steven:
Teach Us to Number Our Days:
Inspirational Thoughts on Wisdom and Aging.

McFadden, Steven:
The Little Book of American Wisdom.

Ruz Buenfil, Alberto:
Rainbow Nation Without Borders.
Toward an Ecotopian Millenium.

Shearer, Tony:
The Praying Flute. Song of The Earth Mother.

Sun Bear:
At Home in the Wilderness.

Sun Bear u.a.:
Walk in Balance The Path to Healthy, Happy, Harmonious Living.

Sun Bear u.a.:
Black Down, Bright Day: Indian Prophecies for the Millennium that Reveal Fate of the Earth.

Thunderhorse, Iron & Le Vie, Donna:
Return of the Thunderbeings.
A New Paradigm of Ancient Shamanism.

Manitonquat (Medicine Story):
Rückkehr zur Schöpfung
(erhältlich beim Biber-Verlag, Verlag für indianische Kultur, Schönhagener Ring 8, 32699 Extertal)